李玗沙 ——

著

畫魂傳奇

桑黛篇

推薦者簡介

蘇牧

北京電影學院文學系教授、博士生導師，北京市高等學校優秀青年骨幹教師（1996 年），香港中文大學傑出訪問學者。北京電影學院「金字獎」第二屆、第七屆評審會主席。

主要著作有《榮譽》、《太陽少年》、《新世紀新電影》，其中《榮譽》16 次印刷，為北京電影學院、中央戲劇學院、中國傳媒大學、上海戲劇學院、北京大學等國內著名藝術院校學生必讀書。《榮譽》2004 年獲「中國高校影視學會優秀學術著作一等獎」，《榮譽》修訂版 2007 年入選教育部中國高校「十一五」國家級教材。2008 年入選教育部中國高校「十一五」國家級教材精品教材。

主要科研項目：北京市教育委員會 2013 年社科計畫重點項目：《中外電影大師精品解讀》。

青鸞舞鏡與孟婆犧牲

北京電影學院上課，我會講侯孝賢導演的電影《刺客聶隱娘》。《刺客聶隱娘》是一部古裝武打電影，侯孝賢導演真是有些不應該，文藝片拍得那麼好，卻要來拍古裝武打片。中國古裝武打電影很多，徐克、成龍等等，當然最好的是李安導演的電影《臥虎藏龍》。《臥虎藏龍》的優點是精彩的武打背後，是我們中國和東方的神韻。但是萬萬沒有想到，侯孝賢導演拍出了《刺客聶隱娘》。

打一個比方，如果所有武打電影參加奧運會跳高比賽，《臥虎藏龍》跳過了2米3，《刺客聶隱娘》卻跳過了2米5。總之，以後的中國武打電影，其他人真是沒辦法拍了。

為什麼《刺客聶隱娘》是2米5？《刺客聶隱娘》拍攝的故事是唐朝。唐朝是中國歷史上最偉大的時代，陳凱歌導演的《妖貓傳》也是拍唐朝。但是，《妖貓傳》表現更多的是唐朝的繁華和絢爛，紙醉金迷、鶯歌燕舞、雲想衣裳花想容……那些只是表面上的唐朝，《刺客聶隱娘》拍攝的卻是唐朝的精神。

唐朝的精神是唐朝偉大的根本原因，他的胸懷，他的壯闊，他的海納百川的偉大精神力量。從人物角度講，《刺客聶隱娘》的唐朝精神，體現在舒淇扮演的窈七，還有道姑和公主身上。窈七是為愛情而犧牲，道姑是道家的行規和準則，公主是為國獻身的偉大情懷。公主之上，還有青鸞，電影中描述了青鸞舞鏡的故事。

「罽賓國王得一鸞，三年不鳴，夫人謂，鸞見類則鳴，何不懸鏡照之。鸞見影，終宵奮舞而絕。」

青鸞不舞，是因為沒有同類，看到鏡中的另一個青鸞（自己的影子），她誤以為同類，一夜起舞身亡。

青鸞起舞是為精神而死，為知音而死，不與雞犬之輩同流合汙，這正是偉大的唐朝精神。

女作家李莎的小說《孟婆傳奇》系列中的孟婆，是道教中的傳說人物，也是道家精神的集大成者。李莎書寫的孟婆，故事驚心動魄、優美動人，在李莎筆下，孟婆不僅僅是美麗、善良、助人、達觀的美的化身，更如同《刺客聶隱娘》中的窈七，是性格剛烈、為人付出、忠貞不二的女中豪傑。如同《刺客聶隱娘》中的青鸞，三年不鳴，見到同類，終宵奮舞而絕。

在電影學院的講臺上，我經常對同學們感歎女性的偉大。女性的無私和犧牲，女性的捨己和寬容。更有女性的純粹，如同姜文電影《太陽照常升起》中，河水中流動的女人的衣服。女性之美淋漓盡致，讓人目眩，李莎作品中的孟婆何嘗不是如此。

《孟婆傳奇》系列中的孟婆形象光彩奪目、與眾不同，與李莎的女作家身分相關。李莎是我中歐商學院電影課程的學生，她對電影的理解獨到深刻，感悟極佳。春節前夕，李莎告訴我，她要將她的小說《孟婆傳奇》系列改編為電影劇本。

祝賀李莎，那必將是一部與眾不同、出類拔萃的謳歌女性的電影，如同侯孝賢導演的《刺客聶隱娘》一樣。

北京電影學院文學系教授 蘇牧

推薦者簡介
毛利華

北京大學心理與認知科學學院副教授，博士生導師，九三學社社員，現任北京大學心理與認知科學學院工會主席。

北京大學主幹基礎課《普通心理學》，《社會心理學》，全校通選課《心理學概論》，線上線下混合式課程《探索心理學的奧祕》主講教師。

曾獲 2004 年北京大學教學成果一等獎，教育部教學成果二等獎，2005、2008 年北京大學教學優秀獎，2006 年北京市科技新星，2006 年教育部高等學校科學技術獎（自然科學獎）二等獎，2015 年北京大學十佳教師寒梅獎，2017 年北京大學曾憲梓教學優秀獎，主講的《探索心理學的奧祕》獲教育部 2018 年國家精品線上開放課程。

曾獲 2010 年北京大學模範工會主席、2018 年北京大學優秀工會幹部等稱號。

著眼當世、一心向善

　　「孟婆」或許該算是中國民間最家喻戶曉的名字之一了，相對於神話傳說中的人物，我更願意把她看作是古老中國文明體系中極為關鍵的角色，因為她承接了生與死之間的橋梁。

　　對死亡的探究，應該是每個人類文明最為著迷的話題之一，因為我們渴望瞭解生的意義，所以同樣也在追求死亡的本質。在這個星球最近35億年的歷史當中，無數的生命在生生死死之間更迭，活過一世，完成傳承的使命，一次又一次重複著同樣的故事。直到幾百萬年前，人類的祖先陰錯陽差，突然小小打破了一下這個困住所有生命當世的牢籠，將思維的觸角伸向將來，我們意識到了將來，擁有了希望，擁有了對永生的渴望，也開始畏懼死亡。

　　人類文明傳承一直都在嘗試著去理解生與死的本質，以及背後隱藏的祕密，而對生的渴望和對死亡的恐懼，使得人們努力試圖打通生死之間的壁壘，建起一座跨越生死的橋梁，銜接起生與死的世界。

　　古埃及相信人死後不會消亡，會以靈魂的方式存在，因此他們將死者製成木乃伊，而女神伊西斯（Isis）會引導亡者的靈魂依附於其上，帶著所有曾經的過往，以這種形式繼續存在。古希臘人也相信靈魂不死，但是他們覺得死亡或許是一場淨化之旅，能夠使人們洗脫罪惡。

　　柏拉圖在《理想國》中描述的遺忘平原（Lethe）及後來在但丁的《神曲》中擁有同樣名字的遺忘之河（Lethe），都是洗淨靈魂中罪惡的記憶，而將美好永存下去。古代中國則用另外的形式，詮釋著生與死之間的承接，對個體來講，死亡並不是結束，而是意味著拋開所有過往，重新開啟生命新的旅程。不僅是人類，萬靈萬物都被包含在這個宏大的輪迴體系當中，重複卻又獨特地有序運轉。因此，或許古埃及相信的永生，是換了一種存在的形式，古希臘的永生，意味著洗淨罪惡以最美好的形式留存。

　　古代中國文明則是徹底拋開所有的過往，無論美好還是罪惡，以全

新的獨立個體繼續存在。孟婆作為由死至生的最後一個環節，則是在奈何橋頭用一碗特殊熬製的孟婆湯，使所有的靈魂忘卻前世種種一切，重新開啟新的輪迴。在那個重啟的輪迴裡已經不再是當世的這個我，所以在古老的中國文明傳承中，人們會著眼當下，追求當世的長生，甚至超越輪迴的永恆不滅，成為個體跨越生死的最重要手段。著眼現世並不意味著可以為所欲為，因為不同輪迴中的個體，其實並不是兩個獨立不相干的個體，在這個系統當中，還有另外一個真正貫穿始終而不變的最基本規則，那就是因果報應，恰恰是這個規則，使得整個輪迴系統成為了一個圓滿的體系。

靈魂對前世的忘卻，只是個體層面的忘卻，但是系統還存在著因果迴圈這個宏大規則記錄著每個個體的因果，從而把無數個獨立的輪迴聯繫成為一個整體，「何為前世因，今生受者是；何為後世果，今生做者是。」這樣也形成了中國傳統文化當中敬畏因果，行為向善的特質。

因此，中國人活在當世，著眼當下，但是卻又講求報應，一心向善。在這個輪迴體系中，孟婆居於最關鍵的起承轉合的位置，正是因為這個角色，使得這個體系有序地運轉。

李莎筆下的孟婆，恰恰描述了這種傳統的文明特質，在她的故事裡，孟婆作為一個普通而平凡的個體，在一個宏大的前生今世故事中，經歷了人世間的愛恨情仇悲歡離合。李莎講的故事深深吸引了我，也使我看到了在這所有的文字背後，始終流淌著的「經歷當世，一心向善」，因而促使我想到了上面的這些文字。

而我也相信，每位閱讀者都會從李莎的故事中，獲取自身不一樣的感悟。因為，或許孟婆是一個使得個體忘卻前生故事的人，卻同時也是一個收集故事的人，她經歷了在這個世間存在過的所有個體一生一世的記憶，閱盡了人世間的悲歡離合一切種種，那麼她定也有自己精彩的故事。從傳統的中國文化來講，每個人心中孟婆的故事，可能都帶有自己前世的過往、今世的精彩，以及對後世的理想吧！

北京大學心理學系副教授 毛利華

作者簡介

李莎

希達工作室創辦人、中國傳統文化教育與傳
播研究學者、中國社會科學院金融學研究
生、香港大學整合行銷碩士、中歐國際工商
學院高級工商管理碩士。

現就讀於清華大學積極心理學專業。曾於中山大學任職，並在韓國
三星集團、周大福集團等世界 500 強企業擔任集團高級管理職位。
擅長傳統文化在心理學方向和環境學的應用，並致力於中國優秀傳
統文化教育與傳播。

所撰寫的多篇學術性論文和專業性文章，已在《出版廣角》、《財
經界》、《中國文藝家》、《發現》、《長江叢刊》、《中國民族
博覽》、《新教育時代》、《中華少年》、《中國校外教育》等多
家國家級專業期刊和國家級媒體刊登。

代表作品：《直覺力：讓人生經驗轉化成選擇的能力》、《焦慮心
理學》、《1001 天》、《潛意識之謎》、《李莎的生活隨想》

相濡以沫，不如相忘於江湖

　　一百個人心中有一百個孟婆。或許，每一個人想像中的孟婆都是截然不同的，包括那碗「孟婆湯」的滋味和功效，也是眾說紛紜。想像一下自己手捧孟婆湯時的心情和感慨，大概每個人都不一樣，在塵世活過的人，每個人都有一番屬於自己的際遇與感悟。

　　寫這本書的初衷，源自 2019 年某一天，彼時我正和清華積極心理學班的幾位同學一起聊天。大家都人到中年，經歷的世事也多了許多，忽然感歎起現在社會上的詐騙、作假行為，似乎很多人越來越缺少敬畏心。面對這種大規模的信任危機，好像沒有特別行之有效的方法能改變現狀。

　　說起這些，忽然覺得小說、電影、電視劇都是青年人關注得比較多的東西，如果能把這部分的力量好好運用，可以讓更多人瞭解更深的世間法則自然運行。在我們忙碌的日子裡，是否有在夜裡抬眼看看天空的繁星，放下自己的執著，感受天道萬物自然的運行呢？

　　想到這裡，就決定以「孟婆」的故事來做基點。孟婆湯是一個深入人心的名詞，我想過將來自己終老之時，會不會不捨得喝下那碗孟婆湯，會不會對前世的一切還有所眷念？我也想過，若是自己可以選擇性遺忘，會遺忘哪段回憶呢？細細思量了很久，覺得自己哪段回憶都不該遺忘，哪怕是痛苦的、傷心的、失望的，但那些才是構成現在的我的基礎要素之一，是我的一部分，又怎能隨意的遺忘呢！只不過換種心態去看待過往的回憶罷了，這樣想來，就沒有那麼多情緒的起伏和糾葛了。

　　小說中反覆想表達的只有一句話：「相濡以沫、不如相忘於江湖。」這是我親愛的大舅舅生前經常說的一句話，可惜他走得早，沒能看到這本小說的出版。但是我相信他在天有靈，一樣可以感受到這本書承襲了他的一部分的觀念，亦能得知他永遠活在愛他的親人朋友們心中。

　　人生不如意為常態，凡事小滿即可。無論一生何種經歷與苦楚，最終人還是要與自己和解。生是死之根，死是生之苗，眾生死有異，為眾生

而死得福生，為自身而死得還債生，天道自然，人道自為。

小說之中，以中國傳統文化的道學文化為基礎，以孟婆的經歷為故事主線。但因為小說的特殊性，所以也無法完全真實反映道學文化的博大精深，只能擷取點滴片段而已。小說中的人物有你有我有他，在眾生一體之中，我們總能窺見自己的身影。

很感恩能邀請到我的兩位老師：北京電影學院文學系的蘇牧教授和北京大學心理學系的毛利華副教授，來為整個《孟婆傳奇》系列寫序言，兩位良師都是啟迪我更深入思考和探索的明燈。

此書獻給我摯愛的家人與朋友們，因為你們的支持，才讓我可以盡情學習探索，發掘那些未知領域，體驗更加豐富的人生。同時也以此書紀念所有我逝去的親人們，生是一段全新的旅程，死也是一段全新的旅程。天下人與事，都因歲月而物換星移，最後再附上我喜歡的那段日本詩詞：

《敦盛》
細細思量，此世非常棲之所，
浮生之迅疾微細。
尤勝草間白露、水中孤月。
金谷園詠花之人，為無常之風所誘，
榮華之夢早休。
南樓弄明月之輩，為有為之雲所蔽，
先於明月而逝。
人間五十年，比之於下天，
乃如夢幻之易渺。
一度享此浮生者，豈得長生不滅？
非欲識此菩提種，生滅逐流豈由心。
在此願諸位四時吉祥、平安喜樂。

李莎

第一節

　　眾人素來如此評價三界：天界多寂寞，冥界多悔恨，人界多繁華。在漫長無邊際的仙人歲月裡，總有一種高處不勝寒的寂寥；冥界在悠悠輪迴的通道，也總有些癡情之人躕步，留戀生前的酸甜與苦辣；人生寥寥幾十年，命數無常，天機難測，所以人們在紅塵輾轉，也不願辜負人間活的這一場。

　　仙人們總會羨慕人間的繁華熱鬧，卻不願意放棄永生的高貴；凡人也多羨慕仙人無愁無惱，卻懼怕冥界的召喚。凡事總有不如意之處，此事古難全。為仙雖好，卻無嗔無喜，只能枯燥無味地度過漫長時光。為人一世，功過是非，看起來熱鬧非凡，但最終也不過朱紅筆在生死簿上的輕輕勾勒。

　　七月半，地宮中元赦罪，鬼門大開。

　　夕陽殘照，鋪滿天邊似火，灑落人間似金。

　　「爹爹、娘親，你們在幹什麼？」一個總角年歲的孩子，用稚氣的聲音問了一句。這個孩子生得粉妝玉琢，面如中秋之月，色如春曉之花。稚嫩的童聲輕啟，眉眼似月牙一般，讓人見之忘憂。

　　進進出出忙碌的大人們，聽到這聲脆生生又可憐人心的小兒呼喚，不禁將憐愛的目光投向身前紮著兩個小牛角辮、身高不過五尺的幼子。

　　小孩的娘親放下手中的活，半蹲著身子，露出跟小孩一個模子刻出來般似的月牙眉眼彎，柔聲道：「我們在送祖啊，老祖宗迎回家裡供奉了那麼多天，今天該送走了，七月半子時，老祖宗們要回去逛逛鬼市呢。」

　　聽了娘親的話，胖大小子仍然不太明白，肉肉的小短手摸了摸腦袋，顯得有些吃力。

　　門外低低地傳來父親吩咐的聲音。

深藍色的對襟短衫，同色的小褲，被胖胖的身體塞得滿滿當當，小孩扶著牆邊穩穩地踩下階來，一陣風似地撲進了父親懷中。父親正忙著歸置著紙錢與紙元寶，見小兒奔了過來，忙換過手來接他。被這稚子一攪和，剛才要燒的東西散了一地，一張紙錢被風捲了去，秋葉似的漫天亂舞。

　　小孩的娘親見狀忙去撿拾，父親則把小兒攬過，單手抱了起來，在半空中一揚，又穩穩地接進懷中，逗得他咯咯直笑。笑完了，他又指著地上那些大小不等、用炕灰畫出來的圓圈好奇的發問。

　　父親慈愛地刮了刮他圓圓的鼻尖，為他解釋道：「這些是圈出來待會燒紙用的，把它們各自圍成幾個圈，老祖宗才不會弄混了。那個小小的圈，是給孤魂野鬼的。」

　　「孤魂野鬼是什麼？」孩子的大眼睛裡充滿了疑惑。

　　「孤魂野鬼就是那些死後香火不繼、無人給他們燒紙錢的那些鬼魂，他們沒得用、沒得吃，又沒有人供奉他們的話，很有可能就會搶別人的，為了不讓他們搶了老祖宗的供奉，就要給他們也燒上一份，這是一直以來的慣例。」父親慈愛地解釋道。

　　稚子眨巴著眼睛，望著父親道：「那我們給他們多燒一點好不好？」

　　娘親拾了紙錢回來，聽到這句話，不禁與他父親相視一笑。她一邊把紙錢放好，一邊走過來揉了揉孩子的頭：「好，你說燒多少就燒多少」。

　　父親自然地握住了母親的另一隻手，兩人相視一笑，只聽他道：「柳娘，你辛苦了。」那女子搖搖頭，兩人將目光投向稚兒，彼此都為生一個心地如此純良的孩子感慰。三人這樣站著，在落日的餘暉中，構建了一幅溫情得令人不忍移開目光的絕美畫面。

　　夕陽漸漸隱於山間。暮色四合，不知從誰家掛起第一盞燈開始，各色的燈飾也陸續被掛了起來，旖旎蜿蜒的彩燈，在不同的彩紙後面發出微弱的火苗，映射出不同色彩的光，各色的微光交織在一起，彷若仙界的五彩霞衣。

　　鬼門大開之時，人們放花燈祈求祝福的活動已經結束，此刻已是返家歇息時分。

人間的街道上只剩下一些孤零零燃燒著欲滅未滅的紙錢堆，和空氣中絲絲縷縷的香線燃燒後宜鬼的香氣，整個街道的氛圍都有些幽暗玄靜。此時正是一天交界之時，陰陽的混合處，浩浩蕩蕩的鬼魂從各處聚集而來，似是往同一個方向趕去。

一片荒涼的野地裡，隱隱約約升起一片綠瑩瑩的燈火，看著有些像人間的市集，卻又時時透露出一股聾人的詭異感。只見那橫縱巷道之中，真的升起一些攤子，好像還能聽得到一些聲線刺耳詭異的叫賣之聲。市集上的東西琳琅滿目，有面如玉色、身高如常人的男女人偶，有逕自發光旋轉不用線提就漂浮的美麗燈花，更有衣物鞋子之類的日常商品。但這些都是後人們供奉祭祀燒來陰間的物品。

市集間有一道窄窄的路，有一些輕飄飄的身子穿過彼此，遊蕩其間，大部分鬼的身上，都還掛者後人供奉的包封，中間裝著大把的陰錢和金元寶，今日他們收穫頗豐。如果再細心一點，便還能在那不引人注目的角落之中，看到一些臉上掛著粉墨油彩的闖入者，寬大的繡袍下，和客人手臂你來我往的比劃著，進行著一場場不為人知的交易。

牛頭馬面兄弟倆吩咐完了規矩後，還是喜歡到陽間去尋些酒來喝一喝，再上這鬼市遊上一遊。

他倆在他處已然過了一巡酒飯，有些醉了的他們，自然不會去理會這點小小的動靜。二人搖搖晃晃，打著飽嗝向鬼市走去。冥界難得有什麼好節日，這七月半算得上鬼市的大年，自然是要熱熱鬧鬧玩一番的。

牛頭馬面兄弟倆最大的樂趣，便是歪倒在市集一角的一棵老樹下，編寫驚悚奇異的故事，誆騙那無知的新鬼。

雖然兩鬼差都是多年的老油條了，但還是覺得有趣。嚇到的那些膽小的新鬼，他們就會把他們的馬屁拍得脆響，又得戰戰兢兢的獻上些好東西，如此就可以拿回去討好討好奈何橋上那位美人孟婆。倒不是說他們對這位孟婆有什麼非分之想，而是美的事物，自然就有吸引人的力量。因為這孟婆的絕色姿容，所以兩名鬼差站在一旁恭候著，還多半會認為是自己的榮幸。

鬼市裡有各種令人意想不到的東西售賣。因此處神祕幽昏，有些人類也會偽裝混跡進來。那些未曾去投胎的新鬼舊鬼，還有一些專門找來的人，都會在鬼市做些交易，交易內容駭人聽聞，有挖墳掘墓來此處售賣的，有拿健康換運氣的，有用良心換壽命的，還有金子換身體部位的……

　　不知道馬面使了什麼障眼法，聚攏在二人周圍的人鬼都被唬了。牛頭馬面目的達到，哈哈大笑，拿過小鬼呈上來的小錢和雞腿，再裝出一副高深莫測的樣子，牛頭馬面這回算是玩了個盡興。令人覺得有趣的是，這些故事他倆多少年間也未曾更改一字，然而這些鬼魂每次都還聽得一愣一愣的。

　　兩人的遊戲玩到了頭，涼風吹得頭也痛了起來，便站了起來，拍拍身上的塵土，要打道回府去了。

　　不料一旁的一個鬼婆子聽了他們二人的這些渾話，有些當了真，張大了嘴巴不知心中想些什麼。眼見牛頭馬面要走，慌忙跟在兩鬼差後面，想要詳細打聽他們剛才說的話。牛頭馬面此時醉醺醺的，也懶得理她，只是將她一把推開。鬼婆子跌倒在地上，仍不甘心，就像著了魔一樣，嘴裡念念叨叨。此時道上的行鬼來來往往，終於有一個黑衣人注意到她，向她隨意指點了兩句，便拂拂手，悠然而去。

　　牛頭馬面站在一邊，抱著本來要送給孟婆的小禮物有些訕訕的。這孟婆雖然生得極美，但是待人卻十分冷清。眾人接近她時，她總是客氣又疏離，叫人完全挑不出錯來，全然沒有上一任孟姐姐的熱情和活潑。但是她這樣的態度，卻也不能說有什麼大錯。

　　這任孟婆舉止優雅，禮數到位，渾身透露著貴族的氣息。花容月貌，傾國傾城。除了貌美，額間還點著一粒朱砂，這眉心的朱砂在雪肌花顏的映襯下，並不增加妖媚之氣，反而讓人覺得雍容華貴。

　　孟婆在冥界是不需要用前世姓名的，當然，如果孟婆極力堅持也可用。但即使用本來的名字，也不過三、五人敢直呼其名。如今這位孟婆自稱桑黛，但她將姓名相告也不過是平常心態，對此也不是十分看重，總覺得姓名不過平常事，是在凡間幫人還願時用一用罷了。

此任孟婆在地府不到百年，福報珠子卻已經有好幾顆了，運氣相當不錯。若此時她願意投胎，定然也能投胎在一個小康人家安穩度日。可惜，她並不願意這樣做。牛頭馬面自然不知為何，只是時常見她發呆時身上流露出來的冷意，實在令他們膽寒，自然也不敢與她多開玩笑。

卻說牛頭馬面逛完市集，沿著忘川水一路行來，途經三生石，穿過兩生花叢，又通過在曼珠沙華叢，一路來到奈何橋前。

牛頭遠遠看著正在發呆的孟婆，一把拉住抱著禮物想要上前去跟她打招呼的馬面。馬面轉頭看了眼牛頭，眼中露出了然的神色。

此刻的孟婆身著一件素白絲織長裙，裙邊繫著豆綠色的宮絛，一頭華髮如黑墨一般垂到腰側，上半頭髮用一支碧玉簪子挽起，如謫仙一般嫻靜悠然。

她每日公務便是熬湯，並維護奈何橋的秩序。如今忘川中的妖獸和她管轄範圍內的惡鬼都十分安寧，遂她日常下職便回屋，或者坐在橋頭獨自發呆，並不見有執念愛恨欲念之態。

其實這些年來度化的人中，也有許多孟婆的故人，有認出她來欲上前與她搭話，她都輕輕閃開，一臉冷清；有人指著她的鼻子大罵畜生，亦不見她有半分慍怒不快。她似乎永遠都沒有什麼情緒起伏，只是手掌一碗孟婆湯，輕輕立在一旁，無論雙方開始如何僵持，戰敗的總是那些需得再入輪迴的鬼身。

「孟婆又在發呆了。牛頭，你說現任孟婆怎麼這麼冷呀，她前世究竟經歷了什麼呢？」馬面拉拉牛頭的衣服道。

「我倒發現一件好玩的事。」牛頭笑著說道。

「什麼事？」馬面好奇地問。

「你不覺得，孟婆看到那些轉世輪迴的母親時，會格外溫柔嗎？」牛頭說。

「我倒覺得孟婆看那些母親眼神會格外凶殘。」馬面否認道。

牛頭馬面站在曼珠沙華叢中爭論起來，藉著酒力，誰也不饒誰。

說話間，卻見到奈何橋上來了一位老婦人，正是之前跟在他們後面

煩人絮叨的鬼婆子。兩人面面相覷，他們不過把那件事當個笑話說，沒想到這鬼婆子非要認真，竟然還追到這裡來了。

牛頭馬面正要過去把她攆走，不想推搡間，老婦人竟說她想要還陽去圓個願望，聽說這裡有這種買賣可做，所以才會尋到此處來。沒來得及去想此鬼是如何得知這些訊息的，但知道她所言非虛的牛頭馬面，聞訊也不敢做主，只能轉頭向孟婆望去。

孟婆本站在一邊，遠遠望著三人，她本不想去管這閒事，此時聽到這老婦人要做之事與自己密切相關，便把一雙秋水之瞳轉了過來，看向那倒在一旁的鬼婆。素白的衣袂翻飛之間，孟婆已用靈力扶起了那鬼婆，隨即奈何橋上幻化出一把座椅，孟婆請老婦人坐下，輕聲問她有些什麼前緣，有些什麼心願欲要她協助完成。

見老婦人將答話，孟婆又道：「您可要想好了，雖然我並不知曉您是從何處聽來此事，或是有何種心結。但了結因果原非小兒玩鬧，這魂飛魄散福報散盡的交易，可不是要人不經思考就胡亂選擇的，此處往來的鬼眾有多少不甘者，都是一碗孟婆湯下肚便俱能忘卻的，您又何必掛懷呢。」

那老婦人聞言只是垂淚道：「若是不知道這裡有這番交易，倒也罷了。但魂歸陰間，徘徊往來，不知往何處去，心願未了亦不甘，也不曾輪到自己投胎便聽聞有此交易，想到若是真能了願，便如何也得。你說這交易是魂飛魄散、永入忘川，我這老太婆也不知道那是如何的一番光景，就像是我死前亦不知我死後來到這陰間，竟然會是如此際遇。如此想來，魂飛魄散亦是無甚要緊了。」

孟婆輕笑了一下，這老婆婆看似粗鄙，但說話竟然也能有幾分道理，也比一般只剩欲望的癡男怨女不同，便示意她繼續說下去。

那鬼婆見自己得到了孟婆首肯，便又絮絮叨叨說了起來。孟婆安靜地聽她嘮叨完，不過是些普通的人間家常。既然這老婆婆自己願意魂飛魄散，便也隨她。孟婆確定她心意堅定，便和她達成交易，願意陪她還陽去完成那願望。

離市集的不遠處，建了一所簡陋的屋子。這房子破敗凋敝，怕是已

經許久無人居住。室內有些窸窸窣窣的聲響，不一會兒，一個綽號「豆芽菜」的男子睡眼惺忪地提著褲子，從屋子裡晃晃蕩蕩的走出來，揉了揉眼睛，四處張望了一下，見四下無人，便走到屋後隱蔽處，撒開褲子尿了起來。尿意紓解後，豆芽菜才舒怡了起來。只見他打了個大大的哈欠，慢慢清醒了些，散漫的目光朝著周圍遊看過去，不看還好，這一看，便把這豆芽菜嚇了一跳，不遠處竟然飄著一片片熒熒的鬼火，再定睛一看，果真如此。

只見那市集之中，竟有飄飄忽忽的人影穿梭其中，他家住在荒野，附近哪來的市集，況且還是在這夜半之時。撞了鬼的豆芽菜心中一顫，不由得把尿了一半的尿撒了一褲腿，他此時心中驚恐萬分，啊的一聲怪叫出聲，整個人跌摸爬撞地向屋中跑去，慌忙躲進被子中瑟瑟發抖。

牛頭馬面兄弟被近處的一聲怪叫嚇了一跳，他倆相互對視一眼，知道是這鬼市驚到了生人。沒想到開在荒郊野嶺的鬼市，居然還有人住在附近。能看到他們的也定然是些童男童女，若是成人，除非陰氣十足、體弱多病者、靈媒體質或是氣運極低之人才能看到些許，這也無妨，畢竟大人對孩子們的話，向來便是半信半疑。

牛頭馬面並未理會那嚇跑了的人，一般只要不是蓄意打擾到他們，自然也不會有什麼大事。

冥界空寂，終日不見日光，無甚樂趣。只有到這七月開始，鬼門方始打開，讓未投胎的鬼眾們四處走走看看，體驗一下人間的繁華，看望一下親族朋友。他們也有他們的規矩，在此期間，絕對不可以刻意影響生人的生活，更不可惡作劇的去恐嚇、騷擾任何人。哪怕是自己的仇人，亦不能去尋仇，所有因果承負都在冥府清清楚楚記錄著，待此人陽壽盡了，到了冥府判官自有審判。

還有些屈死的厲鬼、怨氣太重的孤魂野鬼也在外面各處晃蕩著，有時會引人做替死鬼，自己收了人家的魂魄去投胎。有些偷了人家的魄，弄得別人變了癡傻之狀，這些若是給四處巡邏的鬼差遇到，自然是要治罪的。但是大利面前，鬼和人一樣也會動心，總有鋌而走險的鬼眾。所以這七月

既是冥府的節慶日子，也是鬼差們最辛苦巡邏的日子。正如凡間的慶典一般，在慶典上人人歡愉，但衙門當值的衙吏們卻要辛苦操勞地各處巡防，只怕稍有差池會出什麼亂子。

熬到七月半，鬼門大開。鬼市開在這陰陽交合之處，亦是十分好玩。這個時候鬼差們也可以鬆一口氣了，因為大多數的鬼眾，都在各地的鬼市中徘徊交流，子孫的祭品讓他們個個口袋鼓鼓囊囊。錢壯鬼膽，有了元寶之後，那些平日唯唯諾諾的鬼眾們，腰桿子也變得挺拔起來，各自挑選著自己鍾意的物品，還有互相贈送禮物的，有些是做鬼之後認識的朋友，有些是做鬼之後愛慕的鬼。還有些是生前不敢表白的，這到了死後，也不怕旁人說三道四，該表達的就表達了，要是人家堅決不接受，或者面露厭惡之色，大不了喝碗孟婆湯投胎去，這也是瀟灑至極的選擇。

所以每年鬼節之後，總有一批慷慨投胎的鬼眾，有些是心願已了，有些是再無眷戀，還有些是賭氣去搏個更好的來世，有些是隨著愛慕之人、親友共去投胎。總之每次七月之後，孟婆都有一段時間忙著熬湯，以打發一眾鬼眾，好不辛苦。

牛頭馬面已經在陰間當差幾百年，看慣了人生百態，看遍了生離死別，心中已沒了太多的波瀾起伏，中元節這樣的日子，不過是百年寂寞裡唯一熱鬧的安慰。

牛頭馬面雖閱盡世事，卻也真的活進了世事，如今他們更加通透，懂得及時行樂，且行且珍惜。

每到中元節，牛頭馬面便會帶著一群初出茅廬的小鬼，在鬼門前給他們講述來去人間的各種規矩，同時順便暗示一番。伶俐的小鬼自然知道他是何意，從人間回來後，便給牛頭馬面帶些禮。人間的人情世故，在冥界依然通用，畢竟還在五行之中、三界之內，情分和規矩都有些相似之處。

其實，牛頭馬面也會提醒那些要準備節後投胎的鬼眾們，千萬莫忘記還自己的陰債。陽債好欠，陰債那是欠不得的，越早還給了曹官，就越早能安心了事。

何來的陰債呢？在人生旅途中總會有很多因果孽債，其中有一種債叫

「受生債」。陰債即每個鬼眾投胎前向地府借的銀兩,每個人轉世之前都要到地府曹官那裡去借錢,培植自己的福慧資糧,因此每一個人出生後,才會有糧吃、有衣穿、有錢花等諸多福報。人生需要還的第一個陰債就是受生債,希望早還此債,以消災解厄,事事順利。

人生在世,自然會遇到一些坎坷。有些人官途不順,會埋怨時運不濟,命途多舛,覺得人生短短幾十年,此生志未酬便已白頭;有些人嫌棄姻緣,覺得此生難遇到知心人,一顆真心墜寒冰;有些人埋怨財運曲折,囊中羞澀,為家財四處奔波,此身漂泊,羈旅天涯,安身無處,勞累度日卻難有積蓄。種種因緣多不勝舉,命途波折,難說究竟。

其實,若能有得道之人指點,受挫者或可能明白這些波折,可能皆是來自冥界的警示,是有人催你去還陰債。若去道觀做一下法事,還些陰債,所受之厄運便會少很多。

在受生經中,是根據人出生的年份天干來計算填還多少,又根據人生的地支,把所欠之債還交到天曹地府的某一庫中。此為人受胎下生後所欠陰債,其目的是使人了卻今生前生及長輩多欠的陰債,從而消減罪孽、消除業障。

所以生人必還此債,一般人成年之後,就自己去那道觀查詢生辰八字對應的陰債和對應的曹官後,便趕緊還了,省得這債欠的人不安心。也有父母做得仔細,孩子剛出生就去道觀,做了法事科儀給他還了那陰債,自然孩童成長起來也少些磨難。牛頭馬面也心存善意,怕人們喝了那孟婆湯後將這陰債忘得一乾二淨,遂有許多人在其反覆提醒之下,即便喝了孟婆湯,也不會忘記這重要的契約。

但是,更多人是真的忘了個乾淨。特別是這一任孟婆熬的湯,簡直就是強效版,比以往任何一位孟婆熬的藥效都強許多,大家也不知為何,那古方子還是一樣,熬製時間也沒改變,如何效力就如此之強,誰也不得而知。

第二節

　　人對生活的期許不同，所求自然也不一樣。

　　有些人心懷蒼生，願意自墜忘川，拯救百姓於水火；有些人追逐此生真情，願用無盡的等待，換來一年的癡戀；有些人輾轉紅塵後看破紅塵，不願再入輪迴；有的人放不下子女，用灰飛煙滅來換取剎那的守候；有些人心中有恨，定要親眼看見仇人服刑斬頭……每個人都有自己的期許，或許是情，或許是義，又或者是怨，讓他們願意在忘川中，長久孤寂。

　　孟婆常想起冥帝與她說過，情深不壽、太上忘情。他說這些話的時候有些惆悵，不知道冥帝是否也有他難以忘情之人或事。桑黛其實很想詢問他，只是每每問題到了嘴邊又咽了回去。冥界有冥界的法則，禮法是不能逾越的，畢竟他是冥帝，自己只是他手下的一個鬼差而已。

　　冥帝對歷任孟婆都十分優待，其他鬼差也會賣三分面子給孟婆。這黑白無常和牛頭馬面各分屬一塊，去勾新死之人的魂魄。黑白無常與孟婆的交道打得比較少，跟她的言語也不多，素來只是抓人後便往黃泉路上帶，也不與新亡魂交待開解幾句，弄得他們帶來的鬼眾每次喝那鮮美的孟婆湯時，都有些不情不願。牛頭馬面在這點上就比黑白無常細心得多，他們一旦勾到魂，這一路之上都會好生勸慰那生魂，讓那即將投胎轉世的生魂明白，這只是自己無數輪迴中的一世。

　　因為這新亡魂自覺做得不夠好，又或是負了什麼人、虧欠了什麼人、又或者對誰心懷感恩之心，這些情緒極易變成執念，一旦執念太深就很難投胎。所以，這牛頭馬面二人也是心地善良，在回冥府的路上，一直各自開導勸解亡魂，這樣一路下來，很多亡魂到了奈何橋，心緒便已放下。既然放下，喝起孟婆湯就順暢了很多，也少了孟婆強灌鬼眾這一節，鬼眾的痛苦自然少了許多。

　　因牛頭馬面體貼，有一次，孟婆便忍不住感謝了牛頭馬面他們兄弟倆善良善心，牛頭不好意思的撓了撓頭說，其實就是他們愛聊天說話罷了，也沒想這許多。每次看著新鬼眾的眼神，從害怕、不解、緊張、恐懼到逐漸釋然的神態，再到坦然地喝下孟婆湯，牛頭馬面心裡都會有一種平和溫暖之情，特別是每逢故友再次轉世輪迴，看著他們已然忘記了往昔的平和神態，牛頭馬面也是感慨萬分，不知是該高興還是該遺憾。

　　孟婆每次接了替人還願的任務，自然也要到冥帝處先行報備。

　　畢竟這是件十分重要的事。有時她許多年也等不到一個客人，有時有些客人雖然願意，但是做完交易之後，看到到手的福報珠小而無色、光澤黯淡無奇，就知道這顆福報的份量並不足。但畢竟每一個做交易的鬼眾，並不知道自己來世福報的大小，不到最後一刻，孟婆自己也不曉得這趟生意是否值得去做，只是本著了結鬼眾的心願，讓他毋須執念纏身，權且當是做了件好事吧。

　　每次去冥帝的府邸之前，孟婆都要仔細的收拾一番：將平日裡閒散垂落的頭髮高高挽起，梳了莊重的九鬟仙髻，兼有華美的宮花裝飾。一襲淡紫色的衣裙，依舊素雅但又不失莊重。

　　要覲見自己的主管之前，這任孟婆在禮數上向來如此周全。只見她輕整衣袖，兩手交疊藏在袖下，垂肩頷首的從忘川河畔款款走來。

　　守在冥府門口的鬼差，遠遠見到孟婆走來，收起平日裡的閒散，挺胸站立。平日裡這些鬼差都是比較閒散，畢竟他們是魂魄，不能做到像人一般莊重。

　　這任的孟婆太有貴氣，對誰都客氣有禮，雖然既不疏離也不親近，但總是讓眾鬼差覺得，這任孟婆就像一塊高雅的美玉，叫人不可褻瀆。

　　眾鬼差見她過來，慌忙低頭行了一個不太規範的禮，鬼差行禮姿勢有些扭曲，讓人看了忍俊不禁。

　　已經習慣這樣的姿態太久，這些個鬼差們大概是改不過來了。孟婆或許是習以為常，又或是自帶修養，她只是行了一個標準的禮節，而後便踏入冥府，空留下轉瞬即散的細細香風。

對眾鬼差而言，她彷若高處枝頭的玉蘭，花心向著清風明月，蜂蝶難及，從不取悅於觀花人。可觀其形，可聞其香，卻絕難攀折。

穿過弄堂邁上九重石階，孟婆在石柱暗湧的流光中踏入大殿，輕盈的腳步在空曠大殿中有細碎的迴響。背立於案前，似是在欣賞金頂上圖騰的冥帝聞聲回過身來，孟婆福下身子，得到冥帝和墨的示意才站起身來。

和墨瞧她這副樣子，臉上不動聲色，心下竟有些忍俊不禁。的確，融入骨血的東西，很難放下。看樣子，這又是一個癡心人。

「可是有了什麼任務？」冥帝輕咳一聲，平靜問道。

「正是，一鬼婆要回陽間去找回女兒，我已勸過她了，可她還是執意要做這交易，她既然心意已決，我也只能陪她走一趟了。」孟婆神色寡淡，雲淡風輕地說著。

冥帝和墨並沒有急著回答她的問題，而是不著痕跡地看了她一眼，見她衣衫上沾了一滴孟婆湯，心下頓時了然。這孟婆從來都是纖塵不染，尤其是向他請示問安之時，總要拿出最完美的姿態，絕不會允許自己失禮半分，而今看來，孟婆心緒紛亂，亂了她的心弦。

至於到底是何事，自是與這老婆婆有關，準確來說，或許是與這老婆婆淪落忘川也不忘尋回女兒一事有關。如此看來，孟婆心底仍有紛擾，或許此次是她暸此執念的契機，和墨心想。

「既是如此，你且隨她去吧。」說話間，冥帝從案前拿起凝時珠賜予孟婆。

說起這凝時之珠，並非任意予之。首先要看與孟婆簽訂此份契約的靈魂，是否方便與孟婆共用一體，再者也要看凝時珠結出來的多少。凝時珠這種能保住肉身不腐之物，自然是從忘川極陰之處凝結出來，一甲子才生出一顆。

這顆凝時珠今日剛結出來，瑩瑩之光尚未散去，孟婆便來了。冥帝覺得或許這也是一種緣分，便是歷任孟婆，能趕上剛剛凝出來的凝時珠的也並不多，而且這顆凝時珠淡淡的光暈，與孟婆身上的衣服極其相配，彷彿就是為她所備。

　　這老婆婆年紀大了，一路跋山涉水尋親，自然很是困難，讓孟婆化出身來同行更加方便，而且讓孟婆與那老人家相處，或許能夠體驗到從未有過的感情，冥帝心想。

　　孟婆接過珠子和書藏入袖中，又道了謝。

　　冥帝覺得自己越來越不像一個掌管眾生的神靈，原本朱筆輕描，人界便可翻雲覆雨，而今卻越來越常為他人計較了。想到此處，冥帝嘴角輕輕一彎，但也不過片刻工夫，誰也不曾看見。

　　和墨掌心輕叩著桌面，似是不願結束談話，孟婆見狀便侍立一旁，靜待他示下。

　　「此番你們欲往何處？」

　　沒想到冥帝會問及此事，孟婆一時間不由得呆了一呆。不過很快的，她便柔聲回覆冥帝道：「還陽處是在巧山，但任務是要去往洛河鎮把她女兒帶回來。」

　　「洛河鎮？那豈不是回到了你的家鄉了？」冥帝淡淡一笑，「這可是一趟好差事啊，故地重遊。」冥帝試探道。

　　孟婆聞言，也只能苦笑沉吟道：「桑黛不過一縷魂，承蒙冥帝看得起，在這冥界得以安家，平日裡熬著孟婆湯，過得還算清閒。而今已近百年，物是人非，哪裡還有什麼故地。」

　　雖語言婉轉，卻也反駁了冥帝，似乎提起此事，孟婆便不似平日那般溫順。

　　冥帝卻並不以此為意，只是淡淡一笑。能成為孟婆的人，又怎會溫順？素日表現出來的順從，也只不過是修養罷了。

　　只見和墨淡然一笑道：「《道德經》言：天地不仁，以萬物為芻狗。這就是大善無情。」

　　見孟婆神情，和墨知道她並未聽懂，便自顧自地說起了自己的見聞：「當冥帝時間久了，心中總是存著一些我自己也快要生疏的事情。記得當日有個身分尊貴的太后，死後來到冥府，說自己一生吃齋念經不殺生，是善行之人，理應來世投身個官宦富貴人家，再享一世榮華。判官當時看完

她的因由簿，明明寫她只能投生小農之家，於是二人便為此爭執了起來。我恰巧路過判官府，聽二人喧鬧得甚為有趣，便進了府衙去看個究竟。

「我一進府衙，見這太后倒也生得慈眉善目，不像那心腸歹毒之人，便細細翻查了她的因由簿，看看到底是什麼緣故。

「原來這位陳國太后憐惜自己的故土，在她的家鄉有一處森林茂密之地，當地人喚作北山。山間有千餘頭鹿，幼時母親常帶自己去那森林之中觀察這些有靈性的生物。不知何時起，山中的狼越來越多，母親因考慮到她的安危，便也不再帶她去看那些小鹿。

「後來她得知鹿群遭受到野狼的圍捕而慘死時，頓時覺得十分心痛。尤其是當她聽聞林中母鹿護著小鹿慨然而死時，更是不由想起自己年幼時在家族之卑微的母親。她母親原是妾室，自己亦為庶出，只因自幼相貌絕美，遂常受夫人與姐姐們的欺凌，母親每次都是替她受過，寧可自己被鞭打責罰，也捨不得讓人傷她分毫。

「最終她因為美貌被選為宮妃。入宮後半年，母親就因舊患突發而猝死在一個深秋的夜裡。當她得知消息之時，已是半月之後，府上才差人送來一封信函告知。最終她未能見到母親最後一面，也未能在母親靈前上一柱清香，此事便成了她心裡過不去的坎，怕是至死也無法釋懷。

「不過她因為性情賢淑，容貌甚美，深受帝王喜愛。也是她運氣好，竟然誕下麟兒，後來登上了太后寶座，備受尊崇。適逢她五十壽宴之時，宮中大慶，寒冬之日，一干人等多食用鹿肉以補陽氣。唯有她看到盤中的一塊鹿肉時，不禁觸景傷情，憶起自己兒時的種種，感懷落淚。陛下見太后傷感，問明情由之後，便命令將士射殺那片森林所有的野狼。

「一國之君果然言出如山，不到一年工夫，北山上便再無一隻野狼。宮中人見此，都讚揚太后心慈。幾年後，太后也得以善終，安詳離世。

「這人世間後來發生了什麼事，她自是再不知曉了。所以，初入黃泉之時，太后便懇求判官，說自己不捨人間牽掛，想過些年看到皇孫成婚得子，也見一眼重孫，便可心滿意足地去投胎。因為她也無大惡大罪，所以判官便允了她的請求，暫不投胎。這一等便是五年，待到嫡長皇重孫

出世，這太后便也了結了牽掛，主動要求轉世投胎。但判官告知她將投生小農之家之時，她大為不滿，於是便與判官理論了起來。此時我在屋外聽了他們這番說法，心中便已知一二，當下便使了神通，令她在銅盆之中看看她離世之後的世間光景。

「原來，當日這北山上的的鹿兒，因太后一念仁慈，殺光了所有的野狼後，失了天敵，便安心成長繁殖。豈料十年間，千餘頭鹿增加到幾萬餘頭，鹿群吃光了北上周圍所有可食的植物，其他弱小的草食性動物也開始因為糧食不足而大量死亡。到後來，就連鹿兒自身也因為供食不足、生殖過快而導致大批餓死。不堪忍受饑餓的鹿群，便開始下山去搜掠百姓的田地的糧食，踐踏莊稼，令附近百姓苦不堪言，久而久之，這鹿群毀糧之事，導致民怨沸騰。

「陛下得知此消息，大為駭然，只得按照大臣們的建議，從北境他國邊境捕獲了一批野狼，重新投放入北山。短短三年，北上之上植被重新煥然生機，眾多弱小的草食性動物也得已存留，甚至連鹿群都重新煥發了生機。」

孟婆聞言，心中暗驚，不知和墨為何要給自己講這個故事。

和墨溫和地看了看她道：「當時陳國太后聞言，也如你這般心驚，但瞭解了此事因由，她行過了禮，便安靜地隨著牛頭馬面去了奈何橋，安心投生小農之家。」

孟婆抬起頭來，看著冥帝道：「陛下是想告訴微臣，天地間的關係環環相扣，正如北山來說，植物從土壤吸取養分，然後被鹿吃掉，而狼則捕殺鹿，狼死後，又腐爛肥沃了泥土，這又是一個迴圈過程。天道規則就是一個整體，在一張網中，只要一個結點斷了，整張網就會崩潰。萬事萬物以規則為首，因此天道無情，才能做到『獨立而不改，周行而不殆』，整個世間有規律的迴圈而行。如若上蒼也偏私有情，如那陳國太后般偏愛某樣動物，卻為自己與其他動物帶來了更大的災難。所以看似無情，其實卻是天地的大善，這才是真正的善。」

和墨點了點頭，在廳堂之內慢慢踱步緩緩而行。只聽他輕歎一聲，

對著空蕩蕩的庭院道：「世間之人皆說自己是善人，每每到判官處，皆呼冤枉，認為因由簿記錄不公，才令自己不能享來世的榮華。但自始至終，世人卻都不曾明白何以為『善』。多數人以為的善，大概便是讓周遭之人，哪怕是不相識之人，皆能衣食無憂，並施以幫助，如此就以為這是大善之人。若是再有能力之人，除了讓其他人吃飽穿暖之外，還希望使得別人能夠快樂幸福。遂常常給予他人一些禮物和驚喜，讓其快樂一時，你說是嗎？」和墨說完，淡淡望了孟婆一眼。

孟婆認真思索著和墨所說，緩緩點了點頭。

和墨接道：「但於天地來看，真正的善行，是做好自己，讓自己更有成就，同時能夠令他人從自己的成就中獲益。所以很多經常布施的人，善行卻不如那開幾間小鋪的商人。他們每次入到冥府都心中不服，覺得判官偏私，更有甚者傳出去說『有錢能使鬼推磨』，其實只是他們自身看不到更深一層的因果罷了，唉！」和墨說著，竟然歎了口氣。大概這般事情他見得太多了，無法好好教導世人何為大善，因此總有些遺憾唏噓。

歎完氣，和墨向孟婆問道：「那我問你，為何一些經常布施之人的善行，偏偏卻沒有那開幾間小鋪的商人善行多呢？這是為何，你知道嗎？」

孟婆略思忖一番，緩緩答道：「這是因為這些商人因自身成就，而雇傭了許多小工，再使得這些小工能養家活兒，在他的鋪中學習歷練與成長，這才是更大的善行。『勿以善小而不為，勿以惡小而為之。』在他人遇到危難的時候，大多數人會想幫一把，但如果僅僅是為了不忍去行善，不考慮此事之中的因果，終究只是小善。而這樣的善行，很可能讓雙方都陷入危機中，更壞的是，還可能令雙方因愛生恨。」孟婆認真地答到。

和墨聞言，滿意地點了點頭：「孟婆你要記住。真正的善良，一定要匹配以智慧，能行善者，既要洞悉世相人心，也要明白自然天地法則。只有這樣，善行才能合乎天道，不違背自然而又能幫助別人擺脫困境，這樣的善良才是真正的善良。」

「孟婆明白了，謝謝冥帝一番悉心教導。孟婆定會時刻提醒自己，做事合乎天道之規則，儘量不干預人間因果。」孟婆肅然應了一聲。

　　但她雖然如此回答，心下卻有些淡淡疑惑。她做這交易也不是頭一回，為何此次冥帝要反覆交待叮囑？難道這次看似易如反掌的任務，有什麼玄機之處？

　　她抬頭向和墨望去，只見和墨如玉的臉龐上，一對深邃的眸子，如夜空的燦星，明亮遼遠，似是看不到底。

　　難道冥帝已經預料到會發生什麼，所以才與自己說了許多？這是她做孟婆以來，冥帝單獨與她談話最多的一次。她雖然到此還不足百年，但是她很清楚，冥帝一向寡言少語，喜怒不形於色，臉龐之上總是顯示著一副若隱若現的微笑。這淡淡的微笑，令人在這冰冷寂靜的冥邸裡，也能感受到一些暖意和溫情。

　　想到今日冥帝的反常，孟婆心下也隱隱覺察到，此行遠比自己預料的要複雜得多。又或者，這裡面包含著自己的因果？

　　孟婆不敢往下深想，但此時和墨已經打開卷宗處理公務，她也不好再細細相詢。

　　孟婆向著冥帝福了福身子，不再多言，便要退下了。

　　他們雖不曾像普通上下屬那般輕厚，但一舉一動，亦在百年間培養了默契，只一個微小的指動，孟婆就知道冥帝允了。

　　得到允許後，孟婆欠身微禮後轉身離開，在那迴轉之間，餘光瞥到身後冥帝又站成了如松立林間的挺拔身姿，便恍惚間覺得自己也會和他一樣，千百年的這樣立下去。

　　孟婆也不知道，這樣無悲無喜的冥帝，到底是樂是苦？

　　但這些天機，遠非自己可以揣度。自己又想這些做什麼呢？孟婆收斂心神，立了立背脊，微頷著首，矜持地款步離開了。

　　冥帝凝望了孟婆離去的背影一眼，想起孟婆剛才所言，嘴中輕輕念叨：「桑黛，是時候面對你自己的內心了。」

第三節

從冥邸出來，桑黛邊走邊思索著剛才的對話。步子倒不曾遲疑，一刻鐘，又回到了奈何橋上，那位老婆婆伸長了脖子，正在焦急地等待她。

她一向也不多言，只是對著老婆婆笑了笑，裡面已是尋常鬼差們感受不到的溫柔。桑黛心想：「幸好牛頭沒看到，否則這碎嘴傢伙又要說自己被『輕薄』了。」

小心翼翼將凝時珠貼身收藏好，桑黛施展法術，腳踏雲彩攜老婆婆踏過奈何橋，飛身越忘川。一個鄉下老嫗何曾飛行在天空過，即使如今已是一縷魂魄，本能地還是忍不住害怕，不自覺張大嘴巴，一把抓住身側「神女」衣衫，此刻在她心裡，桑黛就是神女。

多年未被人觸碰的桑黛怔了一瞬，稍微向左扭動身體，被人觸摸有些不習慣，想要老婆婆鬆手，但看了眼老婆婆因緊抓握衣衫而手上露出來的青筋，以及臉上因為驚恐而向上拉緊的眉毛，沒出聲阻止，只是繼續往前飛行。

黃泉路，黃沙漫漫，名為泉卻乾涸無波，從沒有小鬼敢一個人在這裡闖蕩。以前很多小鬼總是往裡面跑，但是他們都沒有回來過，慢慢地，周圍的小鬼都知道在裡面一旦迷失就是永恆。

孟婆有神通，面對這廣袤無垠的黃沙，只見她廣袖抹過化出一條筆直通向天空中的道路。

雙眼微合，朱唇輕啟，桑黛默念起古老的咒言，一縷紅光隨即從孟婆的額間朱砂中飄出來，好像是飄出來又像是沁出的血光。光芒緩緩地圍繞住兩個人，又迅速地旋轉起來，越發快得同時就看不到身影。等這一片再恢復寂靜，地上的兩道人影已經消失，八百里漫漫黃沙路恢復了平靜，亙古而永恆。

　　兩人回到陽間時，老婆婆的手還抓著孟婆的衣服，閉著眼睛，就像一個母親倚靠已經獨立的子女一樣。桑黛覺得老婆婆有些可愛，等待半晌才輕輕推了一下老人，老人睜開眼睛向四周看了看，激動地說：「這是我家屋！」又激動地往前一步，才發現自己還扯著桑黛姑娘的衣角。

　　連忙鬆手的同時，還下意識去撫平衣角，殊不知鬼神自有氣勢，衣裳哪是她抓一下就能皺起來。但這總歸是一個極有人情味兒的動作，孟婆十幾年沒見到過了。

　　此時人間夜色悠悠，四野都是狗吠聲，遠處朦朦朧朧，黑勳勳的。無人的屋子，猛然走進兩個人，使本就寂寥的屋子更加森然，連屋外不時傳來的蟋蟀叫都暫停了。

　　看著老人在屋裡走來走去的同時，桑黛也在觀察著屋內，屋子正中有一張老舊汙漬的桌子，上面擺了個茶壺，這應該就是會客區了。不過壺中並無茶水，旁邊擺著的兩盞茶碗，坑坑窪窪，有些突出，有些凹下。材料粗糙又滿是缺口，不用看底款，就知道絕不會是官造。

　　抬頭看去，黑不溜秋的房梁上結著蛛絲，低頭看著窗戶，上面滿是塵埃，聳動鼻子，空氣中彌漫著一股酸臭，桑黛忍不住掩鼻。別說生前孟婆從未見過此番破落貌，就連死後也未曾體會過，今日才算是真正見到人間疾苦，原來如此。

　　老婆婆一邊看著家裡，一邊看著左右琢磨的孟婆，心裡有些不安。

　　這般情況，這要是牛頭馬面、黑白無常那幾頭千年的老貨，早就能從老婆婆的神色中看出想法，然後在言語中自然排解，讓老婆婆心安下來。可桑黛不會，她天生就不是做這個的，即使明顯擺在臉上的東西，只要她沒想看就不會注意到，就好像剛才來的時候，也經過官道旁的一些破破爛爛的村落，她卻在今日才得知貧窮的模樣。

　　孟婆看著遠處高山上的光，知道天色快要亮了，魂魄是不能在光線下停留的，需要快讓老婆婆回到她肉身裡去，孟婆這才開口打破寧靜：「老人家，你先進入肉身吧。」對，方才的尷尬於她這般清冷的人，根本就沒察覺到。

引導老婆婆站在肉體上，孟婆略施小法就讓虛浮在肉體之上的魂魄浸入。孟婆隨即扶起老婦，墊高枕頭，為她順了胸口，回頭從茶壺中倒水，但一滴也沒有。無奈又施法引了些院裡井水，才給她服下凝時珠，凝時珠雖然都叫凝時珠，但是每顆凝時珠的特性和效力並不完全一樣。

　　錢婆婆這顆珠子才剛剛結好，還未受靈力注入，所以雖然能讓錢婆婆在一年內形態不變，容許不吃不喝，但卻無法袪除這具身體本來的弊病，比如體弱，比如疼痛難耐的風濕病，風燭殘年的軀殼，虛弱的器官，錢婆婆要再多忍受些時日了，不過世間百態總有因果。

　　魚和熊掌不可兼得，慰藉了內心，就要在身上吃些苦頭，也是划算。

　　二人等了一會兒，東方泛白，一聲帶著煙火氣的雞鳴聲從遠處傳來，人間便換過天地了。

　　窗外有腳步聲，由遠及近。

　　孟婆急忙隱入牆壁之中，一個老者沙啞的聲音響起：「我說錢阿婆真是可憐，都病到這份兒上了，你們這些兒女也沒個回來端茶熬藥的，你們都是怎麼為人子女的，還要我一個個去叫，平日裡天天喊著的孝順，竟都是些空話！」

　　孟婆知道，凡人重視繁衍、看重孝道，如果有人被這樣批評，那已是很嚴重了，所以那些被批評的人很可能反駁。果真如孟婆所料，被說到的幾個男女七嘴八舌頂回去，他們一邊推開門來，面面相覷了一會兒，不知道誰先進去。按照凡人的傳統，誰先進去誰就主要負責，幾個人互相看了看，還是老大硬著頭皮首先抬腳帶領大夥魚貫而入，心情自然是很不甘願。

　　老大後面是一個包著頭巾，約莫三、四十歲的肥胖婦人，那是他媳婦，剛進門就迫不及待開了腔：「張叔，您這話真是把我家給冤枉了，婆婆這幾年身體不好，臥病在床，哪一次不是我和我們家阿忠在端茶熬藥？你瞧他忙前忙後，送醫買藥的，都瘦成乾骨頭棒子了，還是忙不開，家裡也需要人忙呢。我家有三個孩子，家務活、地裡活，實在忙不過來，都要把老娘都背上了，只終究不是個長法，您說呢？」大兒媳婦嘴皮伶

俐，竹筒倒豆子一般把事情說得清清楚楚，既做了該做的，又表了苦衷，眾人聽來確實是沒得辦法，也就原諒了他。

「是喲，親家不只有阿忠一個孩子，這個顧不過來就那個顧一顧，這才是多子多福嘛！沒想到阿忠才回去一日親家就犯病，還被過路郎中給救了，說出去可不丟人嗎？我覺得我女兒不來那是情有可原，家裡實在倒騰不過了呀！」在大兒媳婦身後，是一併過來的大媳婦母親，一身橫肉，那眉眼一看就知道她們是親生的母女。單從這段言辭來說，性格也是相像的，剛接過話來，非但添了把火，還要把帽子扣到老嫗二兒子身上。

老二阿順聽她們這樣講，當然不會樂意，自己也好好地侍奉過母親，怎麼就把髒盆子全往他頭上扣。想要反駁兩人胡說，卻又因為嘴笨，一時想不到說辭，只得暗暗不說話，大嫂母女一頓唾沫橫飛，攪得他現在頭還有些昏呢。暗暗在心裡責怪自己，為何不拉著自家婆娘前來。

老大站在一邊，也不出聲，雖然瘦得像個枯木樹幹，但屹然是勝利者的姿態，他藉的就是自家婆娘的勢。只有幾個孫輩的孩子，並不知道大人們在爭論些什麼，玩了一會兒屋裡的新鮮東西，終是把目標對準炕上祖母，推推擠擠地想讓她坐起來，再從櫃裡拿桃酥給他們吃。

原本緊閉眼睛裝睡的錢婆婆，聽著幾人爭吵終於忍不住，藉著難受呻吟兩句，假裝才幽幽轉醒，啞著嗓子喚她家老二阿順說要水喝。

看到錢婆婆醒來，幾人滿上去，貌似都是好子女，把注意力放回老婦人身上，剛剛把看顧母親的任務推來搡去的幾人，臉上平淡如常，沒有半點羞愧，還很厲害的切換上滿面擔憂，自是因為有外人在場。

阿順被母親叫到，心裡還是有幾分高興的同時，心裡也在想，憑什麼倒水就叫自己，為什麼不叫老大，不叫大嫂？於是隨意拿起一個破瓷碗，拖著跛腿出去提水。

大哥家三人趕忙插空圍上，對錢老婆子噓寒問暖。

懂點醫術的外人張叔也十分驚訝，又趕緊過來給她診脈，兩隻手腕脈搏律動平穩，心裡詫異極了。

張叔之前去了村東頭行醫，回來時路過錢婆婆家裡，便想來看看錢

婆婆的身體怎麼樣了，正好發現暈倒在院子裡的的錢婆婆。趕忙扶起錢婆婆，伸出兩根指頭為錢婆婆探了鼻息，又把了脈搏，氣若游絲，脈象微弱，這是將死之兆，已是無力回天了。他趕緊費力將她挪動到床上，又分別跑去她的兒女家裡，找了人為她辦理後事。此刻見人又迴轉過來，心裡自是高興，同時也蒙上一層懷疑，難道是自己醫術出了問題？

一家人熱鬧地寒暄，老大親家母更是坐在床沿，揉捏著錢婆婆手掌，有模有樣地給她推拿。不一會兒，出去提水的老二端來了煮開的清水，一點點餵老母親喝下去。說也神奇，從鬼門關回來的錢婆婆，喝著這水不斷吞嚥，竟然前所未有的感受到水作為生命之源的可貴，原本有些僵硬乾澀的四肢，竟然在吞下這口水之後，又多出幾分氣力。

錢婆婆往牆壁處瞄了瞄，已不見孟婆身影，「看來是自己是真的還陽了。」被眾人注視著，錢婆婆有些不好意思，安撫大家自己並沒什麼大礙，就打發他們回去。

本以為要給錢婆婆處理後事的眾人虛驚一場，這時鬆了一口氣，老大媳婦剜了張大夫一眼，彷彿還有些不忿氣。到底是她母親更懂人情冷暖，好生安慰親家一番，要她好好將養著早點休息，有什麼儘管吩咐大兒。另一邊，外人張叔好心被人當成驢肝肺，只能在心裡罵自己多事，給眾人說了說錢婆婆需要安心修養後，也拱了拱手離開。

既然無事，那麼接下來就是各自表現孝順姿態了，這老大、老二又沿在床邊站著，一個賽一個似的殷勤。錢婆婆眼皮微閉幾下，有些無奈，看向牆壁上孟婆遁去的蹤跡，尷尬地笑了笑，隨後和兒子們聊起天來。

一整日的時間就這麼過去，自大媳婦與親家母走後，好像三人又找到了小時候的感覺。眼看著深夜又至，老太太把人往回趕：「明日還有多少的活計要等你們去幹，別守在老娘這裡了，快走！」兩兄弟都說你先走，但是誰也不走，終於是費乾了口水才把他倆勸走。

見到人都走了，被摁在床上修養了一天的錢婆婆終於得以下地。見只有孟婆和她在屋內，便掀開被子站起來伸伸腿抻抻腰。死前的她癱倒在床有氣無力，而此刻她的靈魂回到了身體中，又服了凝時珠，精神氣比先

前要好很多。

「別見怪，我家這兩個兒子其實挺不錯的，之前不來照顧我是真的有事情。我是守寡獨自帶大這兩個兒子，當初我生老大的時候家裡窮，沒得吃喝於是奶水不足，只能喝點粥水餵養著，所以阿忠從小瘦弱，氣力也不繼。好在娶了個體壯腰粗的婆姨，他自家的力氣活，很多都讓大媳婦做了，這又要種地又要看娃娃，大媳婦也是忙不過來。我這身子骨一直都不好，只能讓親家來幫把手，真是對不起她們。

「老二也娶了一房媳婦，阿順剛生出來的時候，喜的是他相貌周正，像個福娃娃一樣，就是兒時摔過山崖，折了腿，我實在拿不出大錢給他治，便成個跛腳子。太費力的活他使不上勁，所以我就讓他去給人家做倒插門的女婿，他平日時常回來看我，我都叫他趕緊回去，倒插門，畢竟吃住在丈人家，就得多幫人辦些事。」

說到這裡，錢婆婆停了一下，繼續說：「他張叔是個好人呀，我們是打小的鄰居情分，雖然各自搬開了，但是情分還在，這些年來也幸好有他，時不時地給我看病檢查身體，總是給我弄些藥草吃，我活到這歲數至少有他一半功勞。」錢婆婆嘮嘮叨叨，好像是在解釋給孟婆聽，又好像是在提醒自己，擁有這麼多的美好已是極為奢侈之事。

她來到桌邊，將阿順剛才沏的茶又倒了一碗出來，遞給孟婆。鄉野人家，整天在土裡面爬滾，從出生起祖祖輩輩都沒有講究的習慣，是以用手指揩去灰塵的那樣髒還讓人難以接受。卻已經調換思維逕自去猶豫，要喊著孟婆叫姑娘還是叫什麼，猶豫再三，看著桑黛清麗的面容，終於還是喊了句姑娘。

奈何橋畔，什麼樣的故事沒有聽過？桑黛並不會因此而生氣，因為她根本不在意。但禮貌為先，老人給的東西拒絕不得，雖然不願意，還是接過了錢婆婆給的茶淺飲一口。茶水剛流入口中，粗茶濃重的苦澀便充斥了她的口腔，渾濁的茶水裡面還有一些細末子隨著水流飄進口腔，哽著喉嚨，難以一個個吐出去就只能咽了。孟婆細細品著，很久之後才有一絲絲不易察覺的回甘。苦久了，偶然有點甜，甜便顯得珍貴，孟婆忍不住追逐

這絲甘甜，幾十年沒有嘗過人間之物的她居然又有些留念，便又抬起碗來飲了一口。

秋風捲起地上落葉沙沙作響，涼爽的風透過窗子刮進屋子裡，天上有烏雲彙聚。錢婆婆急著關窗，收拾東西，就像生前一般，此情此景，似乎生死和先前並沒什麼區別。

有什麼東西滴落在額頭，桑黛輕輕一摸，覺得有些冰涼，抬頭看去，淅淅瀝瀝的小雨滲過破屋頂的縫隙，原來下雨了。

前世的桑黛也很喜歡下雨天，每當這個時候，坐在樓閣上，看水滴從花葉上滑落，聽雨打芭蕉。那時桑黛覺得，雨是最自由的了，它們想落便落，落下來以後又純淨透亮，滋潤萬物，又匯成了水流，最後回到大江大湖的懷抱中去，和萬千的兄弟姐妹們自在愜意地酣遊。

調皮的風鑽過破爛的窗子，縈繞在孟婆身上，雖然沒有感到寒冷，孟婆卻不自覺地裹緊了衣服。

記得那時，每當下雨和風大的時候，總有一個人，大步流星地走過來，將手中衣物輕輕覆在桑黛身上，有力的雙臂從背後伸來輕挽著她的細腰，兩人一起安靜的看一會兒雨。那人總是怕下雨自己染上風寒，催促著她快回屋子，時常輕柔地在耳邊提醒進屋。

那聲音清晰地迴蕩在耳邊，她忍不住回頭找尋。只是，人到底在哪裡呢？

有一個雨夜，男人在她耳邊說了一個故事，他說：「在一個冬天裡，有兩隻野鵝不小心困在一個湖中，無法南下避寒。這時，住在湖邊的老人聽到野鵝餓得嘎嘎叫，心有不忍，於是大發善心，每天餵食野鵝。

「第二年，先前的那兩隻野鵝再次來到湖邊，這次還帶來了十幾隻野鵝，老人繼續餵養，於是，隨著一年又一年，野鵝越來越多，牠們知道在老人這裡可以毫不費力地吃到食物，於是都不想辛苦南下避寒了。可是老人不可能永遠活下去。有一年，老人去世了，沒了老人投餵，野鵝們找不到吃的，這個冬天，湖邊餓死了數百隻野鵝。很多時候看似無情恰恰是有情，很多時候看似絕情才是真的愛惜，你可懂這其中之理？」

現在想來，其中的道理可以說是十分淺顯，可那時候的她自在天真，沒有想過為何那人會講這個故事給她聽。那人總是跟她說各種各樣的故事，如今看來，每一個故事裡都暗含一個道理，只是她年少，未曾參透罷了。若是早先就能照著這些道理去活，自己就不會惹一身塵埃，留一世心傷，如此萬般辛苦了。

不知那人而今如何，為何奈何橋頭不曾相見？若見了，又會是哪一種表情？孟婆陷入對往昔的追憶。

收拾完的錢婆婆，看到站在滲雨處出神的孟婆，急忙拉過她到沒漏水的屋角，拿出手絹給她擦拭額頭上的雨滴。

「你這孩子，怎麼也不躲躲，此間沒有別人，你完全可以隨意自在。」她指的是桑黛撐起那把油紙傘的時候，滴雨不沾的情形。

桑黛並不答話，只是彎腰同錢婆婆高度一致，默默承受了這份關愛。

「婆婆，你的名字叫什麼？」孟婆問道。

「記不清了，這麼多年，一人獨居，早已沒了姓名，而今不過一縷孤魂，更別提姓名了，姑娘與旁人一般叫我婆婆就行。」老婆婆笑得一臉慈祥地說。

「凡人皆有姓名，婆婆怎麼沒有姓名，而且這世間可以稱呼為婆婆的眾多，如何區分呀！」

「我夫家姓姜，正經些該稱姜錢氏，可老頭兒去得早，這村子裡的小輩都隨意地喚我婆婆，你也可以叫我姜婆婆，雖然不知地下如何計算歲數，但見你長得清秀，我就托大以老賣老了。」錢婆婆先前對這個稱呼問題也覺得很彆扭，畢竟桑黛看起來也才二十出頭。

孟婆心裡咯噔一下。

「婆婆，你既已獨居多年，且今已成了鬼魂，何必再冠以夫姓，婆婆何不做回自由人，用自己的姓氏，過這最後的日子。」一向清淨無為的自己，在姓氏上的執拗有些奇怪，不過老嫗原本不在意這些，就隨她了。

「姑娘說得有道理，我母家姓錢，以前的鄰居老張也就是那個張大夫，他就是叫我錢大姐的，你隨便叫都沒關係的。」

姜姓是一段痛苦的回憶，錢婆婆只是不想再說出「姜」這個令她痛苦的姓氏，不想回憶起那段往事罷了。

孟婆本想問一下為何錢婆婆獨居於此，老婦人有兩個兒子，卻都不和他們住在一起。剛才看了一會兒眾人的表演，孟婆亦覺得虛偽，像那大夫張叔所說，若是真的孝順，就不會老娘死在了家中還無人發現。本來以為詐死的戲碼會再上演一番，誰知就這樣無聲無息的過去了，說實話心裡有些替錢婆婆難過。

她本想詢問一番，但又怕勾起錢婆婆的傷心往事，便壓下了心中的疑問。

前世的她不曾忤逆自己的母親，如今的她看到這般不孝的兒子，兩相對比之下，心裡難免五味雜陳。

錢婆婆並不知道孟婆想些什麼，只是自顧自地說起明天走時要收拾些什麼乾菜，那是桃汐小時候最愛吃的東西，賣掉她之前給她做了一頓，還詛她說明天還給她做，轉眼就把她賣了。

一邊說著，錢婆婆眼中又流出那渾濁的眼淚。

錢婆婆又說哪還藏了些許銀錢，明天就能找出來用作盤纏上路，或許還能贖回桃汐。就這樣說著，老婦人便打起瞌睡來，睡著了，孟婆將她扶到床上睡。

而孟婆只是坐在桌邊，聽著屋外下個不停的雨聲和嘩啦啦的風聲，一點一滴的等待時間過去，思緒又不由的拉到了洛河。

做了孟婆那麼久，人世間的記憶她以為自己都忘卻了，成為一具空的靈魂。可回到陽間，記憶閘門從腦海中打開，縈繞不去。世事變遷，才不過百年光景，已經物是人非，作為孟婆本可以有許多許可權，可她未去瞭解職責外的任何事情，尤其是洛河之地。

對於當今朝局，是誰家天下，更是孟婆連聽都不想聽到的……

第四節

　　天色將明，灑落人間的朝霞透過簡陋的窗子，照在孟婆漆黑的秀髮上，散射著淡淡的光，為孟婆掩去了平日裡的孤寂於冷漠，加了一份溫和，而額間鮮紅的朱砂痣，更是映照得膚色如玉。

　　幾千年來以來，孟婆的相貌頗受爭執，活在說書人的她似鬼又似仙，流傳在民間故事裡。但是沒有人知道孟婆是可以換任的，所以關於她樣貌的爭議，更多是落在如何變化多端上，更深的，就沒人去追究了，只是各自堅持自己的看法罷了。

　　最近版本的一個故事，最是風花雪月、盪氣迴腸。這個故事可以一直推及到五百年前，一個陳姓丞相那裡，距今已過去兩個朝代。當時，九州大地上剛剛結束征伐，這丞相對內改革，對外穩定，使得國家安定，人民樂業，朝廷富足，四方朝賀，一片太平盛世。這陳丞相不僅才華橫溢、玉樹臨風、一表人才，而且一向待人謙和、溫潤有禮。

　　一次，陳丞相聽書，那說書人將孟婆描繪得奇醜無比，且心狠手辣，明顯只是為博得一聲喝彩和眾人的三兩賞錢。

　　陳丞相便與那說書人爭論，故事雖為杜撰，但也要傳播善意，起教化之用。但那說書人鄙俗，見丞相穿著簡樸，便說丞相多管閒事，且行為粗暴，語言露骨，神色不敬。陳丞相見那說書人不知悔改，繼續與那說書人議論，談吐極雅，不動聲色卻令人折服。與丞相的雲淡風輕相比，說書人被丞相說得啞口無言，反而氣急敗壞，很是掛不住面子，便想要動手打人。

　　可偏偏他空有蠻力，手腳蠢笨，叫人家在躲避中反把扇子抽到臉上，留下一條大紅印子，很是尷尬。讀書之人，經綸沒讀到肚子裡，全部用來添油加醋以訛傳訛，這一扇子，實為告誡。

說書人捂著臉大叫，想要報復回去，卻不知道丞相已經離開，眾人看著乾放狠話的說書人，笑得滿地打滾，唯見牡丹花叢白衣身影。

丞相持扇，說書人驚，牡丹花叢，白衣留影，反而成了一樁美談。

還有幾個大膽的說書人，竟改編了故事，講述陳丞相與孟婆的風月故事。起初只是偷偷傳頌，後來竟然變得家喻戶曉，連小娃娃都能說出來。

凡是有過豐功偉績，可以流傳於世的風流人物，人們總是喜歡窺探他們的生活，尤其是各種風花雪月之事。莫笑世人癡，不過是崇尚英雄而已。種種故事，話題而已，莫要在意。

每任孟婆來人間幫人完成心願時，代替孟婆分孟婆湯的總是招弟，只是，招弟臉上的胎記淡了些，並不似之前猙獰。

大約歲月能把過往都洗滌透徹，最終讓一切都了無痕跡……

一夜細雨，窗前自然生長的虞美人，吸飽昨夜的雨水，嬌豔欲滴。孟婆推開舊窗櫺，清涼的微風吹入，帶走屋裡發黴的氣味。

屋簷的水珠滴落在她手上，帶著清爽的氣息，漾開沉痾，縈繞入心。虞美人的花香招搖著彌漫進屋內，遠山還朦朧在清晨的霧氣裡，炊煙裊裊升起，雞犬之聲相聞，新的一天即將開始，昨夜的一切都已成為過去。

錢婆婆醒來，見到孟婆，竟有些發怔。原來鬼門關中的那一遭，並非只是夢境，她確實已經和面前這位美麗的鬼差大人簽訂了盟約。她一怔，便覺得悲從中來，所有的愛恨情仇，馬上就要走到盡頭，煙消雲散。

見她發怔，美麗的鬼差露出一個笑容，想聊表安慰，卻沒想到自己的笑容也是空蕩蕩的。

這種情形她很熟悉。

有很多人在盟約簽訂之時心甘情願，對一生中最遺憾的事信誓旦旦，可真到兌付那一刻，他們便會心生悔意，想要長久活在人間。彼時他們並不懂輪迴的意義，又或者，他們雖然懂，但是還是不想失去今生這難得的回憶。

不過盟出自願，過後無悔，若想單方面撕毀，等著那鬼的便是魂飛魄散，福珠碎裂。於孟婆與地府而言，不過是少了一顆福報珠罷了，但是

對幽魂而言，卻是一無所有。

不過孟婆的任務，就是幫助往生者堅定心態，早日結束業障。

「或許你覺得自己這一生到此有些不值，但要知道，有些果在昨夜就該結了，冥帝給您的，是恩惠……確實不是每人都有機會以已死之身，再來這世間過上一年的光景。」她說話的風格，一如長相氣質那般清冷。她不知該如何勸解這老婆婆，這樣敘述，只是為了表現得更和善些，那些撕毀條約將報復到她子孫身上的話，孟婆也並未詳述，怕嚇到老人家。

錢婆婆回過神來，她不是後悔這門交易，而是歎惋自己為什麼到了這個地步才開始補救，若是沒有得到這個重返的機會，是不是遺憾就永遠成為一樁遺憾了？為何之前那麼多年，明明有機會去尋找，可是就是自己找了各種搪塞的理由給混了過去。直到自己已然沒有機會時，方了悟過來。

人這一輩子真是可笑，別人騙自己倒還好，但是最怕就是自己把自己也騙了。要是沒了這個了卻遺憾的機會，怕是若干年後她的桃汐到了奈何橋，第一個恨的就是她這個說話不算數又自私的老婆子。

這麼一想不覺又歎了口氣，又越來越覺得時間緊迫。念及此，她連忙將床鋪疊好好，攏了攏鬢邊白髮，托著蒼老的身體，自洗漱去了。

孟婆看著錢婆婆銀白的髮絲，心中有些不解。明明已到了花甲之年，她的大孫兒也已經弱冠，二孫兒也算懂得些事情，幾個小孫女也韶華正發，那這位女兒，是不是應該也已經成家立業，兒孫滿堂了呢？為何照她所言，這桃汐才不過雙十。

不過她雖然不解，但並不覺得非要詢問，畢竟這與她無關。

一番梳理之後，老婆婆便更加急促地忙碌起來，開始為了尋女之旅途做準備。

她先從牆角邊扣出來十幾兩碎銀子，原先是很寶貴的，現下覺得無所謂，給孟婆看到也就看到了。那是從前她給自己攢下的棺材本，自己一輩子沒穿過華麗的衣服，沒睡過軟褥子的暖床，原本想著等老了給自己添置個厚實的棺材，換一身得體的印花棉布壽服，再在這棺材底部鋪上新棉花彈好的被子，暖和舒適的長眠下去，也算給自己這輩子一次舒坦。這

棺材和壽衣、底被去年就都選好了，都給了村口老王棺材鋪的夥計訂金，想著早些添置選定好也是添福添壽，等哪日自己兩腿一蹬，兒子們也可以不慌不忙的為她籌備。

此刻，她卻想著要為了桃汐孤注一擲。反正人生赤條條來，赤條條去吧，拿個樹皮的薄棺合著這睡了幾十年又硬又老的棉被，一起下葬了就是。攢下的銀錢權當路上的盤纏使用，若是見到桃汐，還可以買點禮物給她，想到這裡，便咬咬牙把這十幾兩銀子塞進隨身要帶的行李中。

想著此行必須要向著家中的兩個兒子說一番，錢婆婆便有些頭疼。

「婆婆是不是不知道該怎樣對兩個兒子說？」桑黛看著她躕躕神情，立刻猜到七八分。

「這兩個不孝子，真是我前世的孽債呀。昨日的一切，想必姑娘也看到了，我對他們是沒什麼指望。不過既知自己要離開，往後可能永遠沒有相見機會，總想對他們有個交代才好啊。他二人雖然不孝，但也是我懷胎十月生下來，又辛辛苦苦拉扯大的，他們不心疼我，可我不能不顧念他們，離開之時，還是要叮嚀叮囑，能以娘的身分嘮叨，也就這一回了。」錢婆婆說著，臉神色癡癡，這是所有對生活還不甘心的世人共同的表情。

「自是要告知他們。」孟婆道。

「可惜我一生都在顧念他們，結果到死都沒有一個願意守在我的身邊。看來這兩個兒子也就是來討債的，那時他們年紀小，家裡窮得揭不開鍋，看著兩個兒子沒什麼吃食，他們爹就冒險去懸崖挖藥材，結果突下暴雨，山洪來了，人就沒了。終於我欠他們父子的債也還完了，該去把桃汐的情份也了結了，人啊，要做到無牽無掛、不欠不虧真是不容易啊。」錢婆婆心中一番感慨，但平素為了自己也為了兒子顏面從不向外人傾訴，在心裡憋了許多年。但如今既然已經做了鬼，也就放開了說。

「我只是可憐我的桃汐呀，那時候還那麼小，又那樣聽話。連我要賣了她都毫無怨言，還說如果賣了她換了銀子能救家裡人，她願意被賣了。可知她說這話的時候，看著我的神情滿滿都是不捨與留戀，看得我的心都要碎了。我還誑她說，要不了多久日子，我就湊齊了錢來贖她回去，給她

買花戴。」這原本就是該說給孟婆知曉的事情，因為她將會是尋親路上最大的助益，不過只要提到這段陳年往事，老嫗就每每傷心到不能自已。

孟婆在一旁聽著，心裡默默記下了這重要資訊。

那多嘴多舌的牛頭總在她耳邊嘮叨，前任孟婆渥丹是何等威風，好像所有的事一遇上，她就能迎刃而解，相形之下，把桑黛襯托的簡直一無是處。就是淡如仙人者，也有三分血性，何況是並沒有被抽去七情六欲的鬼差。

這桑黛一開始還認真回答說自己不是走武行的，以教化為主，後來則恨不得把那牛頭擰下來煲湯。雖然自小被家人教育要有規矩，但是心裡總是也有叛逆和較勁的時候，這牛頭馬面如此絮叨，也別怪她不客氣。

錢婆婆的嘮叨還在繼續，從桃汐懂事說到桃汐被賣，只唯一遺漏了桃汐的出生和生辰，就好像在她心裡，桃汐是忽然之間長大的孩子。桑黛倒是沒有一點不耐煩，把這些都一一記下了。

七月流火，九月授衣。一夜細雨過後，天氣悄悄轉涼。

這涼爽天氣維持不了一會兒，日頭就像被水洗了一般更加耀眼刺目，好好的雲朵變成了雨，更沒什麼遮擋，只有樹葉下還能覷得幾分涼爽。桑黛站在一棵樹下等了很久，倒不是因為她怕熱，只是單純喜歡那斑駁的影子投射在臉頰上。

錢婆婆將收拾好的包袱背在肩頭，已經踏過死亡門檻的她對尋找桃汐的前路，充滿了希望。

錢婆婆離開那間破屋子之前，將裡裡外外的灰塵掃淨，然後撒了些水關門離開。

村子不大，籬笆院子，桑田屋舍，一切都很平常，但錢婆婆卻能將村子的由來與變遷，講述的像歷史一般波瀾壯闊，趣味橫生。在錢婆婆的口中，幾乎村子裡的一花一草都有故事，一石一木都是傳奇。

孟婆能看出來，錢婆婆愛極了這個村子。

她慢慢講述著每一個故事，許是嫌旅途煩悶，生怕怠慢了貴客，所以她一直在說，因有凝時珠的奇特功效，倒並不覺得口渴。

孟婆忽然想起一事，前些日中元節後，馬面給她們送點心時，送了幾件新鬼孝敬給他的飾物，他挑了兩件送給自己和林冉冉。給她的是一塊雕刻牡丹的脂玉玉佩，給林冉冉的是一個做工不錯的白玉簪子。

她前世自小就常見美玉，自己隨身還有一塊難得上好的白玉扣，這一般富戶拿來的玉佩，又豈能令她動心？而那林冉冉則整日打打殺殺，只怕金銀合鑲的簪子都要被她弄斷，何況這白玉簪子，怕是不出幾日便要玉碎簪斷。她和林冉冉兩人見馬面也是一番好意，不忍拂了他的面子，便客氣地收下了禮物，隨手都放在孟婆袖袋內。這林冉冉與孟婆說，若是哪裡見哪個新鬼長得漂亮，就幫自己轉送了這簪子吧，省得放在自己這多一件事。

想到此處，便從袋中掏出那塊脂玉和簪子，對錢婆婆說：「婆婆，一會兒這兩件物品，我就說是桃汐送於你的，你可以隨意轉贈給子孫，也算留個念想。」

錢婆婆一看這兩塊玉料，就知道不是一般村裡市集之貨，只怕是自己袋中那幾兩銀子都不夠買下一件，連忙搖頭，絲毫不肯接受這貴重之物。

孟婆淡淡一笑說：「無妨的，這些東西也是旁人送我的，我留著無用，轉送給你家人便是。您的福報珠將來都要留給我，這兩樣東西，也算我回個禮吧。」

錢婆婆聽了，眼眶有些濕潤，握著孟婆的玉手點了點頭，終於答應收下了她這份心意。

二人說完話，繼續漫步在這村落之間。錢婆婆領著孟婆在巧山村中打了個彎，一路來到了老大家裡。二人站在籬笆外，可以看到其中有個大的院子，中間一個正屋，兩側並著東西廂房。

院裡的小黃狗看到來人，連聲叫起來。孟婆瞥了小黃狗一眼，嚇得那小黃狗箭一般地逃竄，彷彿見到了什麼兇猛的野獸，只聽牠低聲嗚咽了幾聲，連忙夾著尾巴躲了起來。

很快那厚重抗風布簾後便探出三個小頭，一看是錢婆婆來了，都「阿

婆阿婆」地喊著跑了出來。幾個小孩子七手八腳的推開籬笆門，看了看站在奶奶身邊的漂亮姐姐，雖是生人，但因孟婆長得極美，便不覺得是壞人，將她同阿婆一塊迎進來。兩個男孩子扶著錢婆婆，那小姑娘則跑過去牽起孟婆的手，這是獨屬山裡孩子們的親熱方式。他們都好奇地問來問去：「阿婆阿婆你怎麼來了？」

「這位姐姐是誰？她長得也太好看了。」

孩子們大方開朗，叫人有禮節，可見老大夫妻把他們養得不錯。孟婆看到這些活蹦亂跳的孩子，心頭升起異樣的感覺，那情緒不知該怎麼形容，怎麼自己來這幾日便情愫滿腔，著實令她不解。

這時有個總角之年的小男孩，步履蹣跚地走到孟婆身前，想要她抱抱。她不自覺地蹲下身子，鬼使神差地用手輕輕觸碰那小孩子軟潤的臉龐，當摸到那軟玉一般柔滑且溫熱的臉龐時，一滴清淚忽然自臉頰滑落。

小孩子不懂事，看到漂亮姐姐流淚，便伸出小手幫忙擦拭眼淚，嘴裡還軟軟地說著：「布穀布穀。」含糊的言辭混著他們這一片鄉音，顯得十分萌蠢可愛。

錢婆婆注意到桑黛的異樣，趕忙將孫子攬到自己懷裡。她心中卻是另一番計較：雖然這鬼差大人看似美麗善良，但是畢竟是與這死人打交道的，還是莫要與孫兒們多接觸為好。

此時，大媳婦也從偏房出來了，方才她在裡面納鞋底，聽見狗叫也沒太在意。說起來她也有些年紀了，但因為生得圓潤，所以臉上並無多少細紋，輕輕一笑都顯得喜盈盈的。

「婆婆您不是身體不好嗎，怎麼又跑出來吹風了。您這幾日病著，不必親自過來吃飯，方才阿忠還囑咐我一會兒把飯食送到您炕頭上。我昨晚真是忙到忘了，不過也是晌午在那邊灶頭給你臥了兩個芋頭，你該看見了吧，可沒餓著吧？」這大媳婦妙語連珠，言語甚是得體。

孟婆感知她的心意，心下頓時明白，即便她臉上的表情極真誠，但事情本身就是虛偽的。這大媳婦一邊說，一邊順手將么兒從錢婆婆懷裡拉出來，順帶將幾個孩子隔在身後，不想讓錢婆婆碰觸。

孟婆見此都有些難過，斜眼望向當事人，錢婆婆倒是臉色如常，想來經常被這樣對待。

此時安靜下來，大媳婦這才將站在婆婆旁邊這位女子從頭打量到尾。她心中暗忖孟婆的來歷，一時倒不敢造次。這小山村裡根本就不會有這樣纖瘦白皙的女子，她身上穿的衣料都很獨特，根本看不見織造的紋理，從那色澤飄逸程度就能看出不凡，肯定是不菲的造價。只是，錢婆婆一介鄉村老婦，從哪兒認得如此通身氣派的人物。這姑娘家裡，只怕比村長還有錢！

以大媳婦之粗鄙，怕也是只能想到這一層了。

「娘親，這位是……」她激動中帶這些磕磕巴巴，完全是被桑黛的高貴氣場鎮住了。

孟婆向她略微欠身自我介紹道：「在下從河洛而來，是桃汐托了我來看望老婦人，順便引她母女團聚一番。」

「桃汐？娘親，找到那位小妹妹了！」大媳婦驚呼一聲，但回過神來，又覺得自己這呼聲顯得十分尷尬，要知道先前老太太念叨要尋桃汐的時候，還被她一邊數落一邊勸說，為的就是不要她出去花那份冤枉錢，她心中更是不希望體弱的丈夫因為這娘親的念想，還要跟著他這位麻煩老娘四處奔波。

現在見了孟婆，態度忽然轉了一百八十度，因為孟婆一襲裝扮已顯示出來來歷不凡。她在一瞬間就篤定桃汐發達了，繼而馬上想到自己一家能否沾光的問題。

「一切安好，安心便可。」孟婆自然能看穿她的心思，於是比尋常語氣還要淡漠些。

「剛才聽姑娘說要帶著娘前去河洛之地？」大媳婦問。

「是。」

老大媳婦賊眼珠轉了好幾圈，轉而對錢婆婆道：「這都過去那麼久了，況且你已老邁，身體也不好，怎能這樣一路勞累呢。桃汐尚且年輕，怎麼不能讓她回來看老娘。」

　　她心裡想的是錢婆婆被接走，若是真享了福，跟他們半點關係都沒有，於是便動心起念，想要挑撥婆婆把桃汐帶回來。且見大媳婦隱晦的朝自家老二招手，耳語幾句，讓他去把在田地裡幹活的父親和大哥找回來，又叮嚀再去找二叔二嬸。

　　老大媳婦俐落的給兩人看茶，還從上房屋叫來母親與錢婆婆坐，自己到廚房忙碌去。至於桑黛，她不敢安排，只能叫她隨意，是真心的想讓她隨意。不過半柱香的工夫，家裡人都來齊了。

　　對於錢婆婆要去尋找桃汐一事，老大和老二雖然心裡不虞，卻也沒敢反對，想來他們還不是禽獸心性，也能明白那位小妹妹當年救過這個家。

　　此行山高水長，跋山涉水、千里迢迢去那河洛之地，而且帶著人家年邁的親人，孟婆自然會被盤問一番，不過她並不介意，早就準備好一番說辭。

　　錢婆婆的大兒子軟弱，家中地位並不高，大媳婦才是家中的主事人。而她又聽自己母親的，是以這位跟錢婆婆關係不大的老人，坐在孟婆對面盤問起來。

　　「姑娘貴姓？是哪裡人氏？你莫見怪，我這親家身子不好，你應該也看到了，總不能隨隨便便來個人就能把她引走了，萬一出了事兒，可怎麼辦？」

　　孟婆想起自己前世的身世，便對她答道：「不礙的。阿婆叫我桑黛便可，本姓孟，是河洛人氏。」

　　「你怎麼會和桃汐相識，你們也是在一處做事嗎？」她們老一輩人對彼此都知根知底，所以這老婦人亦是知道錢婆婆有一個賣了的小女兒，更知道此事背後的淵源。

　　「我是因為家貧，被爹娘賣到縣官家裡做奴婢，從小就和桃汐認識，到現在也八、九年了。常聽她提起錢婆婆，所以這次回來這邊辦差，順便把她娘接到城裡去跟她享福。」桑黛扯謊扯得圓潤，似乎也沒什麼破綻可尋。

　　親家朱趙氏看著她衣著，又見她通身氣派，本也沒什麼可挑剔的，

可心裡莫名的還是有些不信，一邊打量起孟婆來，一邊思忖該不該答應。

如今眼前這姑娘膚色白皙，面如銀月，天生的遠山眉，口脂淡淡，額間一點朱砂。執起素手，連虎口處都是白皙細嫩，這一襲淺紫色衣衫怎麼看也是貴重織造，又哪裡可能是伺候人的丫鬟？朱趙氏依稀記得，桃汐從前額頭上也有一顆紅記，因長得小而顯得格外可人，說起來，這兩位姑娘倒是有些相似之處。

孟婆看出她的懷疑，不慌不忙的解釋道：「我與桃汐等人一起為人家女婢，長到這年歲就剩我倆，也算是有些資歷的，蒙主人恩德……」孟婆略微頓了頓，像是對這種事不好脫口扭捏兩下，然後才接著說：「因為出挑一些，她得了夫人青眼，跟隨在夫人身邊貼身服侍，而我則在老爺身邊做貼身丫鬟。」

桃汐幼時長得的確乖巧可愛，加上性情溫順，聰明懂事，很受鄰居鄉親喜愛，若沒後來那檔子事，任誰都不捨得賣了這樣乖巧的孩子。

被大戶人家收了，每天不用幹農活，只做些繡花端茶的活，特別是跟在老爺身邊，任誰聽了都知曉其中之意。眾人聽她說出了如此私密之事，警惕之心便慢慢放下了。心中暗道，像桑黛這樣的容貌，若是沒被老爺看中才奇怪呢。

唯有朱趙氏難纏，一點也不怕戳到人家痛處，便又向孟婆細細發問，那縣官府衙中是如何氣派，自言是鄉下人，無甚見識，見了城裡來的人便十分好奇。其實是因為她先前去洛水鎮親戚家住過，途經府衙門前，還去縣官府邸後門賣過些鄉貨，從那後門中遙遙看進去，那府邸的繁華的模樣，至今印象還十分深刻。

錢婆婆眼見孟婆被刁難卻絲毫不惱，一一對答入流，只歎她聰明，又愧疚這些回答毀了她名節，眉頭蹙得很深，心裡隱隱有些過意不去。

桑黛卻沒有那麼多想法，她的目的是完成任務，名節顏面只有活人才需要，區區一個府衙面貌如何能難倒她。

「縣官家中，前面是府衙，門口立著鳴冤鼓，園中放著庭杖，堂前掛著匾額，寫著『高堂明鏡』四個大字，屋中正置著大几案，几案上放著

驚堂木，乃是大人辦公之地，甚為威嚴，我和桃汐在那院子中打掃過幾年。說到這裡也該結了，不過我還想多問一句，趙婆婆還想知道些什麼？老爺和夫人的私事，難不成你同他們見過，私交慎篤？」前世見過大世面的桑黛，並不覺得回答有什麼困難。其實，這縣衙算是她見過最簡陋的地方了，只是她不想跟這個鄉野婦人再糾纏下去，也沒必要。

聽她這樣一點不停的還帶著回憶說出來，還有那趾高氣揚的小姐樣兒，朱趙氏終於閉住嘴不在說話。

「一直說這些，倒是忘了正事。」孟婆忽然有些懊悔道。她從腰間拿出那塊玉佩，遞給錢婆婆，又道，「這是桃汐讓我拿給你的，脂玉養人，是桃汐帶給錢婆婆的兩件禮。此次來的唐突，未曾來得及給哥哥嫂子和孩子們準備禮品，桃汐心裡滿是愧疚，特地讓我給各位致歉。」說完，孟婆微微施了個禮。

這牡丹脂玉玉佩和白玉簪子在空中發出微微光澤，一看就知道價值不菲。見到如此好物，眾人原本的二三分疑慮也消失了，刁難的話便再也說不出口。

只有大媳婦還有些不甘心，扭捏著小聲私語：「女兒既享了榮華富貴，早就應該前來拜會親娘才是，怎麼發達了這些年才差個人來。」

孟婆已將話編得十分順溜，並未多思考便流利的答她道：「出了這窮鄉僻壤，自然有馬車可坐。她回來看親娘，誰在外面奔前程？」

大媳婦見孟婆的態度中已經帶了三分不耐，又被她冷冷的眼光掃過，大媳婦有不敢再說，連忙低下頭。

「此次出府是得了吩咐有些要事要辦，至於什麼事我不便多言，還望海涵，時間不多，我與錢婆婆這就要告辭了。」

孟婆宣告最後的結果，亦無人再敢多言。

都這把歲數了，娘親要做什麼還能攔著嗎？孟婆在心中冷冷一笑。只是從此處到洛河之地，少不得翻山越嶺的，太艱難了，雖然錢婆婆家的兒子們沒有異議，但老一輩的人不禁為錢婆婆擔憂。

朱趙氏被桑黛收拾得服服貼貼，其他人便也不再阻攔。

桃汐一直是家中眾人心頭的一根刺，錢婆婆如今已然年邁，她願意去見桃汐一面，兒子媳婦們自然不會阻攔。只是家中事務繁忙，如今秋季來臨，地裡的農活漸多，眾人也沒時間陪老人家前去。現在既然有這叫桑黛的姑娘願意一路照顧，他們也就遂了老人家心願了。

眾人計議已定，錢婆婆忽然有些正式地叫了一聲：「大兒媳婦，二兒媳婦，你們倆過來。」

這大兒媳正在喝茶，一聽婆婆這麼鄭重其事的喊自己，心裡不由一驚，一口熱茶燙了舌頭，趕忙吸著涼氣看著婆婆，又扭過頭去看了眼滿臉迷惑的妯娌。

錢婆婆對著她們笑了笑，繼續說：「你們來，娘有幾句話交待。」

大家都安靜了下來看著兩個兒媳，這兩人也是頗為尷尬，扭著身軀來到錢婆婆面前，皆是一臉茫然之相。

錢婆婆把手中剛得來的這牡丹玉佩放在了大兒媳手中，接著說：「為娘外出也不方便帶這麼貴重之物，你是我姜氏長媳，這個為娘就借花獻佛送給你了。也感謝親家母這麼多年來搭把手，我身子一直弱，幫不上忙，也給你們添累了。」

錢婆婆又看向二兒媳婦，把那白玉簪子放在她手上，又說道：「這是為娘轉送你的禮物，老二倒插門你家這麼多年，娘也沒送過你什麼拿得出手的禮物，不是娘小氣，是真的沒這個財力，這次有這個機緣，正好補了這個心意。」

大兒媳與二兒媳婦一臉愕然，這天大的好事，竟然來得如此突然。這突如其來的重禮，倒是讓兩個兒媳婦有些受寵若驚。而站在一旁的兩個兒子，此刻卻有些眼眶微紅。這老娘一輩子也沒給自己添置過什麼，難得得了兩件上好的首飾，竟然想都沒想就轉送給兩個媳婦了，也真是傾其所有的對待他們了。

這錢婆婆雖有兩個兒子，卻都難當大任，別說能否陪著錢婆婆一路往洛河，且說這一路上誰照顧誰還不一定，而兩個兒媳自然也沒有陪著去的道理。兩個兒子家的大孫子和二孫子雖然年紀不小，體力也可以，可家

中人皆不想讓他們前去，加上之前兄弟二人心裡皆有盤算，都不願意承擔照顧老母的責任，生怕自己吃了虧，所以照顧錢婆婆的責任就這樣推來推去，最後讓老人家獨住老屋。

如今母親離開在即，又有桃汐之事，不禁令兩個兒子和兒媳開始審視起自己來。當年那個還是個孩子的小桃汐尚且懂得疼人，懂得親情的珍貴，而今又想著接母親前去相聚，再看而今已經不惑之年的自己，反倒越活越倒退，二人在世俗的世界裡迷失自己，連最基本的親情都看不透。

兩個兒子和兒媳想到此處，便帶著身後的孫兒們跪下，向錢婆婆磕了三個響頭，又準備了一些東西供錢婆婆和桑黛路上用。

老母親眼圈微紅，若不是還陽，她也看不到這一屋子子孫當下的模樣。丈夫死得早，自己守寡拉扯著兩個兒子現在也都有家有口，這輩子自己做母親的職責也算盡完了。

也不知道他們之間是誰欠了誰的，都說不是冤家不聚頭，能成為一家人定是有它的機緣，只是來世已然沒有來世了，今生做了一世的母子之情，大家都足夠了，怕是以後都沒有機會再相見了。想到此處，她有些動容，想要再交待個幾句，正欲張嘴卻又把話咽了回去，有些事情還是少說為好。

孟婆看著一屋子的兒孫，心道：「這就是凡人想要的兒孫滿堂吧。可惜卻是各懷心思。」

人總是按照自己的想像那般去生養孩子，總是期望孩子能長成自己所盼望的那樣，但是無論如何，孩子們總有自己的道路要走，往往他們成長的路線也與當初的設定截然不同。失望、不解、遺憾、痛苦、安慰、欣喜……，這些情緒或許都伴隨著親源之間的走向。孟婆想起自己前世的家人，心裡不禁有了一絲漣漪。原來這麼多年看似心如止水，也只不過是不敢去觸碰而已，那份情意卻始終在那裡淌著血，等著她去回顧。

錢婆婆臨走時，兩個兒子囑咐老母，說道：「桃汐要是願意回來，家裡永遠有她的一間房。」

樸實的農家人，心裡有什麼就說什麼，沒什麼可扭捏。

桃汐這姑娘身上究竟發生了什麼？這一家人對賣掉桃汐的原因都心照不宣地保持沉默。兩個哥哥和嫂嫂嘴裡說著桃汐的好，卻不曾稱呼一聲妹妹……，孟婆開始想知道桃汐的故事。

　　做了孟婆多年，早就與世無爭，對旁人的事情沒有太多的波瀾，且更不願窺探別人的隱私，這個忽然而起的猛烈而唐突的念頭，嚇了孟婆一跳，難道來這世間就定會沾染這人間的俗氣？看來這好奇多事之心實在要不得，人世間本就有很多事情都是祕密之下的心照不宣，若是硬生生給揭開了，就像已經結痂的傷疤，又重新痛楚一次，那血肉模糊的場景和赤裸裸的痛感，定然不會褪去。

第五節

旭日東昇，日光透過繁密的枝葉照入林間，灑落在孟婆絕美臉頰上。細軟絨毛下的皮膚，在陽光照射下好似透明，仔細些還能看到泛青的血管紋路，唇若點丹，眉似遠山。

孟婆微闔的眼皮有幾分跳動，修長濃密的睫毛像翩躚的蝴蝶，微微舞動。她與錢婆婆走了三日，彼此都覺得有些乏累，只是這乏累於孟婆而言，卻不是身體上的，而是心中的感覺。她覺得如此一步一步走下去，實在太過浪費時間，但山野之地卻實在沒有其他可尋的大道，只能這般緩緩前行。

二人誰也不想休息，但夜裡趕路畢竟危險，且山林之中多有獵人陷阱，錢婆婆身體只是用了凝時珠暫時維持，本質上亦十分脆弱，桑黛不敢讓她冒險。好在路程並不算太遙遠，翻過兩座山便可到達縣城。沿著河流再走幾日，便能到達洛城這座繁華的城市，她們走的是近路。

錢婆婆一心想快些見到女兒，在自己時日不多的日子裡能多陪伴一些，有這樣的心力支撐，竟然也不覺得累。

兩人坐下時，錢婆婆有些饑餓感。其實也不是真餓，只是人活著時，習慣了這個節點該有些吃食，就算不餓好像也應該吃點什麼才穩妥。老人家先是伸了伸腰，接著想要準備些吃食。雖然兩個人並不會感覺到餓，但錢婆婆每次都還是會認真準備一些吃食拿給孟婆。

孟婆有些好奇，便問道：「錢婆婆，這荒山野嶺，準備吃食很是麻煩，婆婆多休息才是，我不吃任何吃食也不會饑餓，又何需勞煩。」孟婆委婉說道。

「孟姑娘，聽聞這冥府整日陰暗，無甚樂趣。既無人間四季花開花落，亦無人間萬般美食，姑娘你在那冥府待了多年，好不容易來人間走

一趟，定要好好享受一番才是。何況姑娘來幫老身尋找女兒，一路辛苦，老身很是感激，這些吃食算是老身的一番心意吧。老身雖是農家人，做不得山珍海味，但做些家常小菜還是可以的，而且這些家常小菜還是市集上買不到的。而且老身每次做些吃食，就感覺自己還是活著的，不是為了吃而吃，只是想著需要些煙火氣罷了。」錢婆婆眼中帶笑解釋道。

「錢婆婆，我們是交易，有盟約在，你不欠我什麼。」桑黛的話既像是強調又像是自語。

「我知道，但這些都是野菜，沒什麼的。老身這一輩子匆匆六十載，操心的不過家長里短之事，哪有什麼真正的大功德？便是全部都留給姑娘，又能有多少福報呀。孟姑娘你願意來幫我這老太婆，老身已經感激不盡了。」錢婆婆臉上露出自卑神情，怯怯不再說話，只是手裡工夫不停，繼續摘枯木上的木耳。她看這木耳新鮮，便要裝一些在兜子裡帶給女兒。又拿出來火摺子，乾柴就被架在一起點著了，又從附近尋些無毒的野菜烤來吃，在鹽碗裡沾一沾，使這些東西有些鹹味。

聽了錢婆婆一席話，孟婆覺得多說無益，反而不再多言，況且孟婆一向喜歡將情意記在心裡。

或許因為太看重情意，所以才難以忘記那不堪回首的過去吧。

一路跟隨著錢婆婆，孟婆算是大開眼界，彷彿林間一切都可以被錢婆婆做成美味。

人間繁華，一草一木皆可入「味」，這或許是有些人想一直活著的原因，她忽然有一點點懂了。

從前的從前是太過肆意，而有些道理從現在才開始明白，還來不來得及？就讓那些不堪回首的過去在腦海中修正吧，放過自己才是對所有人最大的善意。

走在山間，錢婆婆總愛唱起一支民調，歌聲嘹亮，但鄉音難懂，倒是與山中鳥鳴溪流好像合上了節拍。

自小生長於洛河之地的桑黛，學詩詞歌賦，琴棋書畫，貴女之儀，王族之禮，含著內斂，顧盼合宜。就連所聽的曲樂大都是些宮廷雅樂，高

山流水、廣平調，而如今聽了這鄉間小曲，反倒覺得別有一番風味，只覺得調子之中充斥著開朗與愉悅。

輕鬆翻過一座山，二人來到一條清澈溪流前。水流比較湍急，孟婆扶著老人過河。被溪流沖洗多年的亂石變得滑不溜秋，而兩人各有各的僵硬之處。一個是因為年老而不靈活，另一個則是潔癖深入骨髓，拎著兩邊裙子不想沾惹一點溪水。

所以，這兩人掉進清溪之中便成了必然。

幸好水很淺，錢婆婆只是濕了身子並無大礙，但是在她坐下去的一瞬間，池底泛起一層細沙，細沙下不知何物發出凜冽的寒光，衝破溪水，刺到孟婆眼睛。

她被這一閃而過的光吸引，不自覺地看過去。

站起來的錢婆婆有些愧色，自覺給孟婆添了麻煩，剛想要說些什麼，便看到孟婆彎下腰去，伸手沒入水中。伸入溪流中的手忽然拿出來，清澈的溪流裡帶著若隱若現的紅色。

錢婆婆覺得孟婆可能是被什麼扎到了，便要看孟婆的手，等見到孟婆的手完好如初，錢婆婆這才安心。

錢婆婆繼續嘮叨，孟婆卻看著手指出神。

孟婆心裡一震，她的手不知是何物割破，正在往外滲血。自從她入了地府，已不是凡人，而且修得一身功法，怎會輕易被人間鈍器劃傷？除非這是件法器且高人加持，又或者帝王將相佩戴，蘊養多年王霸之氣，所以才會如此凌厲。

雖然孟婆受傷，卻仍舊恪守職責，一個飛身把老嫗送上岸，叫她自生火烤衣裳，自己則去挖那奇物。

這東西埋得倒不是太深。孟婆撿起來仔細敲了敲，是一把在太陽下閃著寒光的彎刀。巧的是，這東西她竟然認得，在她那部分被刻意埋藏的記憶裡，有這把刀的影子。

雖然時間過去了那麼久，孟婆以為自己會忘掉。

但是，觸碰到刀的瞬間，原來鮮明的人在記憶之中突然明亮如往昔，

絲毫沒有被忘川的逆流沖淡些許。

孟婆看著這把彎刀，心中無奈的笑了一聲，不知道是自嘲還是自憐，只是她覺得此刻桑黛的稱呼，遠比孟婆更適合自己。

那是一段無法抹去的痕跡。

其祖父姜演為一代帝王，而母親則是祖父的掌上明珠長公主，母親自幼生活在皇宮之中，聽母親的乳母提起，母親兒時性格歡快活潑，整日一副無憂無慮的模樣。雖是身為長公主，但是文思才學樣樣不輸給皇子們，而諸位皇子也對這位皇姐禮讓有加，所以母親的少女時期十分愉悅。

據說，在御花園裡常常飄蕩著長公主銀鈴般的歡笑聲，她的笑聲如冬日的太陽，可以溫暖人心；她的笑容燦爛如晨，可以融化堅冰。這樣的長公主，這樣的美名，在列國間也成為奇談。

桑黛的身分是無比高貴的。照例說，她的童年也該如母親兒時一般，無憂無慮地成長，照例她應該出生在駙馬府，而照例祖父也理應疼惜她這個長外孫女，可惜一切只是「照例」，世間之事，多有變數，半點都由不得自己。

她認得這彎刀是帝王的佩刀，她還記得母親生前給她講的那段故事。

某年，星辰突變，天降奇石於東南，當時還不是君王的姜演，便從中取了些許材料，鍛造出一把彎刀，刀柄雕刻象徵皇家的龍紋，龍首處綴東珠。刀身靈光，無堅不摧，削鐵如泥，同時又靈活自如，可做到蠅翅繡花。此刀是當時鑄劍大師徐夫子所鑄，後來被靈山道人注入天地靈氣。

只是，母親不曾告訴桑黛，國破王寂後這彎刀的去向，或許連她自己也不知道。

那時候，好像每個故事都聽岔了。

孟婆坐在一旁的大石頭上獨自悵惘，很久才收拾心情。

彎刀依舊刀光閃耀。它不知道此刻手持之人心裡正遭受怎樣的煎熬，縈繞她的是職責和後悔，為什麼要來到這個地方，還能不能繼續堅持？

可以確定的是，她沒有資格撕毀這份盟約。

桑黛本就是一個如母親一般高傲的人，對她而言，所有的事情可以

輸，但不會逃避。

　　不知錢婆婆拿了什麼吃食，香氣撲鼻。

　　桑黛收拾好心情，款款走向錢婆婆，那彎刀又被她拋入了溪水中，彎刀濺起一層塵埃。

　　從前的那些東西，她都不稀罕了。

　　「這溪水裡的魚兒都是野生的，現在秋季，肉多味美，孟姑娘快嘗嘗。」

　　錢婆婆說完，蒼老的雙手將嫩綠芭蕉葉展開，露出其中鮮嫩的魚肉，蘸取鹽水，為魚肉注入滋味。

　　「多謝錢婆婆。」孟婆說著，伸出纖細手指，接過芭蕉葉。兩人坐在一旁歪倒的枯樹上，慢慢品嘗起來。

　　自從上回的小插曲之後，她就學到了，一起大口吃飯就是最讓彼此信任的方式。

　　孟婆向來遵守「食不言，寢不語」的規矩，但是錢婆婆無此規矩，本就熱絡的性格，加上因年紀漸長帶來的嘮叨品性，不管什麼時候，都是說個不停。從歷史說到現實，再從傳說談到軼事，從宮廷說到民間……她的故事好像無窮無盡。

　　孟婆忍不住發問：「您如何知道這些故事？」

　　錢婆婆先是淡淡一笑，接著說道：「姑娘別看我一介鄉野粗民，但我們村子之前也是有過傳奇故事的，那曾經還是軍隊駐紮之所，且離著古戰場近，又有高人駐足，才子入仕，說書人發家，傳奇自然不會少。」

　　「軍隊駐紮之地？」孟婆想起那彎刀，忍不住問道：「可否多講一些？」

　　「當然可以，只是沒想到姑娘會對這些事情感興趣。」體察到孟婆的真誠，錢婆婆臉上笑意漸暖，嘴角的皺紋越發清晰。

　　「年紀大了總是愛嘮叨，也虧了姑娘性格好，不至於跟老身計較，不嫌棄老身。」錢婆婆說道。

　　其實孟婆並不心煩錢婆婆的嘮叨，孟婆一路雖不怎麼說話，但錢婆

婆的嘮叨她都聽進心裡。前世桑黛總是覺得母親對她很冷漠和嚴苛，除了命令和要求，從不願意多言一句，就算偶爾母女獨處，也是考問她的學問進展如何，而不是一般母親對女兒那種外嚴內慈的姿態。

孟婆一度覺得自己從未感受過來自母親的關愛，反而更像是母親手中的泥娃娃，一個隨時可以拋棄的傀儡，隨便是個貌美的都能來替代。隨著時間漸長，她才慢慢明白，或許母親當初在以自己的方式愛她，只是那種方式大多數兒女們都不會喜歡，也不願接受。

而相對錢婆婆的這種嘮叨，令孟婆有種溫暖的感覺，她很喜歡這種熱鬧的相處方式，並且樂在其中。

其實嘮嘮叨叨也未嘗不是一種美好的溫情，如果當初自己的母親也能如此對自己，或許彼此的人生結局都不會是那樣吧。她想起兒時學過的一首詩詞：

燦燦萱草花，羅生北堂下。
南風吹其心，搖搖為誰吐？
慈母倚門情，遊子行路苦。
甘旨日以疏，音問日以阻。
舉頭望雲林，愧聽慧鳥語。

如今看著錢婆婆兩鬢斑白、滿是滄桑的面容，她心裡也不由產生了一絲疼惜之情。

為人母皆不易，錢婆婆守寡帶大兩個孩子，痛苦常人難以想像。只是她這般苦了一輩子，換來的又是什麼呢？養兒既然如此辛勞，結果為的是什麼呢？那個阿忠、那個阿順並不忠義孝順，更別說出色。或許自己未曾有機會養育子女，所以始終不能理解為人母親的心境。

錢婆婆開心熱絡地接著說道：「老身給姑娘講過村子裡的一些故事，那都是正兒八經傳下來的，很多人都知曉，絕不是隨便說說，但這個傳聞就沒有人可以考證了，我也是聽村裡老人說過幾句。」

「沒關係，我不當真。」孟婆眼眸深邃。

「這就說來話長了，那時我還沒到二十呢……」錢婆婆神色微正，瞳孔隨著回憶開始微微縮起。

四十年前，她才不過雙十年華，剛剛嫁人沒有幾年，巧山發生巨變也是從她嫁人之後開始的。

此間巧山之名是一仙風道骨、鶴髮童顏的老道士所起，那位高道自稱魯道長，出身龍虎山。魯道長來此之時，巧山之地繁華勝過如今。當時正值中秋，白日裡，家家戶戶炊煙裊裊、香氣連天，惹得不知誰家狗兒狂吠。夜裡張燈結綵，煙花漫天，歡聲笑語連天，確實是「陰晴圓缺休要說，且喜人間好時節」呀！

老族長見有外客而來，熱情款待，禮數周全，邀請魯道長在自家做客。這山村之中雖然沒有樓閣亭臺、畫棟飛甍且富麗堂皇的高大建築，但家家戶戶的房舍卻也都整齊乾淨，糧倉豐滿，即便遭逢一二災年，也敢有底氣說得過去，人人臉龐上都泛著喜氣的紅光。

可就在這樣的萬象更新中，道長卻感到一絲異樣，那時他站在巧山山巔觀看夜景，隨手為燈火閃爍的山村占了一卦，竟是即將傾頹沒落之相。

這話不吉利，當時村裡的老族長一聽此言，分外忌諱。他們認為祖上留下的這片基業是風水寶地，可以保得後代子孫平安多福，如今被這老道如此瞧不上眼，竟然還詛咒他們最多富不過兩代，便覺得魯道長在信口開河，甚至可能是個騙子也說不定。

那魯道長是得道高人，自然不會和一幫山野粗夫計較。他非但未與他們一般見識，反倒留下了一塊寶鏡，並告訴眾人說將寶鏡掛在村口，便可保村中太平。還告訴了他們龍虎山的地址，說若遇到解決不了的問題，便去龍虎山尋他，那時他定會下山來幫忙。

原本說三日之後離開的道長忽然失蹤，如此一來，更讓老族長懷疑其是行騙之人，騙術被揭開，匆忙逃跑了。老族長雖然留下了寶鏡，卻只是隨手擱置，村中事務繁多，他很快就將此事忘卻。

過了幾年，村裡開始出現各種禍事，先是村民進山失蹤，找到後除

了已經面色發黑，卻毫髮無傷，看不出死於何因；接著是村中孩童日夜啼哭，鬧得雞犬不寧；再者是村人看到鬼火漂浮在村外荒野之處，弄得風聲鶴唳，人人自危。

一開始老族長還算鎮定，後來也怕了，不知是哪位長老提醒，老族長才想起前年那位被當成騙子的高人。這時候死馬當作活馬醫，當即便從柴房找出積滿灰塵的寶鏡，並將其掛了村口。果不其然，孩童不再哭鬧，鬼火也消失了，老族長才信魯道長的話，便派專人帶著十個足量金元寶和其他重禮去了龍虎山，專程想請魯道長再來一次。

魯道長並沒有收下任何禮物，也並未與那去請他的人同行，而是告訴那人先回去，他要去處理一件要緊之事。不過那人也莫要擔心，他會與那人差不多時間到達村中，讓那人放心先行便可。

那人似信非信地回到村裡，正想著怎麼和族長交待，這禮沒送出去，人也沒請回來，也只得硬著頭皮去報告。才剛走到門口，卻聽見廳堂中談笑風生，似有故人來訪，他定眼一看，不由得大吃一驚，這故人不是其他人，正是自己專程去請的魯道長。沒想到自己還未到，人家竟然已經在族長家悠閒飲茶了。

他百思不得其解，自己年輕力壯，腳力、體力和翻山越嶺的能力皆不輸他人，因事態緊急已經星夜兼程的往回趕路，怎麼還能被魯道長反超？過了好些日子，那漢子方才知道魯道長是禦劍而來。

魯道長先做了場法事，又隻身進山待了三日，回來時滿臉疲憊，衣衫有破損還沾染了血跡，好似與什麼猛獸糾纏撕打過。眾人見狀，欲問詳情，道長只是搖了搖頭含著笑而不語，之後單獨與老族長在密室之中聊了半日有餘，讓老族長將此出改名為巧山，取「投機取巧」之意，後來便返回山林，再未出現過了。

後來老族長再派人去龍虎山謝禮，帶足二十個金元寶和其他厚禮，卻被其弟子拒禮不收，告知師父閉關前曾經提到過幾日有人送禮而來，皆拒禮不收，告知對方請帶話給老族長，說自己閉關清修，不知何時再出山，不必等候，有緣自會相逢。

　　且說為何是「投機取巧」之意。原來此處為姜氏前朝戰場，當時作為部落聯盟首領的茂陵劉郎成染為了爭奪自由與物資，帶兵南下，以少勝多，將河洛君王大敗於此。

　　此戰殘酷，戰場血流成河，橫屍遍野，就連最後的戰場都無法清理，屍體沒法歸鄉，只是可憐將士骨，空埋荒野裡。因此，此戰又被稱為「冠世之戰」。

　　自此改朝換代，成染為帝王，新朝開闢。

　　說起成染，實為長相俊美的翩翩君子，且有「看花東陌上，驚動茂陵城」的經歷，加上有「文能提筆安天下，武能上馬定乾坤」的才能，又生長於茂陵，祖上姓劉，故稱茂陵劉郎。

　　這，也只是世間傳聞罷了。

　　戰場在戰後被遺落，而血肉之軀卻豐盈了一方土地，遷居而來的人民再次來到此處安家立業，繁衍生息。

　　戰場上又太多不甘的亡靈，在此山間野林中凝聚，怨氣隨著世間的推移不減反增，最後波及到山間村落。

　　山民在此定居，卻未好好安葬那些遺落此處的殘魂，有時還會去積屍之地找些金銀銅錢，拿這些銀兩來興建家園。只因那時姜氏王朝軍餉已發，姜氏眾軍士都懷揣銅錢，想著盡力一戰之後，便可以帶著錢糧回家與親人團聚，也能讓家人們靠著這軍餉過個好年。

　　可惜他們沒有見到親人，親人們也無法享用到他們用生命換來的錢糧，這些將士白白將性命丟在這荒山野嶺之中。後來還有很多山民撿了屍體佩帶的刀劍等武器，熔鑄成農具，再用這些農具來耕作被血肉之軀養育起來的土地……

　　投機取巧，實有出處，所以富不過兩代。

　　經此一劫，有些人離開了巧山，去別處安身，還有些不願意離開或沒能力舉家搬遷的留在此處，巧山從此失去了曾經的繁華。

　　村中知道此事隱情的多半已經離開，不願離開的人也不願意再提起，畢竟不是什麼光彩的事。這村落的興起並不是先輩們辛勞而富，只是發了

一大筆死人財，這等事情流傳下去只怕後人指責，便成了大家心中皆知的祕密。

錢婆婆這一輩人，當時還年輕，也不甚清楚其中隱情，只是知道約莫有這回事。其中細節真假全無法追尋，而老族長們業已離世，此間發生過的種種，皆成了如今似有似無的傳聞。

一代人自有一代人的命運，曾經的事實也會隨著時間的流逝，成為奇聞趣事而活在人們心中。村野之人很是單純，不會糾結很多事情，他們雖然每天要承擔很多勞動，卻能在勞作中放下很多包袱。

這一點，反而是歷任孟婆做不到的，桑黛便是其中之一。

曾經世人津津樂道的「冠世之戰」，母親閉口不提，桑黛亦不願多問，而今陰差陽錯的在一個鄉野村婦口中瞭解到了一切，人生真是一場遊戲，緣分總喜歡安排這種陰差陽錯的故事。

說完這個故事，錢婆婆抬頭看向孟婆，發現她的臉隱藏在一束刺眼的光線後面，讓人看不清臉色，眼光明明滅滅，沒有淚水卻隱隱有些悲傷。

許久後，她忽然動彈一下，脫離了那份死寂，如花似玉的臉龐穿過光線，對著錢婆婆道：「那位魯道長後來如何了？」

對於這個魯道長，孟婆有些許疑惑。那一戰殘酷，怨靈諸多，而這麼多的怨靈皆被魯道長清理乾淨，那這個高道一定非同一般。入林三天便可將怨靈清除，說明其之前定是做了充足的準備。之前其留下寶鏡鎮壓，而沒有直接接出手，定然是想先威懾一番，順便給自己爭取時間，為了確保萬無一失。或許那彎刀，就是這位高道沉入溪流中的。

孟婆心念一動：這位高道為何在第一次來巧山之時忽然離去？莫非他預料到此劫嗎？她總覺得，兩者之間似有關聯。

錢婆婆一時之間被她的氣勢震懾，急忙說了聲「不知道」，而後又慌忙解釋道：「聽人說後來魯道長又來了一封信，告誡村中人世世代代都要多做善事。」她一邊顫抖聲說著，一邊摸了把額頭汗水，不知為什麼，桑黛總感覺她有些慌亂，但是已經過去這麼久的事情，她又慌些什麼呢？

孟婆心想，若如錢婆婆所說，此處曾存在著怨靈，如今卻一派安寧，

若是魯道長已經將那些怨靈超度，真是功德不小。想來已經可以禦劍飛行的魯道長，此刻應該早已修得正道。

　　孟婆聽完故事，手中的魚肉已經涼了。她覺得心緒紛亂，本就無心再吃任何東西。

　　未料這次任務剛出發就途徑這古戰場，而這古戰場又與自己家族有著莫大的因由，那些為了祖父而戰，並最終死在這荒山野嶺之中的將士們，不知他們轉生投胎之時，是否放得下執念，是否有許多不甘心，是否還有很多未完成的許諾？然而這一切都塵歸塵、土歸土，最終還是一片虛無。

　　兩個人收拾了下行囊，孟婆攙扶著錢婆婆，又繼續趕路，雖然步伐不快，但按照這個速度，約莫能在八月前趕到河洛之地吧。

第六節

　　一路向前，翻過山林，來到了河洛之地，再沿著河邊走幾天便可到熱鬧的河洛縣城，若是願意再走幾日腳程，便看到金碧輝煌的洛城。

　　「青山綠水依舊如故，只是物是人非罷了。在冥府待的時間久了，好像也不會這麼多愁善感，怎麼才來這人間些許日子，便開始有了情愫？」孟婆自問，或許是這人間的煙火習氣沾染多了，情感就開始更細膩了。生前自己與母親的相處，總是在茶室裡，母親安靜地煮著茶，時常有茉莉花茶的香氣迎面而來，夾雜著陣陣暖意，讓人覺得留戀。

　　還有那個人，與他生活的那幾年日子，每日一同用餐時，那人總是看似隨意地夾了一塊自己愛吃的菜放在自己碗中。

　　這就是人間煙火吧，難怪那些鬼魂喝下孟婆湯之前都說，最溫暖的地方就是廚房，長大後最真切而美好的兒時記憶，就是媽媽煮飯菜的味道，那裡煮的不僅僅是飯菜，還有一份親情和愛意。

　　終於出了枝葉繁茂、蟲子到處飛躍的山林，來到寬闊的河畔，兩人面前整個天地都變得壯闊無比，孟婆的心情很是舒暢。錢婆婆想著進入河洛縣城就能見到桃汐，心裡很是期盼，行走坐立，眉目之間都帶著笑，孟婆看過去，錢婆婆臉上蒼老的紋路都淡化了許多。

　　到黃昏時分，錢婆婆和孟婆趕到了縣城，由於天色已晚，城門已關，二人只得歇息在城郊的一個客棧之中。這一路奔波也疲憊不堪，正好可以洗漱沐浴一番、休整一夜，明日一早再進城尋找桃汐。

　　第二日，月色還有些朦朧，錢婆婆已經就著微弱的燭光起床，穿上那套自己捨不得穿的衣服，認認真真打扮一番，還笑著問孟婆：「我這樣可還給桃汐丟面子？」

　　孟婆見此，輕輕搖頭，嘴角帶著笑。

在朦朧的月色下，孟婆攙扶著錢婆婆來到縣城城門口，二人來到時，城門下已經聚集了不少人，挑著柴的、木桶的、賣炭的。縣城城門剛打開，一群人魚貫而入，各自奔向想去的地方。

孟婆和錢婆婆進了摩肩接踵的的縣城，孟婆就被錢婆婆拉著走，徑直就往桃汐被買去的縣令府中走去。到了那裡一打聽，才知道那李姓縣令因為貪汙受賄，早就被貶官了，縣令府邸裡面住的是新任的縣令大人。又經過幾番打聽，才知道老縣令府中的丫鬟婢女，都被悉數賣入了九王爺府中。

聽到這個消息，錢婆婆滿是挫折，心酸起來，但想到孩子可能還在，便打算去洛城尋親才是。兩人當下一商量，又在縣城住上了一晚。第二天一早，她們便沿著河洛向其上游走去，不過兩日便可到達洛城，這路途倒是不遠。孟婆本以為在這河洛縣城就能完成的任務，可命運卻把她們推向了她最不願意回憶的城池——洛城。

越靠近洛城，孟婆心中越是不安，有種「近鄉情更怯」之感，不僅因為害怕而恐慌，更有一種物是人非的孤獨感。

清晨伴隨著一聲雞鳴，皎潔的月亮隱去，日出東方，天邊一片鮮紅，一輪紅日照得大地生機勃勃，彷彿人生新的開始，萬物新的輪轉。

孟婆見到這紅日，心思百轉。

錢婆婆看了眼孟婆，發現孟婆正對著刺眼的紅日出神。

「這日月輪換，彷若人生百轉，不斷有新的開始，莫要沉迷於昨日而辜負今朝。」錢婆婆眉目慈祥地對著孟婆道。

「有些事不是想放下就能放下的，正如錢婆婆寧願永墜忘川，也不願放棄見桃汐一般。」孟婆微微笑著回答道。

「我心有愧呀，倘若姑娘問心無愧，又何必不肯放手？」

錢婆婆畢竟活了六十載，相比紅顏薄命的桑黛來說，什麼都看淡了，對人生自然有著更深的體悟。孟婆雖然在冥界熬了八十載的孟婆湯，但背負的執念，讓她不願意接觸新的東西，使她難以更進一步感悟人生。

孟婆雖然對誰都很清冷，但經過近一個月的相處，錢婆婆還是能夠

在孟婆身上感受到溫暖與關心，也能察覺到孟婆心底深處那恰如大海的孤獨與對外界的警戒。她明白，孟婆總是用冷漠來掩飾自己，用沉默來拒絕別人。

「這一路來此，孟姑娘時常望著洛城的方向出神，尤其是到了這河洛之濱，姑娘更加心事重重，老身猜想姑娘或許在此有過一番經歷。姑娘舉手投足都是大家風範，老身一介鄉野村婦，見解自然不及姑娘，不過人活一生，不過是一場體驗罷了，姑娘在冥府管著眾多鬼眾，想必更能看透其中虛幻。」錢婆婆見孟婆不語，接著道。

孟婆一路走來，也未對錢婆婆故意隱瞞，眼中的憂思不時閃現，況且人都死了，做戲太累，可惜就算物是人非，遇到了，自己還是心有觸動。難怪還有那麼多老鬼不肯投胎，能拖一天算一天，直到快過了灰飛煙滅的大限之時，才會心不甘情不願地來到奈何橋，向她討碗湯喝。這些老鬼幾百年過去了，眼神裡依舊是不捨和執念，每當這時孟婆就會問問自己，何時自己的眼中可以重新回歸透亮清澈，不再如深淵一般，一望不到底。

「人活一世，若問心有愧，會有悔恨嗎？」孟婆難得眼波泛起波瀾，帶著無力與悲痛，輕聲地問道。

「死會讓人想起很多東西，尤其是心中的愧疚。不過很多人是不會將這些愧疚放在心裡，他們讓自己心裡得以輕鬆，反而將這些愧疚丟了，隨便勸慰自己：『我不曾錯過。』但老身自己經歷了一次，才發覺愧疚是最折磨人心的，失去的、深愛的、牽掛的都可以隨著時間流動而變淡和逐漸放下，唯有愧疚不行，日積月累下反而越來越沉重，自己還是騙不了自己的。」

「很多人選擇遺忘，很多人沒有機會言說，很多人奢求原諒卻不得結果，只有很少人能夠圓滿。」錢婆婆繼續說道。

「所以，孟姑娘若得到曾經傷害過你的人的歉意，你會原諒嗎？」錢婆婆溫和地問道，眼中似乎在期待什麼。

孟婆能猜到知道錢婆婆想聽到原諒，這會讓錢婆婆面對桃汐時更加有勇氣，不過孟婆不想騙錢婆婆，也不知道那些人若出現在自己面前求得

原諒，自己是否選擇原諒，所以孟婆只是搖搖頭，朱唇輕起，說道：「我不知道。」

錢婆婆聽到孟婆的答覆，期待掉落了，不過並沒有失落，彷彿意料之中，畢竟是被賣了。

付出了巨大的代價，卻前途未卜。絕望地尋找被自己賣掉的孩子，真的值得嗎？若是那姑娘不肯原諒當初出賣自己的母親，那錢婆婆的內心豈不是更加難受？但是無論那姑娘原諒與否，這契約是實實在在的，沒有任何人可以反悔，錢婆婆若是帶著這般記憶永入忘川，那又是何等處境。

那些寧願放棄來世，而永入忘川的鬼眾，到底有多少？他們又有什麼樣的際遇和經歷，讓他們去選擇一條完全不一樣的道路呢？孟婆心裡想。

兩人走了兩天以後，第三天正午，總算來到了繁華興盛的洛城。進了宏偉高大的城門，一眼望去遠處的長安街兩側人流如織。

洛城很大，而孟婆和錢婆婆要去的地方在城西北角，需要經過這長安街才能到達。

長安街上掛滿了各色的燈籠，孟婆想來夜裡定然燈火通明；各色雨傘倒著掛在空中，還會隨著風微微搖動，形成長安街一景。商販們吆喝聲此起彼伏，各種香氣混雜在一起，令過路人不禁吞口水，忍不住不停往那邊看過去。

洛城繁華依舊，十里長安街人流如潮，冠蓋滿城；風流才子，遊園賞花，畫舫聽雨；秦樓楚館，胭脂滿樓，絲竹聲飄飄；宮城威嚴，氣勢如虹，雕欄玉砌，富麗堂皇之氣更勝往日。

有詩為證：

東南形勝，三吳都會，錢塘自古繁華。

煙柳畫橋，風簾翠幕，參差十萬人家。

雲樹繞堤沙。

怒濤捲霜雪，天塹無涯。

市列珠璣，戶盈羅綺，競豪奢。

重湖疊巘清嘉。

有三秋桂子，十里荷花。

羌管弄晴，菱歌泛夜，嬉嬉釣叟蓮娃。

千騎擁高牙。

乘醉聽簫鼓，吟賞煙霞。

異日圖將好景，歸去鳳池誇。

剛剛入城，便見到這番熱鬧的市井之象，民眾歡聲笑語中，可以推知到當今君主定是有賢德之人。孟婆一路跟隨著錢婆婆走過洛城中喧囂的繁華，繼續往前走。

一個身著豆綠衣裙的小姑娘，拿著一串糖葫蘆快步走來，與孟婆擦身而過，小姑娘身後追著一位少婦，在其身後緊張地叮囑：「倩兒，慢著點，等等娘親！」這位年輕夫人眼眸裡流露著對孩子的滿滿的愛。

孟婆看著那火紅的糖葫蘆出神，想起自己的幼年。

母親的笑容向來吝嗇，對自己從來都是淡然的，好像面對外人，只有偶爾才會對自己流露出罕見的溫柔與笑意。唯一一次母親執拗不過她，是兒時自己求安慰的哭鬧時，母親給了自己一串糖葫蘆。糖葫蘆鮮紅，與桑黛哭得通紅的大眼睛不分上下。

咬上去冰糖葫蘆的美味，依舊讓她轉哭為笑，嘴裡鼓鼓的含著一顆糖葫蘆，對著母親傻笑著，而母親有些無奈地看著她，嘴角還是揚起了一絲不易察覺的微笑。

後來，自己也吃過幾次糖葫蘆。那人也專門為她買過糖葫蘆，還將插糖葫蘆的靶子扛在肩上，陪她穿街過巷……。那時她還以為那人願意真心的愛她，可誰知表面工夫和內心想法有時候全然不一樣。

母親和音公主身為前朝的長公主，風華絕代，名動天下，未曾婚配的時候，常接到各國使臣的求親，母親總是一笑置之，從不願意多理。後來國破家亡，高貴的公主被迫率兵投降，為了保存百姓和先輩流傳的大好河山，公主下嫁給敵國大將。

毀滅總是比創造簡單。毀城容易、建城難，這繁華絢麗的都城，是多少代人才積累至此。與大多數百姓而言，誰當帝王都可以，只要日子安

穩有口飯吃，就足矣了。

　　這一點母親早早就看得很通透也很無奈，在國破家亡、生死存亡之時，在你面前表忠心的近臣們，可能一轉頭就為了自己的家人、榮華、前程逮住自己，投向了敵軍。

　　公主投降了，活著就有希望，不能因為眼前的一點受辱而放棄了希望，只盼著能存下些血脈，待他日東山再起。和音公主的率兵投降，換來了多少罵聲，又換來了多少感激之聲，更換回了多少條人命，怕是她自己也說不清楚。

　　為了讓敵軍放心，和音公主自願嫁給了敵方鏢騎大將軍那個只會紙上談兵、沒上過一日戰場的的長子。

　　打下一片新的土地，皇帝大肆冊封，這老將軍因為戰功彪炳被賜了世襲王位，掌管一方兵權，這是何等的殊榮，將士們看到將軍們得此厚待，更加忠君愛國，在戰場之上勇猛異常，只求得也為自己和家人們搏一個好出路。

　　老將軍打仗太多，身上到處都是病，沒幾年就去世了，這長子就接任了世襲爵位，成了王爺。而和音也成了王妃。但是她知道自己丈夫的榮華富貴，是建立在自己國家將士的枯骨之上。那些將士們流淌的血液，足以染紅王府前三丈見寬清澈見底、川流不息的玉帶河。

　　而自己自幼各方面不輸男兒，又是嫡長公主，少女時期總是幻想，什麼樣的男兒才配娶自己呢？連父皇母后都打趣的說，看遍全國男子，竟然選不出配得上她的男兒，這可如何是好。

　　可是命運總會給你一個意想不到的選擇。父皇死了，母后自殺了，自己投降之後，能選擇的只有兩條路，要麼嫁給丞相的兒子為側室，要麼給老將軍的長子為正室。她連思考的過程都沒有，就直接選擇了後者。百姓聞訊，皆為公主扼腕歎息。

　　卻不知，公主做出這樣的選擇，也確實是用心良苦。新國已定，文官開始主政，丞相的兒子自然是炙手可熱的人選。但是她寧願怕新君猜忌她過於接近朝堂政務，而選擇嫁給老將軍的兒子。這也無礙，本該虎父無

犬子，怎料這將軍的母親，老太君尤其喜歡這個孫兒，婆疼長孫，故將其自幼帶在自己身邊，什麼都願意滿足他。老將軍孝順也不敢忤逆了自己母親的決定，只能聽之任之。

結果這長子反而沒了英氣，整日喜歡那美食、美女、美酒，是個悠閒自在的準王爺。但這爵位是明明白白寫著長子繼承的，所以無論這準王爺再怎麼花天酒地，這王爺的爵位還是落在他頭上了。而偏偏和音被迫無奈，最後嫁給了懦弱無能的敵國王爺，向來心比天高的和音，便把這當成是巨大的恥辱，更把這個流著敵國人血的孩子──也就是桑黛，當作自己永遠抹去不掉的汙點。

即使人人都說自己母親貌美，一笑傾城，但桑黛卻沒有留下半分母親盛裝美扮、眉目巧兮的記憶，時常見著的是，母親總有些淡淡愁容的臉龐和清冷的神情。

看到孟婆盯著糖葫蘆，錢婆婆拉過孟婆的手，帶著她來到賣糖葫蘆的攤位前，摸索出身上除卻想要帶給桃汐的銀錢外，所剩不多的盤纏裡拿出些銀錢，幫孟婆買了串糖葫蘆。

孟婆想要制止錢婆婆，畢竟之後用錢的地方還有很多。

錢婆婆輕撫孟婆的手，以示安慰。

孟婆接過糖葫蘆，看了起來。

「快吃吧，化了就不好吃了。」錢婆婆在一旁催促道。

之前與孟婆訂立盟約的鬼魂，大多想的是自己的得失與憂患，總是急於完成自己的願望，很少顧及到孟婆，還有些覺得孟婆清冷，總是拒人於千里之外，便也不會刻意拉近距離。可唯有這錢婆婆，就像對待自己後輩一樣，給了孟婆潤物無聲的關愛。

洛城寬大繁華，人流如潮，加上錢婆婆的肉身老朽腳步較慢，而且她們所去之地位於洛城西北一角，路程較遠，且要經過繁華的大街，二人匆匆趕路，只能在午時之前趕到。

如因皇帝已經到了耳順之年，過去的三十多年裡，政事勤勉，勵精圖治，為國為民，回過頭來看，卻對自己的兒子們缺少教導，使得他心中

由此一憾，所以在不惑之年得的九皇子，讓他甚是關愛。

這九皇子也是聰明的人兒，自幼聰明伶俐，八歲的時候就可以出口成章，且才貌兼備，進退有度，眉宇之間一股貴氣，舉手投足間不怒自威。他能文能武，十五歲之時就能協助皇帝處理政務，而且經常在狩獵中拔得頭籌。

如今的王朝是被稱為茂陵劉郎的成染一手建立，當初的部落聯盟能拿下此番功業，離不開萬里鐵騎，所以這個馬背上奪得天下的王國，很是看重騎射，一年一度的狩獵大會是全國各地的大事件，一方面展現軍事實力，一方面也從中選些將才，在這種全國性比賽中拔得頭籌之人，定是勇士中的英雄，其榮譽自然不言而喻。

如今王朝已定，雖然騎兵很是厲害，但也並非無其他可取之處，不然在前任帝王設計的山林之戰中，成染一方也不會能以少勝多，成就「冠世一戰」。

自古皇家，但到九皇子這一代，兄友弟恭、父慈子孝，九皇子被哥哥們愛重，並無嫉妒之事，堂堂皇室，卻是難得的乾淨。

大臣們私底下都說，九皇子將來定然是將相之才，可成就一番功業，不會只擔一個王爺的虛名閒職。可惜造化弄人，十九歲風光無限、英姿勃發的九皇子，突然陷入一場大病之中，差點魂歸奈何，英年早逝。

正在御醫束手無策，藥石無靈時候，一個青衣禦劍的道士來到了皇宮門前。道士自稱來自龍虎山，道號三林，師承魯道長。

魯道長仙風道骨，慈悲眾生，皇室之人早有耳聞，奈何有心拜仙仙不見，如今見他徒弟三林道長也是這般超凡脫俗，加上九皇子已經不進湯藥，也只能向三林道長求助。

道長說可以救活，但是得去道觀中守幾年，去掉煞氣。於是三林道長將九皇子帶回龍虎山調養，這一走就是九年，去年才剛回來。

九皇子回來之時，氣質溫潤，眉目之間添了幾分灑脫。更像是溫潤如玉的翩翩君子，當真是「陌上人如玉，君子世無雙」。

如此公子，當真如了他的名字「韞玉」呀！

返回洛城的九皇子，被皇帝封了九王爺，還想著給自己的小兒子擴建宅院，以彌補遺憾，但是韞玉卻不甚在意，依舊住在原來的宅院裡。府裡冷冷清清的，管家說需要幾個丫鬟，於是在某天王府裡面，就多了幾個丫鬟。管家說，丫鬟們是王府管家在附近河洛縣城街邊買來的，幾個年紀輕輕的姑娘被人買來賣去，很是可憐，所以買下了她們。九王子偏著頭想了想，沒有再過問這件事情。

　　城西北角，九王爺韞玉的府第雕梁畫棟，從大門看去，裡面雕蘭玉砌。錢婆婆和孟婆懷著忐忑的心情在四周來回踱步，剛到府門之時，便看到一氣質出塵的男子，騎著一匹棗紅色馬匹向王府趕來，隨後在王府門前下馬，與孟婆和錢婆婆正好打了個照面。

　　那男子抓住鞍背一躍而下，身姿矯健，瀟灑且優雅，且看面貌潔白如玉，氣質確實與眾不同。孟婆看向此人上空氣運之處，氣成金黃，熊熊燃燒，尊比天子，「此人應該是九王爺韞玉了。」孟婆猜想。

　　不過仔細一看才發現，九王爺不斷翻滾的黃金色氣運中，夾雜著大凶之兆的紅色之氣運，在氣運柱中央若隱若現，想要翻滾出來。這紅色之氣運有被壓抑之事態，孟婆不由得心中一驚，若封印解除，九皇子會不會發生什麼不測之事？

　　「常言道，過慧易夭，這九王爺能活到這般歲數，定是得到了奇人相助，不然也活不長久，或許十三年前那場病，便是一場徵兆。不過那時三林道長幫他鎮住了，但那也不過止一時之痛，難得長久，積蓄的洪水總歸是要洩出去的。」孟婆心想。

　　「眉間含胎記，雙十年華，姑娘。」

　　於此同時，看到孟婆的九王爺，不由征住了，難道可以幫助自己渡劫的人就是她？

　　韞玉耳邊再次響起師父的囑咐聲，「若見到眉間含胎記、不過雙十年華的姑娘，定要以禮相待，或許她可以幫你。」

　　「在下韞玉，冒昧打擾。」韞玉先施了個禮節，然後正色道：「本王見姑娘和這位老婆婆不時向著本王府大門探望，可是有什麼事？」

「王爺慧眼，我和這位錢婆婆前來尋找她的女兒，我姓孟，是來作陪的。」孟婆欠身還了個禮，開門見山地說道：「想必您就是九王爺了，聽說錢婆婆的女兒在您府上，不知王爺可願意幫忙喚她出來？」

眼前這姑娘言語得體，舉止不卑不亢。韞玉有些吃驚地看著眼前的這位孟姑娘，舉止行為，一看便知出身望族。

「可，請問婆婆想找之人是何姓名？」他對著錢婆婆溫和地說道。

「我女兒叫桃汐，今年剛好二十。她應該是前些年被府上從李縣令家買回來做了丫鬟，若能找到，感謝您的大恩大德，我每天想念她想得睡不著。」錢婆婆看到府第主人願意幫忙，便急切地回應，說著說著就哭了。

一路幾番尋找，幾番希望又幾番失望，四處碰壁之後，如今看到希望，錢婆婆自然是喜極而泣。

「桃汐？我知道了，我去問問管家。」

「二位一路奔波，來此一路也辛苦了，婆婆年紀也大了，要不二位跟在下一同入府休息片刻吧？」韞玉語氣輕柔，溫聲問道。

這韞玉挺不錯的，雖身為王爺，氣質雍容，韞玉卻無半分傲慢，待人說話溫如玉，沒有半點氣勢上的壓迫。

孟婆在觀察韞玉的同時，韞玉也在觀察她，韞玉覺得這孟姑娘雖然外貌不過雙十年華，但那清冷的神情與凌然獨世的氣質，都讓韞玉覺得是個長輩。三林師父曾說過，看人不能看表面，要從行為進入到對方的內心，因而韞玉看人從不止步於皮囊。

「可。」於是三人入府，孟婆發現府中景物很是清雅，建築本身力求小橋流水人家，再進去，便是深深的綠植，有尺徑通幽之感，一草一木皆有章法。

孟婆和錢婆婆在客廳稍作休息的同時，九皇子喚來了管家，詢問府上是否有一個叫桃汐的丫鬟。一番詢問之後，才知道當初買入之時，確有一個叫桃汐的姑娘，不過那姑娘因得罪了上一個管家，便被他轉賣了。

去年才剛返回洛城的韞玉，確實忙了一大段時間，時常待在書房裡，加上府中收入支出，事務繁多，皇兄皇嫂們也經常送來物品，如此些瑣碎

事務忙不過來，韞玉暫時交給家裡的管家來處理。

　　後來韞玉發現那管家並非善類，膽敢受賄侵占，便將他驅逐出府。只是沒想到這管家早就品行不良，竟然趁著韞玉不在府上的這些年間，自己買了些貌美年輕的丫鬟回來，還偷偷欺辱長相貌美的桃汐，桃汐不從，惱羞成怒之下，竟將人賣去了梨落樓。這梨落樓在純然巷中，是城裡頗有名氣的青樓，一個女子去到那裡是什麼結果可想而知。

　　九皇子又喚來一些丫鬟。她們都說，桃汐被買來時穿得破破爛爛，身上有一股難聞的惡臭，身體瘦瘦弱弱，平常丫鬟都能提動兩桶水，她只能提得動一桶。而且也根本看不出來姿色，不過被管家買回府中後，換上整齊的衣服，養了一段時間身子，肌膚白了，眼睛亮了，出落得越發漂亮。

　　那管家見桃汐貌美，便想著與他苟且，被桃汐無情拒絕後，又不好強迫，怕她說出去，自覺丟了面子，有次便趁著夜深人靜之時，將桃汐裝在麻袋裡賣掉。家裡丟了一個新來的丫鬟，自然是瞞不過去的，那管家便編造說，桃汐跟著情郎跑了，還說得有憑有據。這樣一來，上面也無人追究，而王爺也在龍虎山修行調養，私底下都知道是什麼事情的眾丫鬟，也就自覺沒將此事上報。

　　丫鬟們七嘴八舌地說著，九皇子很快就知道，桃汐是三年前冬天被賣去青樓的。

　　韞玉聽此很是憤怒，旁邊的錢婆婆越聽越呆，失魂落魄一般，她很想哭出來，可是任憑她如何努力，卻一滴眼淚都掉不下來。

　　孟婆伸出手，輕撫錢婆婆的雙手，堅定道：「沒事的，我們都找這麼久了，現在知道她在何處，我們就接著去找，天涯海角都不怕，難道還會害怕一處脂粉青樓？」

　　孟婆婆呆木的眼睛蕩起一絲波瀾，盯著孟婆，像是被人丟棄的孩子，眼裡的無助橫溢出來。

　　「桃汐這樣堅強且又聰慧的女孩子，定能保護好自己的，婆婆莫擔心。」孟婆勸導到。

　　「是我管理不嚴，沒能保護好桃汐，讓管家做了壞事，請婆婆讓韞

玉一同前去。」韞玉嘴唇輕抿，歉意道。

　　孟婆回身看了眼韞玉，思索片刻道：「好。」這有位金主跟著定是好事，本來錢婆婆的盤纏就不多，自己又不能隨意使用法術，有這心懷有愧的小王爺跟著，就算真是尋到了人，若這桃汐真的如丫鬟說的這般貌美，怕是日後還要大筆贖金，才能把人從青樓之中贖出來。

　　聽到女兒在青樓中，錢婆婆六神無主，一切自然都聽孟婆安排。

　　天色已晚，錢婆婆因傷心過度，情緒起伏，導致魂魄有些不穩，孟婆便施了個咒，讓錢婆婆安穩睡上一覺，順便趁著夜色，先去梨落樓打探一番桃汐的情況，也避免明天慌張，不知方位耽擱了錢婆婆和女兒相聚的時間，又愁得錢婆婆感傷，還是早做打算得好，免得到時措手不及。

　　趁著夜色，孟婆安頓好錢婆婆，準備出府，推開房門那一刻，看到韞玉正站在門前。

　　「韞玉與姑娘同行吧。」韞玉道。語氣不卑不亢，臉色平靜，彷彿提前知道了什麼。此刻，孟婆覺得，眼前某個人的影子突然與韞玉重合。

第七節

　　洛城最繁華的長安街旁，有一條館陶街，館陶街裡有個純然巷，這巷子的名字極其清雅，卻偏偏是城中最熱鬧的路段之一，只因這巷內有全城最高檔的青樓——梨落樓。此樓背靠洛山，側對洛水，煙柳畫橋，風景秀麗。面朝長安街，冠蓋滿街，人流如織。

　　夜色裡，四周光線昏暗，唯有這梨落樓裡燈火通明，流光溢彩。各色的胭脂袖從樓上揮舞，軟語鶯言，引得樓下人兒紛紛駐足。絲竹之聲漫出樓閣庭院，撒入後面的梨落樓，惹得附近早睡的人兒們輾轉反側。

　　孟婆與韞玉來到這梨落樓門前，習慣了清靜的二人皆有些不適應，這麼熱鬧嘈雜之地，是兩個人都不喜歡的場所，遂兩人才到門口，就覺得渾身不自在。

　　「你是第一次來？」孟婆側目問道。

　　「對。韞玉一直跟隨師父修行，還未曾踏足過這種喧囂之地。」韞玉面色有些發紅，不自然道。

　　「這些煙花柳巷的女孩們，不過是因為有幾分姿色，卻又身世淒苦，便被投機之徒關在這樣一座金絲籠裡。她們被人觀賞，只有觀賞的人高興了，才會隨手塞給她們些許吃食罷了。你也不必想太多，如果不是強迫之下，也總有人如此營生，沒什麼貴賤之分，只有是否自願而已。」孟婆臉色冷靜地說道。

　　韞玉猜想，或許這孟姑娘是想到了桃汐。也不知道這姑娘現在什麼光景，希望她沒大事，不然雖非自己所為，但畢竟是自家府上出的事情，這因果卻是他要背負的。自從和道家師父學習了些道學之後，他便對人、事、物有了不同的看法，雖然自己並未出家，但是很多以往與自己不相干的事情，現在看去都沒有表面所見的那樣簡單。想到這裡，他的心思不免

又有些沉重了起來。

「孟姑娘，桃汐一定不會有事的，我們進去吧。」韞玉眼神堅定。

其實，他這也算是自我安慰罷了，這天下哪有「一定」的事情呢！桑黛並未理會韞玉，轉身走離去。

憑藉韞玉王爺的身分，孟婆與韞玉找來了梨落樓的老闆。老闆雖已徐娘半老，仍是風韻猶存。簪花塗粉，美目流盼，媚眼如絲，一舉一動皆嫵媚動人。更兼其聲音柔軟，帶有勾魂攝魄的魅力，年輕之時定然是名動四方的花魁式人物。

這等出身，別的不說，那觀人的水準，定然不在話下。

她抬眼見兩名來人皆是氣質若仙，通身貴氣，雖然面帶微笑，但是卻有高高在上的感覺，便知來的是大人物。若是沒有見過大場面的世家名門，再有錢都修不來這等氣質，而且兩人既然移尊來此，定然不是可以簡單打發的。

那老闆娘見狀，慌忙收起嫵媚，作出一副恭謙態勢。

「不知兩位貴客如何稱呼？」老闆娘恭恭敬敬問道。老闆娘對於洛城中的達官顯貴略知一二，但這兩人老闆娘卻認不出來。即使認不出人來，但那不凡氣度，她卻一望便知。

「本王要找一個人，希望老闆娘可以幫忙。現在我且向你打聽點事情，還請老闆娘莫將此事張揚出去。」韞玉一邊說著，一邊將王爺的權杖取出來，給老闆娘看了一眼。

這老闆娘也有些見識，一望之下，自然知道這王爺權杖是真的。她心思一轉，在心中暗想王爺到底是何人。想到有個九王爺去年回洛城，生活深居簡出，想必這位就是傳說中的九王爺了吧。

「九王爺請講，柳十娘一定知無不言，至於幫忙，也談不上，只要是力所能及之事，定然義不容辭。」老闆娘道。

「那女孩叫桃汐，是幾年前被我家……我家管家賣來的，相貌十分美麗，額頭間有個桃花的胎記。」韞玉輕聲說道。

此話一出，老闆娘帶笑的唇僵住了，面色蒼白，神情不安。

「怎麼了？」韞玉問道，「桃汐怎麼了？」

韞玉有些著急，看老闆娘的反應，那桃汐在此處一定不好過。

「九王爺贖罪……」老闆娘一邊喊著王爺贖罪，一邊跪倒在地上，嚇得渾身顫抖。她雖然並不知道桃汐與王爺的關係，但能讓王爺親自詢問的人，身分定然不簡單。

「桃汐現在在哪裡？」孟婆見狀，急忙蹲下詢問老闆娘。

「這不是柳十娘做的，是上一任老闆花姨娘做的，我只是聽人說的……她們說……說桃汐死了。」老闆娘辯解道。

孟婆和韞玉聞言，頓時大驚失色。

老闆娘被韞玉拉起來，責令她將此事從實說來，一點也不許遺漏。

原來，三年前桃汐被賣入梨落樓之後，起初也只是打雜送水的丫頭。約莫過了幾年光景，這女大十八變，有一天花姨娘喊她服侍自己沐浴，在暖燭水霧下，細細打量起這桃汐。這一打量，花姨娘自己心裡先是吃了一驚，又頓時一喜。她驚的是，這丫頭何時五官已經出落的如此動人，喜的是這買賣真是賺大了，原來只是想著把她養大點，做個一般接客姑娘就行，哪料到這就像花朵一夜之間盛放一般，姿色艷壓一眾女子，就連當時的花魁都要遜色幾分。

想到此處，花姨娘連澡也不泡了，趕緊起身穿上袍子，讓人把桃汐好好沐浴更衣後，再領來給自己瞧瞧。這沐浴更衣完的丫頭，更是容貌動人、粉紅於面，眉目流轉，讓人過目不忘的好姿色。

花姨娘是一個貪財冷酷之人，想著勢必要把桃汐打造成頭號花魁，名動洛城，成為她的搖錢樹大賺一把。可這桃汐是個有傲骨的姑娘，誓死不肯低頭，堅持只肯賣藝，寧可做端茶遞水的雜活也絕不接客。

花姨娘不會打這些不聽話的姑娘，因為打了會留下傷疤，而且恢復期長，耽誤賺錢。桃汐被關進後院漆黑的屋子裡餓了三天，最後還是不肯低頭，花姨娘只能想別的辦法。

她用細針扎桃汐，細細的針扎在最脆弱的位置，還有些是經絡穴位，外人看不出針孔，卻劇痛無比。這樣既不會留下什麼傷疤，但是那滋味卻

讓人實在不好受。

岂料她嘗試了所有的法子，這桃汐就是不鬆口。

雖然命途坎坷，卻覺不淪陷泥潭，保持著自己的自尊，不斷掙扎。

之後那聲音漸漸小了下去，姐妹們在一起談論起此事，都說花姨娘太狠心了，對這麼小的姑娘也下得了手。但這些人也都寄人籬下，雖然對桃汐同情有加，對此卻也是無可奈何。

這桃汐當年被賣來做丫鬟端茶遞水的時候，柳十娘總是對她格外的好，因為自己有個和桃汐年紀相仿的妹妹，家人將柳十娘賣了後，得了好些銀兩，弟弟妹妹們才能不被賣去其他地方，可以和父母艱難度日。

柳十娘做了這麼多年的花魁，一直堅持賣藝不賣身，她能做到這樣，也是有本事和底氣的。她本是邊城小商人家出生，自幼母親還讓她去學琵琶，也頗有天賦，一連學了十年光景，就彈了一手好曲。十五歲那年家道中落，為還債於人，也為了一口飯吃，她被家人賣來了這梨落樓賣藝。現在在這裡穩住雙腳，靠一雙纖纖細手，彈奏琵琶為生且琴藝超群，自然捧場的貴客也日漸增多，就算只靠賣藝，一樣可以為花姨娘賺來大把銀子。

桃汐初來之時，多得這柳十娘照應，就像對自家妹妹一般。每次有好吃的點心，柳十娘總是偷偷喊她來房中吃些，看著她狼吞虎嚥的模樣，總會心疼地幫她倒杯暖茶，讓她慢些吃。

柳十娘佩服桃汐的勇氣，也心疼這個姑娘，看見她，便想起了自己。想著誰家女子願意自甘墮落，被人踐踏？都是家裡窮得走投無路了才會如此。她能明白這種壯士斷腕的勇氣，與其一家人抱團餓死，還不如賣了一個，讓大家都能活著。

又過了幾天，桃汐依舊被關在後院屋子裡。她獨自面對著黑暗，與蛇蟲鼠蟻為伴。透過方寸的小窗，散入屋子裡的月光是她唯一的慰藉。見桃汐如此堅韌，柳十娘也忍不住落淚，在守衛鬆懈之時，一連幾天每日偷偷從窗戶裡扔進一個饅頭。

見桃汐無論如何都不低頭，花姨娘也無能為力。折磨桃汐也需要氣力，不如讓她先當個侍女，畢竟是花錢買來的，總不能人財兩空。但她也

不願就此低頭，便想再餓桃汐幾天，說不定桃汐願意回頭呢？如此抗爭了幾次，守衛們也都鬆懈下來，再加上桃汐連爬起來的力氣都沒有，她還能跑了不成。

可誰都沒想到，桃汐竟然爬窗逃走了。窗子上固定了幾條稀疏的鐵柱，即使桃汐受了多日的折磨，身形消瘦，但也絕對爬不出去。

誰曾想，桃汐竟然用身上的衣服沾了水，再圍到窗子的兩個鐵柱上，慢慢的擰動衣服，沾水的衣服不容易斷裂，而且可以對鐵柱子產生柔化的作用。因此衣服形成巨大的勁力，將兩條鐵柱拉在一起，桃汐再憑藉消瘦的身形，從鐵窗中爬了出去。

桃汐跑到院子裡，卻因體力不濟，腳步都有些蹣跚，彷彿迷了路一般。弱如拂柳的桃汐，遇到了冬日無眠、獨自出門賞月的柳十娘。

桃汐看到柳十娘，眼中流露出深深的悲傷。

那一刻，柳十娘也不知道自己哪裡來的勇氣，看看旁若無人，便拉起桃汐的手，將她罩在自己的披風之下，快速的穿過層層院牆，將桃汐送出梨落樓的後門，把自己暖和的兔毛披風披在她身上，還順手拔了一根自己的銀簪子，讓她換點銅錢做路費。

桃汐看著柳十娘，心裡很是感激，當即下跪磕了個頭，便趁著月色逃跑了。

柳十娘送走桃汐，一路飛奔回自己的屋子，因為害怕和奔跑，額頭上出了汗漬，進屋之後便倚在門框上兩腿打顫，似是被抽乾了氣力。

緩過勁來的柳十娘剛準備去床上休息，卻看到風吹開了窗子，窗外是漫天大雪。柳十娘想到了桃汐，不由雙腿跪倒在地，心如死灰。

大約過了半個時辰，樓中的打手和侍衛們嚷嚷聲傳來，柳十娘知道巡夜的人發現桃汐不見了。

柳十娘很是害怕，她既怕這些人將桃汐抓回來，又怕自己放走桃汐之事被發現。桃汐手中有自己相贈的銀簪子和自己的兔毛披風，肯定會被認出來，那自己領她出門助其逃跑之事就遮掩不了，自己的下場也一定很慘；若桃汐不被抓回來那便最好了，如此也可以保全自己。

　　轉念一想，在這雪地之中，桃汐雖有披風裹身，但終究體力不支，且無依無靠，她可能會就此死掉，柳十娘心中又十分驚恐。

　　第二日，柳十娘因一整天的擔驚受怕，面色憔悴，不想上臺彈琵琶。豈料有個大人非要聽她彈奏，柳十娘無奈，只得登上她熟悉無比的花臺，結果因為心緒紛亂，接連彈奏錯了好幾個音，惹得那大人十分不快。

　　柳十娘是這梨落樓的老人，與樓中姑娘們關係不錯，眾姐妹們相護扶持是常有的事。一個心思敏捷的姐妹看出了柳十娘心中有事，便急忙安撫那大人，保全了柳十娘顏面，令她免了一頓訓斥。

　　返回住處的柳十娘，刻意打聽了一下關於桃汐的消息，卻得知桃汐可能已經死去的資訊。

　　除了雪地裡的一隻鞋子，眾人再也找不到桃汐的線索，且冰天雪地裡，桃汐所到之處並無人煙，除了一處皇家園林。此園林是皇家的，外人無法入內不說，且有侍衛把守，那些人向看護的侍衛打聽，結果被侍衛趕了出來，說沒看到什麼姑娘。

　　如果桃汐沒有走這條路，那只有另一種可能——桃汐走了小路，而小路的盡頭是萬丈懸崖。

　　夜裡無燈且路滑，或許桃汐已經掉落懸崖，粉身碎骨了。

　　桃汐走後不久，一天夜間，那花姨娘莫名其妙的吃個大棗，活活噎死在自己屋裡，大家都說是桃汐來索命了，個個都嚇得不輕。大家議論起花姨娘這些年的惡行，也算是惡有惡報。

　　這花姨娘死了之後，大家都沒了主意，樓中所待年限比較長的柳十娘，拿出自己多年的積蓄，又向那些當年的恩客們借了些銀兩，盤下了這青樓，變成了梨落樓的老闆。

　　因為自己身世淒涼，加上又有花姨娘作惡多端暴斃的先例，這柳十娘自然不會太過苛刻眾人。柳十娘做事的風格也與其他青樓截然不同，她不再買那些拐賣來的孩子，就算窮苦人家的子女，也是和家人說好，做多少年的雜役，若是沒錢贖回去，再讓姑娘自己選擇是接客還是賣藝。這賣藝其實比接客更難，只有自小就要有天賦、肯下苦工夫的人才有機會。

也正是因為這份坦蕩，那些家道中落的、確實無處可去的少女們，漸漸也都願意來她這裡。

與上任的花姨娘不同，從不隨意扣姑娘們的酬金，每人帳目清晰可見，每個月姑娘們都知道自己攢了多少銀兩，除了發些小錢給姑娘們日常消費，其他的大額都記帳在冊，若是姑娘攢夠了贖自己出去的銀兩，就可以為自己贖身。

這樣一來，可以免除姑娘們沾染不好的習慣，二來防止姑娘們被一些假才子誆了錢去，屆時人財兩失。

這月月年年過去，看著自己的銀兩數目越來越多，離贖身之日不遠時，姑娘們做起事情來自然也格外賣力。

也有賺夠了贖身錢卻依舊在柳十娘這裡做事的姑娘，大抵還想給自己多賺點本錢，將來就算贖身離開之時，可以去個沒人認識的小城小縣，開個鋪子養活自己，如此也算是好營生。

同樣的事情，但是自己願意去做和被人強迫著去做，結果天差地別。因為姐妹們懷著極大的熱情，也使得這梨落樓重新煥發生機，才短短半年多的營生，就一躍成為城中達官貴人、富商巨賈、文人才子們往來應酬消遣的最佳去處。

孟婆和韞玉找到柳十娘盤問桃汐的消息，柳十娘自覺是自己的過錯，覺得要是自己不將桃汐放出去，桃汐或許日子只是過得苦一點，但是不會死去，想到這裡，不禁潸然淚下。

孟婆安撫了柳十娘，接著道：「柳老闆，你是善良之人，冒著風險幫了她，桃汐定然不會怨你，就算真的是死在了外邊，也是她自己選擇的路。就算再給她十次重新選擇的機會，推測著她依舊會如此。且如柳老闆所說，桃汐既然倔強不願意低頭，在這梨落樓裡接待客人，日子定然也不會安生，以她的性子到時候會發生什麼事，我們就誰都猜不到了，就怕傷人又傷己。」

柳十娘聽了孟婆的一番話，忽然想明白過來，不由面色一白，點了點頭。

桃沙與她們的不同，她的倔強是骨子裡帶著的，深入骨髓。她可以被人當作丫鬟使喚，做粗活累活，卻絕不願意被人褻瀆，頗有些寧為玉碎不求瓦全之態勢。她這番作為，與她們這些想著日子過一天算一天的姑娘們，全然不同。

柳十娘想著自己當初忍辱負重，就是想能多攢點銀兩，寄回去老家好了卻舊債。後來日復一日的辛苦彈琴陪笑，終是讓家裡人還完了債款，還置了宅院和薄田，弟弟妹妹也都訂了親事。只是家人們與她達成共識，對親戚朋友不再提起她，畢竟她如今已是青樓中人，而世俗的非議可以逼死人。唯一安慰的就是父母和弟妹都愛她如故，也都感激她的付出和犧牲。每每想到這裡，再苦的日子都是甜。這桃沙的執拗勁，和自己當初努力營生的執著也是如出一轍。

孟婆安撫完柳十娘，與韞玉一同返回王府。一路上兩人都默默不語，心裡似乎各懷心事。韞玉到底是年輕，看著孟婆一言不發，心裡不免有些不安。

他心想，眼前這位孟姑娘看上去也就雙十年華，但瞧著總覺得比自己年長許多似的，自己在她面前，竟然也有些局促之感。

為了緩解這一路上的寂靜和壓抑，他自顧自的念起了《太虛心淵篇》：「我性既肇，稟受無殊，圓圓大慧，明明真靈，是時物不能萌其惡種，塵不能隱於罪芽，而其境澄明，瑩然內觀，我心無心，湛然外鑒，物形無形，坦坦蕩蕩，萬慮歸空，豈不樂乎。泊逐緣滯因，忘前失後，耽塵憂眷，貪著其事，日被三餐，其心百變，夜只一眠，魂游萬景，馳神於嗜慾之鄉，載靈在煩惱之界，魂歌魄舞，引奔死途，意昧識迷，背了生路，如是之際，真可歎惜。」

孟婆聽著韞玉的念誦，嘴角挑起了一絲微笑。這輪迴之中，眾生本即是道的一部分，和道是同體的，是因為人有自由意志，有貪婪，是人自身的迷障讓我們忘卻了前生。萬事萬物的發展有它自然的規則，各安其位，遵循它的變化秩序，才能得其所哉。

可人們總是想以己之力去改變和扭轉些什麼，但往往只看見了開頭，

看不到結果，最終作繭自縛，反而惹出更大的因果。多少人的生生世世皆是如此，無論再輪迴多少世，始終都在原地踏步罷了。想這九王爺年紀雖小，但是機緣深厚，能早早的習得這些真經妙法，也實屬難得。只是，知道了和能做到那又是兩件事情。既然這九王爺有此機緣，自己也可瞧瞧將來這九王爺的造化如何。

第二日，錢婆婆從初見桃汐的睡夢裡醒來，嘴裡還喃喃道：「孩子，跟我回家。」

見錢婆婆醒來，孟婆急忙去扶錢婆婆。錢婆婆渾濁的眼睛透著心酸，直愣愣地盯著孟婆，孟婆用手扶了扶錢婆婆的背，說道：「錢婆婆，將一切交給我吧。」

錢婆婆聽了，伸手覆上孟婆的手。孟婆被錢婆婆蒼老的手指觸摸著，感到有些刺痛，低頭看去，發現錢婆婆的手上滿是溝壑，這或許就是生活賦予錢婆婆的吧，是智慧，是經歷，也是慚愧和悔恨。

安撫好錢婆婆，孟婆想要去這家皇家花園一探究竟。

孟婆之所以不相信桃汐已經死去，主要是因為去年的冬天，自己還在奈何橋頭，且並未曾看到這樣長相美且額間帶著桃花胎記的姑娘，倘若天生所帶的胎記，定然至死都不會消失。而依照錢婆婆所言，桃汐正是天生的胎記。

此時，房間門被敲響了，接著傳來韞玉的聲音：「孟姑娘，韞玉有事情相告。」

孟婆安撫好錢婆婆，獨自前去開門。

韞玉與孟婆漫步在花園，石子路還有些硌腳。

「孟姑娘，這皇家花園向來神祕，沒有陛下的手諭，任何人都是萬萬進不得的，若被發現，連我這王爺也保不了你。我先去問一下當今陛下，我們再進入如何？」韞玉問道。

孟婆看著韞玉，思索片刻，點了頭。

韞玉見孟婆答應了，很是開心，急忙說道：「那我現在就去入宮找父王。」

孟婆微微點頭，算是同意了韞玉的言辭。

韞玉笑意加深，便急忙離開。

孟婆看著韞玉離去的身影，不禁有些失神，那韞玉的身上，彷彿有那個人的影子。

奈何橋頭多年，為何還沒有等到你？難道你不知悔嗎？

韞玉去到宮中，找到皇帝，當面說起此事。

「父王，三林師父待我不薄，龍虎山多年，全憑師父照顧，父王也曾對我說要知恩圖報，兒臣想著這皇家花園裡最珍貴的黃金菊花，想採摘一些獻給師父入藥，略顯心意，還請父王成全。」韞玉誠懇地說道。

此次除了想要尋桃汐下落，韞玉還想採摘些菊花，獻給三林道長，再者，韞玉也想看看這個被傳得神乎奇蹟的園林到底如何模樣。

「玉兒呀，最近北方剛進貢了一些靈芝和雪蓮，你那些給三林道長送去吧。」皇帝道。

「父王，師父並不缺少這些名貴的藥材，只是兒臣想要表達一份心意，親力親為。」韞玉接著說道。

「你這份孝心很好，三林道長會看到你的孝心，不會計較太多的。」皇帝嘴角帶笑接著說道，但身上散發出來的氣場已經示意韞玉閉嘴了。

韞玉在父王說第一句話的時候就知道，父王不想讓他去。但是他還是忍不住問道：「父王，兒臣想去報恩，兒臣也想知道，在兒臣病中幫助過兒臣的是何人。」

九年前，韞玉生了一場可以要他性命的病，無藥可醫，當今皇帝因自己小兒子的病而心力交瘁。後來，父親帶他進了那座神祕的花園，花園裡很香，還有蝴蝶落在他身上。之後，因生病而昏昏沉沉的韞玉竟然看到，他身為一國之君的父親，在一間並不華麗的門前跪下，嘴裡念叨著什麼。當時的韞玉很是吃驚，只是一陣清涼的風吹來，韞玉就暈了過去。

在那花園裡出來以後，韞玉自覺精力恢復了不少，但終究還是不得痊癒，而那以後，父親開始求道訪仙，為他尋找良方。

韞玉對那園中的香氣至今念念不忘。

「好了，朕乏了，你退下吧，此事休要再提。」皇帝有些不悅的拂袖說道。

皇帝太瞭解自己的這個兒子了，他雖然溫順懂事，但在許多事情上，也有一股倔驁與執拗，將來是將相之才，卻難登帝位。

年輕的韞玉即使跟隨三林道長修過道，但終究敵不過骨子裡那意氣風發的少年郎心性。韞玉覺得奇怪，更想著一探究竟。

大殿之上，僅剩韞玉一人發呆，但後殿的君王也很是頭疼。

這個只有歷代君王才能知曉的故事，也是每代帝王都要守護的祕密。

所謂皇家花園，不過是他們的先祖——就是開國皇帝成染的清修之處，但只有他們自己知曉，這成染說是清修，不如說是自我束縛。

這座花園是八十年前修建的，那時的帝王成染在經歷一番叛亂之後，將此地修葺整頓後，便將皇位禪讓給了堂弟，自己卻住入園中。過了一年，對外只是宣稱成染因病駕崩，連朝臣們請安拜訪也免了。之後那裡就成為在位帝王獨自思念和祭祀開國先帝之地，也是在位帝王閉門反思之地，故此外人皆不敢擾其清靜。

成染退位之後，這八十年間已經經歷了三代帝王、五代子孫。

每年的秋冬季節，成染便會返回那花園之中，到了春夏時節便渺無蹤跡，誰也不知道這位先祖去了哪裡，也沒人知道他為何能不老不死。正因如此，後代帝王只將這個祕密傳給新任帝王，其他子嗣一概不知。後代帝王也曾向這位先祖試探詢問過，可他總說這是自己的機緣，要他們勵精圖治，好好治國，自己隨時都看著呢。

此話一出，三代帝王皆是如履薄冰、小心翼翼。生怕自己貪圖玩樂、不夠勤政愛民，被這位如在世神仙般的先祖責罰。八十年間雖有天災降臨，但確實因為帝王的勤勉和畏懼之心，極少有人禍之事。

加上成染曾交待三代帝王，切勿輕易開戰，若人來犯我，可以迎戰，操練軍隊以備不時之需，但不可為了擴土拓疆而肆意對外宣戰。故此百姓們都安於農耕勞作，商賈也都樂於穿州過省，四處行商。除了一些偏遠之地遭遇天災之時會窮困潦倒，在這富庶之地的子民多豐衣足食，漸漸的，

這貧富懸殊也越拉越大。但總體而言，因為對外無主動戰事，對內無朝堂之禍，故此也動搖不到社稷的根本，國力在一代一代人的積累之中，逐漸富庶了起來。

　　如今的帝王業已年過六十，亦是到了退位年紀，而這個祕密也將被他帶入陵墓，與他一起安睡。當他選好新任的接班之人，便會單獨帶其去皇家園林，聆聽先祖成染的教導。

第八節

　　漫步在秋季的庭院裡，芭蕉青翠、木槿燦爛。孟婆感歎，風景雖美，卻終不及當年。眼前的人，即使與那人有幾分相似，但未經世事滄桑的眼眸依舊純真，終不似那人般心思莫測，飄忽不定。

　　再過大半月，就是十月十五下元節。下元節為「三元節」之一，但知名度遠不如上元節、中元節，後面兩個節日內涵豐富，而下元節只與三官信仰有關。

　　正月十五「上元節」天官賜福，廣賜福利於人間；七月十五「中元節」地官赦罪，赦免亡魂之罪；十月十五「下元節」水官解厄，為人解除厄運、危難。

　　三官大帝，是玉帝派駐人間的代表，每年都要考察人間善惡。他們分別在正月十五、七月十五、十月十五來到人間，但司職略有不同。其中，水官負責校戒罪福，為人消災。作為對上天的回應，下元節的習俗往往圍繞「解厄」展開：參加祈福消災、迎福納祥法會；還受生債，增補財庫；祭祀水神，超度拔薦、祈求好運。這是個人鬼共濟的節日。

　　想到這裡，桑黛看了一眼正巧迎面走來的韞玉，問道：「你們這過下元節可有什麼講究？」

　　韞玉邊走邊想那神祕的皇家園林被拒絕一事，正不知道該如何開口，沒想到竟然在這院子之中遇到桑黛。如今自己尚未開口，反倒是桑黛突然這樣問了自己這麼一句，當下便有些結巴回答道：「我年少時身體虛弱，曾被帶去龍虎山休養調息，所以這洛城之中的下元節，我還真沒有太多印象，只是在龍虎山時聽師父和師兄們多次提起，約略知道一些習俗罷了。

　　「師兄們說下元節這天，水府之門大開，眾鬼會隨著水官大帝來到人間。但他們多在江河湖海中活動，不會像中元節的眾鬼一般在人間橫行。

唯一要警惕的是，下元節在水邊活動是極其危險的。畢竟眾鬼大多潛於水下，或藏於水面，下元節雖是水官誕辰，但在水中活動的習俗卻很少。除了紮彩船在河水巡遊之外，已無更多可玩之事。三元節的放燈習俗如下：上元節放天燈、中元節放河燈、下元節放街燈。而這三元節放燈的類型，與天、地、水並不完全對應，下元節是不放河燈的。街燈、河燈互易，或因氣候冷暖而改，氣候變化的背後，是陰陽五行的消長。

「中元節在初秋，下元節在初冬，後者明顯更為陰冷，陰氣更重。加上下元節所處的亥月本就是水旺之月，更要提防水中陰氣。此時水中之鬼定會非常活躍。故不要靠近水邊；凡涉水渡河，要加倍小心。為人解厄的水官大帝，是世人的榜樣，在下元節當天，我們可以效仿他。如為處於困厄顛沛之境的人伸出援手，這樣做，也可為自己積累很大的福報。」

聽完韞玉一番嚴謹小心的回答，桑黛不由微微一笑。這九王爺雖然年紀不大，但是確實沒有一點皇家子弟的紈絝姿態，反而更像個書香門第的孩子，為人謙和有禮，也不逾越規矩，更不會目中無人，如此想來，當即對他更增添了一些好感與親切。

桑黛看天空之中繁星璀璨，回憶起往年那些在冥府的日子。這個下元節原本也是冥府熱鬧非凡的好時節，想到這裡，桑黛竟然有些思念起林冉冉、和墨、牛頭馬面、黑白無常和招弟還有其他鬼差們。以往每年的那個時候，他們總是圍在一起吃著豆沙包、蔥餅、糯米糕……還有每次派牛頭馬面去外面打包而來的油炸丸子，只說這是家鄉美食。而那打包來的油炸丸子美味異常，每次林冉冉都不管不顧的獨自搶了一堆來獨食，大家也不敢與她爭搶，她是冥帝的幽冥使者之一，武藝高強的定遠侯府小姐。

當日，這林冉冉陽壽盡了，本該由馬面去勾魂，但是卻被人狠狠教訓了一頓。後來自己和牛頭馬面、黑白無常合力都制伏不了此人，那時林冉冉的怨氣深重，算是自她當孟婆以來見過怨氣最大的女鬼了。

桑黛見五人皆不是其對手，便馬上領著大夥撤退，這打不過就跑，勿要逞英雄。但是牛頭馬面和黑白無常都有些挫敗感，她趕緊搬了救兵，請來了冥帝和墨。果不其然，再大的怨氣都沒有冥帝收服不了的。而且和

墨不但收服了這林冉冉的魂，還把心也收服了，從那時開始，林冉冉就留在這冥府當差，幫著制伏那些邪魔和鬼魅魍魎作怪之事。

而和墨則是另一番想法，他擔心林冉冉生性好動，初到冥府人生地不熟，又會覺得寂寞，便讓她們倆同住一院落之中。這樣也好，二人可以彼此溫暖。桑黛在林冉冉熱情開朗的性格帶動之下，慢慢話也變得多了起來。她們都記得自己生前之事，彼此說出那一肚子辛酸淚和苦痛的過往，也算是互相取暖。大概是有了一個如姐妹一般的伴兒，桑黛臉上的笑容也多了些，在冥府的日子也變得自在了許多。

就算之前做了些交易，也可以投胎了，但是總覺得好像捨不得離開冥府，她也不知道自己究竟在不捨些什麼，還是放不下什麼，或者又是不甘心些什麼，每次想到這些，自己便頭疼了起來，也就不再去想，免得徒添煩惱。

和墨每次看著林冉冉那貪吃的模樣，都會輕笑出聲，這是冥帝極少能笑出聲的時候，因為素日裡和墨總是一副雲淡風輕的模樣。其他鬼差也說，林冉冉貪吃的模樣，和上任孟婆渥丹很是神似，這冥府看來永遠都不缺貪吃的女鬼差。

對桑黛而言，雖然她也不知道這油炸丸子代了什麼，但是既然是冥帝的家鄉美食，那自然是一番好意。所以每次她會笑著吃下幾個，這油炸丸子確實味道確實令人驚豔，吃過之後，便覺唇齒留香。

在冥府當差久了的鬼差都說，和墨是個很念舊的冥帝，每一位自己親自送走的孟婆，他都留下了她們的畫像，待她們如自己妹妹一般。有時遇到以前的孟婆投胎轉世好幾次，和墨依舊每次站在忘川邊笑著看她們，雖然她們都已經記不起他了。

桑黛每次想到這些老鬼差的話，心裡總是有種莫名的憂傷。她總是說不清那份情愫。不知道將來自己投胎轉世幾次之後，和墨是否也會在忘川河邊笑著看著自己。還不肯投胎的林冉冉是否還會認得出自己，那牛頭馬面和黑白無常兄弟們，誰會去勾她來世的魂？他們會告訴我，我曾經在這忘川河邊、奈何橋上做了那麼多年的孟婆嗎？

其實自己在意這些，又有什麼意義？他們定然是記得我的，還是自己上一世過得太淒苦，所以特別怕自己來世也是一樣的際遇吧，就算他們都記得我，但是我若不記得他們了，也不記得自己的過往了，那麼又有什麼好執念留戀的呢？上一世沒有什麼屬於自己，來世會有嗎？這答案怕是只有和墨知道，但這些年來對和墨的觀察而言，若是這麼問去，他也定然什麼都不會說的，唉……

孟婆看著一步步向自己靠近的韁玉，慢慢收回神思。

韁玉的眼眸中流動著幾分的歉意，還有幾分為難，孟婆一看便猜出原因。韁玉一定是沒有拿到君王的手諭，甚至還被告知不要踏足，而這最愛的兒子都不能隨意踏足的地方，定然存在著某些祕辛。百年江山，哪個王朝沒有自己的祕辛？

「皇室之中總有祕密，但我只想尋找桃汐，至於那花園裡的其他事情我一概不理，更不願意多聽多看，你放心便是。」孟婆說道。

「孟姑娘聰慧。」韁玉眸色平靜了不少，接著說道，「都說英雄不問出身，韁玉也不想多言，只是姑娘身上有太多令人看不透的地方。」

「說來聽聽。」孟婆對著韁玉說道。

「姑娘不過雙十年華，身上的氣質卻彷彿經過百年的積澱，讓人不知覺臣服，此其一也；九年前我生了一場大病，藥石無醫，後來幸蒙三林道長所救，活了下來，但道長說要根治我的病，需要機緣，而那機緣便是額間有胎記的女子。韁玉想問，姑娘額間的胎記，可是韁玉的機緣，此其二也；姑娘陪著錢婆婆來尋女，錢婆婆乃是個鄉野夫人，而姑娘一看就是望族小姐，韁玉不知錢婆婆能帶給姑娘什麼？此其三也。都說無利不起早，韁玉雖然是修道之人，但也知道世事的險惡，韁玉不吝以最壞的惡意來揣測他人，不怕姑娘笑話。」韁玉能說出這樣一番話，果然是心思機敏。

韁玉這樣的聰慧之人，怎可看不出孟婆的與眾不同，不過是想不想問出口罷了。

「每個人都有自己的祕密。」孟婆看向院中的木槿花，此時正值九月十月之交，是木槿花盛放的時間。

「我額間的並非胎記，而是咒痂，至於如何得來的，就沒有必要向王爺解釋了，所以我也不會是王爺的機緣。我對錢婆婆確有所圖，可這都是你情我願之事，且不違反世間正道，更不會傷天害理，所以還請王爺不要多問。」

「身為皇家的人，放一個陌生的人進入到家族存在祕密的地方，而這個地方還是自己不敢踏足的地方，於情於理，你都可以阻止我。」孟婆平靜地對韁玉道：「但是我無論如何都要進入，你攔不住我的。雖然你會覺得我很可笑，想你堂堂王爺怎會攔不住我，不過你大可試試。」

「我說過我只想找到桃汐，而且，我對別人的祕密不感興趣。」孟婆十分明白，錢婆婆的心願是一定要完成的，若敗了，福報珠子拿不到是次要的，還會遭到盟約的反噬，且再也無法與任何鬼魂簽訂盟約。

與韁玉這樣的聰明人說話，沒有必要藏著掖著，再說錢婆婆還在韁玉府上。韁玉不是投機取巧的小人，自然也不會害錢婆婆。孟婆雖然有自己的祕密，但是為人坦然大器，這一點，韁玉自然也看得明白。

「韁玉願意相信姑娘。」韁玉望向桑黛，笑得如沐春風。

話都說到這份上了，韁玉能看出來，這個存有祕密的孟姑娘一心所向，不過是桃汐罷了，而且知道普天之下，莫非王土，知道了皇室祕辛的人能走多久？像這樣聰慧的姑娘心中自然有計較。何況陰謀詭計的漩渦裡，怎能養出這樣尊貴驕傲卻又淡定自若的氣質？不過是有些本事還有些祕密的女子罷了，韁玉心想。

「不知孟姑娘可否允許韁玉陪同前往？」韁玉不卑不亢地說道。

「好。」孟婆道。

兩人同去自是最好，若遇到些事情，王爺的身分還是很有用的，何況兩個人都想入那神祕之境，只是一個是因為桃汐，另一個則是因為心中隱藏多年的疑問。

二人一路前往，道路雖然經過翻修，但孟婆覺得此處甚是熟悉。

「還有多遠？」孟婆問韁玉。

「轉個彎就能看到了。」韁玉答道。

轉了一個彎，那古老的府邸出現在眼前，與一路所見高大恢宏或者玲瓏雅致的建築物甚是不同。

孟婆愣了個神，已經來過一趟調查地形的韞玉看向孟婆，卻發現她已經眼角微紅。看著身邊的孟姑娘竟然邁出了腳步，似是想要走出去，韞玉急忙出手，去拉桑黛的衣袖，邊說道：「孟姑娘，我們從後面過去吧，前面有守衛。」

孟婆回過頭，一雙眼裡滿是悲傷。

韞玉自覺不對，卻又說不出為何。

「姑娘怎麼了，不舒服嗎？若不舒服，我們改天再來也可以，畢竟我們有的是時間。」韞玉問道。

「確實有些不舒服，先回去吧。」孟婆說道。

兩人返回王府，孟婆獨坐屋內出神。

什麼皇家花園，那明明是自己的家，是武陵王府！

皇家將其建為園林，到底是什麼意思，戲弄嗎？合著覺得她們王府之中的女子，除了樣貌出色，便只有被賞玩被戲弄的份嗎？孟婆坐在屋內，無聲無息的哭了出來，多少年自己沒有落淚，她也不記得了。

第二日，孟婆獨自一人去了原來的武陵王府，那個自己又愛又恨的家。孟婆施了個咒，落入院牆之中，卻發現院落裡設了陣法。

此陣法高深，若非從冥帝和墨處的書中看到過，又正好瞭解到奇門八卦之奧祕，想必此時自己定要被困在陣中了。孟婆沿著石子路向前走，一路經過大廳、長廊……過去的種種都如招魂一般，一一浮現於腦海之中。

此一路上，孟婆看到處處鮮花盛放，姹紫嫣紅，院落之中，不似秋季，更像春季。

桑黛曾在秋季的花園裡看到百花凋零，愁苦歎息，想著美人如花，總有凋謝之日，總有落盡之時。

那人便在桑黛耳畔輕聲安慰，撫摸著她的青絲，說道：「我們一起慢慢變老。」

世間最美好的承諾莫過於此了吧。哪個女孩不想「執子之手，與之

偕老」？

那日之後，桑黛再去花園散步，只見掉落的花樹皆不見了，換上了花意正濃的木槿。滿樹花開，再到滿園花開……

那人在桑黛耳畔柔情細語：「我想保你開心無虞。」

曾經以為的美好，因為感動而傻傻留下的淚水，如今早已乾涸，唯剩一地落寞，半世情傷。

那人還承諾，每年秋季都讓她看到花樹滿園……

此時再見到這滿園花色，孟婆只覺得甚是可笑。

這是贖罪嗎？一切都晚了。

繼續往深處走去，孟婆竟鬼使神差地來到自己曾經的閨房之前。

院落裡很多房間都被拆掉，種上了鮮花，唯有此處，依舊。

孟婆正出神的時候，一隻小兔子蹦跳到孟婆腳邊。孟婆彎下腰，輕輕抱起那雪白的兔子，不自覺地摸了一下兔子的小鼻子，小兔子腦袋一搖晃，四肢一撲騰，像是打了個小噴嚏。孟婆見此不由笑了出來，又將小兔子抱進懷裡，輕輕撫摸，那小兔子也不認生，竟然瞇起了眼睛，一副享受的模樣。

桑黛兒時也是喜歡花草動物，並不喜琴棋書畫，可是母親讓她學習如何做一個貴女，如何才配作為長公主的女兒。桑黛被迫拿起了畫筆，拿起了針線，被迫學會了許多她不願意學習的東西。

記憶中最清楚的一次，年紀不大的桑黛，只想跟姨娘生的兄弟姐妹一起玩耍，母親卻要自己去房中練琴。桑黛因為彈琴，手指都裂開了，鮮紅的血從手指中滲出來，染紅了琴弦……

十指連心，這種痛苦，使得年少的桑黛再也不想學琴了。

窗外時常傳來姨娘孩子的歡聲笑語，他們可以在花園裡玩耍，可以鬥蟋蟀，可以編織花環，可以呼朋引伴玩捉迷藏……自己只能彈琴看書。

母親說過，自己是貴女，必須有一個貴女的驕傲和修養。

那日，正趕上母親不在，桑黛偷偷跑出去想跟他們一起玩耍，可那些孩子們說她是公主的女兒，自己高攀不起，不跟桑黛玩。

　　桑黛有些落寞，但畢竟年幼，也沒有將這番話放在心上，仍舊跟在他們身後，想要融入他們。領頭的孩子對桑黛說：「你的母親是和音公主，而我們只是姨娘的孩子，你的母親看不起我們，我們也看不起你。」說完之後就推了桑黛一把。

　　男孩子力氣大，桑黛被推入泥土中，髒了鞋襪和裙子。

　　「你是貴女，還是去學你的琴棋書畫去吧。」

　　在笑聲中，一行人離開了，只剩桑黛默默流淚，癡癡遠望眾人遠去的背影。就在一行人走後，一個小姑娘從一行人離去的方向奔來，喘息著來到桑黛面前。

　　那小姑娘不過大桑黛三歲左右，卻一副小大人的樣子。

　　那姑娘將桑黛從泥土中拉出來，然後將一個草編的蜻蜓遞給桑黛，說道：「妹妹不哭，哭了就不漂亮了，他們不跟你玩，你可以跟小蜻蜓玩。」說完之後，還拿著小蜻蜓在空中飛舞，嘴裡發出「嗡嗡嗡」的聲音，模仿蜻蜓飛舞的聲音。桑黛被她逗笑了。

　　「我叫桑黛，大姐姐叫什麼名字？」桑黛問道。誰想同一個家裡的人，桑黛竟然不識得。

　　「我叫鷺川，也是爹爹的女兒，不過我的娘親身分低微，我平時也沒有資格出席家中的聚會。」鷺川說道。

　　桑黛想要安慰她，卻不知如何開口。

　　聰慧的鷺川看出了小桑黛的心意，便笑著說：「你不用安慰我，母親對我很好，我過得很好的。」鷺川的笑容親切，聲音似銀鈴搖動，一雙大眼睛靈氣逼人，加上一身嫩綠的衣裙，整個人充滿了靈氣。

　　桑黛看到鷺川如此親和的笑容，想起自己雖然身分高貴，可是被母親逼迫彈琴的手，再次哭了起來。

　　「妹妹你別哭呀，你怎麼了，告訴姐姐。」鷺川急忙說道。

　　桑黛舉起自己指尖通紅的小手，說道：「我不想彈琴了，可是娘親非要我彈。」

　　鷺川拿出小手絹，擦乾桑黛眼角的淚水，說道：「妹妹先不哭了，

姐姐給你吹吹。彈琴是苦，但是也有樂趣的，我娘親以前就是彈琵琶的樂女，我娘親也教我彈琵琶，我有時也會練琴練到生厭，但是隔些日子自己又想彈琵琶。」鷺川撅起小嘴，鼓起圓潤粉紅的腮幫子給桑黛吹了一會兒。

被人安慰的桑黛，頓時覺得不疼了，露出燦爛的笑容。桑黛長得好看，加上哭了一陣，像個粉嫩的玉娃娃。

「鷺川姐姐以後還可以跟我玩嗎？」桑黛小聲問道，似是怕被拒絕。

鷺川摸摸桑黛的頭，說道：「我們約定一下，你彈琴給我聽，我彈琵琶給你聽，練完琴我再編小蜻蜓給你玩。」

桑黛很開心，遇到了玩伴。

歸家之後，母親看到桑黛狼狽的樣子，以為桑黛偷偷跑出去玩耍，很是生氣，便罰她抄了三天的書。即使如此，卻因為鷺川的出現，桑黛很開心。

自那以後，桑黛再也沒有偷跑出去玩耍，只是在屋子裡聽著別人的歡聲笑語。她和鷺川一個彈琴、一個彈琵琶，和旋相伴也是溫暖自在。

再後來，遇到了那個人，桑黛以為自己終於擺脫了寂寞，可以得到真愛，可曾想，自己曾經得到的一切，竟然都是虛妄。

孟婆正望著那小兔子出神，卻看見一個穿著粉色衣裙，穿著繡花鞋，手裡拿著輕羅小扇的姑娘從不遠處走來。

第九節

回過神來的孟婆，意識到有人向著自己走來，便抬頭望去。

只見一個笑靨若花的姑娘向自己走來。

光影流轉間，那姑娘漸漸靠近孟婆，而額間秀髮微微遮掩的桃花胎記，也清晰地呈現在孟婆眼前。

「姑娘如何稱呼，怎麼會來到此處的？」粉衣姑娘有些吃驚地問道，「這是皇家園林，未得到陛下的手諭，私自進來是要受罰的，且院中布有陣法，若不小心陷進去，姑娘就出不來了。我剛才見姑娘一路只是觀花和逗兔子，並未做出格之事，且舉手投足之間盡是風雅，我想姑娘應該也不是壞人，煩請姑娘速速離開，我當沒看見姑娘。」

「我姓孟，名桑黛，來找一個叫桃汐的姑娘。」孟婆道。

粉衣姑娘手中的扇子掉落，眼中流露出審視之色。

「想必你就是桃汐姑娘吧，錢婆婆已老邁，如今唯一的念想便是你。她想來見你，將你贖回去，以補她當年過錯。」孟婆看了桃汐一眼，緩緩放下懷裡的小兔子，又低頭將桃汐掉落的扇子撿起來。

孟婆將懷中的信物拿出來，一支桃花形狀的絹花。

粉衣姑娘見了這些東西，神態有些恍惚，輕聲答道：「是，我就是桃汐。」她看著絹花，想起了曾經的美好。

錢婆婆家貧，從前並沒有幫她買過絹花。逢年過節之時，家家戶戶的女孩都帶上家人買的絹花首飾，再紮個小辮子，靈動可愛，飛奔著家家戶戶串門，等著大人的誇獎。

桃汐跟隨婆婆去貨郎那裡買針線，那貨郎見桃汐額間有一朵桃花狀的胎記，想起自己正好有一支桃花形狀的絹花，便拿給桃汐和錢婆婆看。桃汐很是喜歡，且年關將近，家家戶戶女孩都帶著絹花，因為自己沒有絹

花，被她們笑話過幾回了。

錢婆婆看著桃汐一臉期盼的表情，不由自主地掏出錢袋，數了數之後，才發現所剩下的錢並不夠買下這支絹花。桃汐很懂事，見了前婆婆的神色便知道了。她沒有哭鬧，反而笑著告訴錢婆婆自己不要絹花，說自己一點也不喜歡。孩子雖然懂事，但眼神騙不了人，桃汐炙熱的目光灑在絹花上，錢婆婆自然能看出桃汐是真的喜歡這支絹花。

後來家中巨變，桃汐被錢婆婆賣了，此後的日日夜夜，想起桃汐時，陪伴錢婆婆的都是桃花狀的絹花。

一支舊了便再換另一支，連貨郎都認識錢婆婆了。並且他每年都是單獨給錢婆婆帶一支桃花狀的絹花，這一來就是十個年頭。

桃汐盯著這支絹花，思慮良久。

「若是如此，那姑娘請回吧。」桃汐道。

「你也不想知道錢婆婆的情況嗎？」孟婆望著已經轉身欲要離開的桃汐背影道，「錢婆婆生了場大病，身體本就不適，但心裡念著你，便拖著年邁的身體跋山涉水來找你，此行辛苦，錢婆婆雖然不說，但我也能看出來。而且錢婆婆心心念念都是你，我們先去了縣令家，聽說縣令家被抄，你被賣入了王府，我們又去了王府。再後來聽說你被小人所害，入了梨落樓，錢婆婆聽聞後，便一病不起……」孟婆緩緩說道。

「婆婆如何了？」桃汐轉過身來，眼角微紅地問道，輕羅小扇被桃汐握在手中，已經微微有些變形，可見桃汐心情。

桃汐是在乎錢婆婆的，這一點孟婆可以看得出來。

「現在正在王府養病，已經可以下床了，但是精神並不好，尤其是聽說你受了不少折磨，更是將所有過錯都歸結到自己身上，很是自責。」孟婆歎了口氣，柔聲說道。

「讓婆婆回去吧，如今的我過得很好，毋須他人費心。」桃汐咬一下唇說道。

「我知道要原諒一個傷害過自己的人很難，但錢婆婆真的悔過了，她想得到你的原諒。」孟婆走向前去，與桃汐面對面。

「孟姑娘，這不是一句話就能做到的。」桃汐眼神有些閃躲。

「你要面對自己的心。」孟婆掏起桃汐的雙手，輕輕拿過被桃汐死死握住的扇子，再將扇子拿出來，放在桃汐的心口處，說道，「你的心跳動很快，每一下都是你感情的掙扎，關於親情，你並不是那樣絕情的。」

「我知道那種被拋棄的感覺，也知道那種無力與深深的絕望。曾經那個給了你溫柔、讓你相信世間美好的人，卻又將你推入深淵，你會恨她，但你還有愛，還在掙扎。你想要一句道歉，但又不敢去聽，對嗎？」孟婆一字一句地說道。

桃汐有些疑惑，她不知道為什麼面前的女子能將這種感覺描述得如此精準。若是不曾經歷過，怎會有此刻的感同身受？

曾經在縣令家因年紀小和不懂規矩，被關在陰暗的屋子裡時，她深信著婆婆一定會將自己贖回去，淚從眼角打轉，一直倔強地不肯留下來；之後因貌美，使身邊一些人說自己狐媚，勾引縣令家的公子，可誰願意聽聽真話呀？明明是縣令家的公子在調戲自己，自己不願罷了。

小小女兒家心裡有苦無處訴，直盼著有朝一日錢婆婆來贖回自己；後來縣令家敗落，自己在街頭被挑貨物一般販賣，而自己只能把自己打扮醜了，不至於讓人買回去為妾，可那時長大了的桃汐，不再盼著錢婆婆來買她了，因為她已經絕望了；後來的梨落樓，要為了自己唯一的一點驕傲和自尊而活著……

曾經的期盼又多麼美好，多麼急迫，如今的埋怨就有多深。

何況桃汐最想問的是，曾經明明說過會來將自己贖回去，會來看自己，為何……十年間杳無消息？

這十年間，甚至連一封書信都不曾給自己寫過。每每看到其他姐妹們拿著家裡的書信，桃汐都十分羨慕。當時桃汐剛剛學會寫字，顫巍巍拿著毛筆寫下第一封信交給信使後，日日夜夜等著回信，卻未曾收到一封回信。桃汐反覆詢問信使，是不是送到巧山，送到錢婆婆手中了，那信使總說送達了，可為何……會如此？

難道曾經的美好都是泡沫都是虛幻，是自己的一廂情願？

桃汐怕極了等待，但是她更怕孤單。

桃汐微紅的雙眼，盯著孟婆說道：「孟姑娘說得很對，但桃汐還是太膽小了。若不曾相識多好，那樣就不會有後來的怨了。」

桃汐說道：「婆婆應該告訴過姑娘，我不是她的親生女兒。」

「我猜到了。」孟婆說。

聽到此處，桃汐一笑。

「我猜到你不是錢婆婆的女兒，也猜到錢婆婆還有一些祕密瞞著我，她不想對我說，或許是她自己都過不了那一關，也或許是不想回憶，也或許是等著你來點醒，我想錢婆婆所隱瞞的，才是你和她心中真正的結。」孟婆說道。其實孟婆並沒有怪錢婆婆不說明真相，畢竟誰都不想讓一個來幫助自己的人，看到自己身上邪惡的一面。

「破碎過的內心如同凋謝的花瓣，想要修復，絕非一日之功。」孟婆說道。

桃汐不禁想起那被錢婆婆說是嫁女兒的酒，那用山上鮮果釀出來的「女兒紅」。

「這玉佩婆婆給你放進酒裡，以後等你出嫁了咱們再拿出來。」

「婆婆，為什麼放進酒裡？」

「我們這裡的習俗，女兒如玉，放進這酒裡，等那日出嫁了，喝著女兒紅，看著女兒如玉的臉龐，撈出這多年純真的女兒陪嫁之玉，此玉可保你一生平安，夫妻和順，白頭偕老。」

「桃汐謝謝婆婆，婆婆真好。」

「傻孩子，婆婆不對你好要對誰好呀！婆婆是把你當作親生女兒來看嘍。」

桃汐想起此前種種，有些恍惚。

「姑娘懂我。」桃汐眼眉微顰，說道。

孟婆看到桃汐眉眼，尤其是微顰時的神態，恍然間竟有三分熟悉。

「姑娘外貌並不比桃汐大多少，見解卻深，讓人敬佩。」桃汐說道。

「哪有那麼多見解，不過曾經走過一些彎路罷了。」孟婆苦澀一笑，

說道。

「當局者迷，我不過是看清了別人的局，卻迷失在自己局裡的人。」孟婆喃喃自語，「真的有資格來勸解別人嗎？」

經歷了波折的桃汐，心中定是鬱結著不平之氣，孟婆又勸解一番，十分真誠。

女孩之間的感情有時候來得很快，她們有同樣的經歷，自然也能理解彼此的情緒。桃汐一直覺得十分孤獨，如今有了一個願意陪伴的人，所以桃汐很快接納了孟婆的關愛，即使這段情誼在這園林之中顯得十分荒唐。

轉眼間，十月將近，孟婆不時來找桃汐做伴，好在這諾大的園林裡，唯有桃汐一人，遂也沒有人打擾她們二人的感情。

木槿花叢盛放，到殘花落地，都印證了時間的飛逝，此間桃汐與孟婆也建立起了深情厚誼。

孟婆並不著急讓桃汐與錢婆婆相見，因為越是與桃汐相處，她越是喜歡這個活潑可愛的姑娘，而且也越來越尊重桃汐的主意，她希望桃汐自己原諒錢婆婆，而非靠她在中間推波助瀾。

有時候人總會被他人的意見所影響，錢婆婆至今不願說出的那段往事，讓孟婆心中也有些不滿。

如今箭在弦上，為何錢婆婆還要這般行事，難道不說出來就能當做沒有發生過嗎？錢婆婆既然選擇了與自己訂立盟約，就表示這件事已成為她的執念。既然如此，她便算是邁出了第一步，但是為何不敢邁出第二步？

孟婆與桃汐傾心交談，都覺得對方有一種深深的熟悉感。第一次相識的溫暖，悄悄在兩人心底生根發芽，長成兩顆相互糾纏的大樹。

「我今年二十，孟姑娘多大呀？」桃汐問道。

「我比你大一些。」孟婆含笑，眉眼之間盡是溫柔。

「我叫姑娘姐姐可好？」桃汐有些羞澀地問道。

孟婆點頭。

「妹妹，你知道嗎？錢婆婆的身體大不如前了，可能有一天人就在睡夢之中悄然離世，然後再入輪迴，你們就沒有機會再見面了，因為就算

再見亦不識。」孟婆幽幽的說道。

桃汐聞言心裡一驚，手有點顫抖。

孟婆溫和地看了她一眼，繼續說：「有人會問如果有輪迴，人為何不記得前世的事呢？如果前世是畜生道，今生好不容易罪滿得生人道，一定會一心向善，不會再造惡業了吧？

「其實這真不一定。因為陽壽盡了，魂便會去往黃泉。走到了奈何橋，他們會遇到一個叫孟婆的女人，那女人會給她遞一碗湯，那就是每日都在熬的孟婆湯。喝完之後就會忘掉過去的種種，重新進入輪迴，以一個嶄新的生命形式出現。

「既然記不得生前事，又如何會知道來世要珍惜什麼，該做些什麼？據說孟婆曾經看過投胎轉世好些次，卻每世都做錯了一樣事情的人，同一個地方摔那麼多次，也覺得可悲可歎。也有很多人說，如果我生在前朝多好，我若生在三皇五帝時代多好，其實他們都忘了，我們每個人都是從那裡來的。只不過一次又一次，反反覆覆在這紅塵中兜兜轉轉罷了。」說罷深深地看了桃汐一眼。

只見桃汐呆立在原地，竟然有些不知所措的茫然。

孟婆捋了一下頭髮，輕輕歎了口氣，也對，這姑娘畢竟年紀還小，自小也沒有親娘教導，為人處世的道理都是自己在這世上磨出來的，也著實不容易。她自然不會懂得人最大的遺憾是什麼，更不知道很多說道歉的人，只是真誠的想說一句對不起而已，並不奢望對方的原諒。有時，放過自己是最難的事情。

「今日天色有些晚了，姐姐先回去了，過幾日再來與妹妹聊天。」孟婆微笑的對著桃汐說道。還來不及等桃汐答話，她邊掐了訣，就沒了身影。桃汐還未回過神，孟婆便已經消失不見，空留桃汐一人在院子裡空落落地發著呆。

這是她第一次聽見一位女性說出如此深奧之事，卻口氣平淡的如往日市集上婦人們談論某件衣衫一般。不知為何，她覺得有些暖心，竟然還希望這位孟姐姐幾日後再來來陪自己。想到幾日後還能見到她，心裡不免

有了些期許和幸福感。

隔了幾日，又是一個午後時分，孟婆又來到了木槿樹下。而桃汐早早就坐在樹下的石茶几旁，沏著茉莉小仙茶在等著她。孟婆看見微笑著點了點頭，坐了下來，一身淡紫色的長裙，顯得恬靜而美好。她輕輕的抿了一口茶，讚歎道：「好茶，想不到在這裡也能喝到這茶。」

「姐姐是如何進來的？這裡四處有人把守，且有陣法，姐姐要小心才是。」桃汐笑著說道。

「你莫要擔心我，我自有辦法。」孟婆覺得這桃汐很可愛，更加討人喜歡，讓人願意不自覺地親近。

「桃汐若有姐姐的本事，就能好好保護自己了。」桃汐似是想起了梨落樓不愉快的過往。

孟婆輕輕撫摸桃汐的手，以示安慰。桃汐似乎並未傷心太久，也並未被曾經的苦難回憶困住，有露出了甜美的笑容，望著孟婆。

桃汐又趕忙拿出幾個自己做的小點心給她品嘗，兩人就這般你一言我一語的聊了起來，從天南海北到曠古奇聞，好像總有說不完的話題。

「姐姐你說既然神明有那麼大的法力，為何要讓這麼多人經歷這麼多痛苦和不堪呢？是我們拜神的時候不夠誠心嗎？」桃汐小心翼翼的問著，她也不知道如何看待她以往的人生，好似起伏太大、顛沛流離，心裡總是沒有安全感。

孟婆撿起落在地上的木槿花，放在手中含笑欣賞著，頭也沒抬地回答道：「也有人會說既然神明有那麼大的法力，為什麼還要讓我們不斷輪迴，去經歷這個痛苦呢？其實，神明的慈光一直在，是你自己不相信，不願意回頭，不願意歸順。就像一個貪玩的孩子，正玩得入迷和投入，母親呼喚自己的孩子，孩子總是聽不見那呼喚聲，仍然在和其他小夥伴們玩的流連忘返。正如人們被欲望遮蔽而不願回頭。

「法雨不潤無根之草，大道不度無緣之人。不是神明沒這個法力，是因為眾生自己像盲人一樣，自己遮蔽自己的眼睛。正如太陽永遠都照耀著，但有的人能看到，而另一些人就看不到，比如那些盲人。但看不見太

陽的光輝，那是因為太陽的緣故嗎？太陽沒有任何遮蔽，也沒有任何私心，問題其實出在人身上，是人自己失明了。所以我們需要做的，是擦亮自己的眼睛。上天給了每個人每一世每一次機會，我們每一次都把它丟了，每一次都沒有珍惜，就如同現世一樣，我們依然沒有珍惜。

「看透和真實一直都在，就在那裡發光發亮，是你自己不願意把一些東西丟掉，把一些恩愛情仇放下。如果做不到，為何要埋怨呢？不是神明的問題，是你自身的問題。不是太陽的問題，不是月亮的問題，是自己不能認知自己而已。」

桃汐聽完，又陷入了更深的思索之中去。

「天氣涼了，自己記得添衣，今日我先回去了，隔幾日再來看你。」孟婆起身對桃汐說，依舊不等桃汐回話就不見了蹤影。

雖然只是短短一句話，卻讓桃汐覺得溫暖不已，這已經是第三次感受到這種暖意了。

今日，孟婆又來找桃汐，兩人原本在花間漫步，結果不知不覺走到木槿花樹下，兩人並排坐下。孟婆見桃汐已經對梨落樓那段回憶釋懷，便問道：「桃汐是如何來到此地的？」

「梨落樓逃出來後，我迷了路，只能一路亂跑，後來大雪紛飛，我的衣服濕漉漉的，渾身冰冷，加上連日饑餓導致身體乏累，最終暈倒在雪地裡。只聽到一個聲音在我耳畔響起，好像在叫『小黛』，後來我就什麼都不記得了。」

「孟姐姐叫桑黛，那人叫『小黛』，莫非是同一人？」桃汐似笑非笑地說道。

「調皮。」孟婆嗔道，「接著說。」

孟婆表面波瀾不驚，但眼底的笑卻收斂而去，眼眸有些深邃，似是在是想起了什麼。

桃汐並沒有發現，接著說道：「當我醒來以後，就來到這裡，救我的是一個四十歲左右的大叔，渾身散發著威儀，即使穿著便服，但是當他回眸的那一刻，你看到他的眼睛，會被震懾到。」

桃汐嘴裡說著，神思陷入了回憶裡，當日的場景，一一浮現在眼前。

「多謝恩人相救，桃汐感激不盡。」病懨懨的桃汐勁力支撐起身子說道。面對桃汐的感激，那人並不多言，只是無聲無息地看著她，讓桃汐覺得這個人很危險。之後桃汐再想感謝之時，那人輕輕揮手，轉身離去。

桃汐身體漸漸恢復，想著救命之恩定要報答，但想著找尋那大叔時，大叔不見了。桃汐找不到那大叔，便一人亂轉，最後庭院中的陣法困住，出不來了。

被困在陣法裡的桃汐最後餓暈了，醒來之時，又回到了屋子裡，還是那間初次到來時的房間，只是房間裡沒有那位大叔。

一開始她還有些害怕，但後來每日都有食物出現在院牆的石桌子上，每次的飯菜都是熱的，桃汐餓了的時候，也曾大著膽子吃過兩口。但桃汐不曾見過送飯之人。她也知道此處神祕且遍布機關，但此間的主人也沒有惡意，因此她也不再亂跑，只是無聊之時就去院子裡打理花束，餵養冬日覓食的鳥兒，日子過得清閒自在。

春日來臨，鮮花盛開，桃汐自己開闢了一處廚房，平日裡做些點心。

立春那日，桃汐做了些點心，擺放在石桌上，並附上一封信條，希望給她送來食物的人，也可以接受她的一番好意，收下這份點心。

擺放著點心的桃汐心裡很激動，約莫看著時間到了，便去看看那點心有沒有被帶走，結果看到那大叔正坐在石頭凳子上品嘗點心。

桃汐見狀，走了出去，來到那大叔面前。

「你做的？」大叔放下點心，面不改色地問道。

「對，要是大叔喜歡，我再做些給大叔。」桃汐很是歡喜，想著人家救了自己，還讓自己住在這樣美麗且舒適的地方，自然要表達一下謝意。

「別叫我大叔，我不喜歡。」長相俊美卻帶著威儀的大叔如此說道，「冰天雪地裡躺在大街上，定然是無家可歸，女醫說你身上有還未癒合的針孔，定然是受了一番折磨。見你長相美貌，且從一路腳印來看，應該是梨落樓方向來的。」

大叔一字一句，將桃汐的來歷猜得明明白白，令桃汐微微有些緊張。

又安靜的過了些時日，轉眼到了立夏，天氣炎熱得讓桃汐有些心煩意亂。在別院之中白吃白住的日子，讓她心中十分忐忑，不知將要拿什麼報償。她總想找機會問問那大叔，準備怎麼安置自己，若是用強的，自己只能以死明志了。

　　也是巧，這日桃汐在院子中，又遇見了這大叔，他正在一人賞花。

　　「大叔，別賣掉我好嗎？我可以給你當丫鬟，給你做點心。」桃汐急忙跑過去道。

　　「我不喜歡別人叫我大叔，我說過，我一點都不老。」俊美大叔看了她一眼說道。

　　桃汐卻被這一句話弄懵了，後面想說的話全都忘記了。

　　「做我女兒吧。」那長相稜角分明的大叔說道。

　　忽如其來的一句輕飄飄地話，讓桃汐吃了一驚。

　　「大叔，您在開玩笑嗎？」桃汐問道。

　　長這麼大，桃汐都不知爹爹娘親是誰，只知道有個給過她一段時間親情的錢婆婆，錢婆婆雖然喊她女兒，但她都是稱呼錢婆婆為「婆婆」，從未開口喊過爹娘的桃汐渴望親情。

　　「我這年齡做你爹爹尚且有餘，要不然……」大叔一雙桃花眼流轉，似是在考慮什麼。

　　「大叔，不。」桃汐意識到自己出口的話不是對方想說的，便急忙更正，又說道，「您又不知道我的過去，也不瞭解我，如此豈不是太過兒戲了。」

　　「兒戲？人生不就是一場遊戲嗎？我們人世間走一場，最後發現遊戲人間才是最真實的。」俊美的大叔眼角有一絲落寞。

　　桃汐愣住了，想起自己坎坷的命運，沒有親情，只有傷痕的過往，不禁覺得大叔說得很對。

　　「有些人之間不是相處了一輩子，卻發現還是不瞭解，最後空餘一聲歎息？」大叔接著說道。

　　「大叔說得有理。」桃汐紅著眼眶說道。

大叔瞥了桃汐一眼，桃汐立刻便知道自己說錯了話。

大叔看著桃汐，等待那一聲爹爹。而桃汐也紅了眼眶，咬著嘴唇，想著人家的救命之恩，並未要求自己回報些什麼，還如此悉心照料，讓自己平生以來睡了最甜美的覺、吃了最可口的飯菜、穿了最華麗溫暖的衣裳、不用擔心受罰、不用擔心挨餓，這些關愛和照料不就是父母給予子女的嗎？自己雖然未有機緣見親生父母，但能有上天眷顧，有大叔救自己一命，認作義父也是情理之中。日後定然好好報答這份恩情才是，於是顫顫巍巍的喊出了平生第一句：「爹爹……」

那俊俏大叔聽了，嘴角掛上輕笑，竟然有些激動。

「你所處之地是皇家之界，而你的這個爹爹，確可以隨意出入此地，你可有問過他是何人。」孟婆有些擔憂地問道。

「爹爹外冷內熱，待我真的很好，我也曾問過他是何人，他不願意多講，我亦不曾多問。我想爹爹願意說的時候自然會說，我是晚輩，不該那麼逾越的追問。」桃汐道，「但是我感覺得出來，他對我沒有惡意。」

孟婆看著那木槿花樹，思緒回到了過往……

「姐姐怎麼了？可有哪裡不舒服嗎？」桃汐擔憂地看孟婆有些出神的模樣。

「啊，沒什麼，後日便是下元節了，我與友人有約，十六日我再來看望你可好？」孟婆回過神來，對桃汐說道。

「嗯，只要姐姐能常來看看我，桃汐就很開心了，姐姐自然也有自己的事情要做，桃汐明白的。」桃汐畢竟是孩子氣，與桑黛相熟之後，笑得一臉真摯，如同不染纖塵的美玉一般。

第十節

朝罷琳宮謁寶坊，強扶衰疾具簪裳。
擁裘假寐籃輿穩，夾道吹煙樺炬香。
樓外曉星猶磊落，山頭初日已蒼涼。
鳴驪應有高人笑，五門驅君早夜忙。

眼見明日就是下元節，孟婆想回冥府看看，現在住韞玉府上，去做什麼事情總得知會韞玉一下。但也不能直接和這韞玉明說要回冥府過節，那會嚇壞他了，得尋個理由，於是去韞玉書房的時候，孟婆邊走邊思考著什麼樣的說辭比較合適可信。

剛走到書房門口，便瞧見韞玉正在書房端坐抄寫些什麼，旁邊已經堆起一小疊，不由得好奇起來，便輕手輕腳地走到韞玉身旁。

只見韞玉面前鋪開一張大紙，紙上密密麻麻工整的寫著《下元水官大帝寶誥》：

志心皈命禮。暘谷洞元。青靈宮中。部四十二曹。偕九千萬眾。掌管江河水帝萬靈之事。水災大會。劫數之期。正一法王。掌長夜死魂鬼神之籍。無為教主。錄眾生功過罪福之由。上解天災。度業滿之靈。下濟幽局。分人鬼之道。存亡俱泰。力濟無窮。大悲大願。大聖大慈。下元五炁解厄水官。金靈洞陰大帝。暘谷帝君。

孟婆細看旁邊的那一小疊紙，也是一樣的內容，便嗤嗤一聲，問道：「九王爺這是在作甚？」

這韞玉正寫得認真，忽然身側莫名蹦出一陣笑聲，手一抖，差點把硯臺打翻，好不尷尬。回頭定睛一看是孟婆，便安心不少，回答到：「我在抄《下元水官大帝寶誥》，準備在明日下元節為桃汐姑娘祈禱和改運，

希望她能一切順遂。」

改運自己還沒接觸過，孟婆聽著便有趣接著問：「敢問九王爺，這下元節如何改運呢？」

韁玉緩緩道來：「我這是師兄們告訴我的，說這下元節改運的方法有五：

「其一，懺悔過錯：祖師創立正一盟威道，就以祭祀天地水三官，上三官手書作為道教請禱治病的方法。教祖創教時『不喜施刑罰。乃立條制：使有疾病者。皆疏記生身已來所犯之皋。乃手書投水中，與神明共盟約，不得復犯法，當以身死為約。於是百姓計念，邂逅疾病，輒當首過，一則得愈。二使羞慙。不敢重犯，且畏天地而改。從此之後，所違犯者，皆改為善矣。』也就是將病者的姓名及認罪之意，寫成疏文三份，分別置於高山、埋藏於地、沉入水中，是為「三官手書」，向三官告解懺悔並祈求安康。是敬奉神明、祭祀天地、敬天法祖的儀式，是溝通天地水、仙凡、陰陽之間的橋梁。

「其二，超度拔薦：主要是希望先人早日離地獄苦海，作為子孫後代也希望先人早登極樂，如果宗親在陰間受罪受苦，或在地獄之中不得超生，那他們陽間的子孫也會有所牽連，日子也會過得悲觀苦惱、災難重重，或疾病纏身，或家道破敗，凶多吉少。

「其三，還受生債：如果人遇到辦事不利、生活坎坷、口舌是非等等人生不如意的事情出現時，當立即償還此受生債，以迄禳災解厄，事事順利。

「其四，增補財庫：有的人很會賺錢，有的付出很多努力卻財運不佳，或者賺到錢卻守不住，甚至是元辰昏暗、為損友所累，造成錢財的損失，也就是有財無庫。這個時候就要開補財庫，讓自己免受此等影響。

「其五，誦經禮懺：下元水官大帝聖誕之日，參加拜懺法會，持誦《太上三元賜福赦罪解厄消災延生保命妙經》、《三官寶誥》及《下元水官大帝寶誥》，可消災解厄、功德無量。

「本王正在用得就是第五種方法，抄寫《下元水官大帝寶誥》，但

願桃汐一切順遂。」言畢，韞玉端起墨寶開心地展示給孟婆看。

孟婆看著他不由得一笑，真是個心善的人兒。生在這勾心鬥角、腥風血雨的皇家，沒有陰險狡詐，竟然還能保持一顆赤子之心，寥寥無幾。

不過，來到這裡可不能忘記自己原先的目的，於是上前一步，站在韞玉的左側，溫聲道：「韞公子，明日就是下元節了，前些時候我約了幾個故友明日聚會相聚，明天就不在王府之中，恐怕後天一早才能回來，我不在的話，還請九王爺多照料下錢婆婆。至於錢婆婆那邊，我已經和她說過了，不必過分勞心。」

「本王定會細心照料錢婆婆，孟姑娘大可放心去聚會。」韞玉也是個妙人，既然孟婆不願意透露細節，明顯是不想說，既然如此，就不要追問，免得惹人煩厭。

十月十五日下元節，太陽還未下山之時，孟婆就梳洗打扮整齊，走出韞府，隨後在一個無人的巷道，念了個訣就回到了冥府。剛踏入和墨的府第，便看見大大小小的鬼差們都聚在各個廳房裡，鼓樂齊鳴、觥籌交錯，熱鬧非凡。

越過眾鬼，孟婆逕自走向最裡面那間紅光暗淡的會客間，那裡便是牛頭馬面、黑白無常等幾個骨幹鬼怪年年聚會的地方。孟婆才走到廳外，就聽見裡面傳來熟悉的聲音，從側開的門縫裡探頭一看，牛頭、馬面、黑白無常、林冉冉和招弟圍在黑無常身邊，就她差一個了。

她剛把手放在門把上，準備推門進去和大夥打個招呼，卻聽見大嗓門的黑無常對林冉冉說道：「孟姐姐這次去的是洛城，那地塊我最熟悉了。那裡以前發生過一件挺出名的事情，我現在想起來還是覺得心有戚戚。」話音一轉，然後長歎一聲，等得旁邊幾個人急躁不已。

這林冉冉本就是愛熱鬧、愛打聽的人，看見黑無常在拖時間，催促道：「別賣關子，快說快說！」

這黑無常等的就是林冉冉這急切的模樣，得意洋洋拉長了腔調說道：「莫急莫急，這都是幾十年的舊聞了……」

那時的洛城裡，有個老員外叫王有德，做藥材批發生意做了幾十年，

家裡是人丁興旺、財源滾滾。不愁吃穿，連丫鬟都有好幾個，老兩口有四個兒子，個個都娶了貌美如花的媳婦，讓城裡城外人人都羨慕不已。

人嘛，活個五六十、七八十是很難的，於是恰逢老人五十都會做個五十大壽，王員外過五十壽宴的時候，來的人足足坐了三十桌。賓客們散去以後，王員外想跟兒子們交代事情，到了夜裡獨自把四個兒子叫進了書房。爺五個倒了幾杯小酒，閉門獨聊了起來。

說著說著這王員外就講起自己的發跡史。從一到一百比從一百到一萬難多了，那時候自己年輕，白手起家很不容易，起早貪黑，夜以繼日地幹活，還是賺不了錢，那時候一心只想著賺錢，最後便用了一桿灌了鉛的秤，占了許多便宜。

因為長得敦厚老實，大家也都信賴他，藥材什麼的從來沒有過多檢查，於是買藥的從未察覺過什麼，自己大秤進小秤出坑過很多人。而做藥材這行最大的利潤，就是以假冒真、以少充多，其中差價數十倍，甚至百倍有餘。

事情做多了總會害了別人，有一次，一個在他這進貨的藥材鋪商人被鄰居告賣了假藥，而偏偏那藥又導致鄰居父親藥石無靈，吐血而死。藥材商人百口莫辯，一直堅持說自己沒有賣假藥，眾人不信，最後藥材商人只能以一死證清白。而他的的妻子也是剛烈，不顧幼子，留下一封書信，便三尺白綾殉夫而去，說是丈夫一條命以證清白，自己一條命賠給鄰居家父親，懇請親友代為照顧幼子。

誰知這藥材商人夫妻剛死，還未等旁人發現這事情，那兩歲幼子在後院水塘邊嬉鬧，不慎滑倒，跌進了水塘裡淹死了。待鄰居上門要解決辦法，才看到吊死的夫妻兩個和他們淹死在水塘裡的幼子。

這一下子兩家人死了四口，從街頭到巷尾夜夜都聽見兩家人的哭喪之聲。王員外知道自己自己造成的，但是不敢吭聲，而其他被坑害的則不計其數，這般害人，才能白手起家，短短十數年間積累了萬貫家財。

如今五十大壽，陽壽不久，良心發現了，想到那些被坑的商人，夜夜噩夢、如坐針氈、寢食難安。他決定不再坑人，自此樂善好施，為鄉里

鄉親做善事。也偷偷使人往那些還能找到、被自己坑害過的商人家，多幫襯些生意，彌補自己的過錯。

看見父親老淚縱橫地敘述著過往，四個兒子聽了皆是大驚失色，也不知道該如何接話才是。只是一個勁的寬慰父親，紛紛表態，支持父親多做善事，將家中的財富多幫襯窮苦之人，也算讓父親晚年能安睡好覺，不用日日夜夜這般輾轉難眠。

於是從這天起，王家就這般做了十年的善事。可這十年間不幸的事情卻接踵而至，第五年大兒子得暴病死了，大兒媳婦改嫁；接著第七年二兒子暴病死了，二兒媳也改嫁；第八年三兒子暴病死了，三兒媳婦也改嫁；最後等到王員外六十大壽的時候，四兒子也暴病死了，四兒媳因有孕在身，沒能改嫁，再加上其本身母家清貧，也就應允了兩老，終生守寡帶大腹中孩兒。

家中十年連遭喪事，使這王員外很難過，孩子遭劫自己也沒停下行善，不明白為什麼以前做壞事兒孫滿堂、發財致富，如今積德行善，反倒喪門星進門，便開始懷疑因果報應之說。但就算心存疑慮，依舊年年月月做善事，以彌補自己青年時因貪婪而造成的過錯。

十月懷胎，王員外的四兒媳婦終於要臨盆了，躺在床上卻連續幾天幾夜生不出來。請了七、八個接生婆都束手無策，眼看就要一屍兩命了，這時一個游方道長到門前化緣，聽說此事便告知有催生良藥，吃下去保證立時生。

實在沒辦法了，王員外兩口子只得趕緊把道長請進來，死馬當活馬醫，四媳婦吃了道長的藥，果然生下一個男孩。王員外聽說得了孫子，大喜，當即對道長千恩萬謝，感恩道長幫他王家留了一個血脈。

王員外夫婦突然雙雙跪在地上，請教道長為什麼自家棄惡從善，卻惡報連連。道長聽後拂塵一甩，看著王員外哈哈大笑，說：「因果輪迴，善惡有報，如影隨形、毫釐不差，只是你看不到更深的因果。也是你的機緣，我便告訴你吧。

「你大兒子就是那個被你間接害死的藥材商人鄰居家的父親，他投

生你家原本是來找你要命的；你二兒子是那個被你坑害死的藥材商人，轉生到你家原本是給你敗家來了；你三兒子就是那藥材商人的妻子，轉生到你家原本是來討債的；你的四兒子就是那藥材商人的幼子，他本要給你闖下滔天大禍，而你最終會病痛窮極餓死。

「皆因你改惡行善，改變了自己的命運，上天慈悲於你，先後把你四個敗家討債、為禍百端兒子們統統收去，你這才能逢凶化吉、遇難呈祥。現今你的業報已經還完了，你這個孫子，將來能給你光宗耀祖，這是你行善積德得來的福報。」王員外夫婦聽了，如夢方醒，跪在地上痛哭流涕，直說以後會繼續行善積德。

道長又問：「你知道秤為什麼用十六兩嗎？這十六兩，代表北斗七星，南斗六星，外加福、祿、壽三星，所以，你少給別人一兩損福，少二兩損祿，少三兩損壽，給別人越少，損自己越多。你想想你一杆黑心秤，造了多少孽，損了自家多少氣運？」

又過了五年，王員外夫婦先後病逝，逝世前，王員外將財產一半留於孫子，一半散去做了善事。到了冥府，兩人求情延遲輪迴，想看著孫兒長大成人，冥帝心善便允了。果然又過了十二載，這孫兒一舉高中新科狀元，光宗耀祖、重立門庭。王員外夫婦見到此景，攜手飲盡孟婆湯，雙雙投生去了。

黑無常講完，看著眾鬼差一臉的唏噓，立在旁邊不再言語，讓眾鬼回味，體會其中的妙處。

孟婆並未打擾他們，就在一旁靜靜的聽完這個故事。

等孟婆聽完故事，想要進去跟他們打個招呼，結果眾鬼又接話聊起了別的，讓孟婆都有些不好意思打斷。

正在這時，冥帝和墨朝這邊走來。冥帝頭戴髮冠，衣著樸素又尊貴，神色和藹又威嚴，原本不和諧的詞，卻和諧的同時出現在冥帝身上。

孟婆想著，還是先跟冥帝和墨打個招呼吧。

「陛下有禮，下元昌盛，萬事無憂。」孟婆側手拉低身子行了一禮。

冥帝點了點頭，忽然笑著問道：「凡間之事處理得如何了？」

「錢婆婆的女兒已經找到了，就差為他兩個人解開心結了。」孟婆說道，有些開心又有些困頓。

「你在凡間可還舒心？」冥帝又問道。

「結識了一些有故事的人，懂得了一些事，還算是有些收穫的。」孟婆道。

「嗯，能讓我們孟婆懂得一些道理的，絕非一般之人吧，說說看？」冥帝笑著追問。

「陛下此話言重了，不過那錢婆婆的女兒，經歷幾次被賣，又進入青樓，依然笑著面對命運，坦然而無畏，是個妙人。雖然有一些心結沒有解開，但我想這也快了。」孟婆笑著說道。

「那倒有趣，等她終老，有機會我要見見。」冥帝微微一笑。

門外的交談聲，早已驚動了門內的黑白無常等人，看見冥帝來了，此時的牛頭馬面、黑白無常還有林冉冉，外加招弟已經站成一排，一起往冥帝和孟婆這邊看來。

「牛頭，你見過這位孟婆姐姐笑嗎？」馬面用胳膊戳戳牛頭，小聲詢問牛頭。

「問我幹什麼，我又不在她身邊，倒是你，我每天跟你在一起，我經常看見你傻笑。」牛頭懟了馬面一臉。

碰了一鼻子灰的馬面並不在意，又偏頭問一旁的黑白無常。黑白無常紛紛瞥了馬面一眼，什麼也不說，馬面尷尬死了。招弟有些看不下去了，對馬面說道：「跟孟婆相處最多的是林姑娘。」

馬面拍了一下自己的腦袋，懊惱地說道：「最近忙到記憶力都下降了，跟林姑娘一樣失了記憶。」

這下馬面又得罪了林冉冉。地府眾鬼皆知道，林冉冉最不願意提起以前，更不願別人說她失憶。

結果，馬面一下子接到了來自牛頭、黑白無常的拳頭，又接到了招弟的一記刀眼。

眾人皆怕惹怒了林冉冉，再把他們打一頓，畢竟都是在她的紅纓槍

下吃過虧的鬼。

馬面一下子嚇傻了，站在原地不知道說啥。

牛頭看了一眼被嚇傻了的自家兄弟，無奈搖搖頭，連忙說道：「林姐姐，馬面年紀小，不懂事，您大人有大量，這大過節的，你看孟婆姐姐都回來和我們一起團聚了，還是說些開心的事情就好，哈哈哈。」

黑白無常嘴裡發出咕咕的響聲，接著紅紅的長舌頭伸了出來，臉上綻放出大大的笑容，一隻手食指和大拇指來回搓動，差點笑死：「馬面年紀小？牛頭你的牛舌頭不怕被嚼爛啊，哈哈哈……」

老油條嘛，牛頭怎麼可能因為這點事情就羞愧地找地縫鑽，臉皮絲毫不變。

還是招弟聰明，急忙扯開話題，說道：「林姐姐，你看，陛下笑得可開心了。」

林冉冉彷彿被什麼吸引了注意，原本惡狠狠盯著馬面的眼神轉移開來，隨口丟給馬面一句：「以後再收拾你。」

馬面自覺得救了，感激地看了眼招弟，說了聲「多謝」，然後又給了還在咯咯發笑的黑白無常一記白眼，最後乖乖退後，閉口不言，儘量降低自己的存在感。

此時，林冉冉站在中間，左邊是招弟，招弟左邊是牛頭，牛頭左邊是馬面。林冉冉右邊是從左邊笑著走到右邊的黑白無常。一行人齊齊站著，中間的林冉冉架起胳膊，直直地注視著和墨的側臉。

馬面悄悄盯著林冉冉的臉，怕林冉冉還生自己的氣。

望著林冉冉貌美的側顏，不禁想起前任孟婆。這冥府裡有兩個人不能惹，一個是前任孟婆渥丹，一個是現任的冥府將軍林冉冉，這兩個人皆是一樣的美貌如花，一樣的以一敵萬，戰力超群，而且打人還從不留情面，痛死了。還有一點是，在她倆心裡，美食至上，不過這林冉冉還有一個毛病，就是凡是牽扯到冥帝的事情，都格外上心，讓人有些懷疑，是不是……馬面想到這裡，不禁有些害怕，急忙猛搖自己的頭，想把這些想法搖沒了。

林冉冉從六個人的隊伍裡走出來，向著孟婆和冥帝走去。

「說什麼呢？這麼開心。」林冉冉挽起孟婆的胳膊，笑盈盈地對孟婆說。

「在和冥帝說錢婆婆尋找女兒之事，我快要辦妥了。」孟婆也微笑著答道。

「哇！真好。」林冉冉自從來到冥界，就恢復了自然本心，反正現在沒有什麼，被凡塵壓抑的天性，此刻全部釋放出來。除了林冉冉，冥界其他的鬼差們也都如此，唯有孟婆除外，都跟著性情走，所以馬面去問別人隱私，被打了這麼多次也不收斂。

林冉冉嗔道：「桑黛，你去陽間的時候我不在場，都沒有送你一程，結果你這一去這好幾個月，也不給我個消息，怪寂寞的。」

林冉冉拉著孟婆的手，向黑白無常等鬼差走去，並不理會冥帝。

林冉冉幾次無視冥帝，孟婆自然是看出了一些隱晦而又不可說的事情，不曾理會，而是跟著林冉冉對著招弟等鬼差走去。

在走向眾人之時，門外來了一個找冥帝報告事情的鬼差，見到孟婆和將軍林冉冉，自然行禮，孟婆點頭，卻見林冉冉只是毫不在意地擺了擺手，隨後伸手指著冥帝的位置，示意鬼自個差過去。

孟婆忽然想起冥帝的笑容，又瞟了一眼林冉冉，最後收回了神色。

每個人有每個人的命運，世事皆有安排，順其自然吧。

開宴後，冥帝舉杯，鬼差飲罷杯中酒，而後散去各自玩耍。平日裡莊嚴肅穆的大殿，此刻歡笑聲笑語。

「長夜漫漫，不如我們來玩個遊戲，要不孟姐姐你出個燈謎吧。」牛頭嘴角邊還沾著一團糯米飯，笑瞇瞇地看著孟婆。

看見牛頭那憨憨的模樣，孟婆笑了笑。

見大家興致這麼好，孟婆點點頭應允了，清了清嗓子說道：「我若是出了燈謎，你們沒有回答正確，可要每人自罰一杯；若是有一人答出來了，我也自罰一杯如何？」眾人難得見孟婆好興致，便紛紛點頭，都湊了過來。

孟婆笑著說：「一個黑孩，從不開口，要是開口，掉出舌頭。」

話音剛落，便見馬面大聲叫道：「這個我知道，簡單得很，這不就是黑無常嘛！」

黑無常一聽黑乎乎臉更黑了，對著馬面說：「我是啞巴，還是嘴上被判官縫了針？我怎麼平時不開口了，我日日都說話啊，再說，我舌頭是長，但是不會掉出來，可以收回去的啊，你那馬腦子想的是什麼！」眾鬼哄然大笑。

孟婆也笑得身體轉來轉去，說：「不對，接著猜。」

於是大家七嘴八舌的瞎猜了一輪，都沒猜著，各自罰了一杯酒，就目光齊齊地向走來這邊的和墨看去。和墨走過來，拉開椅子坐下，只見一班鬼差皆看向自己，便問道：「我也要參加回答？」

「要。」眾鬼大笑，林冉冉又說：「那當然，雖然您是冥帝，但是這下元佳節，大家同樂共喜嘛。要是您也猜不到就自罰一杯，等孟姐姐說答案便是了。」

「好……我猜那是瓜籽。」和墨輕聲地說道，於是眾鬼扭頭看向孟婆，想確認是不是這個答案。

孟婆點點頭，拿起酒罈俐落地倒了一杯，自飲下去。這酒剛一下肚，白皙的臉龐上，頓時就開出了兩朵粉色花瓣。

孟婆平日沉默寡言，極少說話，今日這般主動的與眾人互動猜謎，又俐落飲酒，讓大家始料未及，於是喝得更加盡興，也更加開懷了。而牛頭馬面、黑白無常等人都圍在孟婆周圍為她講故事，她笑著靜靜聽著周圍人的打鬧嬉戲，臉上全然是幸福的神色。

「白無常，你這個故事去年就講過了，一點都不新鮮，換你馬爺爺我來！難得孟婆姐姐今日這麼開心，笑了十幾回了。你這積壓在肚子裡面幾百年的故事，就想搏得我們冥府第一美女孟婆姐姐的微笑了，你且看你馬爺有我這一肚子有趣的故事，可以說到忘川水逆流。」馬面的聲音響徹大廳。

「馬面，你講的那是啥喲，我的故事是去年下元節的時候說的，你

的故事是今年中元節說的，哼！何況這忘川水本來就是逆流的，你有本事讓這忘川水正著流啊，那時我就心服口服喊你一句馬爺，否則就要把你吊在冥河裡洗刷幾次。」白無常反駁道。

「我打，我打……」聲音傳出來，原來白無常和馬面為了講故事打了起來。黑無常去幫白無常，牛頭去幫馬面，招弟忙著拉架，林冉冉在一旁笑彎了腰，好一幅冥府和樂圖……

剛剛打過架的黑白無常和牛頭馬面，不一會兒又鼻青臉腫地擠到一起喝酒去了。

下元節的熱鬧還在進行，眾鬼差的歡笑故事還在繼續。

第十一節

　　孟婆打算從冥府回來時，天剛剛亮，想起自己與桃汐有約，便從冥府帶出兩生花花露釀的酒給桃汐細細品嘗。冥界生長數萬年的兩生花，它的花露釀的酒可以驅趕惡靈、躲避凶鬼，喝下它，能保人平安。

　　桃汐很是喜歡這個姐姐，每次和桑黛坐在椅子上時總是面帶笑容，恨不得永遠都和她在一起。

　　下元節過後的第二天凌晨，桃汐便在庭院裡用手掌堪握的杯子，接下一滴滴自花瓣上滑落的露水，想著接滿一杯子，給快要返回的爹爹泡茶喝。這個總是板著臉的爹爹對桃汐很好，自己想要什麼總是要得到，只是爹爹總會過一段時間就不見人影，不知去向。

　　以前每次爹爹回來的時候，若桃汐問起不在的這段時間去做什麼，爹爹也總是閉口不談，說她不要再問。幾次下來，桃汐也就不再多問了。上次爹爹離開的時候，說過下元節前後就能趕回來，之後要離開一段時間，到春分時節才能回來。哎，爹爹怎麼一下子來一下子離開，桃汐越想越麻煩，索性不想了，專心採集這無根之水。

　　孟婆從冥府歸來，閃現在桃汐身後，看見前面的桃汐，輕叫了幾聲，叫第一聲時桃汐正專注採露水沒有聽到，直到孟婆第二次提高了聲音，桃汐這才發現孟婆在後面，於是回過身子與桃汐打招呼。

　　「姐姐什麼時候來的，快坐下，你看我剛收集了花露，要不我分點花露給姐姐烹香茶吧！」桃汐端起杯子，把杯子往孟婆面前一送，眨著剔透的眼睛。

　　「不用不用，你看我手裡的是什麼，這是花露酒哦。」孟婆拉著桃汐走到一旁的石桌旁，從荷包裡面掏出一個瓶子擺在桃汐面前。

　　「花露做的酒，這花露還可以釀酒？」桃汐眉頭提了提，有些不可

思議。

「可以的，不信你嘗嘗。」孟婆連忙倒了一小杯七分滿的花露酒，端給桃汐。

桃汐小心翼翼的端過，小嘴輕輕沾了一點酒，然後品嘗一口，露出淡淡的笑容：「真的，甜甜的，真好喝，謝謝姐姐。」

孟婆聽著桃汐一口一個謝謝，就說道：「不用這樣，以後有人給你倒酒，你叩首就可以了，不用一口一個謝謝的，傻丫頭。」

「叩首，什麼是叩首，怎麼叩？」桃汐有些茫然。

孟婆忽然想起，桃汐自小就沒有母親，自然也沒有人教她這些餐桌上的禮儀和規矩。記得自己兒時，母親總是很嚴厲，什麼規矩都要她守著，她心裡特別羨慕那些姨娘的孩子們，可以整日撒歡。可是這時母親總是用很輕蔑的目光看著自己的那些兄弟姐妹，就像看著一群亂竄進屋、把屋子弄得亂糟糟的小貓咪一樣。接著就是把她拉回房間，對她說在這種情況下要遵守什麼禮節，不可隨意亂跑亂逛，一定要有禮儀，否則就和貓咪沒什麼區別了。

八歲那年，有人從江南寄了茉莉花茶給母親，母親讓大家品茶，茉莉花茶的香氣遠遠飄進了庭院，香得自己趕忙放下手中的毛筆，跑去母親的茶室，自顧貪心地倒了個滿杯，剛想喝下去，卻被一旁的母親阻止了。母親不悅地質問：「桑黛，你在做什麼？七分茶、八分酒，你豈可滿杯？」

就是那天，自己才知道「七分茶、八分酒」是一句俗語，謂斟茶、斟酒不可斟滿，斟茶以七分為宜，斟酒以八分為宜，太多或太少，都會被認為不識禮數。

用茶壺斟茶時，應該以右手握壺把，左手扶壺蓋。在客人面前斟茶時，應該遵循先長後幼，先客後主的服務順序。斟完一輪茶後，茶壺應該放在臺上，壺嘴不可對著客人。茶水斟倒以七分滿為宜。俗話說：「茶滿欺客。」茶水斟滿一是會使客人心中不悅，二是杯滿水燙不易端杯飲用。

教完茶禮之後，母親又板著臉教她何謂「三叩首」，「三叩首」指的是茶間和酒間的三種叩指。第一種：子弟向老一輩，則五指併攏成拳，

拳心向下，五個手指一路敲擊桌面，相當於甘拜下風膜拜禮，一樣平常敲三下便可。第二種：同輩之間，則食指中指併攏，敲擊桌面，相當於雙手抱拳作揖，敲三下代表尊敬。第三種：老一輩向子弟，則食指或中指敲擊桌面，相當於點下頭便可。如特欣賞子弟，可敲三下。

「桑黛你要切記，皇室貴胄之間都講究『敬』，只有把『敬』真正融入到生活當中，尊敬天地、尊敬身邊的人和事，這樣不僅能與萬事萬物和諧相處，還能體現出自己作為皇親貴族謙遜的美德。你是我和音公主的女兒，更是如此，你不是那些野孩子，你要時時刻刻記得自己的身分，不能做出出格和有損身分的事情，記住了嗎？」

桑黛忐忑地點了點頭，遵照禮節喝完了那杯茶。可是，那茶是什麼滋味，她全然忘了。唯一記得的，是母親莊重肅穆的表情，再也忘不掉。

孟婆想到這裡，不由有點恍惚，時間過得好快，一轉眼就是一百年，隨即收了收神，笑著把母親當年教自己的禮儀，簡單的講給桃汐聽。桃汐聽得很有興致，各種叩法自己都試了一遍，玩得不亦樂乎，到處都是砰砰砰的敲擊聲，孟婆覺得有意思極了。

「酒有點涼，我給你熱一下再喝。」孟婆將酒倒入壺裡，溫起了酒。

「姐姐這花露酒如何釀製，可否告訴桃汐？」桃汐一邊眼巴巴地瞅著溫酒的爐子，一邊小聲問道。

「這是朋友送的，我也不知道如何釀製，喝一點少一點，慢慢品。」孟婆笑道。其實這酒是林冉冉釀製的，她的祖父嗜酒如命，她也得到祖父真傳。

「不過，改天我可以幫你問問。」孟婆看著桃汐撅起的小嘴，伸手刮了刮她的鼻梁調笑道。

「謝謝姐姐，不用了，人家這酒可能是祖傳祕方，很貴重的，洩露給外人不好。」桃汐到了聲謝然後補充道。

孟婆想著林冉冉已經做了鬼差，性子又豁達，應當不會在乎這些，但細想一下，桃汐說出此話，不過是怕人家不給而讓自己為難。她如此體諒自己，孟婆也不禁感動，便笑著應道：「好。」

或許以後可以將釀酒的祕方告訴桃汐，當作生辰之禮，不過自己並不知道桃汐生辰，便問道：「桃汐何日生辰？」

　　「我不知道我的生辰，」桃汐語氣有些低沉：「我一直將重陽節那天當作我的生辰，一來重陽節是感恩之節，二來是感謝錢婆婆那日拾起我，不讓我暴屍荒野。」

　　重陽節，重陽節？孟婆彷彿一塊被石子擊碎的玻璃脆弱不堪，莫名心痛起來。八十年前的重陽節，那綻放的血紅，是她難以釋懷的過往。

　　「姐姐怎麼了？」桃汐看孟婆開始泛紅的眼睛，不知道自己哪裡說錯了，有些著急地問道。

　　「沒事，只是想起了一些往事，一些……一些親人。」孟婆哽咽著說道。

　　「剛剛你在收集花露的時候，想什麼這麼入神？我喊你好幾聲你才聽到。」孟婆轉移話題道。

　　「爹爹快要回來了，我在想著給他做些什麼小食，想來想去只有幫爹爹接點花露泡茶給他喝。」桃汐低下了小腦袋。

　　「那我過段時間再來找你，你也好好考慮一下錢婆婆的事情，好不好？」孟婆柔聲問道。

　　「嗯。不過就算我要離開這裡去見錢婆婆，首先也需得和爹爹說一聲才是，我既然認他做了義父，就要聽他的話。再說我也曾答應爹爹，沒有他的允許，不會私自離開這宅子半步。」桃汐補充道。

　　「嗯，你說得有理，若是外出確實要和你爹爹說一聲才好，免得他擔心。」孟婆點了點頭，心裡明白，桃汐雖然對錢婆婆無奈賣她的事情漸漸釋懷，即使與自己交情日益深厚了起來，雖然她現在已經有些願意面對錢婆婆了，但感情的事情，還得緩緩來。

　　如果不是真心實意地接受道歉，只是表面功夫，這錢婆婆定然也會察覺，也枉費她一番苦心，就算她哪日入了忘川，怕也是心有遺憾。不過這桃汐年紀雖小，但是實在心思巧細，尋了自家神龍見首不見尾的爹爹做藉口，先緩些日子，也是可以理解的，何況這個爹爹與她有救命之恩。

「酒溫好了，家裡有柑橘嗎？喝這酒配些柑橘最好了。」孟婆說道。

孟婆記得那人愛酒，冬季裡總喜歡溫酒配著柑橘，柑橘清甜的香味彌漫在整個屋子裡，這樣配著吃，都讓她消淡了對酒氣的厭惡。

桃汐盯著酒杯的腦袋抬起來，「有，姐姐稍等，我這就去拿。」於是起身急忙跑去屋裡拿柑橘。

孟婆拿起勺子輕輕攪動壺裡的酒，然後用竹勺舀出一些來，倒入酒杯裡，一股花香味在四下彌漫開來，周圍開的大大的花，都有些慵懶陶醉的神色。

「桑黛，是你嗎？」那個人的聲音在不遠處響起。

孟婆竹勺裡的酒還沒全部倒完，酒杯也還沒有裝滿，但是酒在空中形成的水柱已經斷開，竹勺帶著剩餘的清酒，掉落到石桌子上。

孟婆慢慢轉頭往去，眼中帶著期冀與落寞。

花已經滿地，葉多繁茂，木槿花樹後的人兒，與八十年前的樣貌重合，他還是那樣溫文爾雅。自己八十年不斷想要忘記，卻又不斷被記起的面容，此刻就站在自己面前。

奈何橋頭八十年沒有等到的人，此刻卻偶然出現，眼前的一切，彷彿一場夢。

「桑黛。」成染站在原地又叫了一聲，想要上前擁抱卻又收回腳步，眼中帶著痛苦的神色，其中夾雜了很多情緒、愧疚、憐惜、悔恨、歡喜……

伊人尚未轉身，想要擁她入懷，等到確認真的是她時，腳步卻重若鉛錘，這一聲帶著試探與僥倖。

孟婆站在原地，此刻心中百味雜陳。

曾經的桑黛想過，若在奈何橋見到成染，她可以不理會成染，也可以狠狠地打成染的耳光，可以質問成染他們之間的感情……，但是，一段被安排的孽緣，一段原本不該有的開始，一場關於愛恨的糾纏，難道有愛就能解決、就能化解、就能美滿了嗎？世事錯綜複雜，對錯從來都是相對而言，生活不是童話，他們不過是命運的犧牲品。

桑黛只是恨成染為何要走入她的生活，恨成染偷走了她的心，卻又將一顆心壓碎。

成染站在木槿花樹下，眼眸深邃，彷若回到了八十年前的那個早晨。

武陵王府坐落於洛城右側，背後靠著山，此山一側通往懸崖，另一側正好通向皇家的獵場，擅長騎射的成染喜歡策馬狂奔，追尋兒時的自由與歡樂。

那天，幾位大臣因為自己的政策阻礙他們賣鹽，所以一直反對成染，讓成染心情不好，便在獵場策馬狂奔，捨了身後的十幾位護衛，一個人入了山林，跑出了皇家獵場，最後迷了路。迷了路的成染在山林中打轉，最後遇到一個樵夫，樵夫給成染指了條路，成染順著那條路，獨自下山。到了半山腰的時候，成染望見山下有一座方圓三百丈、金碧輝煌的府邸，絲竹之聲從府邸之中飄出來，飄入半山腰的成染耳中。

成染並不太喜歡著傳統的皇室宮廷音樂，反而喜歡鏗鏘之聲的草原部落特有的嘹亮旋律，所以並未在意，接著往山下走。再往下走，馬兒忽然有些不安似地轉動馬頭，成染試圖安慰馬兒。

馬兒安撫好了，成染抬頭剛要離開，結果看到山下華麗的院落裡，一個美麗的姑娘側坐在木槿花樹上。姑娘穿著淡紫色的衣服，頭上帶著千思花的花環，花環上點綴著幾隻木槿花。綠樹、紫衣與純淨的她，那一刻，成染淪陷了，姑娘的每一個動作，都讓成染覺得有什麼東西在敲打他的心。姑娘坐在木槿花樹上，風吹來，撩起姑娘的一縷秀髮，姑娘回眸，將秀髮輕攏，手腕上紅線綁著的鈴鐺輕輕響起……

姑娘在木槿樹上坐了一會兒，屋裡似乎有人在喚她，於是起身便離開了，成染再怎麼往裡望也看不到那姑娘。

返回宮中，那回眸，那木槿花，那銀鈴聲揮之不去，擾著成染的睡眠。第二日，成染悄悄再去了那個地方，人不在。第三日、第四日……

九月的一天早晨，成染又來到了那個能望見武陵王府庭院裡木槿花樹的地方，癡癡遙望，期待佳人再現。

幸好，皇天不負有心人，成染等到了那姑娘。姑娘依舊是淡紫色的

衣裙，頭上帶起了及笄年華的簪子。成染開心的像個含春的少年，似乎忘記了自己已經三十五歲。

「終於等到你了。」成染從山上下來，翻牆入了武陵府，憑藉高超的武藝，沒有引起守衛的注意，慢慢接近了那姑娘。成染靠近後，發現那姑娘正坐在枝幹上玩一個草繩編織的蜻蜓，眉眼彎彎。

姑娘發現身後突然多了一個陌生人，慌張之下，想蹭枝幹下來，不料被枝椏掛住裙擺，從樹上倒了下來。

在這剎那之間，成染急忙奔上去接住姑娘，姑娘因為害怕，本能地抱住了成染的脖子。成染輕笑，看著姑娘清澈的眼眸，眸中似有星辰大海。

一眼萬年，糾纏不斷。

後來，成染探查到了自己最不想要的結果，原來這姑娘叫桑黛，是和音公主的女兒。

身為帝王，成染怎會不知道那華麗的庭院是武陵王的府邸，其中還住著一個需要他小心應對的人──前朝和音公主，又怎會看不懂其中的利害關係，看不懂想要和桑黛在一起，要經歷多少的阻隔與困難。

但是成染還是不顧一切的愛戀那個姑娘。明知山有虎，偏向虎山行，這不是「初生之犢不畏虎」，更不是「少年心事當拿雲」，因為一顆殺伐多年、已經沉積的心，第一次蕩起波瀾，覺得心有所牽。

愛了，有些恨就可以放下並跨過去。

一個眼神解凍冰冷的心靈，千百年難得一遇的一見鍾情，成染那時不禁失去了一顆帝王心；帝王的柔情，也讓未經世事及笄年紀的姑娘沉淪。

成染試探性地邁出第一步，漸漸離開了木槿花樹，踏著落在地上的花走向孟婆，食指和拇指在快速摩擦，排解內心的緊張。

孟婆心裡百轉千回，千般話湧上嘴邊又掉落到心裡去，最後沉默不語，但是她知道，自己不能退縮，不能逃跑。孟婆就站在原地，看著彼此之間的距離慢慢縮短，看著成染慢慢靠近。酒已經沸出來，撒入爐火當中，藍紅色的木炭慢慢變得深紅，酒止了沸，火漸小。

成染靠近後，孟婆才注意到成染衣襟濕漉漉的，鞋子上滿是泥土，

兩隻眼睛裡面遍布血絲，周身帶著涼氣，定然是日夜兼程，不曾歇息，一看就是從很遠的地方趕來。

孟婆看向成染的右手，那手中握著一塊呈現血紅色玉佩，還在不斷在閃著光。成染越靠近自己，玉佩越亮，在奈何橋畔做了八十年的孟婆，桑黛已經隱隱猜出，那應該是察靈的玉佩。

所謂察靈的玉佩，必須是由持有玉佩之人的心頭血所化而成，少則五十年，多則百年。由持玉之人將所尋之人的魂氣注入其中保存，玉佩便會帶著持玉之人，尋找心念之人的轉世。

桑黛的警惕一下子提起來，成染這是何意呀，難道連自己的轉世都不想放過，再次來折磨自己？

曾經的拔劍相向，已經將他們之間的溫情斬斷。孟婆站在原地，向著走來的成染搖搖頭，眼中盡是苦澀。成染見此，不再敢往前邁步。

一陣風吹來，將酒香吹散，伴隨著銀鈴的叮噹響聲，桃汐邁著翩躚的步伐，捧著柑橘走來。看到成染站在不遠處，桃汐加快了步伐，驚喜地喊道：「爹爹，你回來了。」

桃汐還沒來得及將柑橘放下，就徑直衝著成染走去。

「爹爹，這是孟姐姐，是我放她進來陪我的，你不會怪我吧？」桃汐小心翼翼地問道。

成染不答，聞著漫天的酒香味道，看了一眼桃汐懷裡的柑橘，對著孟婆道：「你還沒有忘記對嗎？桑黛。」

「爹爹認識孟姐姐？」三人中，唯有桃汐什麼都不知道，疑惑不解。

「我是來找桃汐的。」千般醞釀，孟婆靜靜地說出了見到成染後的第一句話。

孟婆也沒想到，明明有這無數的埋怨與責怪，此刻的自己為何還能如此淡定。

「桑……孟姑娘，我們聊聊可以嗎？」成染小心翼翼地試探道。

「沒必要。」孟婆一口回絕。

桃汐瞪大了眼睛，看著這兩個人。

明顯一個在試探，一個在躲避。

「我是桃汐的父親。」過了片刻，成染滲出這樣一句話。

孟婆轉身走進庭院，成染識趣地小心翼翼地跟在後面。

桃汐待在原地，目送爹爹和孟姑娘離去的身影，久久不見回頭，等到爐子上的酒沸騰出來，忙將壺從爐子上取下來。桃汐望著桌子上的柑橘和沸騰的美酒，還有成染和孟婆的對話，細細思考起來……

孟婆雖然進過庭院幾次，但從來都是來去匆匆，不想被韞玉和錢婆婆察覺，所以未曾敢邁進屋中半步的孟婆，在成染的指引下進了屋子。

屋子裡的裝潢與原來一模一樣，不過多了幾盆花草。

「坐。」成染引孟婆坐下，自己坐在了對面。

「我是來找桃汐的，錢婆婆當初收養了她，後來又賣了她，現在錢婆婆寧願永墮忘川也要找到她，希望可以將她帶回，以補當年過錯。你是她的父親，與她有救命之恩，於情於理，都要徵求你的同意。」孟婆冷靜陳述為什麼要帶走桃汐，全然沒有之前與自己糾纏的癡情。

「我尊重桃汐的意見，只要她願意離開，我絕不阻攔，如果她還有什麼放不下的，這裡就是他的家，我也會是她的倚靠。」

「倚靠……」孟婆喃喃道，從他這裡聽到這個夢幻的詞，孟婆想笑。

曾經的成染也說要成為桑黛的倚靠，可是在利益面前，還是將她拋棄了。

初次相遇，桑黛跌落樹下，兩人相擁的那一刻，兩人也都跌入一見鍾情的漩渦。一開始，桑黛只當成染是家中爺爺的侍衛，一個有很多故事的英雄，一個溫潤如玉的大哥哥，後來便一步步淪陷在溫柔中。

成染總有很多的話題，才子佳人，將軍公主，小村軼事，一個又一個，都是桑黛從沒有聽過、見過的，桑黛對成染所說聽得津津有味，聽成染的戰場生活，聽他的童年趣事，就越想和成染待在一起。

後來，成染開始帶著桑黛翻牆出去，帶她策馬狂奔，帶她走街串巷，帶她看日暮煙花，帶她看聽說書傳奇……

不是女孩的心太廉價，而是女孩的心太柔情。尤其是渴望關懷的心

門，一旦被打開，一腔的熱情便會氾濫開來。未曾出過家門的桑黛被成染寵愛著，看到了世界的美好，得到了被人關懷的滿足，更加離不開這個願意溫柔待她的人。

不過桑黛知道，母親是不允許自己和成染在一起的，所以為了避開母親和音公主，桑黛總會選擇母親忙碌的時候，在庭院中的木槿花樹上繫上一條紅色絲帶，示意母親不在，而看到紅色絲帶的成染便會來找桑黛，親切攀談。

好景不常，那次自己再去跟成染約會之時，母親忽然回來了。假扮自己的鷺川被狠狠打了一頓，但鷺川始終不肯說出關於桑黛去向的半個字。等桑黛回來，看著奄奄一息的鷺川，還有假若自己不說自己的去向，就要殺死鷺川時，桑黛哭著說出了與成染的故事。

桑黛很聰明，在木槿花的枝幹上繫了一條紅色的絲帶，但帶子上染了花粉。成染得到安排心腹的報告，知道那絲帶又被掛了起來，去到那裡的時候，卻看到帶子上蜂蝶環繞。

這象徵著祕密之事被揭穿，這是兩人的小祕密。

但成染還是毫不猶豫地進了庭院，再次與和音公主面對面。

上一次與和音公主見面還是詳談國家歸屬，想不到第二次談和桑黛的感情。一個是國，一個是家。拱手讓江山，這是國家的淪陷，桑黛愛上了成染，這是對家人的背叛，與和音公主來說，是更深一層的傷害，國沒了，甚至連自己的女兒都愛上了滅國仇人。

「選擇自己想要的生活並沒有錯。」桑黛很勇敢站在成染的身旁。

成染走後，母親把她喚來茶室，母女相對。母親看似平靜的煮茶、倒茶，一絲一毫都看不出情緒。但是桑黛知道，這才是母親真正生氣的模樣。自小到大，母親若是真的生氣了，就不會說什麼，總是看上去很平靜的樣子，其實內心在翻江倒海。

母親示意她坐下，面無表情地指著窗外枝頭的一顆嫩芽，問桑黛：「你能否掐斷它？」桑黛點頭。

「你能否掐斷整棵樹的嫩芽呢？」母親進一步問，桑黛答道：「當

然可以，我把這棵樹砍掉就行了。」

母親抬起頭看著她問：「但你能掐斷這個春天的嫩芽嗎？」桑黛一征，很久才小聲說：「做不到。」

母親用緩慢的語調繼續問她：「你抬頭看天，天空大嗎？」

桑黛說：「自然很大。」

母親又問：「樹葉大嗎？」

桑黛回答：「不大。」

母親問：「天空能擋住人的眼睛嗎？」桑黛搖頭。

母親問：「樹葉能擋住人的眼睛嗎？」

桑黛艱難地點點頭，回道：「能。」

母親又說：「我少女時，見一蠍子掉到水裡，決心救牠。誰知一碰，蠍子蟄了我的手指。我無懼，再次出手，豈知又被蠍子狠狠蟄了一次。旁有侍女說：『公主殿下，這蠍子老蟄人，何必救牠？』我答道：『蟄人是蠍子的天性，而善是我的天性，我豈能因為牠的天性，而放棄了我的天性。』」

母親言畢深遠地看了桑黛一眼，擺擺手讓她告退。

第二日，母親又喚桑黛來到茶室，依舊是母女兩人相對而坐。母親依舊在煮茶，依舊看不出一絲情緒。

母親問：「你覺得是一粒金子好，還是一堆爛泥好呢？」

桑黛答：「當然是金子啊。」

母親又問：「假如你是一顆種子呢？」

桑黛答：「那自然是爛泥與我更好。」

母親問桑黛世間何為最珍貴？桑黛說是已失去和未得到。

母親不語。半響後，母親歎息一聲，說桑黛的答案與曾經的她一樣，後來經歷數載，滄桑巨變，才知世間最為珍貴的，莫過於正擁有的。

母親問她，負責清掃庭院落葉的王嫂，每天要花一刻鐘才能將滿院落葉掃完。若有人對王嫂說：「你打掃前用力搖樹，把落葉統統搖下來，明天就不用打掃了。王嫂覺得很對，就高興地照辦了。然後會怎麼樣呢？」

桑黛說：「第二天院子裡如往日一樣滿地落葉。」

母親點了點頭，又讓桑黛告退了。

第三日，母親依舊喚桑黛來茶室喝茶，兩母女依舊相對而坐。

母親將一撮鹽放入一小杯水中讓桑黛喝。桑黛說：「鹹得發苦。」

母親又把更多的鹽撒進取水的缸裡，讓桑黛再嘗水缸裡的水。桑黛喝後說：「純淨甜美。」

母親苦笑地說道：「生命中的痛苦是鹽，它的鹹淡取決於盛它的容器。你願做一杯水，還是一缸水？」

桑黛看著母親，沒有接話。

母親又說，自己少女時曾經求問過一位高道，如何才能變成一個自己快樂、也能帶給別人快樂的人？

道長笑答，有四種境界，可體會其中妙趣。

首先，要「把自己當成別人」，此是「無我」；再之，要「把別人當成自己」，這是「慈悲」；而後，要「把別人當成別人」，此是「智慧」；最後，要「把自己當成自己」，這是「自然」。

母親喝了口茶，抬眼看著桑黛說：「道長的這番指點，我一直熟記於心，但卻很難知行合一。雖然這麼多年我一直努力去做，卻沒有做到。你骨子裡的倔強如我當初一般，終怕會誤了自己。該跟你說的也說過了，說的你也聽懂了，如何選擇也由不得我，你自己決定吧。」

言畢，便決然離開了茶室，孤留桑黛一人獨坐在茶室裡。

清風掃過落葉，落葉以為無痕，其實只是一時的美好罷了……

那個年紀的她，愛就是全部。明知道成染身分的桑黛，還是選擇與成染在一起，即使被朝臣反對，即使被母親冷落和數落。

朝臣說她狐媚君上，禍國殃民，想要傾覆江山。

桑黛不怕這些辱罵，只因成染待她太好，給了她一個女孩所有的幻想，給了她最想要的溫暖與關愛，而這些都是母親不肯給的，也是鷺川給不了的。

那時候她多麼相信成染，相信這個讓她付出整顆心的男人，可最後，

還是如母親所預言的那樣，自己還是輸了。

「成染，這麼多年，你還是沒變，依舊自大驕傲。」孟婆望著成染的眼睛，輕輕搖頭。

「桑黛，我負了你，我沒保護好你，是我錯了，我們重來吧！」成染低頭說道，似乎想要為曾經的傷害道歉。

「琉璃碎掉以後是合不上的，錯過的不會重來，破碎的無法復原，就像我的這顆心。」孟婆搖頭。

「桑黛，可以再給我一次機會嗎？讓我彌補當年過錯。」成染聲音放得很低，不斷祈求。

「成染，你覺得這還有意義嗎？」孟婆反問，這個男人怎麼這麼天真？以為她會忘記那被深深刺痛的心嗎？

「桃汐的家人還願意來找她，彌補過錯，桃汐回頭，選擇了原諒；為何你我就不可以了？」成染不解。

「因為他們是人，而我不是。」孟婆淡定說道。在清冷的一笑中，思緒又回到了自己曾經最美好的日子裡……

第十二節

　　有情似我，不敢辜負風月；無情也似我，向劍底斬桃花。

　　時光匆匆，轉眼便過去五年。成染與桑黛成親亦有五年。二人相識於深秋，結親於春分，最初的甜言蜜語、耳鬢廝磨過後，就是綿長的平淡時光。桑黛極喜歡這種現世安穩的感覺。

　　曾經冠絕天下的嫁娶，仍然彌漫在人們心間，成為一時的傳奇，一世的美談。琴瑟和鳴，月下賞花，案上對弈，溪上摘蓮，溫酒煮茶，折腰舞跳盡，驚鴻曲吹遍，心上人未老，眼前人未變……

　　成染給了桑黛一個嚮往的家，一份徐徐道來的愛。

　　曾經的家雖然也很華麗壯美，但是父親只在乎與姨娘們賞花飲酒，只在乎搜羅各種新奇的玩意去討好皇室，只在乎風花雪月和文詩竹笛。他從不關心自己的兒女，其他弟弟妹妹們也因為庶出身分，常常都躲著她和母親。

　　姨娘們個個都畏懼母親，在自己面前連話也很難說完整，更別提會有什麼額外的交流了。而她至親的母親每日都在逼她學習琴棋書畫，要求十分嚴苛，在她的記憶裡，自己從來都未曾像別的女孩般撒嬌耍賴過，母親決定什麼事，從不問她的意願，亦不願意哄她、陪伴她。除了鷺川之外，在那個華麗的庭院裡，桑黛一個朋友也沒有。

　　都說皇家最無情，可桑黛卻覺得皇家給的溫情多過曾經的家。

　　桑黛出嫁的時候，母親沒有出現，據說是感染了風寒，正在臥床休息。她也不願意見桑黛，說是怕傳染給她，若是一不小心將這風寒帶進宮裡，就是潑天的大罪。

　　桑黛求見時，她讓貼身侍女送了一個錦盒給她，裡面是一塊溫潤的白玉玉佩，上面雕刻著只有她們母女能心領神會的圖案。桑黛看著這圖案，

愣了片刻，卻也並未言語。之後她便將這玉佩日日佩戴於腰間。

她那身為異姓王爺的父親見此，心中簡直樂開了花一般。只是那笑容裡全是諂媚之情，每日反覆囑咐，命她小心照顧皇上、對皇后要恭謙有禮，心中時時刻刻都要記得娘家，記得將來有機會提攜弟弟妹妹們，不要只是在意自己的喜樂，要記得家族的榮譽。這好像是父親最嘮叨的一次，一而再再而三的叮囑，姨娘們和弟弟妹妹們臉上堆滿了喜氣和羨慕的眼神，祝福的話不絕與耳，似乎這麼多年的話，今日家裡人和她一併說了。

連常年忽視鷺川的父親，也當著自己的面對鷺川道：「川兒啊，你的造化好啊！你母親雖然是個王府的樂女，但是因為有了你，也有了額外的福氣。以前她沒有名分，一直也不能進族譜和宗祠。但後來在和音公主的建議之下，好歹也將其遷葬回了我們王府的陵墓山，也給安了個妾室的名位，更是順利進了族譜和宗祠，可以享受後代子孫的祭拜和供奉，這可是你母親生前最希望得到的認可，是她全家族的榮光。

「和音公主對你如此照顧，讓你自小就有機會陪伴桑黛長大，找了最好的先生來教導你們一起讀書學藝，現在陛下允許你陪同嫁入皇宮，這是多大的福氣。你不要辜負了為父及和音公主的一番心意，好好的照顧桑黛才是。將來桑黛有了一男半女，那就是我們家族永世的榮華，到時為父及和音公主定然會給你尋個匹配的人家嫁了。再怎麼樣，你也是我王府出去的庶女。你母親在天有靈，見到你有這番造化，也會感到欣慰的。」

桑黛有些疼惜地看著鷺川，她知道這麼多年來，這是父親對鷺川說話最多的唯一一次。好像只有此時此刻，父親才忽然記起自己還有個庶出的女兒叫鷺川。

鷺川受寵若驚的忙著點頭，顫顫巍巍地回覆：「鷺川知道，啊，孩兒知道的，定將照顧好桑黛妹妹，請王爺……請父親大人放心。」這一句「孩兒」這一聲「父親大人」，鷺川在心底裡想都不敢想。無論如何，她還是發自內心的感謝和音公主，若不是她，自己母親永遠沒有名分，永遠不可能得享後代王府子孫們的祭拜和香火，也永遠入不了族譜，更進不了宗祠。

她永遠記得娘臨終前抓住自己的小手，指著窗外的遠山說：「川兒，娘這輩子有你也值了，娘今後會去那裡住，別害怕，娘離你不遠，那裡有很多你的親人們，他們也會照顧好娘的。那裡可不是一般人能住的，娘終究是給自己爹娘爭回面子的。」母親說完，便含笑氣絕。而鷺川明白，母親生前所指向的那片遠山，就是王府的家族陵墓，那裡都是王府世代親眷長眠之地，有士兵把守，一年四季香火祭祀、鮮果不斷。

　　但是母親想像得很美好，卻不知道自己死後之事。母親去世之後，父親就將其屍首送回了外婆家，給了十幾兩銀子做安葬費。她的母親終究沒有如願以償住到那個遠山。而在母親離世之後，好像整個王府淡漠得從來就沒有出現過娘親這個人一般，自己雖然也是王爺的女兒，卻不得不和其他樂女們住在一起，閒時還要跟著下人一起打掃庭院。

　　每每想到娘臨終的期盼目光，鷺川就心如刀絞。但自己人微言輕，沒有人會想到自己，也沒有人會為自己打算。直到有一次，她去外婆老家祭拜母親回來時，遇到和音公主為止。在和音公主的詢問下，她才哭著將娘親的期盼與遺憾和盤托出，但她當時也只是想傾訴喪母之痛，根本不做他想。

　　不料一月之後，和音公主當著父親和姨娘們的面，直接提起了這事，為了抬高母親的身分，和音公主竟然願意追認自己母親為義妹。有了這樣的身分，母親才能遷墳入祖籍，得享宗祠。而自己也終於可以不再和樂女們住在一起，而是與桑黛同吃同住，甚至一同學習。王府也默認了她庶女的身分，雖然總是覺得自己還是個奴婢，但是下人們見到她，還是會稱呼一聲鷺川小姐，這或許就是自己娘親一輩子最期盼看到的場景吧。和音公主給自己的這份天大恩情，她時刻都銘記於心，不敢忘記。

　　桑黛出嫁之日，一步三回頭的看著王府大門，她不是捨不得這裡，而是希望在離開之前，能看見母親的身影，哪怕只是一眼也好，就算母親只是出來看她一眼，也代表著她心裡是有她的。這偌大的王府，今後就只有母親一個人在此，她會孤寂嗎？雖然在王府誰都怕她三分，但是這真的是母親想過的生活嗎？恐怕這王府唯有鷺川一人是真的祝福她的。如今她

還願意陪自己出嫁，一同進入這深不可測的皇宮。

一路上，桑黛美豔含笑，滿懷著對未來的期盼和憧憬，而陪嫁的鷺川卻似有心事。

府中為桑黛的婚事，預備了十里紅妝，用的是皇后的禮節，朝中一片反對，但成染力排眾議，認准了桑黛就是他光明正大的權妃。

皇后溫婉，與成染差不了幾歲，雖然知道此行不合禮數，群臣們有意難平，但是皇帝同時宣布封他和皇后的兒子為太子，將來繼承大統，此舉動安撫了不少朝中的大臣，也安撫了皇后和太子。

洞房那日，椒房殿裡，紅燭燃盡，鴛鴦成雙。之後的日子裡，桑黛與皇后相處和諧，皇后也是真心待桑黛。

只是，這世間又有哪一個女人願意與別人分享自己的丈夫？不過是真愛罷了，既然自己愛他，又註定不能獨享他的愛，那麼只要他覺得開心就好。他愛上的人，自己也便學著去愛就好了。

皇后做得很好，好到成染都有些覺得對不起這樣的女人。

在這複雜的愛恨裡，哪有真正的安穩度日，那些歲月靜好，不過是忙裡偷閒。

婚後的第一年倒也風平浪靜，第二年一切如常，第三年亦是如此，所以桑黛與成染的心也徹底安穩了。

第三年年初，南方水患，一個地方遭災了，成染便命人開辦粥廠賑災。皇后一向善心善行，便想帶著桑黛也去施粥，一來給皇家積累點福報，二來也去監督底下人做事是否得當。成染覺得皇后一片善心，當下便允了。

皇后帶著桑黛和一行人，喬裝改扮之後，持聖上手諭就去了南方。到了縣城，縣令得了手諭，借給他十個膽子，不敢洩露皇后一行的身分，只是對外說是洛城裡的官員家眷，前來幫忙賑災。皇后和桑黛皆換上了素衣，又戴了頂薄紗斗笠，讓人瞧不清面容。

翌日，兩人帶著幾個喬裝的隨從去了粥廠，只見那裡災民數千，很是淒涼。內院正閉門熬粥，為了安全還安排了一些守衛維持秩序。災民們

早已餓到不行，個個眼巴巴地瞅向內院。

皇后和桑黛向那幾口即將熬好的大鍋粥走去。皇后看著這薄粥如此稀薄，心裡有些難受，但是數千人一日三餐要維持下去，只能這般半餓不飽的熬著。苟活也比餓死更好。

正當皇后有些惆悵之時，桑黛在地上隨手抓了幾把沙土，灑在幾鍋粥裡，這樣一來，每鍋粥都摻入地上的沙土。

皇后見她如此，有些氣惱，問桑黛這是想要幹什麼。桑黛也不急不惱，只是恭謙的對皇后道：「回稟皇后娘娘，真正的災民饑腸轆轆，是不會在乎粥裡有沙子的，一旦有了沙土，那些來蹭吃蹭喝的就不來了，這樣才能讓最困難的人活下來。

「我日後不用在這熬出的粥中加些沙土，而是直接把沙土加入那賑災糧中去，更為方便。如果賑災糧乾乾淨淨，和普通糧食沒什麼兩樣，一定會出現層層截流的情況。真正吃到災民嘴裡的，恐怕就沒有多少了。摻了沙子，看上去品質下降了，但原本想截流的那些人，考慮到賑災糧的口感和挑沙子的難度，也就放棄了。如此，糧食才能夠最終進入真正的災民嘴裡，雖然有沙，但總比餓死要強之百倍。」

皇后聽她這番解釋後，又喜又驚，喜的是這桑黛說的點子確實很好，解決了賑災糧的截流和貪汙問題。驚的是，如此年紀的女子，竟然有這般的見地和膽識，果然是前朝和音公主的女兒。

皇后和桑黛完成了任務後，便回了洛城，兩人一路上有說有笑，情同姐妹。皇后在馬車裡和桑黛說起自己兒時家鄉的一件事情，也正是因為這件事情，她才覺得應該持之以恆的用好的方式去行善，所以桑黛的這個賑災方法，自己內心很是喜歡和贊同。

她本是善人，心中芥蒂放下，便對桑黛說起一段往事。

皇后兒時本就是普通商人家的孩子，在自己的城西南角，住著個姓趙的員外，趙員外不但聰明勤奮，能走遍天涯海角做買賣，還樂善好施，哪怕是遇上個路人有難，他也會慷慨解囊幫助人家。員外有兩個兒子，老大趙一良五官端正，聰明過人；老二趙二善自小得了偏癱，一條腿瘸。

　　幾年後，老員外老兩口子相繼過世。兄弟倆平分了遺產，然後各自分家過日子去了。老二在城郊的東北角蓋了兩間草房，兩夫妻搬過去，自己和短工們一起下地種田。他腿腳不好，但卻咬牙撐著做活，凡能自己做的事情都是親力親為。

　　老大閒下來後，終日琢磨如何做善事。他把積下的銀子按市場上最低的利息放債，而且只放給相對貧困的人家。他想，這是低得不能再低的利息了，遇上哪家急用，既成全了對方，自家還盈利賺錢，死錢又變成活錢，真算得上是兩全其美的善事呢。

　　幾年後，老大用放債賺得的銀子造了兩間大屋，滿地鋪上稻草，讓遠近幾十里內的乞丐，夜裡都可以來這裡睡一晚，不至於露宿街頭。他又讓下人買了些被子，令乞丐們在這裡過冬，還吩咐手下人：「等他們睡到天明，每人賞一勺熱粥，吃飽再令他們各奔東西。假如夜裡再無宿處，照舊可以回來此處。」乞丐們聽了，個個感激涕零。但是老大也有條規矩，凡是來這裡投宿求粥者，不許空手前來索要，哪怕贈與主人一磚、一石、一根柴棍也行。

　　老二依然自己耕作，既不捨粥，也不放債，更不蓋房。

　　這天，有個要飯的瘸腿漢子來到老二的小草屋前，老二問他：「多大啦？腿是怎麼壞的？」那瘸腿的漢子答道：「二十，腿是做事的時候，自己不小心摔到山下，摔瘸了。」

　　「那你想吃飯嗎？」

　　「想啊。我都要餓死啦。」

　　「先別急著吃飯，你幫我把這些柴草搬到後面的草棚裡去。」老二房前草棚裡有一大堆燒柴。

　　要飯的看了看那麼一大堆柴草，差點哭了：「您能幫我一口，不該這麼難為殘疾人。」

　　「我知道。」老二說，「那你也看看我這條腿。」

　　他說：「我不是光麻煩你自己，咱倆一塊兒來。」要飯的一見，人家穿絲綢的都能幹，自己個賤人還有啥說的，就跟在他身後，累得氣喘噓

噓，把那堆柴搬到了後面草棚裡。

　　幹完活，老二讓要飯的歇著，他自己頂著汗珠子、草屑子下廚房做飯，請那要飯的瘸子吃了個飽。臨走，問：「你那腿能幹活不？」

　　「還能對付。」

　　「就是啊，你不比別人缺什麼，是自己把自己看低了。兄弟，你不會比旁人差。」

　　老二說完，便掏出一錠銀子遞給那瘸腿的漢子：「送給你，這是搬草的工錢。以後別要飯了，你幹起活來還是好把式。」要飯的感動得眼淚直流，磕了三個響頭，爬起來一瘸一拐地走了。

　　再一天，老二又看到一個年輕的殘疾人，他又陪著人家幹活，這回是把搬到了屋後的柴草，再搬到前面去。臨走供一頓飯，還是開導一番，又送了銀兩。

　　老大得知了看不下去，便去老二家說：「弟弟，你要行善是好事情，你要送錢就送錢，何必把一堆柴草搬來挪去地瞎折騰。」

　　「哥哥知其一，不知其二。搬柴草的都是年輕人，你救他一飢，怎麼能濟得了百飽？我讓他從此知道自己能幹事，從此樹立自食其力的信心，這不比蓋房捨粥對他幫助大得多嗎？」老大一聽，雖然弟弟書讀的少，但是領悟世間至理卻比自己通透，當即就拉上弟弟，把自己救濟乞丐的方式改換過來，和弟弟一樣鼓勵這些人去自謀生路。兩兄弟就這樣一起做善事，過了十幾年。

　　這年，二人所在的縣城突然遭遇大旱，旱災波及數個縣城。旱災又伴著蝗災，蝗蟲們把莊稼吃得一點不剩，附近幾個縣的人都知道，這裡有個趙大善人，所以紛紛圍了過來。朝廷的賑災糧已經在運輸中，但也要小半個月才能運到，這期間趙家兩兄弟就算傾家蕩產，也不可能以己之力救所有人。

　　正當他們發愁之時，一個京中的貴人登門拜訪，見面了才曉得，這管家的主人原來是當年那搬柴草的瘸子，自從受了老二點撥過後奮發振作，便用老二那錠銀子做了點小生意。他知道這錢來得不易，自己格外珍惜

刻苦經營多年，慢慢經營了一家綢緞莊。綢緞莊中生意興隆，他自己也想上門答謝，只是一直苦於無甚機會，這回見災害嚴重，知道兩兄弟必有作為，當即打發管家上門，一起幫著幫恩公做善事。

二人正嘮著，又有人騎馬來請，也是當年接濟的窮人，如今有些發達了，也知道飲水思源。一上午的工夫，來的人足有五、六撥。大家商議後，各家準備救災的，米、麵送到趙府家裡來，由他們主持分派即可。

因為有了這許多富戶的鼎立支持，全縣的窮人這才熬了半月，一直熬到朝廷的賑災糧運到。

「所以我父親常對我說，這趙家兄弟兩目光長遠，不是救人一時，而是救人一世，這才是真正的大善人呀。

「行善確實需要智慧，姐姐自小出生普通商家，沒有太多文墨禮法，也未習得古人明智之術，一直深感遺憾，雖獨自閱覽些古籍，但這見地和底蘊，是定然無法和妹妹相比的，在這一點上，姐姐要向妹妹好好討教才是。陛下當年選妹妹入宮，看中的不光是妹妹的明媚姿色，也是看中了妹妹聰慧過人。這些年相處下來，姐姐越發地喜歡妹妹了。」

聽完皇后這番話，桑黛心裡很是感觸，皇后雖然貴為一國之后，卻很是平易近人，總是對下人都和聲悅色，自己平日從不奢侈，總是素雅端莊。雖然年紀相差頗多，與自己母親年齡相仿，但她待自己也不陌生，時而如姐妹、時而有如母女一般呵護。能遇到這樣一個人，也是自己的好福氣。

回到皇宮後，皇后特地向皇上稟告了桑黛在賑災時的做法，請皇上封賞了桑黛。成染聽了，也覺得心中甚是安慰。

這日子就這樣，一直過得平靜而祥和。誰知第四年時，突然出了一件事。

一日，桑黛在皇后宮中做客，偶然之間聽下人們在嚼舌根子，有人說看見鷺川和太子在後花園見面，看上去似乎正在幽會一般。

桑黛一驚，太子是皇后與成染的兒子，若是鷺川真的與他有情，自己去周旋一番也未嘗不可。

鷺川隨著桑黛一起出嫁，桑黛說過，等她到了年紀，就讓她嫁人。如今聽聞鷺川找到了心中所愛，甚是開心，忙想去尋找鷺川，仔細問問究竟，怎麼在自己身邊時，竟然不聲不響的就和太子好上了，連自己都蒙在鼓裡。這樣的喜事，若是真的，那確實要替鷺川好好慶祝一下才是。

　　看著院子裡的花卉，桑黛仔細剪了一束鮮花，歡歡喜喜去找鷺川，想著鷺川以後就會嫁到宮中，自己也不用擔心姐妹分離之苦了，心裡竟然有些激動之情。但桑黛沒想到，自己推開鷺川房門的那一刻，竟然看到鷺川掛在三尺白綾上。她的身體還是熱的，只是剛剛斷了氣。

　　桑黛當場癱坐在地上，暈了過去。

　　等她再次醒來，周遭已經全是宮女們和太醫。桑黛不顧自己身體虛弱，走到著鷺川的屍體旁痛哭流涕，直到她流乾了眼淚，再也哭不出來時，仍舊呆呆坐在原地。桑黛哭得嗓子全啞了，沒了半點聲響，任由宮女們怎麼勸都勸不走，最後還是皇后命人強行把桑黛帶回寢宮休息的。

　　桑黛一直在想，要是自己不採那束花，直接去找鷺川，可能就不會是如今的結局。桑黛自責、疑惑、悲痛、無解，她不明白鷺川為何要選這條路，有什麼事情不能說出來，又有什麼事情是非要用死去解決的，既然連死都不怕，那還怕面對什麼呢？

　　比桑黛更加傷心的是皇帝和皇后唯一的兒子——端雲，他想不通前幾天還與他談笑風生的鷺川，為何突然要自縊，為何她要驟然離他而去？眾人震驚之餘，覺得其中定有什麼祕辛，但皇家之事，即便有什麼隱情，也無人敢隨意猜測。

　　鷺川的死朦朧而神祕，無人知其為何，只有桑黛的母親心中清楚。得知鷺川死後，將手裡的玲瓏寶杯摔爛，心中咒罵：「鷺川這丫頭，真是不知好歹，枉費我為她母女做了這麼多，她竟然以死抵抗，難道沒了她，我就做不得什麼了嗎？」

　　幾日後，鷺川將要入土為安，三尺黃土埋身。只是她可以以庶女的身分葬在那遠山，與自己的母親一起長眠於此，這或許對她也是一種解脫和寬慰。

去給鷺川整理遺物的桑黛，發現了一封隱藏得很好的信，這信用白絲綢緞而書，被縫在自己送鷺川的香囊之中，若非她格外細心，旁人怕是發現不了。她顫抖的拆開香囊，取出信，上面寫道：

「桑黛，我對不起你，我辜負了你對我的情誼。我當初願意隨你入宮，除卻我們之間的姐妹情義，還因為我愛成染，我對成染的愛，和你一樣深。初次見到他，看他抱著你翻過院牆，看他向你笑，看他為你擦汗，我看在眼中，心中無比羨慕。但我知道，我身分地位，也不夠聰慧漂亮，我配不上他。能配上他、給他幸福的只有你，而我也是真心實意的祝福你們，希望你們可以好好的。能夠守護在你們身邊，我已經很知足了。我喜歡你，亦喜歡他，我只要看著你們的笑，就覺得格外溫暖。

桑黛，當你看到這封信的時候，說明我已經離你而去，對不起，我真的很膽怯，不敢面對面告訴你，而今我將赴死，才敢將這一切向你坦白。

很多年前的一日，我出宮去拜祭娘親，回來的路上與和音公主相遇，她知道了我娘親的遺憾，也知道了我內心的渴望。於是她便答應我，替我娘親完成遺願，並且認我娘親為她義妹。

我知道向來心高氣傲的和音公主，肯為我們母女做這麼多不符合她身分的舉動，定有所求。果然，她讓我監督你，將你的一舉一動都告訴她，起初不知道為何，後來我才慢慢明白，這也是一種母親對女兒的愛吧，只是你們見面時總是不能愉快的相處，她就想到這個方法來瞭解你的日常和心中思慮。

後來，你和成染相愛了。不知怎麼的，和音公主竟然洞悉此事，甚至連我也喜歡成染的事情，她都一併知悉了。她讓我聽她的安排，否則就將這件事告訴你和成染。我怕極了，我不想讓你們看不起我，更不想證明自己有多麼卑微，所以我選擇了聽公主的話，偷偷將避子藥放入你的湯藥之中。後來，公主讓我引誘端雲，讓我將他控制在手裡，那時我已無路可退，我和娘親都欠和音公主一個情，這個情大到用生命都不夠回報，所以和音公主無論要我做什麼，我都沒有回絕的理由。

我更沒有想到的是，在公主向我提出這個要求之前，她已經花了數

年時間，派人將太子的過往和喜好摸得一清二楚。又幾次設計讓我巧遇太子，好像一切都是上天安排的緣分一般，我的出現、我的衣著、我的談吐言行，皆是和音公主一早便設計好的。但是正是這份設計好的緣分，讓太子徹底淪陷其中。

太子待我真的很好，他把我放在心上，好好愛護著我，沒有甜言蜜語，卻總是細心呵護，這讓我明白，原來我對成染不是愛，而是喜歡他對你的那種關懷，那種愛。成染曾經給過你的美好，太子也給了我，我很滿足了。

我也知道，我愛上了太子，但是同時我也欺騙了他，一直把他蒙在鼓裡，哪裡有什麼天作良緣？我與他之間的種種，皆是人為安排所致。他喜歡我的很多特點，也是和音公主早早就刻意訓練才有的。面對自己所愛的人，內心的愧疚不停的在折磨著我，幾乎令我夜不能寐。

就在太子漸漸愛上我的時候，和音公主提出讓我向太子下毒的要求。這是一種慢性的毒藥，能無聲無息地讓他死去。如此一來，成染就沒了子嗣，而你長期服用避子湯藥，也無法為成染生下孩子。將來成染的江山後繼無人，公主的弟弟們就還有奪回江山的機會。

我不想傷害太子，又不敢面對你。我害怕看見你知道我對你下避子藥之後的失望，更不想讓太子知道我是一個這樣工於心計的壞女人，可是，我也無法拒絕和音公主的任何要求，所以我唯有一死，這是對我最好的解脫和贖罪。別為了我的死傷心，我咎由自取，我不值得。

桑黛，以後我不在了，你要照顧好自己，也要防著一些人，不要輕易相信任何人。我不知道自己還配不配說一聲，若有來世，我還會護著你，我們繼續做姐妹，好不好？」

桑黛看完信後，全身的氣力就像被抽走一般，獨自癱坐在地上痛哭起來……

第十三節

玲瓏骰子安紅豆，入骨相思君知否。

在桑黛收到信的同時，端雲也收到了一封信，他收到的那封信卻比較簡單，只有一行字：鷺川進宮，因心歸君王成染。

「你明明說過，此生不會負我，原來，就是這個不負，哈哈哈……你不願意辜負的從來就不是我，不是我！」端雲看到了信後，一邊大口飲酒，一邊痛苦咆哮。

曾經體面的皇子，此刻卻為了心愛之人如此失態。與她那麼多次巧遇，與她那麼多共同的愛好與話題，這難道不是上天安排的緣分嗎？自己是多麼珍惜這段情感。他小心翼翼地保護這段情竇初開的純粹，生怕它被摧毀，眼見它一日日發芽成長，以為就要開花結果，但為什麼到頭來結局竟然是這麼慘烈？在他內心深處，覺得鷺川就算不愛了，他也希望她能好好活著，而不是像現在這般付出自己的生命。

「把我玩弄於股掌中的感覺真的很好嗎？你們武陵王府中的女人都一樣。」端雲臉上帶著羞憤惱怒的潮紅。

他曾是意氣風發的少年郎，初次付出真心，怎會受得了如此羞辱？端雲無法接受自己喜歡的姑娘愛的竟然是自己的父親，但他無處發洩，只能去山中狩獵，來發洩心中的怨恨。

在林中狩獵之時，遇到一頭好看的麋鹿，端雲便追了過去。追到盡頭，那小鹿回頭瞧了他一眼，脆弱哀傷的眼神，差點令端雲流淚。他無法再做逐鹿的獵手，便茫茫然在林間亂走。中途迷路，問了一個樵夫，在他的指點下經過武陵王府，隔著圍牆看到了盛放的木槿花樹，默默地流了淚水，也放下了心中的迷惑與執念。

「原來這就是武陵王府，父親應該就是在此處見到槿妃的吧。鷺川，

你是不是也是在那裡見到了父王呀？」端雲站在山間，望著庭院裡那顆怒放的木槿花樹，在心中默默說道。

「武陵王府裡的女人都很美，卻只能開放在深秋。」端雲說道，「又有多少人願意在深秋裡陪伴你們？我願意為你守候，為什麼鷺川你自己卻要逃離？」

「武陵王府的女人不畏懼秋風與霜露，只會在溫柔自己心的人身上跌倒。」這是和音公主說過的話。

「我不信你不愛我，我不信你會真的辜負我，一定有什麼壓在你我中間，一定有什麼人逼你走向了絕路。鷺川，你等我，我要為你報仇。」端雲最後看了一眼武陵王府壯美的庭院，那盛放的木槿，調轉馬頭，狂奔而去。

曾經成染在此處做出了重大的決定，此刻端雲也做出了重要決定。

正如鷺川的猜測，她死後，還會有人代替她的位置，大大小小的手段層出不窮。暗中投放避子湯藥已經不算什麼了，桑黛又發現，母親竟然可以安插人手，給自己投放墮胎藥。

這是她和成染的第一個孩子，不能有半點差池。這孩子也是母親的外孫，為何母親下得了如此的狠心呢，桑黛只能裝作沒有察覺，佯做喝下了那墮胎藥。

桑黛很聰慧，及時察覺了那些動手腳的人，但想長此以往也不是辦法，她一定要跟母親談一談。

下了這番決心，她尋了個機會求見母親，兩人再次面對面談了一次。

「母親，女兒回來了，求見母親一面。」桑黛跪在茶室外低聲懇求。

「槿妃回來了。快請吧。」茶室內傳來母親冷冰冰的聲音，像針尖一樣扎人。門打開了，桑黛被侍女引入屋內，然後退下，屋內僅剩桑黛與和音。

「母親，您為何要害鷺川，為何要害陛下，為何要害女兒，為何要害太子？我們到底做了什麼讓您如此痛恨之事。鷺川被您步步緊逼，小心翼翼地生活了這麼多年。我與她朝夕相處，她每月給我送來避子湯的時候，

都眼神飄忽，不敢直視於我。雖然我每次都當面喝完，但她端碗走時，我便會尋個花盆刻意嘔出一些湯藥，如此反覆，我們彼此都何其痛苦？您想讓女兒不孕，甚至讓女兒墮胎，還想毒害太子，若是太子有事，皇后和陛下該何等心痛？母親為什麼要這麼做，這麼多年，您的仇恨還放不下嗎？若是放不下仇恨，當初為何又要投降呢？」桑黛鼓起勇氣，含著淚水一股腦說了出來。

和音聽完，一巴掌甩到桑黛的臉上，桑黛的臉頰之上留下清晰的手印。桑黛有些錯愕，要知道，以往和音雖然對桑黛十分嚴厲，但從未親手打過她。

「母親，這是你第一次打我。」桑黛也十分震驚，滿腹委屈。

「臣妾剛剛一時心急，打了自己的女兒桑黛一掌。是想提醒她，她的母親含辛茹苦十月懷胎，一手養大她、調教她、栽培她，為的不是她攀龍附鳳、為的不是她嫁給仇家、為的更不是她有一日不知好歹的來質問自己的母親。當然女兒能有如此細緻的察覺力，臣妾還是高興的，你總算沒辜負母妃這些年的教導，但只怕是一葉障目，有很多近在眼前之事，她卻看不見。臣妾剛剛教訓的是自己的女兒。」

和音公主說完，理了理衣衫，對桑黛行了一禮，接著道：「現在臣妾回槿妃娘娘的話，臣妾從未有一刻放下過血海深仇，只是將其深埋心中罷了。就如臣妾在女兒出嫁前和她說的那般，道理臣妾早早便懂，但終究難以知行合一，只是苦了自己。

「槿妃娘娘剛才問，臣妾既然放不下仇恨，為何當初還要投降？這個問題問得很好。但是槿妃娘娘可知道，當初臣妾面對的，不是臣妾一人的性命，是整個家族的生死存亡，還有那麼多老臣家奴們的生死。這些人皆十分無辜，不該因為臣妾一人的血海深仇，就拉著這麼多人去陪葬。所謂賢臣願意陪君王而去，那都是君王自己騙自己的鬼話。賢臣離開這個君王，去下一個君王那裡也有機會成為賢臣，一樣可以榮華富貴，何必賠上全家人性命？就算這賢臣真心肯同生死、共榮辱，可是他的家人們呢？他的族親們呢？他的家僕們呢？真的都願意一起送葬嗎？

「臣妾是個女人，沒有男子那般的英雄氣概，但是卻看得清人性本質的情意。臣妾不想綁架所有人，為了王朝而陪葬。真正願意同生共死的人，經過時間的考驗定會剩下來的。死何其簡單，向死而生才是難事。殉國何其簡單，復仇才是難事。」和音公主冷漠的聲音，就像冬日裡的雪花，看似無聲無息，卻讓人不寒而慄。

「母親，祖父的姜氏江山本就搖搖欲墜，邊地部落早就蠢蠢欲動，他們發動戰爭是早晚的事，可是成染得了天下，非但沒有將皇室斬殺殆盡，反而是給了母親和舅舅們一輩子的榮華，他做得已經很好了。而且我問過他，他說他不曾殺過祖父，祖父是自刎而死。」桑黛說道，「我知道我嫁給成染，被天下人指指點點，我嫁給他原本就與法理不容，可是愛上一個人有錯嗎？」

「槿妃娘娘，您母親當年教您的道理，您都忘記了嗎？」和音公主淡漠的看著桑黛說道。

「母親，桑黛又怎會不懂，可若是有桑黛與皇室聯姻，在皇室站穩了腳，才有能力保護母親與舅舅們。我們身上流著前朝的血，終究被人忌憚，可若我嫁給成染，我們就成了一家人，他們就不會再傷害母親與舅舅了。」桑黛說道，「若我再生下成染的孩子，又有什麼不好？」

「哼，槿妃娘娘真是單純可人，小孩子家心性。家人又能如何？自古以來，皇室手足相殘的事情還少嗎？在軍權面前，你不值什麼，孩子更不值什麼。你以為他成染是真的愛你？如今你正當年輕美貌之時，他或許還能多看你幾眼，他日若你花顏不在，他還能愛你？你的父親一開始對我多好，他知道我有滿腹的委屈，自覺配不上我，對我百般疼愛，讓我覺得世間還有希望，所以我才心甘情願為他生下了你。可他竟在我分娩之後就開始納妾，你覺得成染對你的好能持續多久，把幸福與快樂都寄託在他人身上，豈可以長久？

「若你生下孩子，將來必定受到皇后和太子的忌憚，支持他們的朝臣有多少，反對你我母女的朝臣又有多少，難道你不知道嗎？如今皇后願意與你以姐妹相稱，不過是見你得寵，想藉助與你的情誼，得一個賢德的名

聲罷了。若將來你生下子嗣，與太子分庭抗禮，皇后還會稱呼你為妹妹？鷺川與你姐妹相稱多年，還不是因為私心而受制於人，何況是被你搶了丈夫的女人？

「你真當皇后娘娘不會有任何的心中嫉妒之情？她只是比你更卑微，卑微到為了愛一個男人，連這個男人的新歡都要努力去愛護。想必她對成染的愛，不輸你分毫，甚至有過之而無不及。成染當初一名不聞時，是皇后娘娘的娘家出錢出力，傾其所有幫成染奪了這江山。他們相識於成染白龍魚服之時，同過生死、共過患難，攜手走來。你養在深閨，錦衣玉食，沒有見過風浪，沒有受過生死的威脅，就像潔白的花朵一般。

「成染自是喜歡你這樣純潔新生的花朵，可另外一朵陪他出生入死，被風霜洗禮過的日漸枯萎的花朵，難道就沒有她的意義所在嗎？你換位想一想，你若是皇后，你該如何自處？太子今已成年，你的孩子與其年歲相差甚遠，又怎麼會有手足之情？又有哪個太子會願意看到，一個父皇寵愛的女人所生的孩子在自己左右，就算你什麼都不想，但是朝臣可是會想的，會想著這孩子的母親定然覬覦這太子之位。這孩子怕是不用皇后和太子動手，都無法活到成年。你難道生個孩子出來，只是想讓他舉步維艱的生存在陰謀和詭計之中嗎？讓自己與這孩子惶惶不可終日？

「若有一日成染駕崩或者退位，到時候兄弟鬩牆，你確定你能保護得了你的孩子？而我又在宮門之外，鞭長莫及。如今他們母子在宮中經營多年，你們母子不過砧板上的肉，只能任人宰割罷了。難道你的處境，母親沒有想過？」和音語氣淡漠地說道。

桑黛聽了母親這番話，頓時癱軟在地。母親說得不錯，的確，她所有的底氣都來自成染。她也知道母親所言並非是恐嚇自己，皇家歷朝歷代從來都不乏手足相殘之舉。生在帝王家，要面對的就是如此殘酷的競爭。

「皇后待我很好，太子也會是個好哥哥，我無意讓我的孩子稱王，只想讓他一世長安。何況成染說過會好好愛我的，我也能感覺出他對於我的愛，我也愛他。如今，我已經賭上了一輩子，選擇相信他，我不能反悔了。」桑黛越說越無力。

原來自己可以把握的那麼少，原來自己確實如母親所言，把幸福和快樂都寄託在了別人身上。寄託在成染對自己永不變心，無論如何都會保自己周全；寄託在皇后娘娘心胸寬廣，一直待自己如親妹一般；寄託在太子將來能善待這個弟弟，能沒有猜忌和顧慮之心；寄託在滿朝文武都對母親和自己足夠放心，不會擔心前朝餘孽干政。自己想想都是如此的可笑，每一個寄託都是自己一廂情願罷了。

　　「總有一日，你會後悔的。」和音冷冷道。

　　「母親，女兒不能後悔。」桑黛斬釘截鐵的說。桑黛已經不能後悔了，因為自己已然沒有了退路，其實正如母親當年反對她入宮一樣，從進入宮中的第一天開始，自己的命運已經由不得自己去安排了。

　　只是這個孩子，她想要生下來，這是她和所愛之人的結晶，是她日夜盼望的未來，她不信世人皆無情，更不想扼殺孩子的性命，至於以後如何，自有命運的安排。

　　桑黛走後，和音既痛苦又憤恨，痛苦在於自己用心養大的女兒，竟然不聽自己的勸告，憤恨的是成染先奪了自己的江山，後又奪了自己摯愛的親人。

　　母親既然能在自己如此小心謹慎的情況，知道自己有了身孕，可見自己身邊一定還有許多母親的眼線，今後要更加小心才好。桑黛沒有把這個孩子的事情告訴任何人，因為她不敢。若是告訴成染，成染一定會將其公諸於眾，屆時其他親族也會知道，怕是還有更多人會做出更多令她防不勝防之事，她不敢賭。而且桑黛沒有什麼好的理由能讓成染保密，難道自己要告訴成染，是她的母親在暗處下黑手？

　　母親不想讓自己生下成染的孩子，僅僅是因為害怕將來事情不受控制嗎？母親從來都是有膽魄的人。除非母親還想復國，若母親復國成功，那麼自己和這個有著成染血統的孩子，將處於尷尬境地。難道……母親真的還想要復國？

　　桑黛不敢確定真假，但心中的不安感越來越強烈。

　　她小心翼翼地瞞過所有人，直到重陽節前幾日，皇后突然問桑黛道：

「妹妹是否有了身孕？」

桑黛一下子被問住了，不知該如何作答。

「妹妹休要害羞，姐姐也是過來人，能看出來。妹妹今日神情倦怠，有時嘔吐，還喜食辛辣之物，定然是有喜了。」皇后以為桑黛不知道，還說了許多話來安撫桑黛的情緒。「妹妹入宮五年，如今又懷了身孕，實在是幸事，陛下此次出使北疆，想必已經定然能在重陽之日趕回來，妹妹安心即可。」

「姐姐幫我保密，我想親口告訴他。」桑黛小聲說道。

「好，姐姐幫你保密。」皇后以為桑黛害羞，想要親自給成染一個驚喜，其實桑黛是想要安撫皇后，不讓她洩露祕密。

「多謝姐姐。」桑黛眼底露出幾分憂愁之色。

轉眼重陽節至，菊花架滿高臺，四處一片金黃。

從桑黛懷孕之後便離開的成染，此去一別，已有兩個月，而他們的孩子也四個月了。雖然天氣轉涼，衣服也日漸厚重，還能擋一擋，但這肚子長得也快要瞞不住了。

聽說成染回來了，桑黛一人偷偷跑出去，來到目送成染離開的地方。

桑黛站在最高處的城樓上，看到成染穿著戰甲，高高坐在馬上，拉著長長的軍隊，進入城門，成染如鐵馬疆場的將軍，更是睥睨天下的王侯。

桑黛想跑上去抱著成染，告訴他：「成染，你做父親了，開心嗎？」但她只是遠遠望著意氣風發的成染，總覺得這條路太長了，自己沒有翅膀，無法飛越過去。

她考慮了好久，終於下定決心。既然決定生下這個孩子，既然決定保護這個孩子，那就告訴成染，他們一起保護好這個孩子。

桑黛剛走下最高處的城樓，就聽到了響徹天地的呼嘯與殺伐之聲，心中大駭。急忙再跑上城牆，站在高處一探究竟，竟看到自己的母親帶著舊部，與自己丈夫的近軍兵戎相見。

桑黛呆住了，兵器相交之聲從耳邊呼嘯，因奔跑使得髮間的金簪掉落，風一吹，頭髮散開，三千煩惱絲，隨風飄散。不知道過了多久，也不

知道站了多久，殺伐之聲終於終止。

桑黛知道，一切都該塵埃落定了。

按照母親教她的禮節，以最典雅的姿態，一步步邁過遍地血跡。雪白色的裙擺被鮮血染紅，隨風飄散的髮絲，並不影響她的美麗，反而增添了幾許嫵媚。恢宏富麗的宮殿前布滿了屍體，亭臺樓閣染上鮮血，黃金色的菊花被踩踏，留下遍地散落的花瓣。黃金色的花與鮮紅的血，在月色裡泛著妖冶的光芒。

桑黛看到了最後的戰場，知道成染的軍隊圍攻母親與洛城樓。當和音公主的軍隊從城內埋伏並截殺成染時，桑黛知道，母親早已謀劃好了；從成染的軍隊破開城門，反攻和音公主的軍隊時，桑黛知道，成染早就謀劃好了。一場雙方都早有預謀的戰爭，只是可憐了桑黛，無論哪方勝利，都註定了痛苦。

桑黛走上高臺，一路無人敢阻攔她。她是洛城樓高臺上那兩位大人物的親人，不管最後的勝利者是誰，她都是絕好的籌碼。高臺並不太高，但是桑黛卻覺得這是自己一生走過最遠的路。

「和音公主，二十年前，也是你我談判國家的歸屬，你說你願率國來降，我便也為你們留了一條生路，而今為何還要重燃戰火？」成染道。

「國仇家恨，豈能不報？況且你殺我父親，奪我女兒，我找你報仇有何不可？」和音公主站姿挺立，一身雍容華貴的禮服，將公主的威儀襯托得淋漓盡致。

「其實公主不要太早下結論，若追根溯源，還是你們欠了我。」成染搖頭說道。

「真是笑話，你等亂臣賊子，真是強詞奪理，向來成王敗寇，而且，欲加之罪，何患無辭？」和音公主以睥睨天下的姿態說道。

「公主莫急，等成染向你道來。公主可否記得三十年前，您的父親曾率領軍隊北去巡查部落？」成染問。

「你要說什麼？」和音聽了這句話，隱隱覺得有些不妙。

「我的父親就是雪嶺部族的首領。他一生驍勇善戰，屢立軍功，為

您的父親征戰各個部落，平定北方，換來北方之地的安靜，可公主還記得他是因何而死的？」成染又問。

「雪嶺部落，劉四維？」和音道。

「對，就是他。」成染用審視的目光看向和音。

和音公主眼神泛起了波瀾。

「我的父親是被您的父親賜死的，原因是接待不周全，仗著軍功，無視陛下。可公主應該很清楚到底為何吧。」成染輕蔑地一笑，繼續說道，「您的父王，也是我父親的君王，聽信小人的讒言，真的相信了，自己派去北方那位替自己鎮守邊關十幾年的兄弟，想要篡奪他的皇位，他賜了一杯毒酒給兄弟，賜了一條白綾給了兄弟的妻子。」

「公主應該很清楚這些吧？」成染又問道。

「公主也說了，殺父之仇不可不報，我來尋仇有何不對？是你們先欠了我的。我不想前一輩子的恩怨牽扯太多，也知道這是你們的江山，我得來有愧，所以我放了公主和公主的兄弟，我想恩怨到此為止，可是公主不願。」成染瞥了一眼和音公主發抖的嘴唇，凜然道。

「你沒死？」和音嘴唇有些顫抖地說道。

「派去殺我的人，將我趕入了一望無際的深山老林之中，便覺得我一個不到十歲的孩子，定然活不下來，即使不被餓死凍死，也會被狼群吃掉。沒想到我非但沒有被狼吃掉，還在林中有一番機遇，順利出了林地。後來我隱姓埋名，入了茂陵，成就今天一番事業。」成染提起這些往事，非但沒有驕傲，反而帶著幾分苦澀。

「可你還是走上了叛逆的道路，你還是亂臣賊子。」和音道。

「難道您前朝的天下不是奪來的嗎？禪讓都已經斷了多少代了。」成染道。

「巧言善辯，我的桑黛就是這樣被你騙了對嗎？」和音公主怒火中燒的說。

「我沒有騙她，也沒有必要騙她，更不會如你所想，故意把她從你身邊帶走，你終究是太高估了自己。」成染道。

「謀朝篡位的亂臣賊子，就算君王錯殺你家人，但只要你有所反叛，就是無恥小人。這天下這麼多人，難道哪個君王敢保證沒有錯殺過一人？你自己又如何呢？你當上了新朝的君王，死在你手下的人少嗎？難道他們個個也都該殺嗎？你只會強詞奪理，給自己謀逆的行徑找藉口，你的話還有哪一句值得相信？你是不是早就知道我在祕密召集舊部了，卻故意裝作不知，為的就是將我們一舉殲滅？」和音盡量保持著威儀，反駁著成染。

　　此時，成染的身後突然出現一個孱弱的身影。

　　「我一直都知道，但我並不想與你正面衝突，只是希望你能斷了這個念頭，未料這麼多年你卻一直冥頑不靈。要不是你今日殺入了宮城，我一樣可以保你們一世榮華。」成染道。

　　「收起你的假惺惺，你敢說你此次外出，不是專門來對付我的？你將我的女兒藏在身邊，卻暗中對付她的母親，你安排在桑黛身邊的貼身侍女，時時刻刻都監視著我們母女的書信往來和每一次見面，期望從中獲得更多的資訊。就在前不久桑黛來王府見我之時，你安插的侍女趁我與桑黛面談之時，竟然在我書房找到了密函。

　　「我見完桑黛，當夜回到書房才發現，密函被人拆開過，那麼裡面所記錄的名字，你也一定得悉，如此這般，我難道還能坐以待斃嗎？是你逼我急迫之下才匆匆動手的。只可惜我那傻女兒竟然全然不知，只以為我安插了人在她身邊，卻不知你安插的人更多。她竟然還告訴我，她傻傻地愛著你，還說願意相信你也是這般愛她。」和音苦笑道。她為自己的女兒感到不值。

　　「選擇桑黛，說明我已經放下了愁恨，想要跟她好好再來，用我們兩個人之間的愛，來化解祖輩剪不斷理還亂的恩怨，讓往事都過去。她願意為了我背負罵名，背負親情的指控，我當初便發誓，除非白骨黃泉，我護她萬世無憂。」

　　成染轉頭看向和音：「她是你的女兒，鷺川是她最信任的人，可她竟然被你安排要服用避子的湯藥，在我要調查此事之時，鷺川就已經上吊自盡了。此前鷺川與你聯繫密切，鷺川死後，我出門在外，桑黛與你私下

聯繫，而後便有了今日兵發宮城，這讓我不得不懷疑她入宮是因為愛我，還是這一切全部都是你們的計畫？」

「哈哈哈，鷺川啊！我一直以為是你想以死銘志，卻不知你是為了保護我和桑黛。你能做到這樣，也不枉費我這些年對你的照料。」和音公主對著天空笑著說道。

桑黛站在城牆上，靜靜立在成染身後，珍珠般的眼淚一滴滴掉落。

「桑黛，你……你怎麼來了，你不是在屋裡待著嗎？」成染見到桑黛，心中一顫，自己明明派人將桑黛鎖在屋子裡了。

「我一聽到你回來，便去最高的鐘樓看你回來的車駕，沒想到，上蒼跟我開了一個玩笑。」桑黛苦笑道。

「桑黛，這裡風大，回屋裡待著吧。」成染聲音之中已有些冷意。

不知為何，他始終不願意相信桑黛也是欺騙自己，他想再給桑黛一次選擇的機會。

「等著你殺了我的母親，我再回去跟你做夫妻嗎？對不起，我做不到。」桑黛擦乾眼淚說道。

「現在相信母親對你說過的話了嗎？」和音說道。

桑黛呆呆立在原地，盯著眼前的兩個人，如同一具木偶，哭笑由人。

「成染，你就不曾信任過我，原來你早就知道了所有，卻一個字都不曾告訴我。原來鷺川選擇了絕路，也是你逼的。原來你允許我隨時去探望母親，並不是對我恩寵有加，只不過是方便讓探子去刺探更多的資訊。原來我才是那個棋子，是那個任人擺布的棋子。」桑黛盯著成染，一字一句地說道。

「桑黛，別鬧，快回去……」成染看見她決絕的眼神，心中也有些莫名恐慌，本有許多話到了嘴邊，卻說不出來。

此時和音走到桑黛面前，從寬大的衣袍裡取出匕首，架在桑黛脖子上，拖著桑黛向著高臺的邊緣靠去。

「你這是幹什麼？她是你女兒。你想用她來威脅我？實在太可笑了！」成染拿起手上的弓箭，對著和音。

「我知道她是我的女兒，只是我想要用我的命，來換取那些被你俘虜的舊部的性命，可以嗎？你放這些人走，並且立誓不追殺他們。你不是口口聲聲說是真的愛桑黛嗎？你若同意了，我把桑黛交還給你，望你好好待她。而我，則會自行了斷。」和音公主似笑非笑的說道。

成染遲疑了一會兒，手中的弓箭並沒有放下，反而拉了滿弓弦，對準和音公主與桑黛。

「桑黛，我的傻女兒，看到這個男人的心了嗎？男人皆薄情，尤其是皇室裡的人。」和音說道。

「母親，還記得我問過你的問題嗎，我說『母親如何知道皇室的男人薄情？』母親回答我說，你也是皇室中人。」桑黛笑著說道，「薄情不分男女。」

「你們口口聲聲說著讓我選擇，可你們不曾給過我選擇的機會。」桑黛道。

桑黛用手抓住母親的匕首，鮮血順著玉骨冰肌般的手腕，流到腳下，滲入裙擺之中。

鮮紅的裙擺此刻已經不怕沾血了，因為，一路上早已經飲血無數。

「母親，生養之恩，無以為報，母親雖然對我嚴厲，但是對我的好，我也可以感覺到。父親寡情薄義，傷透了母親的心。母親怕我步你的後塵，不想讓我體會被心愛之人拋棄的痛苦，不想讓我知道四面楚歌的淒涼，可是，永遠藏在羽翼之下的孩子，是無法長大的。」桑黛對著和音道，「母親用這把匕首，讓我看清了我在成染心裡的位置，可也用這把匕首，讓我看到了母親的薄情，母親當真是把我的所有出路都堵死了。」

這把帶著寒光、鑲著珍珠的華麗匕首，斬斷了情思。

「母親，一個人的執念真的那麼重要嗎？」桑黛露出痛苦的神色，問道。

和音眼色透露出深深的悲哀，似是在想著什麼。

桑黛將目光轉向成染，說道：「成染，我愛過你，我無悔了。其實想要看透一個人，五年的時間哪裡夠呀，恐怕一輩子才差不多吧！但是我

沒有那麼多時間了，我只能看你這五年。感謝你給了我人生中最美好的五年，但我也恨你，恨你逼死了鷺川，恨你把我蒙在鼓裡，是你讓我跌入了塵埃裡。我累了，原來，帝王之心，真的堅硬如鐵。」

成染聽了桑黛的話，呆在原地。

夜未央，紅顏已隨風而去，隨水而逝。

夜色的寒光灑下，金黃色的菊花從裡，紅顏化白骨。

城牆上的兩個人都呆在原地說不出話來，只是眼淚流了出來。

電光火石的剎那，那一瞬間的畫面，在兩個人記憶裡不斷重現。

桑黛像一隻翩躚的蝴蝶，從城牆的高臺上跳落下去。成染跑過來時，只看到一地鮮血，而和音卻看到了桑黛的苦笑，和那染血的衣衫間，桑黛微微凸起的小腹。

「哈哈哈，成染，你知道嗎？桑黛來找我，是因為她懷孕了，懷了你的孩子，她想讓我不要傷害你的孩子。而你成染你，卻在懷疑一個愛你入骨的姑娘。自古以來癡情女子薄情郎，不曾有變。這樣也好，你不配得到我和音的女兒，更不配讓我的女兒為你生下骨血。你從頭到腳終究就是個叛臣賊子，哈哈哈……」在一串笑聲裡，和音公主自刎，血從高臺上流了下去，滴落道桑黛的屍體上。

第十四節

　　空蕩蕩的槿妃宮殿裡，再也沒有了槿妃的一絲氣息，庭前的木槿花也瓣瓣飄落，無聲的壓抑充斥著整個宮殿，成染雙手抱在膝蓋上，默默坐在宮殿門前的臺階上，看滿地花落。

　　風輕輕吹動，無人的庭前，連落花花瓣都懶得隨風舞動，或許是因為最喜歡看花飛舞的人不在了吧。

　　天氣格外湛藍，雲格外潔白，天地之間的距離，顯得格外近，彷彿一伸手就能夠到天邊的雲，可是那個人，再也摸不到了。

　　成染不願坐在沒有桑黛的房間裡，而是坐在門口的臺階上，彷彿桑黛還沒死，他等待桑黛歸來，她沒有從城樓上跳下去⋯⋯

　　成染低頭而坐著，不言不語，一動不動像個無助的孩子，彷彿沒了生命，只剩一具枯骨。

　　漆紅色的門被推開，腳步聲漸漸向著成染靠近。成染猛地抬起頭，「你還活著嗎？」看向來人。對面的人是衣著端莊、眉目溫柔、步伐款款的皇后，皇后胳膊上挎著胭脂色的食盒。

　　消瘦的臉頰，雜亂的鬍子，通紅的眼眶，布滿褶皺的衣服，帝王的威儀在成染身上蕩然無存，此刻更像一個普普通通的人。抬頭時，眸子裡流露出的欣喜之色，此刻已經消失，成染的腦袋又轉回去了。

　　皇后遞過食盒時，只是呆呆接過皇后遞到他手裡的湯羹，搖動著手裡的勺子，盯著湯羹出神。因乾澀而皲裂的嘴唇動了動，良久喉嚨裡發出沙啞的聲音：「桑黛最喜歡你做的湯羹，她說皇后做的湯羹有家的味道。」

　　「陛下替桑黛嘗嘗吧。」皇后深情地望著成染，眼睛裡全是憐惜。

　　「她會嫌棄的。」成染苦澀一笑，將湯羹放在一側，問道：「後事準備好了嗎？」

「都安排好了，陛下真的不再看一眼了嗎？」皇后憐惜地問道。

成染搖了搖頭，然後伸手揉了一下皇后的手，說道：「這段時間辛苦你了。」

「臣妾不辛苦，多謝陛下掛念。」皇后帶著笑，抹去兩行淚水。

一句安慰，足亦。

「皇后早些回去休息吧。」成染抱著皇后的頭，靠在自己的胸口。

「陛下，可願聽臣妾一言？」皇后抬頭，止住了流淚，正色道。

「說說吧。」

「陛下，臣妾一個婦道人家，也沒什麼大道理說得出來，只是覺得，感情之事最是純粹也最是複雜，它純粹在只需要兩顆心跳動；複雜在，需要兩個家庭的融合。兩個家原本就有恩怨，所以所走過的路定然坎坷，最後遺憾落幕，定然也在陛下的預料之內。原本這就是一個死局，站在誰的立場上來看，每個人都有自己的堅持，這誰有沒有錯誤，每個人都在掙扎求活，可已經入局，就沒了選擇。每個人的命運，自有自己的安排。」

「可是這個局是我展開的，更是我拉著桑黛入了局，若沒有遇到我，她……」成染痛苦地自責。

「她也不會更好！」溫順的皇后第一次截斷成染的話。

「若陛下不遇到桑黛，桑黛就一定會好過嗎？桑黛曾與我交談過，她說『世人皆說皇室薄情，可我在這裡感覺到了家的溫暖』，可見桑黛並不最思戀武陵王府那個家。陛下好好想一下，和音公主和陛下之間的恩恩怨怨，本就難以消退，他們這些前朝貴族作亂，本是註定的事情，何況和音公主的勢力已經培養起來了，當年的『冠世一戰』，一直是前朝貴族與我朝的一道疤痕。」皇后是如此地冷酷，剎開成染和桑黛背後的朝代博弈。

「當年陛下選擇讓和音公主等人活著，也知道她們不是真心投降。十幾年來，和音公主所做的，實在挑不出錯。她能忍辱負重二十年，願意嫁給平庸的武陵王來弱化自己的存在，更願意為了我朝臣子開枝散葉，也時常行善，還在天降災難之時慷慨解囊，救萬民於水火，如何讓人治罪於她，這不是向天下人宣稱陛下是個暴君嗎？另一方面，和音公主暗地裡

召集了舊部，逐漸滲入朝堂、軍營，原本內裡已經熊熊烈火，表面的冰層又能堅持多久？這樣表面的和平能維持多久？」皇后不再溫情了，把兩人的偶然說成一番分析，刺痛了成染的心。

「陛下當初說要娶桑黛，當我看到桑黛之後，發現桑黛天真爛漫，她與她母親和音不同，她沒有那麼多心機，所以我願意接納這個孩子，給予她愛，我想藉由桑黛來慢慢感化她的母親，藉由這場婚姻來消解兩個朝代的舊恨。可我們不是聖人，不能看到未來發生的事情，我們只能盡人事聽天命，最後落到這個境地。

「陛下從懷疑桑黛背叛到安插眼線，就是因為太在乎，怕有人來破壞這份來之不易的感情；但陛下亦是君王，對朝臣負責，更對百姓負責，陛下不能放過擾亂和平的人，所以這部分陛下沒錯；但是陛下錯在你不該給一個女孩輕易許諾，若負擔不起一份深愛，便不要輕易承諾。」

「我……不配為人夫。」天色正好，微風帶動柳枝搖動，成染久久之後才說出一句並不連貫的話。

「我對不起桑黛，也對不起你。」成染目光下垂，抓緊皇后的手，搖了搖頭。

皇后苦笑，嘴裡喃喃道：「陛下沒有對我許諾過什麼，沒有任何對不起臣妾的地方，不必說這話。有無許諾已經不重要了，因為我已經將你融入到生命裡，所以連你深愛的桑黛也願意包容，我的心意，夫君你幾時能懂？」

庭院深深，幾道宮門，幾重枷鎖。三日前，槿妃跳樓的那夜，天上一輪弦月在天空中浮動，站在城牆高臺上的有三個人，而站在另一側階梯上的，還有一個人——端雲。

那晚，端雲才知道，自己所愛的女子處於一張何等巨大的羅網之中，網中的任何一個人都可以輕鬆要了她的性命，她只是微不足道的一粒棋子。這個笑起來如此單純的姑娘，如何在這黑暗的漩渦力掙扎他不知道，但是他知道，自己沒能看出這個局，更沒能保護她，所以她死了。

這幾日，宮人重新打掃了一遍槿妃的宮殿，一封信也隨著這個消息

流到了他的手裡——鷺川的絕筆信。得知鷺川的死因之後，一向儀態翩翩的端雲，再次紅了眼眶。鷺川是愛自己的，他沉湎於鷺川進宮的理由，卻無視鷺川真正的內心，他愛這個女人，愛她的善良，卻不願意放下身段來真正的懂她。

鷺川之所以入了此陣，不過是因為心中善意的糾纏，最後身死，也是為了償還罪孽。可她又是最無辜的，她被推入了黑暗，所有人都在利用她，最後卻要讓她付出代價。無心入局，可命運自認幽默，總給人措手不及的「驚喜」。

感情一出，傷害的又豈止是女孩子。愛情是兩個人的事情，若走到了盡頭，受到反噬的又豈止一人？況且，當兩方都付出了真心之時，唯有見證並記住這份感情的人最痛苦。有人長情，終生戀戀不願忘。多年以後，皇后去世後，紫霄殿裡、道祖像前，修身養性的端雲，唯一不敢忘記的，還是鷺川的的笑容。

初識時在露花臺，鷺川採摘花朵，花叢間的回眸淺笑，讓人一見心動；再遇時，扭了腳，他背她回去；狩獵大賽，為她狩來奇珍，她為他拭去額間的汗水；他一幅幅畫著她的丹青，她為他縫製香囊；望月亭，兩人琴瑟相和，他問她可願意相守，她含笑點頭；再後來，她沒有將毒藥放入他的藥膳裡，選擇了一條性命歸附白綾，恨過，怨過，終究放不下她。

給了端雲這種不顧榮華權位、敢於灑脫走出紅塵的人是皇后。

「你想要做什麼，那就去做。每個決定都是內心裡兩方掙扎後，一方的險勝。身為母親，幫不了你對抗內心的心魔，但也不想阻礙你的腳步。人因為有情才是人，面對感情，我和你父親都沒處理好自己的感情，又怎敢胡亂教導你。」皇后撫摸著端雲的手，緩緩說道，就如端雲童年無數個夜晚，皇后給太子講述夜間故事一般。

庭院深深，鎖住的人，困住的心，從來不少，位置越高，寂寞越深。自己的丈夫為了別的女人傷懷不已，自己的兒子也沉湎於一段給他無數繾綣也給他無數悔恨的感情，而這位端莊溫柔的妻子和母親，這個王朝的皇后卻沒有倒下，她比任何人都堅強。為桑黛安排後事，處理和音公主叛亂

的殘局，安撫朝臣和百姓之心，還親手做湯羹，送給自己的丈夫和兒子，前去勸慰他們⋯⋯

深夜，皇后獨自坐在寢宮之中，自從幾年前成染娶了桑黛，自己的宮中就很少再見到成染的身影，只有每月的初一和十五，成染定會來她這裡用餐、聊天和休息，這便成了她每個月的期盼。無論侍女們在後面替她覺得多麼的憋屈，她都沒有絲毫怨言，依舊真心實意地待桑黛。她知道隨著時間的流逝，成染對於自己的感情，早就成了一份親情和守護，只有對著桑黛的，才是真正的愛情。

她內心有時也苦，她愛的這個男人，喜新卻不厭舊。這或許比喜新厭舊更折磨她，因為她知道，他對她依舊有一份情意，而自己好像就被架在道德的至高點，動彈不得。端莊、大度、賢淑⋯⋯這些詞彙圍繞著她，看上去全是溢美之詞，卻如繩索般牢牢的捆綁著自己，越是掙扎繩索就束得越緊。

皇后一直記得自己初見成染的那一年，兩個人年齡相仿，彼時的自己是商賈之女。她央求著疼愛自己的父親，答應成染的求婚，勸說自己的哥哥和弟弟一起幫助成染成就事業。甚至母家的家財也在她反覆懇求下變賣許多，來支持成染。做什麼事情，都是需要基礎，成染只有一個信念，卻沒有足夠資金做後盾的話，一切都是空想，自己需要成為一個賢內助。

成染也是真心實意愛過皇后，愛過這個為他付出了一切的女人。只是再深的愛意最終還是化成了親情，成染心裡總是對皇后有些一份愧疚，但總是自我安慰，皇后已經母儀天下，無人再可以動搖。母家的勢力也早就權傾朝野，比起當初變賣的資產，現在的所得所獲皆是百萬倍他們之間，有愛，但更多的是利益。他終究不願意承認，自己對皇后的愛意早已流逝一空，愛意的杯子裡沒有一滴愛意的水，剩下的只有如磐石般的情意。

皇后於他而言更像盟友，一起出生入死、一榮俱榮、一損俱損的合體。他也知道自己看桑黛的眼神，和看皇后的眼神截然不同，也知道皇后之所以如此寬和大度，皆是因為深愛自己。

確實這世上，女子總是顯得比男子更長情。

　　皇后坐在梳粧檯前，看著銅鏡裡自己逐漸蒼老的臉龐。想起她當年如桑黛一般的年華時，也是那麼篤定地相信愛情，相信成染會一直愛護自己，相信自己的未來，並對這段情感充滿了信心和期待。

　　她記得母親摸著她的臉龐說：「女兒啊，你若是和成染成婚，就算他日能成大業，就算成染信守諾言讓你成為正宮，你也要明白一件事。從古至今，史書上皆有記載，皇后若是被人掠去又或被敵人所殺，這皇帝多半是另立一個新后，然後保留一個日後討伐的名義罷了，這名義也不是因為情深，是因為顏面而已。但若是一國之君被殺，這皇后往往都忍辱負重，帶著儲君蓄積力量，定要為皇上報仇，所以我總是覺得皇家沒情義。

　　「他日你們若得上天眷顧，真能成大事，母親只能給你一點勸誡。此刻你深愛成染，母親知曉，成染此刻也是愛你，只是男人的愛意與女人不同，女人的愛意往往時間越長越深沉，男人的愛意往往時間越長越平淡。若是你真的深愛他，就一直深愛下去，愛他所愛，唯有如此，未來你才不會受嫉妒的折磨，這也是唯一能保護你自己的方法。無論這個男人將來愛何人、何物、何事，你都莫問對錯，也隨著去愛就好，這般就可以放下自己的計量，也不容易心生苦痛。否則一旦心有異生，必然會傷人傷己。

　　「正如兒時母親總喜歡講的那個故事：同是兩根竹子，一支做成了笛子，一支做成了晾衣杆。晾衣杆不服氣地問笛子：『我們都是同一片山上的竹子，憑什麼我天天日曬雨淋，不值一文，而你卻價值千文呢？』笛子回答說：『因為你只挨了一刀，而我卻經歷了千刀萬剮，精雕細琢。』

　　「家鄉有句老話：『行百里半九十』，就是說走一百里路，走九十里才算走了一半，因為很多人堅持到九十里就放棄了。人能拚到最後，拚的不是運氣和聰明，而是毅力。女兒啊，這才是你該記住的事情。」

　　皇后一路走來，時時刻刻提醒自己不要忘記母親的叮囑。桑黛搶了她的丈夫，還間接害了她的孩子，皇后其實最有資格恨桑黛，她也該怨恨桑黛的母親，因為和音公主背後謀劃，才讓事情變成了這般田地。但是她卻把這些一般常人的計量都放在身後，認真準備桑黛和和音公主的葬禮，給了她能給的一切關照；完全按照皇室的最高規格，維護了桑黛與和音最

後的尊嚴。

皇后在朝堂上，揪出心懷二心之輩，恩威並施，行事果斷，進退有度。清肅朝堂之後，大力發展生產，安撫百姓。從自己母儀天下的那一日起，她就反覆提醒自己，自己不僅僅有端雲一個孩兒，天下的百姓皆是自己的孩子，她要為子孫後代謀一個太平盛世，更不想成染和桑黛的遺憾再次發生，如此自己深愛的男人，也可以安心在皇家園林中度日。

原本的商賈小姐，與如今的朝堂皇后，不似一個人。世人都傳皇后聖明，卻不知道這背後隱藏了多少傷懷。深夜無眠，一個人對月思念，想念著已經把武陵王府修築成皇家園林的成染，過得可好？

在桑黛死後，成染傳位給端雲，然後雲遊四海，此後餘生，再沒有歸來。可唯有皇后知道，成染修了武陵王府，那裡是他出去尋找、累了便去休息的地方。而她，作為皇后，只能守護好成染的江山，站在成染身後，守護著這一個人的喜樂。有此，無憾。

皇后去世後，一生未娶的端雲也退了皇位，禪讓給了自己的堂弟，雲遊而去。

在這個錯綜複雜的棋局裡，這個平凡人家出身、溫和柔善的皇后，拿得起，放得下，她能看清丈夫的悔恨，所以沒有干涉他的選擇；她能懂得兒子的遺憾和執念，所以不強求他娶妻生子。她知道端雲的孝順，看清了端雲沒有立刻聽取內心呼喚前去隨道修心，而是想要陪著母親走過最後一程，得子如此，還有什麼不滿的。

皇后喪禮，舉國悲哀痛苦，全國人民自發三年無樂，一月寒食。這是自古以來任何一位皇后都沒有的待遇。皇后豁達並懂得放下，辛苦一生，江山萬里繁華，百姓真心愛戴，人生如此，除開情感，又有何求？

「此生無憾，只願來世，遇一人，托此心。」皇后對著容顏未曾變化的成染輕輕一笑，這一笑，彷彿將成染當做了親人、朋友、知己，而非丈夫。這是一個女人對來世的期許，也是對此生的遺憾表達。

皇后臨死時，嘴角掛著笑，笑容在佈著幾條皺紋的臉上，顯得格外亮眼，大概這便是對這一生的總結了吧。愛過，說沒有遺憾，都是謊言，

都是倔強地不肯低頭罷了。不過，都放下了，堪破了，自在了。知道自己的執著，但卻沒有讓它成為心魔，她守護這份執著，如今結束了。

人生路，黑白難辨，不過更多時候，皆是一念成魔。

人又如何，鬼又何過？

「你是鬼，我現在似人似鬼，更似妖。」成染笑著說道：「可我還是我，還是成染。」

「你是成染又如何，我已經不是桑黛了。」孟婆冷冷回應。

「你的容貌沒有變，你身上的氣息也沒有變，你看我的眼神裡，讓我能感覺到你還沒有忘記我，為何你說你不是桑黛了？」成染有些苦澀地問道。

「我不是桑黛了，我是孟婆，你以後也別叫我桑黛了，那都是前世的事情了，以後你可以叫我孟姑娘。」孟婆冷冷地說道。

「孟婆？奈何橋頭，你有在等過我嗎？哪怕一點等待的心。」成染試探道。

「沒有。」孟婆的眼睛裡面冷冷的。

「八十年未見，如今相遇也是緣分，你以後可以……」

成染還沒說完，孟婆急忙說道：「不可以，我很忙。」

躲過成染伸出的手，孟婆站起身旋轉起來，逃到冥府中去了。屋子裡的桌子上放了兩杯桃汐送來的、已經溫好的酒，而此刻已經失去了溫度。屋內的氣息冰冷下來，屋外的風景依舊很是秀麗，可惜啊，人變了。

中午時分，錢婆婆去找韁玉，神色有些著急：「孟姑娘昨夜出門，一夜未歸，原本說好今早就能回來的，可如今都到了午時還沒回來，老身有些著急，不知王爺可否替老身找一找？」錢婆婆雖知道孟婆身分，但老人家的心裡關心孩子，也是常有之事。

「婆婆哪裡話，孟姑娘住在我這王府，只是她傳信來說有事情要晚到了，過幾天就會回來，婆婆大可安心吧。」韁玉安慰道。

韁玉先是安撫好了錢婆婆，然後思慮孟婆可能的去處，最後腦子裡

突然冒出一個地方，想到此處，韞玉不由分說地騎馬而去，直奔目的地。

韞玉避開守衛，偷偷潛入府中，卻不料府中有陣法，一時不防，落了進去。此陣難解，韞玉又不敢暴力破壞。

「何人？」一個姑娘甜美的聲音傳入陣中。

「我是當今君王的九皇子，韞玉。」韞玉思慮片刻，接著說道：「我身上有權杖，你可以看一下，我沒有誆騙你。」說著把權杖拋向發聲的地方。

「你來這裡幹什麼？這裡可是沒有陛下手諭不能進來的，況且你還是翻牆進來的。」外面的姑娘有些疑惑，又問道。

「我……我是……」韞玉總不能說是來找孟姑娘的，這樣一來豈不是告訴主人這宅子這可能還有闖進來的人，這或許會害了孟姑娘。

「怎麼不說話了？看來真是賊人，我這就讓爹爹把你捆起來，好好教訓一下。」桃汐當然只是嘴裡說說。

她進去給爹爹和孟姐姐送溫好的酒時，屋裡的空氣好像凝固了，兩個人之間氣息讓人發抖，所以不敢再去打擾。百無聊賴的桃汐，只能在庭院裡散步，來消解心中的煩悶，誰知剛巧看到有人翻牆。桃汐見此，急忙躲入花叢當中，一步步計算著，看著眼前那翻牆之人掉入了陣中。

韞玉忽然靈機一動，想著桃汐要是被這裡的人救了，住了這麼久的日子，定然在這裡混熟了，而且此行孟姑娘主要是找桃汐，好不容易見到一個庭院裡的人，問上一問也好，說不定還能有意外之喜。

「我來找桃汐。」韞玉溫潤而清晰地聲音傳入桃汐耳中。

站在陣外，臉上帶著狡黠笑容的桃汐身體一僵，忽然笑不出來了。

微風陣陣，爐子上的酒早已沒了香味。

第十五節

「你說你找誰？」陣外的桃汐收起戲謔的語氣，一本正經地問道。

「我找桃汐，請問姑娘是否認識此人？」韁玉接道，「我受桃汐姑娘的親人錢婆婆之托前來尋人，婆婆如今年事已高，企盼能在樂歸天命之前，還能見自己的女兒一面，以彌補當年犯下的過錯。希望姑娘可以看在老人家盼女心切的份上，若是見到桃汐，煩請告訴在下。」

「我一時也想不起來是否見過這個叫桃汐的姑娘，不過可以請王爺說一下，這桃汐身上有什麼特點，說不定我能記起什麼來。」桃汐思索片刻，接著說道。

「嗯，我記起來了，桃汐出在巧山之村，認錢婆婆為母，額間有一桃花形狀的胎記，如今算來，應該是雙十年華，不知姑娘可有印象？」韁玉說道。

「請問公子可否認識一個姓孟的姑娘？」桃汐不回話，反而接著問了他一句。

「孟姑娘……」韁玉想，孟姑娘的身分，到底還是暴露了。「你們把孟姑娘怎麼了？」韁玉聽聞此言，也顧不得身分，急忙問了一句。

「看來公子是認識孟姐姐了。」桃汐接著說道。

「孟姐姐……」韁玉感受了一下這位姑娘對孟姑娘的稱呼，直覺其並無惡意。他發現，孟姑娘可能來過幾次，甚至與外面這位姑娘能以姐妹相稱。

「孟姑娘這樣冷列氣質的人，怎麼可能隨便與人姐妹相稱，而且這些相識的日子裡，孟姑娘從來都是稱呼自己為王爺，除非這個姑娘與孟姑娘有著某些聯繫，所以這個姑娘可能是錢婆婆的女兒桃汐。錢婆婆待孟姑娘如女兒一般，孟姑娘自然與桃汐姐妹相稱。」韁玉在心中揣想。

「一直以來，都是陣外面的人在提問自己，主動權都在陣外面的人手裡，與其坐以待斃，不如主動出擊，把主動權搶回來。」韞玉默想道。

「怎麼不說話了？」桃汐問道。

「桃汐姑娘，在下韞玉，多有冒犯，還請姑娘擔待。」韞玉客氣地說道。

「韞玉認識孟姑娘，她與錢婆婆住在我的王府之中，我想孟姑娘應該告訴過桃汐姑娘了吧。」韞玉不急不緩地說道。

「當然，孟姐姐跟我說過，我只是確認一下你的身分罷了。」韞玉如此開門見山，桃汐也不再扭捏。

「姑娘擔心得對，畢竟韞玉此次是私闖，於理不合。」韞玉說道。

「既然確認了你的身分，那我且將你先放出來，你現在先退後三步。」桃汐道。

自從上一次困在陣法之中被爹爹所救，成染便將陣法的奧祕教與了桃汐。桃汐轉動機關，陣法解除。陣中走出來的男子溫潤如玉，儀表堂堂，陣外的姑娘花容月貌，桃夭柳媚。先前兩人隔著陣法，所見不過朦朧的身影，若隔岸相望一般，僅僅對彼此充滿了神祕的想像，此刻四目相對，看得更真實一些，兩顆心也越發靠近。

此刻兩人兩相對望，只覺得世間寧靜，歲月安好。

「王爺這邊請。」桃汐將韞玉引到桌邊，桌子上三兩瓣木槿花散落，紅泥小火爐已經熄了火，花露酒也失去了溫熱，唯有柑橘仍散發著清香。

桃汐添了些炭火，重新溫酒，以招待來人。

「這酒好香。」韞玉看著壺裡冒出來的酒香，說道。

桃汐拿著藥匙輕輕攪拌，然後用竹勺舀出來，按照孟婆所說的禮節，給韞玉斟了一杯酒。

「王爺嘗嘗看。」桃汐道。

韞玉禮節周到，飲盡一杯酒後讚道：「真是好酒。喝了桃汐姑娘的好酒，韞玉自己之前喝的酒不過白水罷了。」

韞玉望著桃汐，臉上帶著乾淨的笑容。

桃汐也笑了，拿起桌子上的柑橘遞給韞玉，說道：「聽說溫酒對飲時，最好配些柑橘。」

韞玉接過桃汐遞過來的柑橘，嘴角依舊含著笑。桃汐見韞玉眉眼帶笑的樣子，自己也覺有些好笑，四目相對，兩人都笑了起來。

兩個人之間的氛圍也如這溫酒一般，仍在繼續升溫。

飲罷桃汐遞過來的溫酒，韞玉總算沒有忘記自己此行的目的。見桃汐對自己的防備之心稍減，眉頭一皺，計上心來，便對桃汐道：「韞玉今日前來，是想告訴姑娘，錢婆婆將不久於人世，如今尋到了我的住處，如果姑娘還念及錢婆婆當日的活命之恩，能否在她死前與她見上一面？」

「桑黛，不⋯⋯孟姑娘，能再給我一次機會嗎？」成染的語氣裡滿是懇切的試探。

「成染，有些事情已經過去了，我不想再提起來，何況前世無緣，今生更加無分，何必苦苦糾纏。我此來人間，不過一年時間，任務完成後，我還是那個歲歲年年守護在奈何橋頭的孟婆，心中無愛恨，世上無牽掛。」孟婆說道。

「孟⋯⋯孟姑娘。」成染還沒有叫習慣。

「我知道我對不起你，我也無顏面要求你和我續緣，只希望讓我有個可以補償你的機會，換得你的原諒。」成染道。

「我不需要什麼補償，我過得很好。」孟婆道。

「成染，我不知道你為何活了這麼多年，身上卻還有活人的氣息。你說你似鬼似人更似妖，我想你可能是服用了什麼妖物的內丹，暫時可保你長生，但這些都是有違天道的。身為孟婆，身為冥界鬼差，我有責任提醒你，不要逆天而為。」孟婆道。

「謝謝你。」成染一臉誠懇。

「如果你希望我能原諒你，我想，你也毋須再等下去了，結局在八十年前已經註定。」孟婆說完，推門而出。

她不願意面對一份破碎的感情，更不願意想起那讓人絕望的夜晚。

她不是不知道，在這個錯綜複雜的羅網中，每個人的命運都已經註定了，每個人都有自己的立場和無奈。但是那一夜，她覺得自己心中所有的溫情都已經消失，她對世間的一切都產生了絕望。

她以為與成染的愛無堅不摧，可敵不過君王的懷疑。也知道母親對她嚴厲的愛，不料母親在最後一刻，還是將世間的惡撕碎了展現在她面前，她怨母親為何不能與她像所有最平凡的母女那樣，令她感受到默默溫情，而是一直逼著她成長，逼著她面對這個世界的殘酷。這樣扭曲的親情關係裡愛恨交織，令他們彼此都成未不肯放不過自己的人。

因為這些仇恨，又傷害了多少無辜的人？桑黛何錯？鷺川何錯？端雲何錯？

執念之人，不願輪迴，等待多年，只為一個原諒。

成染向她道歉的一剎那，孟婆也有一絲動容，可是，自己又能如何？已覺得人間不值得的孟婆，不願再回首。枕邊人看不透，母親吝嗇溫情，桑黛對世間絕望，所以她一直用冷冰冰的態度對待這個世界。

屋子們被打開，一陣風吹入屋內，涼涼清風帶來秋冬的警告。成染輕嘖道：「時間又到了……這樣也好，留點時間思考吧，畢竟終於見到了。」屋外的人對飲起來，清香的美酒入肚，心中鬱悶漸消退。

「這酒是孟姐姐帶來的。」桃汐沒有正面回答韁玉的問題，但是驚聞錢婆婆即將離世的消息，她臉上的表情還是出賣了她。

韁玉聰慧至極，看到桃汐的表情，已經猜到了桃汐的真正心意。他計議定了，便不再逼問桃汐。

因為他心中明瞭，除了桃汐自己想通之外，旁人也使不上力氣。

「孟姑娘此刻可在貴府？」韁玉想起了自己來此處的另外一件事。

「我此次前來，除了找桃汐姑娘，還想瞭解孟姑娘的行蹤，昨夜孟姑娘約了朋友出門，至午時未歸。」韁玉解釋道。

「孟姐姐來我這裡了，還給我拿了酒，此刻正在跟我的爹爹交談。」桃汐道。

「我覺得孟姐姐與爹爹此前便相識。」桃汐壓低聲音說道。

「是嗎？這我倒是不清楚，錢婆婆與孟姑娘是幾天前才來到我府上的。」韞玉道。

「冒昧問一句，姑娘與錢婆婆之事，姑娘可有想過，錢婆婆此心至誠也。」韞玉真心勸導。

「我還沒想好，畢竟婆婆也還沒想好。」桃汐道。

「此話何意？」韞玉問道。

「婆婆於你我皆有所隱瞞。」桃汐道。

「是否需要韞玉為姑娘和婆婆安排一下，讓你們二人見一次面？」韞玉道。

「我再想想吧。」桃汐道。

「好。」

「桃汐姑娘自己在此嗎？」韞玉試探地問道。

「府邸之中，唯有我和爹爹。」桃汐道，「王爺能找到這裡，我的事您應該都聽說了，我從梨落樓逃出來，得爹爹相救，便在此處生活了下來。」

「桃汐姑娘的爹爹？」韞玉懷疑，桃汐口中的爹爹，可能就是曾出手救他，讓身為一國之君的父王下跪，住在非皇帝手諭不可入內且皇室眾人諱莫如深之地之人。

「桃汐姑娘可知道他的真正身分？」韞玉試探性地問了一句。

「不知。」桃汐一笑道，「但爹爹是個好人，一個我信任的人，王爺莫要掛念。」

「桃汐姑娘相信便好。」韞玉一笑。

「叫我桃汐就行，不然聽著總覺得怪怪的。」桃汐道。

「那姑娘叫我韞玉就行。」韞玉說道。

桃汐並沒有扭捏，笑著點了點頭。

微風吹散的髮間，桃花狀的胎記若隱若現，原本美麗的容貌更增了一絲靈氣。

「看到姑娘額間胎記，讓韞玉想起了師父的話。」韞玉別過眼，不

再看向桃汐的額頭。

「什麼話呢？公子可否說來聽聽？」桃汐問道。

「幾年前，我在家裡生過一場病，師父說我的病若是要痊癒，須得看緣分，若遇到額間帶著胎記的姑娘，便要好好待人家。」韞玉有些不好意思地低下了頭，想了想自己說的話，瞬間覺得自己有點像孟浪的登徒子，但看到桃汐額間的胎記時，又忍不住想要說出來。桃汐這樣的姑娘，總是讓人想要靠近、關心、保護。

「那說明我們有緣分呀。」桃汐含笑說道。她並不以此為意，臉上的笑容單純又光明磊落。

「對，緣分。」韞玉附和道。

桃汐看著韞玉的眼神一變，站起來道：「孟姐姐，你出來了。」

「桃汐，我過幾天再來找你，你自己保重。」孟婆拍著桃汐的手安撫道。

桃汐見孟婆如此模樣，不敢多問，只是點頭。

「王爺，該回去了。」孟婆看向不遠處的韞玉，說道。

韞玉看桃汐的眼神，孟婆盡收眼底，便提醒韞玉。

韞玉對桃汐點了點頭，隨即與孟婆一道離開。

一路上，兩人各懷心事並無言語。

待到晚間時分，桃汐準備好吃食，輕輕叩了叩成染的房門。

「爹爹，我做了些吃食，為你接風洗塵。」桃汐站在門外說道。

「進來吧。」成染聲音低啞地應道。

「爹爹嘗一下。」一盤糕點擺在桌子上。成染見糕點色澤鮮豔，原本沒有食欲的成染還是拿起一塊。

「很好吃。」成染咬了一口說道，「裡面有酒味，外面有花香，這糕點用了什麼材料？」

「孟姐姐拿來的花露酒沒喝完，我就放了一點來做糕點。」桃汐道。

成染點頭不語，雙眼盯著手裡的糕點。

「爹爹認識孟姐姐？」桃汐慢慢問道。

「算是吧，不過現在想來，還是不認識的好。」成染歎了口氣，接著問道，「錢婆婆之事，你想如何處理？此事你隨心就好，不必在乎我的看法，不過只要你願意，這裡永遠是你的家。」

「多謝爹爹。」桃汐輕笑，跟著拿起一塊糕點放進嘴裡。

「能說說你的身世嗎？」成染放下糕點，正色道。

「錢婆婆不是我的母親，我也不知道父母親是誰。我八歲之前都是隨著道家女師父修行，後來師父仙逝，給我留下一封信，讓我下山去，師父在信中說我本屬紅塵，緣節也在紅塵，必須下山去尋。我根據師父的指示去了巧山，在那裡的山林中，遇到了被困在陷阱裡的錢婆婆，我救了錢婆婆，錢婆婆知道我無去處，便將我領回了家。錢婆婆對外稱呼我為女兒，但卻要我叫她婆婆，她說她有兩個兒子，一直盼望有個女兒，只是沒有這個福氣。我們相遇之時，婆婆已經四十八歲，也都有了孫輩，所以，她讓我稱呼她為婆婆……」

桃汐說得認真，成染聽得投入。

此時的王府裡，韞玉和孟婆正站在錢婆婆面前。

「錢婆婆，我們見到桃汐了，她現在過得很好，你可以放心了。」韞玉道。

錢婆婆兩眼含淚，蒼老的手住著胸口的衣服，單薄的身子，略帶彎曲的腰桿，布滿皺紋的眼角，任誰看了都不免生出幾分憐憫。

「沒事就好，沒事就好。」錢婆婆嘴裡來來回回嘟囔著這幾句。

「錢婆婆，桃汐不願回來。」孟婆打斷了錢婆婆的絮叨，單刀直入地問道，「婆婆對我們是不是還有什麼隱瞞？」

錢婆婆的臉色頓時大變。

韞玉和孟婆互看一眼，達成共識。

「錢婆婆，你不告訴我們，我們不能對症下藥，反而對你和桃汐姑娘之間不利。」韞玉道。

「錢婆婆已經付出了代價，選擇了此路，便沒有退縮的道理。」孟

婆盯著錢婆婆閃躲的眼睛說道。

「兩位所言有理。」錢婆婆先是一驚，隨即慢慢安定了下來，似乎是下定了很大的決心。

「老身的丈夫早死，加上兩個兒子到了娶媳婦的年紀，家裡太窮，沒有彩禮，秋季又是好時節，我便想去山裡採摘些藥材來掙錢。在山裡不只有我們這些採藥的人，也有獵戶，不料我竟然掉進了獵戶的陷阱，而且還是陳年舊跡，早已沒人看顧。我不小心跌落後，被困在山中兩日。夜裡還有野獸，整日哀嚎，我自以為活不下去的時候，遇到了桃汐。

「在桃汐的幫助下，老身被救了出來。桃汐用荊條編了一條繩子，將手磨破了，卻還將自己的衣服纏在藤條上，以防老身扎到手掌。小孩子心善，不但救了老身，而且與老身一見如故，我見她雙親盡喪，便帶她回家將她當成女兒。就這樣過了兩年時光，老身家裡的人倒是越發覺得桃汐可愛，更將她當作自家人。

「不久之後，來了個商人，看中了桃汐，說想要買回去當丫鬟，他出價極高，老身已經把桃汐當成了女兒，自然不捨得，便沒有賣了桃汐。再後來村裡得了一場麻瘋病，老大和老二家的孩子都得了病。但是此時的大夫卻大發橫財，提高了藥價。家裡沒錢，也沒有有錢的親戚，根本不知如何是好。」錢婆婆說到這裡，只是搖頭歎息。

「所以婆婆就賣了桃汐？」韞玉小聲說道。

孟婆朝韞玉使了個眼色，輕輕搖了搖頭，示意他不要再問下去。

韞玉見此，便不再多言，等著錢婆婆再度開口。

錢婆婆似乎沒有聽到韞玉的提問，依舊沉浸在自己的回憶裡。

「老身並不想賣了桃汐，但是桃汐卻拿出了一塊玉佩。那玉佩一看就不是凡物，老身之前見一個富商帶在身上，老身的丈夫為他趕過馬車，老身也有幸看過一次，但是其光澤和質地，與桃汐的玉佩一般無二，甚至桃汐的玉佩比他更甚。當日那名富商曾炫耀過，說他的那塊玉價值連城。老身一直記得這句話，所以看到桃汐的玉佩時，不免有些疑心，桃汐既有如此貴重的東西，那她的家世又何等顯赫？

「我細細看時，發現那那玉佩上有龍紋，一般人家的孩子，身上又怎麼會有帶著龍紋的玉佩？況且，無論是龍紋的形狀還是雕刻的走勢，都是前朝的工匠的手法。老身當時見了，心中覺得怕極了，且巧山靠近古戰場，那山林就連著古戰場，而桃汐又是從古戰場的方位而來，古戰場的傳說如何可怕，都深深印在我們巧山人的心裡。而且誰家姑娘頭上會長桃花狀的胎記，還長得那樣好看？

「我拿來桃汐的玉佩，將其沉入酒罈之中，告訴桃汐只有在嫁人的時候，才可以起開罈子拿出玉佩。其實我是想將玉封存起來，不是都說，酒可以鎮邪嗎？但是家裡兩個孩子的病，還是越來越重，家中能賣的都賣了。所以，我也生了些邪念，就想著要不要把桃汐賣了？畢竟她來路不明，且渾身帶著神祕。」錢婆婆抬起頭，對著二人流露出悔恨的神色。

「不管她如何善良，婆婆總邁不過心中的懷疑。」孟婆搖頭輕歎。

「錢婆婆為何不問問桃汐身分來歷？」韞玉眼中流露出不解和憤怒。

「我問過了，桃汐說她不記得了。」錢婆婆道。

「八歲的姑娘怎麼會不記得，所以錢婆婆認為桃汐有所隱瞞？」孟婆問。

錢婆婆輕輕點頭，眼眶更紅了。

「後來我收到了桃汐的幾封信，讓鄰居讀給我聽了，本想回信，但是最終還是沒回。因為一來老身不會寫字，二來家中依舊困頓貧瘠，無力將其贖出，每每看到信，心中更是無奈痛苦，索性就不回信了，也想讓那孩子斷了念想。」錢婆婆補充道。

「錢婆婆為何又要來找桃汐？」韞玉道。

「心裡有牽絆，放不下呀。」錢婆婆道。

此時桃汐和成染面前的糕點已經吃完了。

「我救過錢婆婆，錢婆婆也與我有養育之恩，後來又將我賣掉，換回給孫子治病的藥錢，因為心慈，所以收養我，又因為私心，將我賣掉，給了我最想要的溫柔，卻又無情將其摧毀。我曾經日夜盼望錢婆婆來找我回去，可是，一次次的失落讓我難以面對。我也是一個平凡的人，我沒有

道祖仙家的智慧與胸襟，所以我恨、我怨。」桃汐平靜地說道。

「其實一直這樣下去也很好，時間會解決所有的問題，以後我們都漸漸淡忘，就誰也不牽絆著誰了。」桃汐一字一句的說道。

夜色已深，燭火翩翩起舞，書房之中只剩下韞玉與孟婆。

孟婆略有所思的說：「照錢婆婆所言，這桃汐的身世確有蹊蹺之處。一般人家怎麼會有那麼華美的玉佩，且還能在玉佩上鐫刻龍紋？這都是皇室才可以使用的圖騰。難怪上次桃汐看著我腰間的玉佩發呆，當時我也沒多想，還以為她是好奇而已。看來定是我的玉佩引起了她的注意。大概她是憶起了自己那塊沉在酒罈裡的美玉才是。或許順著這美玉，就能知道桃汐的來處。」

韞玉不免有些好奇，順著目光看去，果真見孟婆側腰佩了一塊潔白溫潤玉佩。

「孟姑娘，你這玉佩很漂亮，上面所刻之圖形也是特別。為何是荷花、竹子和金蟬呢？一般女子的玉佩都是花卉之態，何以這塊玉佩如此的與眾不同？」韞玉細細的打量著。

桑黛看著韞玉笑了出來，說到：「太有意思了，當時桃汐也是如此問我的。我當日看著桃汐甜美的臉龐，心裡不由的生出憐愛之意。看著這心地單純的姑娘，想起了自己少女時代。我當時就和她說了緣由。」

在孟婆的記憶畫面之中，似乎又回到了那顆木槿樹下。

「桃汐，你看這玉佩的荷花格外顯眼對吧，姐姐考考你，一個池塘裡的荷花，每一天都會以前一天的兩倍數量開放。如果到第三十日，荷花就開滿了整個池塘，那麼你猜猜，在第幾日池塘中的荷花會開到一半呢？」桑黛笑著問道。

「哎呀，姐姐問的這個問題，桃汐還真是沒在意，難不成是月半嗎？第十五日？」桃汐略有所思後答道。

「其實是第二十九日。荷花第一天開放的只是一小部分，第二天，它們會以前一天的兩倍速度開放。到第二十九日時，荷花僅僅開滿了一半，直到最後一天，才會開滿另一半。也就是說，最後一天的速度最快，

等於前二十九日的總和。」孟婆緩緩說道。

「這塊玉佩是我出嫁時母親送我的信物，雖然她當時沒有來見我，但是讓侍女送了這個玉佩來我閨房。我當時一看這玉佩，便明白母親的意思。以前母親與我說過，古往今來有大成就者，訣竅無它，都是能人肯下笨勁。這世上聰明人太多，肯下笨工夫的人太少，所以成功者只是少數人。母親一直如此教導我，只是那時未曾深想母親的話，也未能理解母親的隱忍之心。我的母親繪畫時總喜歡荷花、竹子、金蟬，直到長大了我才知道母親的深意所在。」孟婆這才將玉佩的緣故告訴了桃汐。

「啊，姐姐都嫁人了？我還以為姐姐未曾婚配呢！那這玉佩上的竹子和金蟬又是何意思呢？」桃汐好奇地問道。

孟婆笑著說：「嗯，嫁過了，又分開了。這竹子用了四年的時間，僅僅長了一個小手指那麼長。可是從第五年開始，以每天十個小手指的速度瘋狂生長，僅僅用了六周的時間，就長到了四尺五。其實，在前面的四年，竹子將根在土壤裡延伸了數百米，紮根之深且廣，只是這些工夫都在地面之下，無人知曉罷了。做人做事亦是如此，不要擔心你此時此刻的付出得不到回報，因為這些付出都是為了紮根。人生需要儲備能力，又有多少人，沒能熬過那一個小手指的長度。

「至於金蟬要先在地下暗無天日的生活三年，忍受各種寂寞和孤獨，依靠樹根的汁一點點長大。然後在夏天的一個晚上，悄悄爬到樹枝上，一夜之間蛻變成知了。然後等待太陽升起的那一刻，牠就可以飛向天空，飛向自由。後來隨著歲月的流轉，看著這塊玉佩，我才更加明白母親當初的難處。」孟婆歎了一口氣。

桃汐聽完，有些失落的看著孟婆，說：「姐姐還是幸福的，還有母親可以回憶，桃汐到現在都不知親生父母是何人。但是還好老天給了我一個爹爹，現在又有了一個孟姐姐，我還是很滿足的。」說到最後，桃汐又笑了起來。

孟婆充滿憐惜的看著桃汐，這姑娘實在令人心疼。

桃汐此刻心裡想著的，卻還是剛剛孟姐姐的那句回答：「嗯，嫁過

了，分開了。」這到底是何意呢，只是能感覺出孟姐姐不想提起此事，或許是她心中的痛事吧。想到這裡，桃汐偷偷的瞟了孟婆一眼，只見孟婆有些失神的坐著，像在回憶著過往。

「孟姑娘，你這玉佩也不是俗物，這溫潤光澤一看就價值不菲，只是這雕刻的圖案確實別具用心。」韞玉認真的說道。

「好了，夜深了，王爺也早些休息吧，我也回房了。後面的事情我們明日再議。」孟婆有些倦色地告辭。

今日與成染的相見，讓她本已平復的心泛起了一絲漣漪，第一次她也覺得有些疲憊了。

第十六節

　　轉眼便是十一月，蟋蟀入我床下的時節裡，空氣清且冷，天地一片寂寞，落葉飄零，時有枯枝掉落，驚起一地鳥雀。

　　成染已經閉了關，他和孟婆都需要一段時間來冷靜。

　　孟婆這幾日都躲在房間裡不知幹什麼，錢婆婆說出心中的祕密，雖然放鬆了不少，但也更加憂心能不能得到桃汐的原諒，所以也不大願意見人，日日都在房間裡獨自休養。

　　最自由自在的還是韞玉，沒有心事，一切都隨心。

　　一大早，血色的太陽剛從東邊升起，染紅了大片的天空，微風乍涼時，已經騎著棗紅色馬駒的韞玉出門回來了。

　　孟婆見天色不錯，便來庭院散步，遠遠地看見桃汐跑過去遞給她一束花，等到韞玉踏著寒氣走來時，才看見他手裡捧著一束開得正好的金菊花，花蕊處還有些許露水呢。

　　「孟姑娘，這麼早起來散步呀！」韞玉笑著打招呼，眼睛卻時不時地看一下自己手中的菊花。

　　「嗯，王爺這是出門去了？」孟婆指著韞玉手裡的菊花道：「這樣好的菊花，平常地方是找不到的，這是桃汐給你的吧。」

　　「孟姑娘猜到了，正是桃汐給的。」韞玉用手輕輕撫摸手裡正開放肆意的花，眼睛裡面滿是笑意。

　　「這樣好的菊花只供人觀賞太過可惜，有些大材小用。」孟婆有些遺憾道。

　　「這金菊花是聖品，入藥最佳，我想送給師父入藥。」韞玉拿著手裡的菊花，滿眼的珍愛。

　　「王爺有心了。」孟婆感歎。

「孟姑娘，韁玉可否問您一個問題？」韁玉正色，這讓孟婆不經坐正了一些。

「正好我近來無事，你說來聽聽。」

「不如坐下來說吧。」韁玉看向一旁的亭子，對著孟婆做出一個「請」的手勢。

孟婆也不推辭，移步走了過去，兩人相對坐好。

「王爺可以說了吧。」入坐以後，孟婆開口。

「韁玉想問姑娘是否認識桃汐的爹爹？」韁玉接著解釋說：「我沒有別的意思，就是九年前曾大病一場，父王帶我入院一趟，得院中人相助，想來那人應該就是桃汐的爹爹，所以想打聽一下姑娘是否認識，韁玉想備些禮物感謝一番。」

「桃汐願意大早頂著風露為你採摘新鮮的菊花，看來你倆關係不錯，那人是桃汐的爹爹，你想備什麼禮物，問桃汐豈不是更好？」孟婆有些疑惑，反問道。

「這……孟姑娘慧眼，實不相瞞，韁玉想瞭解更多。但是一來，桃汐只知道她父親很神祕，但有些事情需要當面才能交談清楚；二來，此人神祕，又牽扯到皇家，而父王諱莫如深，所以我想要調查一番；三來，孟姑娘能與此人面談，想來定然相識，或許能說得更多，所以我來請教孟姑娘，韁玉之前多有隱瞞，這裡向孟姑娘道歉。」

孟婆拿起一枝韁玉放在桌上的菊花，輕嗅片刻：「這菊花入茶想必味道也不錯。」

「孟姑娘要是喜歡，我再去準備些拿給姑娘。」韁玉歡喜道。

「不必了。」孟婆淡淡道。

提起成染，孟婆總是顯得有些惆悵。

「我認識他，也知道他是何人，更知道他的來歷，但是我告訴你也沒什麼意義，他救你是他身為長輩該做的，而且你也毋須準備禮物，他……他什麼都不缺，甚至曾經比你擁有的還多。」孟婆抬起腦袋看向天空，回憶起八十年前的事情來，莫名感慨，原來時間已經過了這麼久……

轁玉聽著孟婆追憶般的話，不敢再問什麼了。

「多謝孟姑娘相告，師父曾說過，有些東西毋須刨根問底，其實霧裡看花別有一番趣味。」轁玉道：「不過師父也曾說過，人生如白駒過隙，很多時候可以轉換角度，就不會總是陷入泥沼當中。」

孟婆若有所思。

「孟姑娘，幾日前，我將錢婆婆所有的隱瞞轉告給了桃汐。」轁玉看著桌子上的菊花，略帶笑意地說道：「桃汐聽了沒什麼反應，但是也沒有聽到一半就起身離開。」

「後面桃汐作何反應？」孟婆抬頭問道。

「她開始跟我說話，她有些意想不到，但是也很堅強。」轁玉道：「桃汐說她看不懂錢婆婆，更看不懂人心。」

「枕邊人五年看不透，母女二十年難得溫情，何況是沒有血緣、區區兩年的母女。」孟婆喃喃自語。

「孟姑娘說什麼？」轁玉看著似乎在說什麼的孟婆，疑惑不解。

「沒什麼，就是覺得人世複雜，愛恨情仇糾纏不清。王爺沒有此番苦惱嗎？」

「人生在世，如白駒過隙，一瞬而已。每分每秒都很珍貴，我不想白白浪費。活著已經很辛苦了，哪裡還有時間苦惱。」轁玉給孟婆細細解釋道。

「你說桃汐會原諒錢婆婆嗎？」孟婆問題一轉，問轁玉。

「應該會吧。」轁玉盯著桌子上的菊花，眼角流露出溫柔，嘴角流露出笑意：「桃汐雖然說看不懂錢婆婆，但也說命運終於願意給她一次選擇了。她知道向前看，懂得放過自己，放下負擔。」

「桃汐一路來經歷了太多，即使心中充滿了傷痕，依舊笑對人間，她很堅強。我相信，只有善良的人才會這麼堅強。」

隨後兩人靜坐，隨後同時起身離開。

清晨的露水隨著旭日東昇而退落，人心的露水何時消散？

過了幾日，孟婆正在聽錢婆婆講訴自己的經歷時，房門外有人大力

地敲動，打開一看，原來是眼角還帶著激動的韞玉。

「王爺，一大早有何事？」孟婆盯著打攪自己聽故事的韞玉，眼神有些不善。

「桃汐想見錢婆婆了。」韞玉的神情很克制，但帶著興奮的聲音出賣了他。傳入屋內，正在倒茶的錢婆婆手一抖，不自覺打翻了手裡的茶水。

「何時？」孟婆問道。孟婆神色未變，但雙手卻抓緊門。

「三日後，聽潮閣。」

孟婆將門上的手放下來，心裡暗暗鬆了口氣。

「太好了。」錢婆婆站在原地，激動地發抖。

「錢婆婆可以放心了。」韞玉安慰道。

「對，對……」錢婆婆嘴裡始終叨念這一個字，眉間眼梢全是期盼。

孟婆輕撫錢婆婆抖動的手，扶著坐下，又給她斟了杯茶。

奇怪的是，孟婆卻有些不安，至於為何，她也說不上來。

當晚將睡時，孟婆就去了西北角桃汐的房間。

月上柳梢頭，天幕星閃耀，庭院如積水空明，夜行之人的路並不黑暗。

「咚咚咚……」兩三聲輕輕的叩門聲，傳入桃汐耳中。

桃汐想著爹爹已經閉關，大家都睡了，這個時候還會有誰來，難道是……

桃汐帶著笑意躲在門口問：「外面是誰呀？」

「我是你孟姐姐。」

「原來真是孟姐姐呀。」桃汐趕緊悄悄打開一條門縫，請孟婆進入，提著茶壺給孟婆倒茶。

「孟姐姐怎麼這個時間來了？」桃汐不自覺問出來。斟茶的手稍微一抖，似乎想到了什麼，接著說道：「爹爹前幾日閉關了，不到春分是不會出關的，這段時間姐姐要是怕妹妹無聊，隨時可以來此。」

孟婆淡淡點頭，想來成染閉關，可能是因為所用靈妖內丹的原因，雖然這不是自己想問的，不過正好，可以假裝順帶一提錢婆婆的事情。

「聽九王爺說，錢婆婆病情加重了。」孟婆刻意做出一副心痛不已的樣子。

「真的嗎？」桃汐眉頭緊皺，眼中略帶詢問地看著孟婆。

「對。不過婆婆年事已高，便是就此死去，也算是壽終正寢，你不必太憂心了。」孟婆故意說得雲淡風輕。

桃汐思忖了片刻，拉起孟婆的手：「姐姐，我願意去見錢婆婆，我想，我心底其實從來沒有怪過她。上次韞玉來的時候，我便已經想清楚了。姐姐今日明明就是來關心我的，怕我被別人的意見左右，怕我委屈了自己，可姐姐為什麼不直接將想問的話問出來呢？」

孟婆注視桃汐片刻，自嘲一笑：「是呀，我真是越活越回去了。我發現你與我年輕的時候很像，你心地善良，很多事情明明可以直接說清楚的，卻總是繞著彎子去窺探和猜想，自尋煩惱。」

「那姐姐還想回到過去嗎？」桃汐靈動的眸子盯著孟婆，認真地問。

「回到過去嗎？」孟婆情不自禁應答：「想。」

「那姐姐就選擇原諒吧，只有原諒別人，才會放過自己，重新做回自己，我也是這幾天才想清楚的。不管婆婆是不是即將離世，也不管我有多大的氣性，在她陽壽未盡時與她和解，總比將來陰陽相隔時留下遺憾要好。其實我們不必讓別人左右自己，人都是為自己活的，何必因別人的介入而被帶入別人的軌跡，那豈不是不值得。」桃汐勸解道。

「所以你選擇原諒錢婆婆？」孟婆似有所悟。

「錢婆婆給過我兩年的溫情，給了我家人的愛，但是她因為私心和懷疑將我賣了，讓我一度陷入了深深的絕望之中，所以我恨她。可站在錢婆婆的立場上，兩年的母女之情並不算什麼，何況她有自己的孩子。不過她卻在知天命的年紀裡，拖著年邁的身子，不遠千里來尋找一個可能不會找到、甚至找到了都不一定會原諒她的人，她原本可以當作這一切都沒有發生，可婆婆卻選擇了這條路。」

桃汐補充道：「到底那種關係已經不重要了，重要的是，我能看出姐姐是真心照顧婆婆，也是真心待我的，這就足夠了。

「錢婆婆能做出這種選擇，全因心中善念，我又何必不給她一個臺階，不給自己一個機會呢？況且，從來都是命運擺布我，我還未曾主動選擇命運，如今婆婆給了我一次主動選擇命運的機會，白白放過豈不是可惜。」

桃汐笑靨如花，燦爛如同額間桃花。

「你還想錢婆婆心安吧。」孟婆一直未曾言語，如今才感歎道：「正如九王爺所說，你很堅強，也很善良。」

桃汐的笑容感染了孟婆，在跳動的燭光下，兩個人相對而笑。

「姐姐可懂得我心？」桃汐給孟婆續了一杯茶，忽然問道。

「你知道我和你爹爹的事情嗎？」孟婆忽然意識到桃汐潛藏的問題。

「我不知道姐姐跟爹爹之間有何過去，只是前幾天爹爹在閉關之前，曾大醉一場，爹爹跟我說了一些話，我大概猜測出一些事情。姐姐可否願意聽我一說？」桃汐問道。

孟婆看著杯裡的茶，思考片刻，抬頭看向桃汐，靜靜地不說話。

桃汐看懂了孟婆的意思，莞爾一笑，說了起來。

幾日前的月夜下，成染對月獨酌，不自覺喝下兩壇酒，喝得迷迷糊糊的。

桃汐見庭院起風，爹爹怕冷，便給成染送衣服去，提醒他早些休息。

成染披著桃汐送來的衣服，示意桃汐坐下。

兩人相對而坐，成染先是自嘲一笑，便說道：「那年，你我還未曾相見，如今卻以父女相稱，想來一切皆是緣分。而若不曾救你，桑黛又怎會找來？我雖是冥冥之中救了你，但最終卻成全了我自己。這或許是上天見我幾十年都執著於此，對我的一絲憐憫吧。」

成染掏出懷中的玉佩，放於桌上：「這玉佩是我花了四十年時間練成的，它可以幫我找尋到桑黛的魂魄，哪怕是轉世也能做到。二十多年來，這玉佩從來沒有閃耀過一絲光彩，我甚至以為這個祕法是不是假的。撿到你的那年冬日，我正在閉關，但此玉佩忽然閃出了奪目耀眼的紅色光芒，

我以為桑黛轉世了。

　　「那一刻的心情我至今都難以忘懷，等待了二十多年的光芒突然出現時，我竟然覺得不敢相信，覺得不可思議。我瘋了一般趕緊順著玉佩的指示出去尋找，最後在院牆外的角落裡，找到了躺在大雪地裡的你。可偏偏遇到你以後，玉佩的光芒便失去了，從此再也沒亮過，我不知道這玉佩和你有什麼因緣？但既然它給了我指示，即使知道你不是桑黛，我也還是將你救了回來。這麼多年來，我知道你也是一個好孩子，應該值得被世間溫柔相待。」

　　成染又飲盡一杯酒，眼角全是溫柔的笑：「桑黛，我的愛人，我的皇妃，我珍愛的權妃，多美好的一個女孩子，心思純真而善良，就像白色的玫瑰花一般，就像此刻的你一樣。可那時我不知道男人不能輕易許諾，更不知道得到了就要好好珍惜，只是一廂情願地用自己的方式去愛她和呵護她，卻不知道她夾在其中進退兩難。

　　「我等了這麼些年，唉！終究還是一場空。她竟然一直沒有轉世投胎，留在冥府成了孟婆，是我傷透了她，所以她不願意再輪迴轉世了嗎？送了無數人放下執著，消除情愛痛悲，可是這世上卻有一人為了她，苦熬了這麼多年，正是因為放不下那份愧疚和愛慕。

　　「若是知道她做了孟婆，知道在三生石旁、奈何橋上能看見她，我又何必苦苦煎熬在這世上，始終不肯死去？我早就可以自然終老。也不用把自己囚禁在此，年復一年，這是對我的懲罰吧……」

　　那一夜，成染喝了很多酒，也說了很多話，似乎將這一輩的愛恨都說完了，桃汐在一旁斟酒，默默傾聽。

　　孟婆一直靜靜聽著桃汐的話，直到杯中的茶再次涼了。

　　「我還是喜歡叫你孟姐姐，那個桑黛和孟婆我不認識，我只認識眼前這個活生生的孟姐姐。我原來以為孟婆只是一位臉上全是皺紋的老婆婆，卻哪裡料到是姐姐這般清楚美貌的模樣。無論如何，我都覺得姐姐是活生生的人，怎麼也不像鬼差。這件事爹爹反覆交待我不要對外人提起，姐姐放心，桃汐什麼都不會亂說，姐姐就是桃汐的孟姐姐。」桃汐低著頭

輕聲說道。

「我也珍惜眼前這個叫桃汐的妹妹。」孟婆提起的心落了下去，輕笑回道。

「姐姐，有些事情我無法說對錯，我只是不想讓姐姐太累，也不想看見爹爹太痛苦，正如我想要原諒婆婆一樣。」

「唉，我已經放下了，謝謝你告訴我這麼多。不過有些人帶慣了枷鎖，所以不願放下，其實枷鎖早已沒有，只是習慣了，好似它還在一般。」孟婆歎了口氣。

桃汐給孟婆換了一杯熱茶，在孟婆的耳朵旁輕聲說道：「我有辦法讓姐姐心情舒暢，姐姐明日可有事務？」桃汐露出神祕的笑容。

「無事。」

「明日辰時，此處相見，我帶姐姐去散散心可好？」

「嗯。」孟婆小聲應答。沒有再多問，端起手裡的熱茶，輕輕吹散熱氣，小酌一下，頓時清香滿口，溫柔滿心。

辰時時分，孟婆款款而來，被桃汐迎上來，然後又拉走。

此時，洛城的街道上已經車馬如龍，商販的叫賣聲接連灌入耳中。

桃汐說道：「孟姐姐吃早飯了嗎？」

「還沒，我不餓。」孟婆道。

「可我餓了。之前做丫鬟的時候，聽說天香樓裡的飯菜很好吃，咱們也去嘗一嘗。」桃汐笑嘻嘻地說。

「好。」孟婆看桃汐露出小饞貓的模樣，不忍反駁。

兩人入了酒樓，沒有找包間，而是在大廳中坐下，天南地北的人聚在一起，大家都在聊天，笑聲此起彼伏。店小二端來飯菜，順便跟桃汐聊了兩句。

原來酒樓還有說書人，桃汐聽到興奮之處，竟然跟著周圍的人們一起喊了起來：「好，講得好，再講一個。」

一開始孟婆有些不適應，後來也就聽之任之，最後連母親教的「食

不言」的原則都丟了。

「孟姐姐，快說『好』呀！」桃汐在一幫催促孟婆。

「說什麼呀？」孟婆疑惑不解，聽故事和自己說好有什麼關係？

「說好，讓那說書先生再講一個故事呀，你看他說書時，眼睛總看向姐姐這邊，你說他說得好，他才開心呀，才能留住人，咱們說不定還能聽個免費的故事。」桃汐笑嘻嘻地解釋，一副小財迷的樣子。

孟婆無奈，也跟著桃汐一起說：「講得好，再來一個。」一開始聲音很小，漸漸也跟著提高了聲音。

說書人看大家熱情得很，都說他的故事精彩，讓他再講一個。這雅座若仙子般的姑娘，也說自己的故事好聽，那自然更是心情愉悅，便說，那就再來一個，又送多了一個故事給大家。

說書人繪聲繪色地說道：

安靜安靜，聽好了，話說這個農曆五月，這個月很是特殊，我們總是能看到天雷、閃電、洪水，你能明確感受到各種動物身上的躁動。

在歷史典籍上，各朝各代都明確規定，在農曆五月減少捕獵及開採的力道。看上去，農曆五月似乎是留給大自然休養生息的一個月分，因為很多動物的擇偶及繁衍期，都會在這時候進入一個高峰。

不過其實這個月對於動物們而言，這時候本身也是一個充滿激情和興奮的月份：雲多、雨多，雷也多，這也不難理解，為何一些動物會在這個月去挑戰修行的試煉。這個月長江及其沿岸的部分地區會進入雨季，對於需要藉助大江大河完成走蛟的蛇類和水族而言，更充沛的水量似乎是一個很不錯的條件。

所以農曆五月俗稱毒月。其中，五月初五、初六、初七、十五、十六、十七以及二十五、二十六、二十七，此九天為「天地交泰九毒日」，十四為「天地交泰日」，一共十天。這十天內，務必端容肅己，嚴禁殺生、行淫，否則嚴重傷身損氣耗精元。端午正是九毒日之首，也因此這一天有許多喝雄黃酒、插艾草……等避邪驅毒的儀式。

傳說聰明的妖物，並不會選擇在農曆五月渡劫，因為這個月份雖然

條件適合渡劫，但天庭的巡邏與管理力道也很大，很容易被劈死。有一些特別聰明的妖物，會特意選擇冬天特別冷的日子渡劫，這叫做借冬劫，就是為了降低關注度。

傳說從前在這我們後面的玉皇頂這座大山中，有一條巨蟒修煉了四百多年，這蛇要成蟒，本就要修煉幾百年，再從蟒修成蛟、再從蛟修成龍，這沒有千年是做不到的。深山修煉不易，這人身上的陽氣與陰氣，都是至真至純之物。這小蛇好不容易幾百年修成了蟒，為了更快的積累內丹，就走了歪路，牠竟然開始偷襲迷路的旅客。

那日已經深秋蕭瑟，月黑風高，寂靜無人的山林之中，有沙沙作響的聲音傳來，一個手持鋼叉的大漢經歷玉皇頂回家，天色已晚，他看見遠處有一朵烏雲飄過來，以為是朵平常的烏雲⋯⋯

兩個吃貨一頓飯吃完已經正午了，桃汐和孟婆一起出了酒樓的門。一邊走，桃汐還在回味說書人的故事，「這個先生說得真好，那個大漢開始的時候，差點一叉子叉住那條惡蛇了⋯⋯」

孟婆之前也聽說書人講過故事，那還是成染帶她去聽的，和著相比也挺有趣的。

「姐姐，前面有糖畫，我們去買個吃吧。」桃汐指著前面的糖畫催促道。

「你不是剛吃過飯嗎？」孟婆一隻手打在自己臉上，一臉的無奈。

「飯後甜點嘛。」桃汐笑嘻嘻的。

孟婆歎了口氣，被桃汐拉著去了。

在大街上，桃汐一邊行走，一邊吃著手裡的糖人，開心得很。

孟婆看著手裡的糖人，又看看來來去去的人群，又看了看桃汐。此時桃汐正瞪著天真無邪的雙眼看了看孟婆，兩個人大眼瞪小眼，不一會兒，孟婆也將手裡的糖人放進了嘴裡。

咬了一口，闊別八十多年的味道再次占據味蕾。

「前面有賣藝的，好像是舞劍的，姐姐快走！」看著人越來越多的

圈子，桃汐拉著孟婆道的手飛奔而去。

孟婆總是端著的雙手，此時一隻拿著糖畫，一隻被桃汐拉著；總是丈量著距離的步伐，此刻也沒了規矩……

賣藝的人舞動刀劍，在空中挽出一個個劍花，引來人們陣陣喝彩，桃汐站在一旁鼓掌聲不斷，歡笑聲不停。

孟婆看著桃汐的側顏，一股莫名的感情湧上心頭，因桃汐的快樂感到欣慰和可惜。

「桃汐在巧山或許沒有逛過熱鬧的街市，被賣以後也許是終日在主人家服侍，更不能出來閒逛。之後被拉到街市上販賣，沒見過繁華場景，盡是看遍淒涼人心。這或許是桃汐第一次享受街市的繁華與熱鬧，也許我該忘掉過去，在形形色色的人群裡，找回曾經的自己，也幫我卸下枷鎖。」孟婆心想。

街市之上，人來人往，他們彷彿就是八十年前的那一批人。

桃汐意識到孟婆看她，轉頭看去。

桃汐輕笑，眼裡露出一絲狡黠。

孟婆順著桃汐的目光看去，發現一個五歲大的小姑娘，正在娘親的懷裡探出頭來，吃自己手裡的糖畫。

小姑娘紮著兩個小辮子，圓溜溜的大眼睛，紅撲撲的臉蛋，像極了年畫裡的娃娃。

她的母親正在看賣藝人空手抓物，原本手中空無一物的賣藝人，此刻正拿著一枝半開的梅花向周圍的人展示，迎來一陣陣掌聲。

小姑娘的母親正被這一幕吸引了。

當看完了賣藝人精彩的表演，看向自己懷裡不吵不鬧的孩子，才發現小姑娘正拿著糖畫吃得興起。

不時，午時已至，孟婆和桃汐逛到了那熟悉的街巷。一座裝飾華麗的樓閣裡傳出優美的絲竹之聲，孟婆和桃汐向著那樓閣望去。

「應該是裡面的人在練曲子吧。」孟婆道：「花姨娘已經死了，如今梨落樓主事的是柳十娘，她這個人很厚道，以後不會再有姑娘被欺壓的

事情了。」

　　「姐姐，我想去看看柳姐姐，親口跟她說聲謝謝。」桃汐小聲道。

　　「可以，不過，我們還是給柳姑娘捧個場吧。」孟婆補充道。

　　桃汐不解地看著孟婆。

　　「我們晚些再來，先去準備一下。」孟婆接著在桃汐耳畔低聲說了幾句，之後兩個人輕笑起來，像是打定了什麼主意。

第十七節

　　華燈初上，絲竹之聲繞梁，梨落樓已經賓客滿座。

　　兩個長相俊秀的公子，身著白衣，面如冠玉，髮若潑墨，一個眉間點朱砂，顯得霸氣而恣意；一個眉間隱約鑲著朵朵桃花，顯得可愛而嬌貴。

　　一個大腹便便的中年人，經過孟婆和桃汐身畔，嘴裡嘀咕了幾句，好像在說著：「都快要到寒冬臘月了，出門還拿扇子，裝什麼玉面郎君。」

　　孟婆和桃汐同時窺向對方手中的摺扇，相視一笑，接著打開摺扇，搧起微涼的風，邁著飄逸的步子，徑直入了梨落樓。

　　柳十娘坐在大廳的花臺上彈奏琵琶，琵琶聲聲，「間關鶯語花底滑，幽咽泉流冰下難」。

　　琵琶半遮其面，襯得她美貌更勝過從前，遠遠瞧著，只覺得她整個人大氣又貴氣，不似青樓濃煙嬌花，倒是更似世間富貴牡丹花。

　　孟婆與桃汐坐在下面，聽著柳十娘彈奏。

　　「善人有好福。」桃汐笑著對孟婆說。

　　孟婆點頭，轉而問道：「你猜柳姑娘看到你會是什麼表情？」

　　「一定大吃一驚。」桃汐以扇掩笑說道，「不過還是孟姐姐有想法，先帶我去裝扮一下。要是我們不裝扮一番，就這麼走進來，一定不能如此安穩地聽柳姐姐彈琵琶了。不過，柳姐姐彈琵琶的樣子真美。」

　　「你也想學彈琵琶嗎？」孟婆將桃汐的羨慕看在眼裡。

　　「我……我就算了吧。」桃汐扭捏著推辭，好像還想說些什麼。

　　「我會彈琴，要不我教你彈琴？」孟婆笑得肆意，說道，「免費教你，過了這個村就沒有這個店了。」

　　「真的嗎？好呀。」桃汐很激動，一把抓住了孟婆的胳膊，身子不由自主地向孟婆靠去。

站在桃汐旁邊的男子，被這一幕驚呆了，想著兩個大男人摟摟抱抱的，這成何體統，趕緊往旁邊退了一步，似乎生怕沾上兩人一般，嘴裡還說道：「世風日下。」

桃汐連忙回嘴道：「說得不錯，的確是世風日下，還有人帶著妻子繡的錦囊來青樓。有了妻子不好好珍惜，小心將來後悔莫及。」

孟婆輕笑。

桃汐放開孟婆的胳膊，又說了一句：「狹隘。」

當然這句話還是在擠兌那男子。

不知事務表裡，反而隨意評價，確實狹隘。世人皆說蓋棺定論，可又很多的事情，恐怕也是很難輕易定論的，正如將軍一生功過。孟婆心想。

「姐姐可知道柳十娘的琵琶為何彈得如此之好呢？」桃汐一臉豔羨的看著臺上的十娘。

孟婆看了桃汐一眼，微微一笑：「人世能逼著自己把才藝練到如此流暢的地步，若不是極有天賦又喜愛此物，那就只有既有天賦又依賴此物的人了。柳十娘一人要扛起一個家，這琵琶就是她的尊嚴、希望，兼懷對家人的愛與支持，她的家人，正是靠著她精湛的琴藝才能還清了欠債。買房置地、弟妹婚姻、爹娘的養老都倚仗她一人。她雖累雖苦，但是心裡卻是甜的，因為一家人整整齊齊，雖有難關但也咬牙熬過去了。而她的家人對她的付出十分感恩，這就是對她最大的認可了。」

「是啊，柳十娘真不容易，希望他日能遇到一個疼惜她的人，能善待她。」桃汐眼圈有些微紅的說道，約莫是想起了自己的種種艱辛，有感同身受之情。

一曲終了，柳十娘抬頭看向眾人，一眼便看到人群中的兩襲白衣。

柳十娘先是愣了一下，然後露出釋懷的笑容，甚至用琵琶側擋花顏，偷偷拭了一下淚。

燭光閃爍，歡笑之聲彌漫屋簷。

一位佳人，兩位翩翩公子。

轉眼三日來到，孟婆和韞玉陪著錢婆婆來到聽潮閣時，桃汐已經在此等候。

毋須多言，錢婆婆和桃汐互相交換了一個眼神，彼此都懂了。

錢婆婆哭了又笑，桃汐笑了又哭，已經這麼多年了，失去的歲月好好補回來吧。

「今日是個好日子，要不我們去吃頓好的吧。我的胃口被錢婆婆養刁鑽了，如今越發有些饞了。」孟婆調笑道。

韞玉倒是聰明，聽出了孟婆的弦外之音，接著說道：「這聽潮閣雖然清淨，但於這麼冷的日子來說，的確有些清冷，不如去我府上，我們備上酒菜，好好慶祝一番。」

「王爺一直覺得你被他家前任管家所欺辱，是他馭下不嚴之過，他一直想補償你，如今有這個機會，桃汐妹妹，也給王爺一個表現的機會吧。」見韞玉機靈，孟婆也就順水推舟，幫了韞玉一把，說出了韞玉一直壓在心裡的隱祕心思。

「也好。」桃汐笑著看向錢婆婆，「好多年沒吃婆婆包的餃子了，桃汐也有些饞餃子了，婆婆再為我包一次可好？」

「好，桃汐喜歡吃，婆婆就給你做。」錢婆婆樂呵呵地說道。

回到九王府，錢婆婆便去廚房包餃子，並且還不讓下人插手，說是要親自給孩子們做頓飯。

正在陪著桃汐的孟婆和韞玉得知了消息，三人一致決定尊重錢婆婆的意見，不過他們三個要去幫忙。

錢婆婆見趕他們三個不成，便留下他們，一起忙了起來，結果當然是越幫越忙。

韞玉生火總是生不起來，還弄得滿臉灰塵。一看就是幫倒忙的主人。但是就是要在大家面前表示他不是一個養尊處優的王爺，還是能做很多雜役的活。

桃汐和孟婆一起學習包餃子，但孟婆不管包得好看與否，至少不會露餡，偏偏桃汐的餃子一直在露餡，大家都笑她貪心想多吃肉，哪有餃子

皮上放下包子肉的道理。

韁玉生火不成，來求幫忙，桃汐頓時看到救星一般，跟著韁玉去生火，似乎想要表現一番，一雪包餃子不成功之恥。兩人搗鼓了大半天，對著爐子裡一頓亂捅亂吹，又折騰了一柱香的工夫，總算冒出了點火苗。

生完火的桃汐，又回到孟婆和錢婆婆處，孟婆原本想要關心兩句，結果未語先笑。

「孟姐姐笑什麼？」桃汐不解道。

「這是誰家長鬍子的小公子，好生俊俏。」孟婆學著柳十娘打趣桃汐的話，說道。

「孟姐姐也打趣我。」桃汐意識到可能是臉上沾了灰塵，急忙跑去照鏡子，嘴裡還嘟囔著，「好你個韁玉，也不告訴我臉上沾了東西。」

孟婆與錢婆婆相對一笑。

錢婆婆之事告一段落，眾人皆心安不少。

深秋絕塞誰相憶，木葉蕭蕭。
鄉路迢迢，六曲屏山和夢遙。
佳時倍惜風光別，不為登高。
只覺魂銷，南雁歸時更寂寥。

鳥兒們還在山間遊蕩，遲遲不想回巢，眷戀的就是這山間的清靜和悠遠。山間閒度日，看看竹子和溪水，野草與攀藤便過了半日有餘。

傍晚，孟婆和錢婆婆坐在王府木亭之下，閒聊著喝著花茶就著枸杞糕點。兩個人都無比珍惜這人世的時光，孟婆不知自己做完這個交易，又要過多少年才能來這人間再走一趟，而錢婆婆則是感念自己今後都沒有機會再看這人世繁華。

韁玉坐在院中正看著一封信，邊看邊微微皺眉。抬眼看見孟婆正在木亭煮茶，頓覺口渴，便走了過去，也想討杯茶喝。

韁玉喝著孟婆煮的茉莉小仙，說：「孟姐姐好像總是偏愛喝這茉莉

小仙。」

孟婆笑了笑，回答道：「小時候常喝，日子久了也就習慣了。」這些日子以來，孟婆也發覺自己似乎變得比以前更愛笑了，好像身心都輕鬆了許多。

韞玉點了點頭，喝著茶繼續略有所思的看著那信，像是要解開什麼難題一般。

孟婆看了一下韞玉，這年輕人身上總是散發著一股浩然正氣，讓人心安放鬆。看他似有難題要解，便隨口問道：「有何難事？還能把我們九王爺難倒？」

「孟姑娘好眼力，今日父皇興致極高，飲了少許酒，便讓史官給皇子們出了個小題，一柱香的工夫要答出來，再著人送回宮裡去。這姓李的史官雖然職位不高，但是深得父皇欣賞，他出的小題多是有些趣味、有些深意，所選史料往往也頗有曲折的深意。」韞玉有些不好意思地答道。

孟婆聽聞此言，也來了些興致：「能拿過來讓我看看嗎？」

韞玉一聽，把信遞了過去。孟婆拿起來細看了起來，這信上雖說是個問題，看卻寫得如同一篇小文一般，很是有趣。

這信上寫道：「建初元年，褒親潛侯梁竦之女，懷揣著一顆對未來的憧憬之心進了宮。因為曾有隱士預測其子貴不可言，堪任社稷。梁家人都明白，這話聽了自然是不能外說，那是要掉腦袋的事情，但是內心的期待和喜悅，自然是不勝枚舉。

建初三年，班超率領疏勒等國的士兵一萬多人攻破姑墨國，斬殺了七百人，將龜茲孤立。進宮之後，章帝劉炟見梁女年輕貌美，自然喜歡，寵幸之後封了貴人。兩年之後，梁貴人便有了身孕，一把喜脈都認為是男孩。貴人自然內心歡喜得很，一切似乎都朝著隱士說的方向前行。

建初四年，梁貴人忍著劇痛，生下了面若玉冠的皇子劉肇，這是章帝劉炟的第四子，生的孩子還沒那麼多的時候，帝王對這個孩子自然疼愛有加。

彼時的竇皇后沒有生出嫡子，眼看著妃嬪們爭先恐後的生育，心如

熱鍋之蟻，環視後宮一圈，偏偏看上了這相貌周正的皇四子，相士一看便言此子人中龍鳳。之後，竇皇后總能找到些辦法誣陷梁貴人，而梁貴人好歹也是仕家之女，自然知道皇后存的是什麼心思，又在圖謀些什麼。

這隱士說的沒錯，這孩子天生自帶著滔天的富貴，皇后看上了，離太子也就一步之遙了。只是，她未曾料到，自己看到了開始，卻看不到結局；隱士看到了結局，卻沒告訴她開始。不久之後，梁貴人被人誣陷而死。既然生母已死，自然不能讓這可憐的皇家血脈沒了娘，皇后不忍其年幼喪母，決意親自撫養劉肇，視如己出。

建初五年，班超上書給章帝，分析西域各國形勢及自己的處境，提出了要趁機平定西域各國的主張，提出了「以夷制夷」的策略。章帝覽表後，知道班超的功業必成。建初七年，章帝聽從皇后建議，廢皇太子劉慶為清河王，改立劉肇為皇太子。建初九年，朝廷又派和恭為代理司馬，率兵八百增援班超。

章和二年，漢章帝逝世，劉肇即位，是為漢和帝，養母竇太后臨朝稱制。此時的大漢最要緊的就是西域，而西域有班超駐守，自然能讓朝廷安心。

永元十二年，彼時的和帝是個二十一歲的年輕人，他擁有著富庶的國域和延綿的西域通商之路。自由經濟與貿易往來，使得這個年輕人的帝國，比他父親和祖父的都更加富饒強盛。他能有如此的後盾，就是因為有班超，有些人天生註定就有與眾不同的使命。

班超此時已經六十有八，風燭殘年，古稀老人最期望的就是落葉歸根，能再吃上一口兒時的麵餅，能喝上一口家中的老茶，自己身後能魂歸故土。於是班超執筆寫了封令滿朝動容的奏摺，要求只有一個——回家。

這份無奈的索求讓和帝為之動容，自他兒時起，聽的、看的都是這位英雄的故事，雖然他是臣，自己是君，但這一點沒有影響一個少年成長之中的英雄情結。他比任何人都想幫助班超實現人生最後一個願望，只是朝中實在無人可選，便沒了回覆。

塞下秋來風景異，衡陽雁去無留意。

四面邊聲連角起，千嶂裡，長煙落日孤城閉。

濁酒一杯家萬里，燕然未勒歸無計。

羌管悠悠霜滿地，人不寐，將軍白髮征夫淚。

永元十四年，超久在絕域，年老思鄉，上書乞歸：「臣不敢望到酒泉郡，但願生入玉門關」，所言所欲，滿朝皆慟，但朝廷久未答覆。直到班超和班固那位才華橫溢、又在宮廷之中為妃嬪們講學的妹妹班昭，上書為兄求哀：古人少時十五從軍，老邁六十解甲。今兄年逾七旬，冒死請求，讓駐守西域三十一年的老臣可以生還故里。

漢和帝感其言，征班超還。八月，班超回洛陽，拜為射聲校尉，九月悄然離世。

西域都護，由任尚接任。交接之時，任尚曾真誠地向班超求教：「您鎮守西域三十年，定諸多經驗，還請您能教導一下我。」

班超看著眼前血氣方剛的青年將軍，彷彿看見了自己青蔥歲月時的模樣，神情亦變得和緩而慈祥。只是他卻欲語還休，他本有很多經驗可以傳授，但他卻深知一個事實，年輕人不自己碰壁，任何人說再多皆是枉然。

但如今他既然詢問，自己又不能不說，他更不願看著後輩走彎路。遂他思忖一番，他緩緩言道：「任都護，我們這西域守軍皆是犯法之人抵罪充軍，又與西域蠻夷混居，習性更是難以教化，望今後，寬容其小過小失，存其大理大規即可。切記這兩句話：水至清則無魚，人至察則無徒。」

任尚聽後，一愣，久久沒有回覆。班超走後，任與幕僚席間談及此建議，心中卻十分不屑：「我以為老都護何等智勇，建議自然是妙法頻出，想不到其建議也不過這般而已。」

海若曰：「井蛙不可以語於海者，拘於虛也；夏蟲不可以語於冰者，篤於時也；曲士不可以語於道者，束於教也。今爾出於崖涘，觀於大海，乃知爾醜，爾將可與語大理矣。」

班超三十餘年的經驗，化成一句話，字字珠璣。寶劍鋒從磨礪出，梅花香自苦寒來，老都護的一番苦心，比西域的寒冰還要艱深。不想此話對於那聽不進的人而言，不過是「春風不度玉門關」罷了，在來年春天，這份苦心就此化為了一江春水，任意奔流而去，沒了痕跡，彷若一切都沒有發生過。

結局毋須多想，任尚的嚴苛治軍戍邊，大失軍心，且失和於夷，故諸國俱反，永失西域。元興元年，班超離世三年後，漢和帝病逝於章德殿，終年二十七歲，謚號孝和皇帝，廟號穆宗，葬於慎陵。

而你又是如何看班超這一生的際遇呢？」

孟婆看完信，將其放在石桌之上，飲了一口茶方道：「這小文寫的頗有樂趣，文風幽默，行文流暢，如此考題還是第一次見。若是讓我來看此事，可有三層想法。」

「哪三層？還請孟姐姐賜教。」韞玉睜大了雙眼，望著孟婆道。

孟婆想了一想，繼續往下說：「第一層想法：班超精於克敵，卻不懂得從自己身邊尋得可靠接班人培養、傳授，從而能向皇帝推薦，所以榮光只有幾十年。舉賢，是大功，有時更勝自己立功，所以伯樂垂名。而且因為沒有可靠的接班人，自己不得不邊防至耄耋。

「第二層想法：當然歷史還有一種套路，班超培養接班人向皇上舉薦，可能是兩個結果，一是兩人一塊被幹掉，二是他回朝之後被誣陷致死。如果班超自己培養接班人或者心腹，有可能活不過終老，皇上不會讓他在西域獨大，這便是朝堂上的政治。

「第三層想法：若班超盛年回朝，基本上就是死路。那年頭，不結黨、不擁兵自重，是首要活命之法，其實朝廷從來都不放心，常派人去監軍。另外，任將軍去接替，完全改變做法，未必都是自己的主意，也許就是朝廷有一些『潔癖』的權臣的要求。同理，班超早回朝，以他在邊疆『將在外君命有所不授』的習慣，很容易目中無人，屆時觸犯朝中重臣卻不自知。

「而老班治邊，必然很多汙點，從他傳授的經驗可知，這是朝中『賢

臣」不可接受的藏汙納垢之法。所以，現在的結果，也許是最優的結果。班超以完美的姿態全身而退，而朝中也無人出來做這個壞人。皇上在此事之中，既顯現出信任倚重功勳老臣，又充分體恤下情之態。且他將班超及時召回，實在是一件皆大歡喜之事。

「此事唯一傷害的，怕就是任將軍。他最後也並未承擔什麼責任，不過是被人評價一句『年輕不懂事，死讀書而不懂變通』罷了。其實，哪裡會因為治軍嚴苛就丟了西域，不過是三十多年兩代人，西域的駐守軍隊，肯定有很多已各有頭目和領袖了，老主管走了，那就是換新人的時候，這些人豈能容得了他呢？這本來就是註定的結局，只不過任將軍剛好在這風口浪尖上罷了。」

韞玉聽完，輕輕點了點頭，心中十分詫異。他看了看眼面前的孟姐姐，忍不住做了個揖道：「孟姐姐的見解果真不是一般女子所能及，甚至連男子都要遜色一籌。這個問題我只看到了兩層，但是第三層確實未曾深思。多謝姐姐點撥，我這就去書房把回覆寫下來，命人送去回宮裡覆命。」

說完，他便急急忙忙轉身去了書房。

韞玉在書房之中，一邊回顧桑黛的話一邊想，何以孟姐姐此等年紀竟然能看到三個層面？確實學識和見解都十分不凡。她若是男子，得以好好栽培，定可以為一位朝堂之上的棟梁之才。這孟姐姐到底是什麼人，才有這麼深厚的家學淵源呢，真是令人百思不解。

孟婆看著韞玉的背影，淡淡一笑，心裡想起自己少女時，母親總愛用各種史書來考問自己之事。母親認為，就算女子也要有自己獨立的見解和判斷力，這樣方能安然立足於世。

韞玉走後，孟婆搖搖頭，想自己曾經不也是局中人嗎？只因為自己經歷過，所以才會懂得。

還有什麼看不透？跳出棋局，才能有不一樣的見解，皇帝明面上是出考題，暗中的意思更值得深思。

「希望韞玉可以看透這一點吧。」孟婆站在原地，喃喃自語道。

本想著帶桃汐歸家一趟的錢婆婆見年關將至，思忖著大冷天領著孩子在林子裡打轉，始終覺得有些對不起桃汐，再者，此刻回去也趕不上過年，便接受韞玉的提議，攜桃汐一起在王府留下來，預備在這裡過個年。

成染閉關，錢婆婆和孟婆又在韞玉的王府裡，所以對桃汐而言，韞玉的王府自然是過年最好的去處。

韞玉很高興，準備好了各種新年的物品，對桃汐照顧得很是到位，對錢婆婆也很是關懷，孟婆將這些看在眼裡，很是欣慰。

「孟姑娘，這是你要的東西，我準備好了。」韞玉將棗泥色的食盒交給孟婆。

孟婆拿著食盒，惦著有些沉，說道：「多謝。我傍晚要出去一趟，子時歸來，還能一起守歲，我已經告訴了錢婆婆和桃汐，你放心吧。」

「孟姑娘放心好了。」知道孟姑娘身分神祕，且與武陵舊王府中的神祕人有淵源，韞玉也對她格外尊重。他曾試探地問過孟姑娘的身世，但是她不願說，韞玉也就識趣地沒有多問。

冥府之中，奈何橋頭，只剩寥寥幾個鬼魂，招弟正彎腰舀孟婆湯，林冉冉正倚在橋頭嗑瓜子。

林冉冉面前飄著兩個果盤，一個盛放瓜子，一個盛放瓜子殼。

孟婆很喜歡在人間進入梨落樓時穿的一襲白衣，如今又穿著這身行頭去了冥府。

林冉冉百無聊賴地嗑著牛頭馬面從人間帶來的瓜子，無意間抬頭，看見一個身著一身白衣，一手拿摺扇，一手拿食盒的孟婆向自己走來。

林冉冉頓時驚住了，瓜子殼掛在嘴角，盯著已經站在她面前的孟婆。

孟婆用拿扇子的手指了指自己的嘴角，然後衝著林冉冉微微一笑。

林冉冉順手向著嘴角摸去，摸到了瓜子殼。

「不會是因為這個在笑話我吧！」林冉冉盯著手裡的瓜子殼，露出吃驚的表情，畢竟以前的孟婆總是不苟言笑……至少不會像現在這樣。

林冉冉念了一個咒，召喚牛頭馬面和黑白無常。

此刻的孟婆已經走上了奈何橋，跟招弟說著什麼。林冉冉看著孟婆

的背影，暗暗將手裡的瓜子殼丟入果盤……

孟婆將食盒打開，一盤一盤將裡面的飯菜擺在桌子上，牛頭馬面和黑白無常還有招弟排成一排，都在消化著此刻孟婆的轉變。

「牛頭，你說孟婆怎麼了？」馬面本就是個話癆，忍不住問道。

「這孟婆是被誰勾錯了魂嗎？」白無常也忍不住發問。

「笨，孟婆本就是魂魄，縱觀冥府，有誰是她的對手。」牛頭打了一下白無常的頭道。

黑無常莫名被他打了一下，不禁有些生氣，也打了一下馬面的頭作為回敬。

「黑無常，你打我幹什麼？」馬面委屈地抱著頭。

「誰讓牛頭打小白了。」黑無常毫不知錯地說道。

「那是牛頭打的，又不是我。」馬面更加委屈了。

「你倆牛頭不離馬面，打你和打他一樣。」白無常忽然插話。

四個人馬上就又要鬧起來了，林冉冉急忙阻止道：「你們想打什麼時候都能打，別忘了正事。」

牛頭馬面和黑白無常立刻老實了。招弟忍不住想，還是最能打的厲害，武力能震懾一切。

「你們有什麼正事？」孟婆的聲音一如既往地清冷，不過這些卻帶了幾分戲謔。

「呵呵……」眾鬼差你看我我看你，然後又各自東張西望，彷彿事不關己。

林冉冉拿出手裡的紅纓槍，似是在欣賞自己的兵器，甚至黑白無常拿出了勾魂譜，似乎在看今天的任務有沒有完成，但馬面卻看見他們將譜子拿反了，在一旁偷偷發笑。

「快過來坐。」孟婆將飯菜擺放好，對著一排的鬼差說道。

眾鬼差推推搡搡地走過去，乖乖坐好。

孟婆拿出酒為眾鬼差倒酒，牛頭馬面急忙去搶酒壺，說他們來倒酒。孟婆阻止了他們，親自給每個鬼差倒了一杯酒，說道：「此酒，敬我們相

識多年，情誼一場。」孟婆將酒飲盡，笑著看向眾鬼差道。

坐在孟婆旁邊的林冉冉忍不住了，說道：「桑黛，你這是想好了要去輪迴？」

聽林冉冉一言，眾鬼差驚醒。

「八十年了，我也該走了。」孟婆說道。

「孟姐姐，怎麼忽然就……」馬面還沒說完，就被牛頭一杯酒堵住了嘴巴。

「孟姐姐終於想清楚，願意轉世輪迴是好事，應該舉杯的。」牛頭笑著說道。

孟婆心中明白眾鬼差對自己的不捨，也感謝這些年來眾鬼差對自己的照顧，而如今能做的，也不過就一杯薄酒相敬。

「多謝眾位這些年來的照顧。」孟婆含笑說道。

「嚶嚶嚶……孟婆姐姐要拋棄我們了。肯定是在人間看上了哪個小白臉。孟婆姐姐，那小白臉的臉，難道比我還白嗎？」白無常忍不住哭了出來。白無常的哭聲十分淒慘，且他眼中流出的淚都是血紅色，在慘白的臉上顯得十分嚇人。

林冉冉一拳打過去，不耐煩道：「別哭了，哭得真難聽，人間哪個小白臉都長得比你好得多，要是人間的小白臉都你這個模樣，那就莫要說八十年，就算八百年孟婆也沒膽去投胎。」

白無常被打了一下，不敢再哭，只是被林冉冉一貶低，有些不忿。但一想到孟婆要走了，心中總感覺十分不捨，一時間也安靜了許多。

「為何忽然想清楚了？」林冉冉問孟婆。

「一個女孩教我學會了如何放下枷鎖，與自己和解。曾經的我就如螻蟻乘落葉，漂浮在無邊無際的大海上，只知道四周皆是水，卻不知道海有多大。我的前世總將自己困於情愛之中，卻辜負了世間其它的美好，太不值得了。曾經我對世間絕望，是因為我的眼界太窄，看不見山河。而今我雖無乘風而起的氣魄，但至少有挑戰世界的勇氣。我想，我也該走了。」

聽完孟婆一番肺腑之言，眾鬼差也不知該再說什麼，只能舉起杯中

酒，遙敬孟婆，祝她前路順遂。

林冉冉喝了一大口酒道：「孟婆姐姐要是走了，下一任孟婆不知道是何人，但肯定也是如姐姐般的絕美女子。我能和冥帝要求一下，再把那前任孟婆渥丹招來做孟婆嗎？聽說她又會武藝，菜做得也好，還有好酒量，那實在太合我意了。」

「哼，你想得美，你和渥丹姐姐要是一起做了鬼差，這奈何橋都要被你們倆拆了，三生石恐怕都變成碎石堆了。至於你們的居所孟婆莊，那就要換個牌匾叫女將軍府，所有鬼差們都不敢去你們那做客了。再說，哪有一直要人家做孟婆的道理，你還真當坊間的玩笑是真的啊？

「坊間說孟婆做了數百年孟婆，做累了便去找冥帝，說自己累了乏了無聊了，不想再做孟婆了，想投胎而去。冥帝欣然答應，隨手給了孟婆一碗孟婆湯，說孟婆啊辛苦你了，喝完這湯你就安心去輪迴吧。這孟婆一飲而盡，過往種種皆忘於腦後。她看見冥帝，問自己是誰，冥帝只能慢悠悠道：『你叫孟婆，每天在這裡熬孟婆湯，分發給投胎之人。』然後，孟婆茫然的點了點頭，又開始了她的孟婆生涯。」馬面一口氣說了一大堆。

他唉聲歎氣，眾人卻只覺得十分好笑。

黑無常氣鼓鼓說：「這完全是詆毀我們冥帝大人啊，說得好像我們人才濟濟的冥府，都沒有可用之人一般，聽著著實令人生氣。自古以來都是鐵打的四人莊，流水的孟婆莊，也不知道這些世人怎麼會聽這麼不真實的傳言，太無知了。」

牛頭接話說：「這傳言最不可信的一點就是，孟婆竟然說冥府無聊，自己累了乏了，無趣了。這冥府有我們四大鐵莊，牛頭、馬面、黑白無常，怎麼會悶呢？有我們就有歡聲笑語啊，可見這編故事的人定是孟婆湯喝多了，完全不記得自己在冥府等待投胎時與我們見過，只要領略過我們的風趣幽默和風流倜儻，就不會說出這樣的話來。」

林冉冉一聽這話，一下子沒忍住，一口酒笑噴在牛頭臉上。

大夥看著牛頭臉上被林冉冉噴上去濕答答的酒，還有零星的幾顆小瓜子仁。酒席的熱鬧氛圍再次被打開，歡笑聲再起。

「桑黛，怎麼忽然女扮男裝回來了？」招弟問。

這一句話忽然引起了周圍人的興趣，皆睜大眼睛看向孟婆，像是要打聽什麼祕辛一樣。

「這身衣服佩搖扇最好看了，可惜此刻正是人間秋冬時節，我拿著搖扇出門，會被眾人投來奇異的目光，雖不在意，但也挺不舒服的，索性就穿到冥府來了。」孟婆似真似假的說道。

眾鬼差彷彿從孟婆嘴裡聽了一個玩笑，臉上先是驚訝了一會兒，接著又恢復了常態，畢竟今日一夜對孟婆產生了新的認識，就算今晚孟婆要做什麼，他們也都可以平常心態接受了。

「這身衣服很漂亮呀，我也曾女扮男裝，還因此差點混入軍營從軍出征。」林冉冉喝得有點多了，接著話頭說道。

「林將軍這麼厲害呀！」白無常的馬屁拍得十分及時。

「我跟你們說說是怎麼回事吧……」林冉冉頓時提起了興趣，小嘴一通說。

故事還在繼續，但眾鬼差似乎都很盡興。

美酒美食配上故事，這才配為鬼一世。

第十八節

　　溫情的日子好像流逝得都格外的快，轉眼還有七天就要過年了。

　　晚間街頭巷尾都透露出喜慶的氣氛，各色的彩燈高高掛起，五色交輝，將整個洛城裝飾得如同仙界樓閣，玲瓏剔透，色彩斑斕。

　　孟婆的靈識從空中飛過，俯瞰整個洛城。放眼望去，整座城都在發光，爆竹聲此起彼伏。孟婆停留在空中，靜靜同這座城的呼吸，這座有著世人所嚮往的一切榮耀輝煌、滔天富貴與爾虞我詐的城市，褪去一切人們所贈予的外衣，僅僅是一座城，再多點，不過是有些燈光點綴的房屋。

　　孟婆輕笑，心中一切釋然。

　　空中冷風吹過，孟婆身上的酒氣慢慢褪去，身心皆歸於寧靜，隨後向著九王府方向而去，那裡還有等待自己的人，那是真心愛自己的人。

　　見孟婆歸來，錢婆婆急忙拿來一塊貂皮毯子，幫孟婆蓋在身上，嘴裡關懷道：「你這孩子真是的，大冷天還來回跑，快蓋好。」即使知道孟婆是冥界鬼差，但還是下意識地問孟婆冷不冷，這份愛護之情，讓孟婆心裡暖洋洋的。

　　「孟姐姐，快喝口熱茶。」一旁的桃汐遞了一杯溫熱的茶水過來，放到孟婆手裡。

　　孟婆心裡暖暖的。

　　「孟姑娘回來了，正巧，我買來了煙花，要不要一起去放煙花？」韁玉從門外走來，桃汐看見他的臉上和耳朵都凍出了紅色，一陣心疼。

　　「孟姐姐剛回來，先讓人家休息一會兒，你看你也凍紅了耳朵，過來一起喝杯熱茶暖暖身子吧。」桃汐又倒了一杯熱茶，遞給韁玉，眼裡亮晶晶的。

　　韁玉接過熱茶，挨在桃汐身邊，陪著屋子裡的人們嘮嗑起來。

「姐姐與友人相聚，可有什麼有意思的事，給我們講講吧。」桃汐磕著瓜子對孟婆一臉好奇。

孟婆揭開茶杯的蓋子，吹了口氣，喝了口茶，才緩緩說道：「妹妹這樣問起來，我這一想，還真有件有意思的事。」

「嗷，那姐姐快說。」桃汐連瓜子都不嗑了。

孟婆倒是一點都不急，又緩緩喝了一口茶，急得桃汐急忙湊到孟婆身旁。

「姐姐快說呀。」桃汐心裡滿是貓爪亂撓癢癢。

韞玉在一旁附和：「是呀，孟姑娘，你就別逗桃汐了，快講吧。」

錢婆婆在一旁樂呵呵的，就像看著家裡的孩子歡鬧。

「那我就說給你們聽聽，這是我那老朋友，他見我時，和我說了他前些日子的見聞。」

城南濟同巷裡有戶窮苦人家，李姓的丈夫本是船工，其妻李氏前朝也是讀書人家小姐，改朝換代了，全家只剩她一人存活了下來。便只能隱姓埋名，隨後遇上了李大江，有幸結為連理，為人洗刷縫補，日子雖然清貧，但也恩愛。過了幾年添了個胖小子，一家三口也是和樂美美。

二十年前的一個冬天，一日這李船工照例撐船，忽然江中掛起一股歪風，一個本倚靠在他船舷邊的少婦手抱一女嬰，因這歪風一下重心不穩，少婦和嬰兒皆落入水中。江中水流湍急，片刻將這母女分離。船上之人紛紛尖叫，江上人來來往往，這種事情都是盡量救，這李船工一見，二話不說便跳下江去，努力游近那嬰兒，逆水而游，著實費力。花了九牛二虎之力才將女嬰扔回船上，眾人見狀，皆忙著照顧女嬰。他又跳下去游向另一邊的少婦，那少婦已經昏迷狀態，喝了好幾口水，在水中漂浮。他使出吃奶的力氣向少婦游去，不料因水冷，腿腳抽筋了起來。最終在一船人的注視之下，和那少婦一同溺死在江中。

李氏得知之後，悲痛欲絕，白綾都掛房梁上了，但這時聽見幼子的哭聲，又哭著下來抱起兒子哺乳。辛辛苦苦，誓要把兒子養大，李成十歲

那年，李氏忽染重病，差點撒手人寰。但她不顧自己體弱，日日去城北邊的天一道觀替兒子祈福，擔心自己死後，孩子孤苦無依。這道觀有位隱居道爺，得知其夫為救人命，而拋下他們母子二人，撒手人寰了，心中很是感念，又見這李氏日日為兒祈福很是心誠，便給其做了場法事，施了個法術。不過幾日，這李氏竟然病痊癒了。

痊癒之後，李氏白天輔導李成的學業，晚上拚命地給大戶人家縫補衣物，每日幾乎都睡不了兩個時辰。

一年年的，李成慢慢懂事了，自然不忍心娘這樣折磨自己，一天晚上就勸她說：「娘啊，我們除了吃喝，幾乎不花錢，您就少做一些活兒吧。您的身體禁不住這樣消磨的。」

李氏看著昏黃的油燈，摸著兒子的頭說：「兒啊，莫要擔心，你父親早逝，家裡的事情就交給我吧，你將心思放到學業上就好了，放心吧，我沒事的。」

轉眼間又是十年過去了，李成二十歲了，已經長大成人，不但一表人才，還滿腹詩書，成為遠近聞名的才子。

弱冠那天，家裡竟來了一位劉員外登門，說是給自己家姑娘提親。李成細細問去才知道，原來這劉員外是當初救下女嬰的父親，當年劉員外也是普通窮秀才一名，妻子劉氏生完孩子想回娘家探親訪友，他在鄉里教書，便讓夫人帶著孩子獨自回去了，不料這一別就是永遠。妻子回程途中遇到水難，幸得李船工救了他女兒。那時他自己都一貧如洗，自然無法回報李船工一家的恩情。他忍住哀傷埋葬了夫人，帶著襁褓之中的女兒去了北方闖蕩。

十年過去，棄文從商，竟然在北方逐漸富裕了起來，便衣錦還鄉，請人來打聽當初的救命恩人住在哪裡，終於年初才找到了李氏居所。聽說他有一個飽讀詩書的兒子，又想到自己有個女兒，自己就馬不停蹄地帶著厚禮和嫁妝直奔而來。

造化難測，李氏聽聞之後，只覺得一切都是造化，自己丈夫雖然捨己救人，但未料這救來的女嬰竟然成了自己的媳婦。命運玄奇，果然料也

料不到。自己家貧寒如此，劉員外亦然不嫌棄，只想報恩，便立刻應允了這門婚事。

自此，李氏日日催著李成早日成婚，說是想要親眼看著兒子結婚。這句話引起了李成的警覺，連忙追問是怎麼回事，他娘沒有回答，只是說等他完婚後再告訴他。

忙碌了幾天後，李成完婚了。就如同事先預見一樣，李氏突然就病倒了，而且病勢沉重，眼看著就不行了。

李成跪在病床前，眼淚止不住地流淌。他娘說：「兒啊，別難過了，其實十年前我就應該死去，只是為了你，我才不得不請道爺用了法術。」

李成一愣，自家老母親雖然長期苦熬，但是怎麼可能出現這種事情：「娘啊，你在說胡話吧？」

他娘搖搖頭：「這件事還得感謝你，這十年來，其實我用的是你的壽命。」

原來，十年前李氏的壽命就已經耗盡。可是當時李成才十歲，如果她也走了，那麼李成沒人照顧，不是被餓死就是流浪街頭受盡苦楚。他娘實在放不下心，就日日去山上道觀求老道長收留李成，這樣就算自己死後，李成也有口飯吃。

老道長聽了她的事情，感動於他父親是救人而死，便告訴李氏，他會借壽的法術，只需從血親的身上借來一段壽命，這樣，她自己就可以照顧孩子了。

從兒子身上借壽？道長又不收留自己的孩子，李氏想了很久，也只有這一個辦法可用了。當天晚上，老道長駕雲去了他家，做了法事、施了法術，就從李成身上借了十年陽壽給他娘。

第二天，李成娘的病就好了。想起自己拿走了兒子的十年壽命，頓時感覺對不起兒子，於是發瘋一般幹活，照顧兒子，想讓兒子在十年中出人頭地，不再用自己照顧，於是日日夜夜催他苦讀。

這幾日，借的十年就快用完了，所以，他娘才催促他完婚，以便完成自己的心願。

聽了娘的述說，李成愣了半天，哇哇大哭起來：「娘啊，能把我的壽命借給您，是我的福分，我願意。這十年是您照顧我，我要再借給你十年，好讓我照顧您！」

他娘感動得哭了，但說什麼也不答應。

最後，李成找來家中的菜刀，橫在脖子上，說娘不答應，就死在她面前。看兒子如此決絕，沒有辦法，他娘就告訴了他老道爺修行的道觀，讓李成自己去找。

李成找到當年那位道爺，說還想再借給娘十年陽壽。道爺開始也不同意，說是強行延長將死之人的壽命有傷天理，死後要被算帳，更不要說第二次延壽。李成用自己的性命要脅，哭訴其母親這十年所受苦難，好不容易等到他成婚了，一日清福沒享，就如此過世，自己實在悲痛，懇求道長讓他盡孝。

老道念他如此誠心，又有孝心，便當面做法，又從其身上借了十年陽壽，李成娘的病也馬上好了。

一年之後，李成高中榜眼，一時間風光無二，他娘聞訊，忍不住喜極而泣。

李成專程來道觀道謝，感謝道爺讓母親有生之年看到自己喜登榜上。道爺也為他的孝心感動，順帶告知李成，自己將去雲遊，日後不要來這道觀尋他，定是尋不到的云云。

李成聽完，喜臉變黑臉。忽地跪在道爺跟前，說想學習這個借壽的法術，如果不教他，他便在道爺跟前自殺，道人重因果，這人是萬萬不能死在他的面前。

道爺很是驚訝，「這是要命的法術，你這堂堂新科榜眼，風格無限，大好前途的，何必去損傷自己的氣運，再說你學它有什麼用處？」

李成哭著道：「道爺你雲遊天下，十年後，萬一我找不到你，怎麼挽救我娘？」

道爺實在怕了，就把這門法術傳給了李成，然後當即駕雲離開，絕了李成再找自己的念頭。

李成回家後，安心地侍奉起母親，對自己的妻子體貼細微，對丈人萬分尊敬，早晚端茶，一家人和睦相處，讓旁人好是豔羨。

一日正午，夫人嘔吐，去問大夫，把脈之後，大夫恭喜他有後，這讓李成欣喜若狂，趕忙去向母親報喜。母子喜極而泣，李氏想著李船工雖然死得早，但如今家業興盛，也可以在安心投胎了。

李成看著慈愛的母親，突然心裡盤算好一個主意，既然壽命可以在血親身上借，那麼我多生一些孩子，將每個孩子的壽命都借來，這樣我和母親不就可以活很長很長時間了嗎？

很快，他的第一個孩子降生了。第三天他趕緊偷偷施用法術，想借走孩子所有壽命，這樣，孩子夭折，媳婦就得繼續生，他再繼續借。

奇怪的是，這個孩子半點生病的跡象也沒有，還很健康的成長，絲毫不見壽命耗盡的跡象，李成慌了，難道當日道長傳完借命法術就飛走，是因為法術是假的嗎？

他慌了神，花重金四處讓人去尋找道爺，終於用了兩年時間，在青城山附近找到道爺，於是連夜啟程，前往青城山問個究竟，為何那法術會失效。

道爺見到他那著急模樣，便已經心裡明瞭，實情相告：道教法術是修道者方便弘道修德，救人度人之道術，世間任何事物，都在承負因果關係中，用法術幫人療病除災，是積功累德的。不修正法正道或用法術從事左道旁門，以法術害人，一般必獲惡懲，願智者、德者鑒之。這種借壽的法術不是失效了，而是用得不對，不能平白借壽，只能在兩個充滿愛心、一心為對方著想的血親之間才能成功。

李成聽後長歎一聲，癱坐在地上。

桃汐聽完後，嘖嘖歎了兩聲，臉上帶著幾分可惜與憐憫。

「所以啊，做人不要太貪心，孟姐姐是這樣嗎？」孟婆刮了一下桃汐的鼻子，桃汐反問道。

孟婆點點頭，流露出贊同的神色，但桃汐卻沒有發現，錢婆婆和孟

婆交換了一個眼神，彼此心照不宣。

「世人常犯錯，皆因心中各有籌謀，而此籌謀多關乎一個『利』字，此『利』皆逃不過一個心中貪念，因貪念，所以想要很多，漸漸不知滿足。若得不到，滿足不了，便會埋怨，終日愁思，甚至生出怨恨。心中失衡，自然得不到想要的結果。」

孟婆又喝了一口茶，發現杯中水有些涼，微微皺起眉頭。

「我幫姐姐續一杯。」桃汐急忙提起茶壺，給杯子加茶。

「好。」孟婆放下杯子，將蓋子打開等桃汐續茶。

「世人總愛追求完美，這本無錯，可也不要讓此心遮蓋更多的美好。人有悲歡離合，月有陰晴圓缺，萬事萬物原本就很難做到至極的完美，所以面對缺憾，也要接受，不要動小聰明。慧極必夭，情深不壽，過剛易折。」

桃汐續滿了茶，坐在孟婆身旁，靜靜聽她傳授人身經驗。

「曾省驚眠聞雨過，不知迷途為花開，人活一世，掌握小滿的尺度，才能活出人生的大圓滿。」孟婆盯著桃汐的雙眸，又看了一眼韞玉，似乎在說什麼。

但桃汐隱隱覺得抓住了那個道理，露出恍然大悟的神色。

「孟姐姐教誨的是，桃汐受教了。」桃汐笑著說道。

「聽君一席話，勝讀十年書。」韞玉聽的過程中，也湊了過來，在一旁補充道。

孟婆自嘲一笑，告誡二人：「我走過彎路太多，如今好不容易想通了點什麼，便告與你們，莫要犯我的錯誤，步我後塵。」

孟婆看向錢婆婆時，錢婆婆對著孟婆點點頭，輕輕一笑，眼眸裡滿是感激之情。

門外敲更的更夫，敲響了子時的鼓點，新的一年正式到來。

聽到門外的打更聲，錢婆婆換上一根新燭，笑吟吟聽眾人談論，享受此刻的歡聲笑語。

「我們去院子裡放煙花吧。」韞玉提議道。

「好呀好呀，我們前幾日買了一些煙花，正在西北偏房裡，韞玉我們去拿吧。」桃汐先興奮起來，拉著韞玉前後腳出了門。

「再加件衣服。」錢婆婆在後面喊。

「知道了。」遠處桃汐大聲回應道，但一個都沒回來。

「唉。桃汐這孩子，也不怕生病。」錢婆婆歎了口氣，又道：「今天真是謝謝孟姑娘了。看著桃汐這孩子今日來如此開心，我真不知道如何將七月之時的魂歸之事告訴她。」

「錢婆婆，我拿衣服去給他們吧。」孟婆說道：「船到橋頭自然直，莫擔心。」

「不瞞孟姑娘，老身有些後悔，自己好像不應該再次返回來找桃汐，我好像擾亂了她原本平靜的生活。」錢婆婆低頭掩面，陷入自責。

「生老病死本是常事，何況桃汐已經知道我是孟婆，也猜測到我和你之間有著某種交易，所以我想她會有心理準備的。」孟婆拍拍錢婆婆的背，又遞過紙巾，安慰道。

「桃汐是個聰明的孩子，有我們一般人沒有的胸懷和見解，她很重感情。」錢婆婆看向孟婆，眼神中帶著懇求：「我不想將魂歸忘川之事告訴桃汐，我不想讓她知道我不能輪迴，我怕她心存愧疚，怕她餘生不安，所以孟姑娘可以幫我隱瞞嗎？」

孟婆思索片刻，說道：「既然是婆婆的心願，我自然聽從。」

母愛總是這般，想要把最好的留給孩子，尤其不想將羈絆留下。

如今想來，當初母親所做，雖然將自己打入黑暗之中，不留餘地，但如今想來，只是不願自己獨自活在一個她無法再保護自己的世界裡。

「當時，自己的母親和成染兵戎相對，最後慘死在他之手，由此丈夫對自己充滿了懷疑，派人日夜監視自己，導致自己在整個皇宮裡孤立無援，又有朝臣百姓指摘自己，即使為了腹中的孩子活著，也會整日受到內心的折磨，最後的結局可想而知。終究不過紅顏薄命，孩子的結局更是可見，不是下毒殺死，就是封閉在冷宮中……」孟婆心思頓時百轉千迴。

「或許，母親是用了一種最心狠的方法來愛自己吧。」孟婆想到一

個從來沒有的可能，喃喃道。

孟婆拿著衣服出房門時，院子裡的韞玉和桃汐已經點燃了煙花。

綻放的煙花冒著縷縷青煙，被桃汐拿在手裡轉動飛舞。

桃汐見孟婆出來，連忙跑過去，將一個剛點燃的煙花遞出去：「孟姐姐，給你一個。」

「謝謝。」孟婆笑著接過煙花。

「孟姐姐，你最近有點任性呀。」桃汐將手中燃盡的煙花放下，笑嘻嘻道。

「我一向如此。」孟婆也覺得自己有些莫名其妙。

「孟姐姐肯定有心事了。」桃汐彷彿識破了什麼祕密，接著問道：「嗯，是不是想放煙花了？」

「沒有心事，不過就是過年之後要教你彈琴了，總得要有身為人師的威嚴。」孟婆憋著笑說道。

桃汐笑了起來，最後用手叉著腰接著笑。

「孟姐姐，以後桃汐是不是要叫您孟師傅呀。」桃汐壓著笑說：「孟師傅？」

孟婆也憋不住了，敲了一下桃汐的腦袋，急忙轉移話題：「錢婆婆要我拿衣服給你。」

「好姐姐，我一點都不冷，我蹦蹦跳跳的還出汗呢！」桃汐跳了兩下：「你看。」

「那一會兒玩夠了再穿上。」孟婆板著臉：「吹風容易感冒。」

「好，不過要孟姐姐陪我一起我才穿。」桃汐一本正經的語氣中帶著些戲謔。

說著，又遞給孟婆一個煙花。孟婆接過煙花，與桃汐融入到歡聲笑語的氣氛之中。錢婆婆雖然身體不大好，但聽著外面的笑聲，坐在屋子裡，嘴角也不自覺翹了起來。

新年過後，年假結束，韞玉也忙碌起來，不時往宮中去。桃汐開始跟著孟婆學琴，錢婆婆每天為他們準備美食，樂得逍遙自在。

初五，韞玉從宮中請安歸來，神情有些沉重，似有心思一般在後院踱步，只是那踱步和歎息之聲頻頻傳出，孟婆正在房中看書，聽見這不安的腳步聲便走來院中一探究竟。

「九王爺，何事躊躇不安？」孟婆笑問，相處的日子久了，也逐漸與韞玉親近起來。桃汐、韞玉與她，就像自己妹妹弟弟一般。

「孟姐姐，實不相瞞，我今日還確實有件事情要請教你。」韞玉與其他皇子公主也不算熱絡，又在龍虎山養了九年，回來之後與已經長大成人的兄姐們就更加客套生疏些。自從認識了孟姐姐和桃汐，雖然相識時間不長，卻內心總是覺得親切可信，日子久了，也就真把孟婆當作自家姐姐一般。

「那就說來聽聽吧。」孟婆好性子的說。

「事情是這樣的，我今日進宮進奏，遇到一兒時玩伴，他是陳侍郎的獨子，我與他多年未見，便細問他近況如何，這一問反而讓我心生鬱悶。這陳公子自幼飽讀詩書、為人上進，卻不知道為何總是無法高中，連續考了三年都名落孫山。我怎麼都想不通，他這種能出口成章的人會落榜，這是為何，我都為他著急。」韞玉有些不甘心的樣子。

孟婆一聽便噗嗤一聲：「這有什麼好想不通的？人的際遇因緣際會所致，不是單一你想如何便如何，有才華也要有運氣。我們總是看到表層的現象，卻總是看不透更深的因由。」看著韞玉似懂非懂的樣子，孟婆搖搖頭：「我講個故事吧。」

「姐姐請講。」韞玉急忙接話到。

「這是主角臨終之前感慨萬千親口說的，或許聽完之後，你心裡會理解一些。」孟婆慢悠悠地說道。

很多年以前有個叫張辰的狀元，他的狀元之名可真是來得蹊蹺。小道消息說這張辰，他的試卷在初審時原本只是第三名，排在前三名的最後一名，也就是探花。

皇上審核他們的試卷之時，看見本該第一名的沈巍文章寫得甚好，學問肯定是一等一的。只是覺得他這字體太過纖秀，彷彿在哪裡見過一

般，便將其放置一邊考慮。再審核其他兩本，當看到第三名張辰的試卷，覺得他字體剛勁有力，雖然文采學問略遜色前兩位，但也不差，看完也就順手擱下。

此時一王爺求見，這王爺是有名的愛吃愛玩，京城中各種地方都了若指掌，又愛尋些珍奇之物，大概又是尋得了什麼新鮮玩意，想獻給陛下。這位王爺是帶兵的，雖然是異姓王爺，但皇上也很是器重，畢竟祖輩功勳卓著。

王爺見皇上正在審閱卷子，不由湊過去看看，看到了第一名沈巍的卷子，越看越眼熟。皇上看他遲疑的模樣，便問可是有什麼問題？這王爺點了點頭，說是字跡和自己認識的一位風流才子似曾相識，便喚侍衛去王府，找管家去查核這件事情。

不過一柱香的工夫，王府的管家呈來一把輕羅小扇，扇上題有情意綿綿的詩文，內容有些下流，這一對照，字跡竟然一樣。

原來前些天，王爺府上生辰宴客，皇上也給面子去了，皇室宗親們就尋了些坊間出名的花魁來演繹助興，其間就有這小扇的主人，那是一名彈琵琶的花魁。本來也無印象，只是這冬日天氣，人人皆是湯婆子揣懷裡，偏偏這位花魁手中還拿著把輕羅小扇，顯得格外與時節不對應，讓人不免多看了幾眼那小扇。只見扇子上有纖秀詩文躍然而上，大家心裡便猜到七八分，定是這花魁中意的哪位才子新題詩文，才讓她額外喜歡，去哪都不忘帶著。

這一對照輕羅小扇的字跡，和這沈巍字跡一致，毋庸置疑是出自一人之手。皇上當下略有不悅，便說：「這風流學子，品行不端，就算中了狀元，恐非棟梁之用。」便不予錄取。

而看原來的第三名卷子，王爺仔細看了，又進言說：「這張辰的字體剛勁，性必梗直，恐難駕馭。」

皇上看了一眼這整日只知道吃喝玩樂的王爺，便說：「國家初建，正需剛毅正直之士以為國家所用，就算文官也該有武官的剛直氣勢。」語到此處，便什麼都不再說了，異姓王爺點點頭，口乎陛下聖明。

第二天皇上再決定之時，他就點了張辰的一本，由第三名而變為了第一名。

張辰高中狀元之後，到老師府上謝師，其師亦是沈巍的老師，他們本就是同窗同門之誼。老師得知張辰高中狀元後，向他說：「我實在告訴你，你的文章沒有沈巍做得好。何以聖上點中了你，想來你曾做過積德的事吧。」

張辰答道：「不曾，學生年輕，歷事甚少，沒有做什麼善事。」

老師笑道：「那麼一定是你的祖上積德了。」因而告訴張辰從那異姓王爺傳出他之所以中狀元的經過。

張辰回家以後，言說自己高中榜首，這下轟動了四里八鄉，待晚上親友散盡，詢問是否先人有積德之事，母親追憶道：「你父親去世得早，我記得他生前做過一件事。

「從前家貧，你父親只是擔糖果兌換破爛雜物維生。一天晚上歸來，我在一卷破棉襖中發現有一百銀錢，問他何以不知道？他說因為當時生意很忙，沒有打開看它。我勸他送還人家，這時已經很晚了，記不得是什麼人的東西，只記得在劉村兌換的這卷棉襖，當夜帶了這些銀錢，要去退還原主。

「到了劉村，只見一家有燈光射出，想去探問是何人丟掉財物，由門縫望去，頓時嚇得魂不附體，原來室中有三人束環吊在梁上，一動不動，炕上有一熟睡孩童，渾然不知屋裡景象。他立即踢門闖入，解救下來，見三人尚未死，遂向他們說：『你們若是掉了銀錢，我為你們送還來了。』

「老翁氣息奄奄地說：『這筆錢是我刻意送給你的，你拿去吧。』

「他覺得奇怪了，天地間哪有在全家自殺之前，還將錢送人的道理？就問他們為什麼要尋短見？老翁才說：『我們兩夫妻的獨子，在年前借了一筆錢去行商，不料客死他鄉，人財兩空。尋到屍首時，身邊所進的貨物也不見了蹤跡，現在家裡只剩下我們老兩口和他媳婦與四歲孫子。因為當初做生意借了本地陳某三百銀錢，也確實拖了很久沒還，現在他要求限在三天之內償還，他是惡霸，到期不還，我們的性命難保。

『乃求得媳婦同意，賣給另一開賭場的老闆家作妾，賣身價只有一百銀錢。錢已交來了，可是不能償清債款，媳婦又不願出門了，更捨不得自己四歲的幼子。一家人沒辦法，只好全體自殺。

『因為你時常來我們村，我見你是個老實人，行為甚好，所以決定把這筆錢送給你，那賭場老闆平日禍害了很多人，拿走他一百銀錢，老漢內心不愧。但這錢可以幫你改做別的生意，這筆錢對我們已無用處，對你卻有幫助，你快些帶回去吧，還是讓我們死好了，反正過幾日也要死。』

「你的父親更奇怪了，覺得這老人到了自殺之時，還能濟助窮人，真是難得，便感動地說道：『既然你的媳婦不願出門，把這一百銀錢送還男家，解除這家婚約。我在三天之內，為你們籌備三百銀錢還債好了。』」

「老翁慘然笑道：『你莫不是誆騙我，你只是在做換糖果的小生意人，哪裡會有錢呢？』

「這個你不用管，總之還有三天時間，到期我送錢來。」說罷放下那一百銀錢，就回家來了。我聽見你父親講述事情經過，卻恨他一時亂說大話，哪兒能夠籌集這三百銀錢的鉅款？

「殊不知他第二日竟將自有祖上傳下來的幾間老屋賣去了，但僅得二百五十銀錢，仍舊差了五十銀錢。你父親連夜以自己的名義一家家借錢，這般足足熬了一個通宵，終於湊齊了那五十銀錢。

「第三日一早，將這湊足三百銀錢送到那戶人家，還了那筆閻王債，救了他一家人性命。這家人也是時來運轉，那家人是山客，隔了兩年，那老漢去山裡挖藥材，竟然挖到顆千年人參，送到京城的藥手閣賣了，當即就連本帶息地還了錢。你父親當時還不肯收利息，只是對方堅持如此，也就同意了。之後你父親加價才將我們的祖屋從人家手中買了回來，總算順利把祖業留給了你。」

張辰聽罷之後，便帶來些禮物去那劉村打聽，當年那家的媳婦已經五十幾了，家境優渥，聽到恩人之子尋來，老婦人抓著張辰的手不住地流淚，一個勁地說感恩他的父當年的救命之恩，才讓公婆善終。自己守寡帶大的兒子，也已經成家立業，如今有子女三人，而其子現在已經是遠近聞

名的鐵匠，養活一家人綽綽有餘。若是沒有當年張父的善舉，怕是一家人都早赴黃泉了。

張辰又贈了些禮物，便告辭了。在回家途中，他細細思量，感慨萬千，師兄沈巍喜好風流，以尋花題詩，因字體纖秀，雖應中狀元之才，竟不得中。而他張辰無沈巍之才，竟因字體剛勁而得中。這實在蹊蹺，也定然是父親的善行，宜後嗣昌達了。

孟婆言畢，頗有深意的看了韞玉一眼。

韞玉越是細細思量，越是覺得驚歎不已，不由自言自語道：「難怪古訓有云：『積金遺於子孫，子孫未必能守；積書遺於子孫，子孫未必能讀；不如積陰德於冥冥之中，此萬世傳家之寶訓也。』」

「正是如此，很多人雖有匹配的才華，但是時運不濟，又或者陰德不足，皆會無法達成目標之事。毋須怨天尤人，多去做些善事義舉，也給自己多添加些福報才是。」孟婆說。

「謝孟姐姐指點，我懂了。」韞玉笑答，心中豁然開朗起來。

第十九節

不到兩日，韞玉又被召進宮中陪皇上喝茶下棋，一去便逗留了大半日，未時才回到王府。一進後院就看見孟婆獨自坐在木亭裡，也不覺寒氣深重。此刻她正望著天空雲卷，聽著遠處傳來陣陣悠揚的琴聲。

她見韞玉回來，向他招了招手，韞玉便走了過去。

「九王爺，是否覺得陛下最近特別關注你？」

韞玉聽她如此問，遲疑著點了點頭。

「你是否能聽出陛下的弦外之音？」孟婆接著說道。

「孟姑娘此言何意？」韞玉有些不解。

「陛下或許已經知曉你進出武陵王府舊址之事了。」孟婆將手中的茶放回桌子上，看著韞玉，眼波流轉。

韞玉神色一變，有些出乎意料。

「孟姑娘的意思是陛下有意放我進去？」韞玉問。

「嗯。陛下應該是有心讓你受了這份福氣。」孟婆含笑說道。

「此話何意？」韞玉不解道。

孟婆盯著韞玉，緩緩說道：「如今算來，那人已經一百二十歲了，容顏未改，身形未變。不過那人心中有執念，不願離開，所以才會在此苦苦守護。他很英勇，也很強大，是天之驕子，更是帝王之才，可是他卻囚於內心，無法掙脫，此八十年間一直困自己於此。你的父王有意放你入內，是因為他知道天命不可違逆，如此下去終會遭到反噬，所以他需要選一個有緣人入內，去了卻這段塵緣。而那人曾救過你，你是最合適的人選，如此，可算是報恩了。」

桑黛有理由恨成染，不願原諒成染，但而今她是孟婆，送給世人的不僅僅是一碗孟婆湯，也是一份解脫。如今她已經解脫，所以也想著幫成

染解脫。

「孟姑娘怎麼知道這些。」韜玉還未從震驚中走出來。

「就算你功夫再好，你覺得你經常出入那武陵舊府，眾多看守竟然毫無察覺，難道他們都是擺設？可見是有人授意讓他們睜一隻眼閉一隻眼罷了。若問我為何知道這些，我想應該不必向九王爺解釋，其實以九王爺的敏銳，又豈會不知道我的真實身分，只不過是出於禮貌，沒有追問罷了。

「時到今日，便與你說了也好，我就是那冥府的鬼差孟婆，陪著錢婆婆來完成她最後一個心願。她的心願你大概也知道了──就是找到桃汐，獲得諒解，能與其相處一段時間而已。我們也是緣分能相遇，現在你和桃汐皆知曉我的身分，依舊是不足為外人道也。」孟婆輕笑。

「我去看看桃汐琴學得如何了，先告退了」。孟婆帶著笑容離開。

韜玉嘴裡喃喃道：「孟姑娘……孟婆……」

不及多想，韜玉急忙跑去皇宮的藏書閣，尋找皇室史冊。往上八十年，當時的君王是開國帝王成染，而桑黛這個名字，赫然出現在其側。

孟姑娘、桑黛、成染……一下子韜玉全部明白了，確實也只有他們如此的身分，才能解釋之前所發生的事情，只是這一切來得太突然，他需要思索一陣才能反應過來。

皇室多年前的祕辛不算祕辛，不過被人刻意掩埋過，並未發酵嚴重，經過幾十年，已經換了三朝，如今差不多不會再被人提起了。皇室從來不缺歷史，只是歷史往往被隱藏，不想這段褒貶皆存的歷史，竟然被完整記錄在冊。

兩方交戰，一個是為了新的王朝，一個為了舊朝，兩個人都在權力的交鋒中暫時妥協。

當初成染留下和音，是因為和音率國來降，成染出於感激和顧慮民心所向，歷史褒貶，更因為與和音公主一戰，對邊塞剛剛入駐洛城之界的軍隊來說，需要付出一定的代價，況且和音公主向來做事決絕，嫁給無用的王爺來降低自己的威脅。王朝雖暫時平靜，但是禍患仍舊未除，或許成染一直在等待和音公主率先挑起戰事的一年，那時成染便可名正言順地清

除所有威脅，坐穩皇帝之位。

　　對和音公主而言，魚死網破不如保存實力，況且公主所得民心不輸於自己的父王，奈何她是女兒身，終陷入泥沼。和音公主選擇忍辱求生，等待東山再起。她暗中聯絡舊部，並用前朝遺留下的黃金收買朝臣，逐漸滲透入朝堂的軍營，等待王朝的顛覆。和音將自己活成了不該有的樣子，卻也是命運安排下不得已的選擇。

　　兩個人各懷心思，讓夾在中間的桑黛最辛苦、最可悲又最可憐，最終自陷泥沼中。

　　看完這段歷史，韞玉仍捧著書出神。

　　成染為何還不願離去？

　　年後幾日時間，桃汐彈琴的技藝越發嫻熟，可彈成曲調。

　　「孟姑娘，過幾日便是上元節了，你和錢婆婆還有桃汐過完節，暖和點了再走吧。況且婆婆身體不好，還沒開春便歸去，怕路上有什麼閃失。」韞玉勸道。

　　「婆婆外出已久，何況老人家總會有戀家的情結，錢婆婆總覺得將桃汐帶回家，一切才能圓滿。不過錢婆婆身體確實不好，王爺說的事情，我會向婆婆表達的。如此一來，又要叨擾王爺一陣子了。」孟婆笑著說道。

　　「我這王府雖然不算奢華，但住著舒服，錢婆婆放心在此地休息便可，有什麼照顧不周的地方，儘管告訴我便是，沒什麼叨擾不叨擾，這都是我做晚輩應該做的。」韞玉真誠道。

　　「過幾日便是上元節了，這可是個好日子，若王爺有心，還是趁早表明了好，畢竟我們桃汐漂亮聰慧。」孟婆似笑非笑地看著韞玉，眼神裡充滿了暗示。

　　「多謝孟姑娘提點。」韞玉心中如獲珍寶，臉上的笑意更深。

　　孟婆可以看出來，這兩個單純的孩子是情投意合，趁著錢婆婆還未魂歸忘川，讓她看到兩個孩子能夠和和美美，桃汐有所依靠也是好事，畢竟錢婆婆此刻最擔憂的是桃汐以後居無定所，所以才總是想著將桃汐帶回巧山，給桃汐一個可以即使她死後，桃汐還是可以去的地方，還可以寄託

精神的去處。

「桃汐是不需要保護，她需要愛護。」孟婆美麗的眸子平靜無波，但又堅若磐石，莫名的蠱惑感，讓韞玉不自覺點頭。

「韞玉會好好照顧桃汐，與她真心相交，絕不欺瞞。」韞玉道。

兩人似是達成了某種契約，點頭而笑。

正月十五，上元節不期而至。

「孟姐姐，韞玉說上元節外面的街市最好玩了，我們一起去逛逛吧。」桃汐拉著孟婆的胳膊撒嬌道。

「孟姐姐今夜還有事，你們兩個去吧。」孟婆猜出韞玉心中定有什麼驚喜給桃汐，便主動成全，識趣地不做個夾在其中礙事的人。

孟婆撇向桃汐身後的韞玉，接收到韞玉感激的眼神。

孟婆輕笑，看著臉上有些不開心的桃汐，安撫道：「妹妹多看看，回來給姐姐講講。」

桃汐也不是計較這些的人，只不過覺得有些可惜，不過既然孟姐姐說有事，自己也不好多言。

目送韞玉和桃汐出門，錢婆婆又早早睡下，孟婆百無聊賴，獨自在月下行走，不自覺發現今日的月色很美。

孟婆的影子投在庭院如積水的地面上，格外清晰。

一個腳步聲慢慢從身後傳來，另一個影子在不遠的地方停下來。

「你來了，今日出關？」孟婆回頭含笑道。

彷彿一句朋友間的問候，不夾雜任何仇怨。

「想著今日是個好日子，便提前出關，給你帶了些禮物。」成染將身後的燈籠拿出來。

一個小兔子燈籠正在成染手裡搖晃著。

孟婆走向成染，接過燈籠，莞爾一笑：「謝謝你還記得。」

「謝謝你願意接受。」成染眸中泛起了波瀾，雖然極力讓自己平靜下來，不過確也流露出真心的笑容。

「我們談談吧。」孟婆眼睛盯著手裡的小兔子燈籠，對成染說道。

「好。」成染的嗓音有點沙啞，孟婆不知道這是不是錯覺，不過她一直沒敢看成染的眼睛，她不是怕，而是釋懷了，不再計較。

「去前面亭子裡吧，不想辜負這樣美麗的月色。」孟婆提議。

「好。」成染聲音中夾雜幾絲笑意。

「先聊聊你如何找到我的吧。」孟婆坐在亭子裡，素手斟茶，燈籠放在手邊。

成染從懷裡掏出一塊發著紅色光芒的玉，放在桌子上，並輕輕推到孟婆面前：「我將靈力注入這塊玉佩中，更將有你氣息之物做為引子，使得此玉可指引我尋你的靈魂。」

孟婆輕輕撫摸了一下那塊玉佩，竟然覺得有種身心舒暢的感覺。

「原來如此。」孟婆點頭道。

「我也是根據此玉的指引找到桃汐的，不知為何，在桃汐身上竟有你靈魂的氣息，不過只一剎那便消失不見了。」成染補充道。

「她不是我的轉世，我一直做了八十年孟婆。」孟婆有些疑惑。

「桃汐這孩子很好，值得溫柔相待。」成染誠懇道，「雖然我也不知道為何她會有你的氣息，不過，見到就是緣分，而且這孩子讓我覺得分外親切，我便認她做了女兒。」

孟婆將玉佩還給成染，又給成染續了一杯茶。

「你是如何活了這許些年？」孟婆問。

「兒時從山林長大，在那裡待過多年，我能活下來，不僅是因為幸運，也不是因為我有多大的本事，而是因為機緣。」成染端起杯子，喝了口茶。

記憶又回到了那讓成染畢生難忘的一天。

當日天降大雨，四處漆黑，天地間如同恐怖的地獄，雷聲夾雜其間，不時劈向周圍的山林間。一切都顯得那麼壓抑和詭異，好像有什麼看不見的力量徘徊在四周。

成染手裡拿著唯一可以防身的匕首，快步奔跑，其身後追趕的惡狼正在咆哮，泥濘的山路影響了成染的速度，即將命入狼口。成染正想著跟

狼進行一戰之時，一腳踩空，滑落下去，掉進了一處山崖之間。

成染摔下去後，狼便跟丟了，下雨沖刷這氣味，狼尋覓不得，訕訕而去。

不知過了多久，沒有被摔死的成染艱難爬起來，自己真是命大，這谷底竟然有如此厚的泥巴和樹葉覆蓋，躺在上面竟如棉絮一般，想來自己沒有摔到斷手斷腳，也與這彈性十足的泥葉墊有關，他心裡一陣慶幸，但剛緩過一口氣，忽聞附近有一股腥臭之味，他隨著那腥臭味望去，不想竟然看到自己旁邊躺著一條巨大的黑底綠紋蟒蛇。

這蟒蛇異常的粗大，比成染要粗壯兩倍，長度可達幾十丈，吐著猩紅色的信子，一對幽綠的眼睛，正盯著眼前的不速之客。

成染打了個寒顫，迅速舉起匕首，生怕蟒蛇忽然襲擊。

這黑底綠紋的蟒蛇忽然動了一下。

成染嚇怕了，拿著匕首的雙手收得更緊了，一邊退後一邊顫抖地說：「我本無意打擾大仙清修，希望沒有冒犯。我這就速速離開，還請大仙多積善報，放我一條生路。」

「你等等。」蟒蛇忽然開口吐人言，成染覺得脊背一寒，周身竟然無法動彈。

「我本是這山間蛇精，自行苦苦修練了幾百年，才化作巨蟒。後因深感修行艱苦難熬，有了貪戀，想速速修煉成蛟。為了提高修行的速度，開始吃迷路的行人，果然，這等邪法讓我功力大增，但終究逃不過上天的法眼，更躲不過天劫。如今我大限將至，命不久矣，只是遺憾我那未出生的孩兒，恐其與我一同斃命。若你肯救我孩兒，我定然投以報酬。

「你獨自行走於山林間，四周皆是豺狼虎豹、毒物陷阱，恐你也難逃一死，若你救我孩兒，我便會將我的內丹贈予你，你拿在身上可以萬事順遂，吞下之後可延年益壽，享千百年的壽命。」蟒蛇說道。

「你的孩子在哪裡？」成染思考片刻，回過身子問道。

「就在我身後的山洞裡，牠還有三日便可孵化出來，你照顧好牠，養育牠十年，要是牠長大後想要回到這山林，你便放牠回來。但是你要是

拿著內丹逃跑了，或者半路拋棄了牠，我的內丹也不會為你所用，且還會反噬你，讓你不得好死。養我兒十年，我給你一顆幾百年精華的內丹，你不吃虧。」蟒蛇擲地有聲道。

「好，成交。不過，我要如何拿到你的內丹？」成染問。

「剝開我的肚子便可。」蟒蛇有些疲憊道。

「活生生剝開？」成染有些吃驚。

「對，現在就剝開吧，若天雷的劫打在我身上，我的內丹便會失效。」蟒蛇道。

那日夜裡，大雨傾盆，成染剝開了蛇皮，取出蛇丹來。看著鮮血夾雜著雨水一路蜿蜒流去，成染心中百感交集。

成染拿著蟒蛇的內丹，去洞裡抱出巨型的蛇蛋時，看到奄奄一息，還未死去的蟒蛇，虛弱地對著他喊：「快跑，別回頭。」

成染抱著蛇蛋快步跑去，只聽到身後一聲驚天動地的炸雷，接著便是蟒蛇一聲慘叫，最後只剩下雨水打落地面的聲音。

有了蛇丹的保護，各種危險之物都不敢近身，成染也按照約定養大了那條蛇蛋裡的小蛇，最後放小蛇歸了山林。

聽完故事後的孟婆輕輕點頭，說道：「確實是一段難得的機緣。」

「之前我從未想過要吞下蛇丹，只是放在身邊便好，直到我失去了你。我不眠不休的想了整整三日後，毅然吞下了蛇丹，繼續在這時間逗留，所以每隔一段時間我要閉關，就是為了躲避天雷追尋這顆內丹。天雷會連續追蹤近百年，過了昨日的最後期限，天雷就不再追蹤，我也可以不再閉關避雷了。我知道一直以來以此延壽，是有違天道，但是我……我放不下。」成染道。

「其實我已經原諒你了。」孟婆看著成染，一臉釋懷。

「多謝，我以為讓你原諒我會很難，沒想到你還是跟從前一樣心軟，即使你做了八十年孟婆。」成染紅了眼角。

「我還是沒長出息。」孟婆自嘲道。

「你是心善。」成染道。

「不，我是想要放過自己。前世對我來說已經成了過去，與你而言，一直都在。」

孟婆幫成染續了杯新茶，緩緩說道：「前世的我已經死去，那個我帶著遺憾和悔恨，帶著對世間的絕望而離開。我當時的確怨恨過你和母親，我對你付出真心，但是你卻令我看不透，讓我誠信託付，轉而卻對我心存懷疑，給我希望又將我推入深淵，所以我恨你。母親生養了我，卻對我嚴厲苛責，讓我感覺世間滿是冰冷，即使在隨後生死存亡的時刻，你們都將我當成了賭注。

「你們背後有軍隊、有王權，你們可以賭，你們有比我更重要的東西，而我只有你們兩個人。你們撕裂了我對親情與愛情的美好嚮往，還讓我腹中未出生的孩子難以在世上立足，讓她生出來便會被千夫所指，背負種種不公。況且當你們拿起兵器的一刻，這個孩子的命運就被你們選擇了，註定無法降生。

「我恨，我不甘，同時我也自責。是不是因為我的存在，才讓你和母親之間的這場戰爭最終爆發，讓這麼多人無辜枉死。我看不透人心，更看不透世事，所以我不願去投胎，便在冥界做了這八十年孟婆，送走了所有我熟悉的面孔，唯一沒有等到的人是你。」

「桑黛，我對不起你，我負了你，我曾說過要護你一世平安，但最後還是違背了誓言。」成染看著孟婆，眼裡都是悔意。

孟婆釋然一笑：「我都說過我想通了，你不用安慰我。戰爭本就無可避免，不過是我太傻，非要入局罷了。其實我擁有的已經很多了，至少母親是愛我的，只是她總以自己的方式去愛罷了。後來回想起來，你給過我的愛情是真實的，溫柔也是真實的。畢竟情出自願，即使後來一拍兩瞪眼，至少曾經擁有過。

「我的出生，先是公主和王爺的女兒，從小衣食無憂，後來又做了皇帝的妃子，得到了世人羨慕的愛情，這已經很好了，可那時的我不知道感恩，反而想要這些東西能永恆。正是因為我過於追求圓滿，所以當困難降臨，打破我心中的圓滿時，我才會徹底失望。其實現在仔細想來，

這些不過是我太過怯懦，不敢面對缺憾罷了。

「人活一世，難免遇到些缺憾和挫折，哪裡有真正一帆風順的人生呢？我已經得到這麼多了，所以必然要付出一些代價。何況你已經悔過，我又何必不肯放過彼此？前世你我為了愛情都有付出，我們都認真對待，不是不愛，而是緣分不夠，我們之間隔著山海，你我始終無法毫無掛礙的相愛。」

「我曾經意氣風發，搶奪皇位，想要為父母報仇，想要給人間太平盛世，想要建功立業流傳千古。為了這一切的實現，我殺過人，算計過人，與各方勢力爭鬥，與各個部落殺伐，直到我逐漸習慣了這種日子。我奪得了帝位，我為父母報了仇，勵精圖治，換得想要的太平盛世，我開始迷茫，可是我的內心無處著力。我已經在這權力的漩渦裡掙扎太久，我一步步達到最高峰後，卻失去了目標，我很嚮往小時候那樣，能夠在草原之中肆意狂奔，那時沒有如今的權勢，不必猜疑、不必防備，每日都可以活出自己，雖然日子艱苦，但是過得很充實。

「後來我遇到了你，你真心待我，讓我感覺到溫情。你給我的愛與皇后不同，她是清風明月撫慰人心，卻溫柔地不太真實。而你的任性帶著一襲人間的煙火氣，讓我可以摘下面具，輕鬆面對。我願意不顧阻攔跟你走到一起，給你幸福，可越是看重，就越怕失去，更怕會被拋棄和背叛。因為我經歷過的那些事情，我以為你在利用我，我以為你跟和音公主一樣，也在謀求我的江山。其實比起江山而言，我更害怕的是欺騙，我其實是輸不起，輸不起江山，更輸不起情感。從你身上，我才發現自己脆弱的一面，甚至自己都無法面對的一面。但那就是我，光明的一面和陰影的一面，都是真實之中的我。」

「帝王之位難攀，但登上帝王之位的人，定是殺伐果斷的人，所以你有了自己的選擇，哪怕這個選擇會讓你失去桑黛。」孟婆道。

「對，那時候的我很自私。我需要自保。」成染低頭說道。

「成染，你的自私，不過來自於你一直都太過孤單罷了。你缺乏愛，所以缺乏安全感。從看著自己的父母死去，到叢林多年不見天日四處躲避

的生存，到後來風詭雲譎的戰場和朝堂，再到天下的君王，你已經孤單太久，生存的壓力和恐懼，還有這搶奪來的江山，加深了你的孤單和猜忌。你外表很堅強，內心卻不堪一擊，你處事足夠成熟，感情上卻很幼稚，甚至有些懵懂，所以，做這樣的選擇，也不奇怪的。」

此刻，孟婆已經不再是當初執著於愛恨的桑黛，而更像是成染的一個朋友，對於成染沒了愛恨，只有單純的惺惺相惜。

「你在這凡間八十年都做了什麼？」孟婆沒有再糾結，反而轉移了話題，不至於讓成染太過尷尬。

「我在人間等你的轉世。我曾說過要護你周全，我沒做到。所以，我想用餘生來守護你無數個來世，只是沒想到，你竟然成了孟婆。」成染有些遺憾的說道。

孟婆淡淡一笑，接著問：「你是想著如何守護我的來世？」

「在你背後守護，盼你可以與心愛之人共度白首，看我的子孫後代，保證國家富庶，戰亂不再，你的悲劇莫要再次發生，也……也給你一個太平的環境。」成染說出內心想法。

「成染，其實我不用任何人守護。每個人的命數都自有定論，前世眼界太窄，看不通透，身在局中，才難以看透。如今的我，孟婆湯都舀了無數碗，見慣了世間遺憾，還有什麼糾結的。我現在希望你也可以放下心裡的牽掛和羈絆，重新開始自己的人生。」孟婆笑著飲盡杯中的茶。

「真的原諒我了嗎？」成染問。

「過去的就讓它過去吧！桑黛原諒你了，而如今的孟婆願意跟你做朋友。」孟婆笑著說道。

成染傻傻的笑起來，如同成親當日，他挑起蓋頭的那一刻。

今日燭光明豔，困擾兩個人多年的心結終於打開了。

第 二 十 節

當日夜裡，桃汐和韞玉歸來之時，兩人左右手互牽在一起，手中還拿了一個燈籠，都是兔子形狀，燈籠腹部寫著詩，一個是「曾經滄海難為水」，一個是「除卻巫山不是雲」，正好是一句情詩。木亭裡的孟婆笑得兩人急忙分手。

桃汐臉頰有些緋紅，樣子有些害羞，而韞玉則容光煥發，神采飛揚。

兩人歸來後，成染說閉關還需要幾日，先離開幾日，到時候他解決完俗世之事，自會跟孟婆討要一碗孟婆湯。孟婆默默應允，兩人秉燭夜談直到卯時。

從成染嘴裡得知，桑黛死後，成染還為兩個人未曾出世的孩子建了一座小廟祈福。既然心結解開，錢婆婆的事情也快解決了，孟婆感覺很是欣慰了。

韞玉和桃汐見孟婆獨坐在木亭之中，便湊了上去，一來想著分享下內心今晚的歡快記憶，二來找些話題和對方彼此多待一會兒，就不用一進後院就各回房間。

孟婆看著韞玉和桃汐羞澀的模樣，想起自己當初也是這般的青澀之態，便故意將這小王爺一軍，悠悠說道：「韞玉啊，姐姐在冥府做孟婆這麼多年，至今都記得，一個過奈何橋的老父親和我嘮叨，他怎麼挑選女婿的故事。實在有趣得很，你想不想聽聽？」

韞玉一聽「女婿」二字，臉頓時像抹了胭脂一般紅，有些結巴的回答：「想……想聽。」

孟婆嘆噓一聲，接著說：「那是我做孟婆的第二十七年，人間應該是初秋的季節。來了一批新的鬼眾等著過奈何橋去投胎。那天來的鬼眾不多，其中有個老頭又滿臉喜色，和往常的鬼眾都不一樣。我正覺得好奇想

問他，其他人一聽到要消除記憶才能輪迴轉世都苦痛叫喊，為什麼他還這麼開心？誰料那老頭一把抓著我的手，塞了幾顆糖果，說自己的女兒剛結婚自己心願也了，可以開開心心去下一世了。

「我覺得有意思，便多問了幾句，原來這老頭姓張，就是個普通百姓，是個羊肉餐館的小老闆，有個十七歲的女兒，與自己一起經營著小餐館。餐館對面是個裁縫鋪，裡面有個年輕俊朗的裁縫小趙，也不知道什麼時間起，自己家姑娘總是向街對面的裁縫鋪裡探頭探腦，東瞧西瞧。這老張丈二和尚摸不著頭腦，不曉得她瞅個啥子，還是廚子提醒他，應該是自家姑娘看上了對面的小趙裁縫，這麼一提醒，張老闆越想越透徹，原來如此。

「一日，老張中午拎著個食盒就去了對面裁縫鋪，進了鋪裡什麼也沒說，拿了一大碗羊肉麵、一份炒羊肝、一份爆羊肚，足量足份的。小趙裁縫看著奇怪，和老張說自己只要羊肉麵，其他的沒點。

「老張面無表情的說：『吃完它們，我女兒喜歡你。我看著你吃完，收完碗筷再走。』小趙一下子愣住了，一時間羞臊得也不知說什麼好，就這樣默不作聲的把一麵二菜吃乾淨了。

「第三日中午，這老張又來了，換了個花樣，還是三個碗的份量，這小趙憋得臉通紅，想要拒絕這飯菜，老張還是面無表情地說：『吃完它們，我女兒喜歡你。我看著你吃完，收完碗筷再走。』

「這日復一日的，每逢單日老張就雷打不動地來送飯，小趙也只能窘得照單全收，吃個精光。就這樣過了大約半年的光景。一日中午老張不提飯菜了，而是直接拎了隻現烤的羊腿進來，小趙正納悶著，老張這回改口了：『吃了這羊腿，明日是吉日，巳時等你來店裡提親。』這小趙聽完，老老實實地吃完了羊腿，第二日準時就帶著媒婆上門提親去了。

「我當時聽完簡直樂壞了，還有這般挑選女婿的法子，這般的父親還是第一次見。我就問老張是在唱哪一齣戲，老張神祕的跟我說，他們要看一個男的身體好不好，就看他能不能吃，吃得下表示身體好，女兒才可以託付。還有這羊肉大補陽氣，那臭小子調理了大半年，身子應該比以前

強得多。他這單日就送飯，整條街都知道那是他準女婿了，其他家姑娘別打什麼主意。而且他每次送飯時，都會仔細觀察店裡的情況和人流往來，看得出熟客多、口碑好、信用佳，這說明小趙有一技之長，這樣的孩子人品也放心，就這樣，他才捨得把女兒嫁給他。

「老張說，他熬到女兒出嫁，他也可以安心走了。這輩子也沒什麼牽掛，所以感覺很滿足和幸福。這老張看著我吃下了他送的糖果，笑呵呵地把孟婆湯一飲而盡，唱著小調投胎去了。」

韞玉和桃汐聽得都出神了，孟婆言畢，韞玉有些動容的說：「這老張真是個通透的人啊，那麼平凡樸實的日子，都讓他過得這般有滋有味，真好。」

孟婆抿嘴一笑說：「我這裡有很多桃汐親手做的糕點，我想是不是也要每隔一日，看著某人一口氣吃下個幾十塊，才能放心的把桃汐託付給他啊？」

「啊！姐姐使不得啊，韞玉他脾胃偏弱，會傷身的。」桃汐急得回答道。

「誰說我要把你託付給他的啊，我可沒說呦。」孟婆故意慢悠悠地說道。

「姐姐，你取笑我。我累了，先去睡了。」桃汐剎那之間滿臉緋紅，說著提起衣裙就往自己房中小跑而去。

「桃汐……你跑慢點，別摔到……」韞玉連忙起身也跟在桃汐後面追了過去。

看著可能要成了一對，孟婆笑了出來。自從來了這人間，笑得真是越來越多了，原來輕鬆的笑著，會讓人如此放鬆和愜意，真好。

當日夜裡，孟婆捧書而讀，故人來訪。

「孟婆姐姐，別來無恙。」林冉冉手拿紅纓槍，英姿颯爽地向孟婆走來。

「林將軍來訪，快快請坐，可要吃茶？」孟婆放下手裡的書冊，對著林冉冉調侃道。

「孟婆姐姐的茶還是必須要吃的。」林冉冉反倒真得擺出一副客人的樣貌來。

孟婆含笑搖搖頭，幫林冉冉端來一杯茶水，端來茶點。

林冉冉看到桌子上精緻的茶點，品嘗起來。

「怎麼受傷的？」孟婆看著林冉冉問道。

「這都被你發現了，一點小傷，不過無礙。」林冉冉有些故作逞強。

「你平時都用左手耍槍，吃東西亦用左手，而你來時拿槍的是右手，此刻吃茶亦用右手，如此明顯我還能不察覺嗎？」

孟婆話鋒一轉，問道：「我看看吧，可要我幫忙？」

「沒事，多謝孟姐姐掛念。」林冉冉說著，抬了一下左邊的胳膊，證明自己的傷無礙，結果牽扯到了傷口，疼得林冉冉冷吸一口氣，額頭冒出了汗水。

孟婆從腰間的荷包拿出一包天南角，遞給林冉冉：「給你，這是孟婆湯的其中一味藥引子天南角，對治外傷療效甚好，你快敷上。」

林冉冉露出笑意，接過藥包道：「多謝孟姐姐，這可是好東西！」

孟婆眸光一轉，問道：「說吧，人界是不是發生什麼事了？」

「孟姐姐真是料事如神，什麼都瞞不過你，又被你猜到了。」林冉冉半點受傷的痛苦都沒有，反倒樂呵呵地放下右手裡的茶點，喝了口茶。

「林將軍日理萬機，又心牽掛冥界某人，日日待在冥界，就連我出門在外都不曾來相見，此刻忽然而來，定是有事相求。冥界有冥帝坐鎮，自然無恙，常言道：『事出反常必有妖。』我想應該是人間發生了什麼事，林將軍遇到了打不過的對手，又怕去冥界借兵被人笑話，所以這才想到了我這在人間的孟婆吧。」

林冉冉最怕別人說她功夫不行，打不過別人。她在冥界稱王稱霸，時常打得牛頭馬面和黑白無常鼻青臉腫，一手槍術縱橫冥界，一生最驕傲的便是功夫。

「哪裡有打不過，是它們仗著鬼多欺負我鬼差一個，多打一，當然打不贏。」林冉冉氣衝衝地說道，一下子就被孟婆看出來。

「此話怎講？」孟婆受起笑意，正色道。

「人間有處惡鬼封印被人破壞了，兩百前，牛大師用三重七星陣封印了三百多個怨靈，那些怨靈在裡面，互相吞噬變成了二十多個。上個月，怨靈突破了原來設下的第一、二層陣法，並以破軍之勢飛速集結怨氣，我察覺到有怨氣在聚集，於是前去察看。無奈鬼氣太重，我一個人進不去，於是回去聯合龍虎山的三林道長一同前往查看，發現原來的陣法已經四分五裂，現在只靠著牛大師布置的最後一個七星陣苦苦支撐，情況萬分危急。」林冉冉面色懷愁。

「冥帝不在冥界？」孟婆想著不對啊，如此嚴峻之事，冉冉此刻應該去找冥帝才對，為何來找自己，自己不過一個孟婆。

「真是什麼都瞞不過孟婆姐姐，冥帝去西北了。人間西北處正在開戰，死傷眾多，但是那裡民風野蠻，他怕有些將軍心存不甘，化成厲鬼，到時力大無比，窮凶極惡，殺人更殺鬼。蠻夷之地還有些巫師，那裡還有人用蠱術來煉屍，導致屍體死後不但怨氣加深，而且還會變成銅頭鐵臂，不怕雷電火燒，不怕鞭魂之術，很難對付。這種事情已經有多件了，冥帝覺得必須壓制，於是前些日子便親自去了西北，讓我留下來鎮守冥界。冥帝此去遇到了一個很厲害的，且正在修行邪道的魔頭，這魔頭以人頭蓋骨為器皿，貪食人腦，吸人精魄百年，已經是邪氣沖天之相。短時間無法抽身，冥帝面對如此惡靈，我不想讓他分心。」

「嗯，林將軍不想讓冥帝分心，那剩下可以幫忙的就只有我了。」孟婆摩擦著下巴道，玩味道。

「孟婆姐姐，你怎麼和那牛頭馬面一樣，時不時地捉弄我呢，看來這人間真是邪氣得很，孟姐姐之前還是不苟言笑，現在怎麼轉了心性？」林冉冉扶額佯做悲傷道：「自從一進門姐姐就在取笑我，剛才還套我的話，姐姐之前可不是這樣的。如今我這還受了傷，姐姐這樣對待我，良心不會痛嗎？不怕冥界其他人笑話嗎？」

「我本就是鬼，還怕什麼良心痛不痛，何況我所做的事都有冥界的規矩束縛著呢，他們看到也無妨的。」孟婆含笑道。

林冉冉抱拳：「孟姐姐伶牙俐齒，今日算是領教了，以後與那牛頭馬面爭論辯駁之時，姐姐可要幫我，也不用我每次提槍上陣嚇唬他們哥倆。」隨後朝著孟婆一鞠，表情滑稽又可愛。

　　又道：「冥帝曾談及姐姐，言道姐姐家學深厚、自幼博覽群書，有一般女子所不能媲美的才華，且心地善良，若我遇到了什麼事情，可以找姐姐幫忙，姐姐定然全力相助。」

　　「別嘴甜了，你和這白無常待得久了，別的沒學到，這嘴甜的工夫倒是學得爐火純青，真是學到位了。給我說說巧山究竟怎麼了，錢婆婆家的人可有受傷？」孟婆身體稍微向林冉冉這邊一靠，靜待她的回答。

　　「我還沒說你就知道是巧山了？」林冉冉目瞪口呆，有些不可思議。

　　「在巧山之時，也聽過巧山傳聞，而且我這次是從巧山一路走到這洛城裡來，走過巧山所設的陣法，那陣確實屬害，當時我也觀察過，可謂堅不可摧，為何短短一個多月就四分五裂了？」當初經過巧山之時，孟婆就感覺道了陣法的存在，尤其是錢婆婆跟她說過巧山之地關於古戰場的傳聞後，孟婆更是趁著錢婆婆休息之時，悄悄試探了一下那陣法，發現陣法確實屬害且堅固，一看就是高道所設置，應該固若金湯才是。

　　林冉冉又接著回答：「月前，巧山周邊忽然黑霧彌漫，三日未消，還死了兩個入山林砍柴的人。因為巧山曾發生過意外，山裡的人們也受到了道長的囑託，所以發現異樣後，急忙去了龍虎山，危害並沒有加深。但是道長也無能為力，只好將此事傳達給冥界，讓冥界出手。我和三林道長去巧山看了一下，覺得此事確實不能輕易解決，只得設置一個陣法，延緩怨靈們破陣的時間，之後就急忙趕往孟姐姐這裡，希望孟婆姐姐可以幫一下忙。不過錢婆婆的家人是否有礙我倒是不知道，我現在可以回去幫忙打聽一下。」

　　「可否詳說巧山之事？」其實於情於理，孟婆都是會幫忙，畢竟錢婆婆就出自巧山，山裡還有她的兒孫。若巧山出事，錢婆婆一定會求自己救巧山。

　　「之前山上怨靈大陣，在牛大師以後一個姓魯的道長已經被鎮住多

年，一直都平安無事，此事你應該也都知道了，我就不再詳述。只是近來不知為何，那被鎮住的怨靈開始蠢蠢欲動，巧山原本就是古戰場，有些游離在外的怨靈也不足為奇，不過這次的怨靈怨氣極大，而且數量極多，不知道觸發了哪個點，原本魯道長設下的陣法，如今差不多被解開，現在怨靈只籠罩三分之一的山林，不久便會擴大到整個山林，已經迫在眉睫。

「我與三林道長先嘗試設陣，但是三林道長修為不夠，所設的陣法還不能覆蓋整個七星陣，我便協助三林道長，原本陣快要設成了，誰想那些怨靈來了個魚死網破，奮力一擊，陣法布置過程不能收到震盪，反噬之下，我與道長都受了傷，如此一來，陣法便無法完成了。我與道長商議，現在的辦法就是入陣，找尋怨靈中的統帥，先封印掉它。」林冉冉將計畫和盤托出。

「牛道長所設陣法遭到破壞，第一個受損的定然是陣眼，原因此前還沒有找到，不過此些怨靈能夠在山中作亂，還能一股而上，衝毀我和三林道長的陣法，其中定然是有統帥的，我們先滅了首領，其他便好說了。」

孟婆思索了一會兒，問道：「怨靈喜歡獨來獨往，即使有統帥，也絕不聚於一處，而是會散布林間各處。若我們找到眾怨靈的統帥，定然能擒賊先擒王，到時候命令黑白無常和牛頭馬面，帶領冥界兵將將眾鬼收復便可，這個策略倒是好，只不過，當初你和道長啟動陣法，怨靈反戈一擊，一共用了多久？」

「大約一炷香的時間。」林冉冉答道。

「難道是說，我們入陣以後，對付惡靈統帥的時間只有一炷香？」

「聰明。」孟婆笑著回答。

「事不宜遲，我們出發吧。」林冉冉怕惡鬼衝出山路，為害人間，催促道。

孟婆點點頭：「我去留一封信，交代幾件事情。」

「好。」

當夜孟婆就與林冉冉離開，唯留桌上一封信。

孟婆走後，還在閉關的成染心有所感，睜開眼看到手裡的玉佩一片

血紅，光芒卻越來越閃，然而血色卻越來越淺。成染心覺可能出了事，便趕到韞玉的王府，只見孟婆已然不在。

順著玉佩的指示急忙趕去，誰想竟然遇到了因得知桃汐心思而興奮失眠的韞玉，半夜三更在桃汐家的院子裡見有人飛簷走壁。

「小賊，怎敢闖我王府。」韞玉對著的背影喊道。

成染心裡牽掛著桑黛，無心與小輩糾纏，未曾停下步伐，接著往前走去。

「站住。」韞玉追了過去，卻被一把擒住，韞玉無意間回頭，看到了與本朝太祖成染一模一樣的一張臉。

「成染。」愣愣地從嘴裡冒出來韞玉一句話。

此時住在孟婆旁邊的桃汐，聽到動靜披著衣服趕來，看到成染喊了：「爹爹，不要追，不要追。」

聽到桃汐的聲音，兩人急忙轉頭，遇到桃汐驚愕的眼眸。

桃汐氣喘吁吁跑過來，將手裡的信交給成染：「這是孟姐姐留下的，爹爹請看。」

「桃汐，他是你爹爹？」韞玉除了震驚還有懊惱。

「對呀。」桃汐笑著說道。

「我剛剛跟你爹爹交手了，對不起。」韞玉認錯誤的表情有些可愛。

桃汐一笑，安撫道：「我爹爹脾氣很好的，不會在意這些小事情，你放心吧。」

「那也不行，一定要認真認錯，不然岳父可是會不開心的。」韞玉自顧自地說道，臉上還全是愁緒。

「你瞎說什麼呢，什麼岳父呀。」桃汐羞紅了臉，不好意思地瞪了韞玉一眼。

這一眼下去，反而讓韞玉臉色一變，韞玉試探道：「桃汐，你的爹爹長相神似我的祖先，開國皇帝成染。」

上次與孟婆聊天，孟婆將自己的身分透露給韞玉，並告訴韞玉武陵王府舊址有一個活了一百二十年的人，此人曾為君王，想到此人還曾讓自

己的父王下跪，韞玉便猜想此人很可能是成染。如今看到成染樣貌與祖先畫像上一致，才真的相信有人活了一百二十年。

桃汐叫他父親，而自己是成染堂兄弟的後人，並沒有亂了輩分，七代都有了，所以親緣關係不用考慮。只是桃汐知道她父親成染的身分嗎？韞玉有些懷疑。

桃汐看韞玉的表情不像是開玩笑，也有些吃驚。

兩人不自覺看向成染，此時的成染已經看完了信，正低頭沉思。

四周一片寂靜，似乎唯有月色打落在青石板上的聲音。

「她說要出門幾日，不久便可歸來，但是按照玉佩僅剩的一點感知，她去了北方，從洛城向北是巧山方向。此刻不帶著錢婆婆與桃汐，而是獨自前往，必有隱情。」成染心想。

成染又低下頭，思考片刻後猛地抬頭：「冠世一戰，她的國家死傷慘重，那是古戰場，必有怨靈。」

「爹爹，巧山大凶，此刻孟姐姐獨自去了巧山，孟姐姐會不會有危險？」桃汐擔憂道，急忙問道。

「不知道，我去看看，你在這裡好好待著。」

「爹爹我想跟你一起去。」桃汐拉住成染的手。

「桃汐，你就別去了，孟姑娘走了，若你再離開，錢婆婆會擔憂的。你留下來照顧錢婆婆，我跟著……我跟著一起去吧。」韞玉有些不知道該如何稱呼成染。

「韞玉，你也不能去，別忘了你的病劫。」成染提醒道。

韞玉一下子想起來。自己的病是個劫，隨時可能爆發，若爆發，連累了桃汐，便真得回天無力了。

桃汐看向韞玉，韞玉也看向了桃汐，兩人相顧無言。

巧山，古戰場。

林冉冉和孟婆站在高空俯視整個巧山，只見巧山近乎籠罩在一大團黑色的迷霧正在翻湧，幾乎將整個山林籠罩，黑霧中一雙雙紅色的眼睛，

忽然出現、忽然消失，淒厲的聲音陣陣響起，好像無數的野獸嘶吼。

再看巧山山腳的小石村，散發著金色的光芒，儼然被陣法包圍，其中有幾位道長時刻注意陣法，一旦怨靈攻擊，就用一道金光打退。

孟婆頭疼不已，此間怨靈的擴大速度超乎自己想像。

「可通知冥界鬼差在外接應了？」孟婆側首詢問林冉冉。

「通知了，黑白無常和牛頭馬面此刻應該在點將了，隨時可趕到。」

孟婆心安了不少，又問道：「小石村都有哪些人受傷？」

「幸得道長守護，只有幾個人因為外出，手上被怨靈吸乾了，不過錢婆婆的家人倒是安全，沒有受傷的。」林冉冉自然知道孟婆此次來人間，是幫助錢婆婆還願的，也知道錢婆婆就是巧山中人，且孟婆先前有問過，所以留意了一下死去的人，發現並沒有錢婆婆家的人。

「我們下去看看。」孟婆面露憂色，提議道。

孟婆已經向著怨靈漩渦最黑暗處墜去，林冉冉緊跟其後。

初入陣中，大風怒吼，怨靈四處吼叫、肆虐，彷彿要將天地吞沒般淒厲。

孟婆提著青金做的、削鐵如泥的霜華劍，劈開黑霧，衝入黑霧核心，林冉冉跟在後面，紅纓槍氣勢凌然。

怨靈都在試探，邊防守邊後退，不知為何不敢貿然出手，似是在等待什麼。

「你如今受到與錢婆婆盟約的影響，法術不能隨意使用，還是我走在前面吧，我的傷口已經好了大半，不用擔心我，你的藥有多好用，你又不是不知道。」林冉冉忽然笑著提議道，順帶提高速度飛到孟婆前面，並刻意抬了一下左邊的肩膀。

「好吧。」孟婆沒有推辭，孟婆想到盟約不能提前結束，有些無奈。

不過，一來是因為受到盟約限制，確實法術有限，二來是林冉冉槍法絕妙，不在自己之下，且近年來大有進步，所以讓林冉冉打頭陣，自是最好。

入林半空之時，四方用來十幾隻怨靈，帶著漆黑的鎧甲一湧而來，

黑霧沉沉，大風呼呼，怨靈嬉笑勝似哀嚎。孟婆和林冉冉衣帶飄搖，髮絲飛舞，眼神銳利，劍花槍花挽得讓人眼花繚亂，那些上前挑釁的小小惡靈，皆被孟婆的霜華劍斬成灰燼，或者被林冉冉的紅纓槍劈得魂飛魄散，使得周圍一些小惡靈瑟瑟發抖，不敢再來挑釁，林冉冉挑挑眉，露出滿意的笑容。

落地之後，大風減弱了不少，惡靈減少，唯有黑霧更加陰森。

雖然如此，兩人卻沒有絲毫的放鬆。

山林間滿是黑色的霧靄，雖然是正午時分，卻分不清方向，更看不清路。

「孟姐姐，不要離開我三步之外。」林冉冉囑咐道。

「放心吧。」說著，孟婆的衣袖裡飛出一根紅線，將兩個人的手腕拴在一起。

林冉冉向著孟婆點了點頭，繼續往前探路，孟婆則走在後面觀察地形，將可疑之處記在腦中，越看越覺得此地如此熟悉，似曾來過。

走著走著，發現出了林子，林冉冉「哎呦」一聲。

「怎麼了，冉冉？」孟婆忙關心道。

「踩進水裡了，我的衣服打濕了，不過沒事了。」林冉冉安撫道。

「有水，可能是溪流，要注意莫要再踩進去了。」孟婆囑咐道。

「好，我知道了。」林冉冉擰乾衣服上的水，繼續往前走。

不知走了多久，兩人皆有些乏累。

「我這好好的紅纓槍，絕世兵器，此刻竟然成了盲人探路的拐杖，真是氣死我了。」

「不光是你的紅纓槍，還有我這砍柴的霜華劍。」

「你說牛頭馬面、黑白無常他們要是知道了，豈不笑話我們？」林冉冉心也夠大，還開起了玩笑。

「你覺得他們敢嗎？那我不揪掉他們的耳朵。」孟婆笑起來，也跟著林冉冉開起了玩笑。

「應該不敢，要是他們敢，應該是皮癢了。」林冉冉一本正經，根

本沒覺得欺負他們是一件不光彩的事情。

孟婆輕輕搖頭，嘴角卻掛著笑意。

休息片刻，再往前，忽然傳來陣陣叮咚脆響。

「奇怪，這不是流水敲擊石頭的聲音。」孟婆暗道。

「什麼聲音，好像是水擊打石頭發出的聲音，孟姐姐你覺得呢？」林冉冉問。

「應該不是。」孟婆猜測：「此處可能是錢婆婆落水之處吧，當時我就聽到了這樣的水擊打石頭的聲音。」

「噢。」林冉冉應了一聲，便不再說什麼，反倒是孟婆，此時有些心焦。

孟婆忽然記起一件事，覺得有些古怪，便問林冉冉：「有一把寶劍，沉入水中近百年，不腐不鏽，還能煥發光彩，你覺得這劍有沒有古怪？」

「會有這樣的劍？那豈不是太神奇了。聽祖父說，兵器一般都在乾燥處儲存，或者在隔絕空氣的地下收藏。還要定期擦拭，塗抹油脂來專門保養之物，才能保存長久，而此劍可以存於水中近百年而不腐朽，定然非凡品，或者說是邪物。」林冉冉聲音漸漸冷冽。

「而且這把劍還割破了我的手指。」孟婆又補充了一句。

「什麼！」林冉冉大吃一驚。

第二十一節

黑霧彌漫的森林中，除了偶爾水擊打石頭發出的聲音外，竟然寧靜得有些可怕，彷彿就像無間地獄。

成染已經上路，一匹快馬飛奔，沿著洛河出了城門。此刻的他彷彿又回到了草原，在蒼茫的天地間馳騁，隨心所欲，只追逐此心。此時此刻，他的內心有一種被重新燃起的熱情，不是為了一己之私兒女情長，更不是為了要彰顯武功，只是單純的覺得有一個自己很在意的人正身處險境，自己絕不能袖手旁觀，一定要前去營救她而已。好似整整八十年，他都沒有這般在天地間肆意馳騁過。

冥府之中，牛頭馬面和黑白無常四人，極其少見的一臉嚴峻的神情，這緊張和嚴峻讓馬面的臉顯得更長了。四人沒有往常的嬉鬧之態，正在嚴肅地點兵點將。

閃著綠色光芒的忘川河水波蕩漾，綿延無盡的曼珠沙華妖冶爛漫，血紅色的花朵冒出螢火般的點點光芒，最後這些光芒在忘川河上集結，化成鬼將的樣貌。

曼珠沙華賦予它們靈魂，忘川河水鑄就它們身軀。

牛頭拿出權杖，對著權杖念了幾句咒語，這些幻化出來的鬼將們，手中出現了各式泛著寒光的武器。

「為什麼冥帝要將調兵令給牛頭，你我兄弟哪點比他這個大牛頭差。」白無常嘀咕了兩句。

牛頭似乎聽到了黑白無常的對話，對他們施了個眼神，眸光裡盡是驕傲態。

「哼，還不是因為這頭牛在冥府待得最久，年紀最老，冥帝不好意思拂了他的面子罷了。」黑無常翻了個白眼道。

「對呀，他是最老的，最老的！哈哈哈，老不死的。」白無常嘿嘿笑了起來，笑聲聽起來十分淒厲。

「白無常，你別笑了，笑起來跟哭喪一樣，我們這是出征，你這搞得真不吉利。還有，黑白無常說話注意點，什麼叫年紀最老，這叫資歷最深，懂嗎？諒你們這些見識短淺的鬼也不懂，我告訴你吧，資歷就是經驗和智慧的結合，恰好你們沒有這種東西。」牛頭最怕別人說他老，便半是調侃半是嘲諷地反擊黑白無常。

「牛頭，說得好，不愧是我馬面的兄弟。」馬面在一旁笑著說道。

「馬面，你這笑聲跟破鑼一樣怪吵得慌，快別笑了。」黑白無常有些鬱悶。

「你們四位都是英俊瀟灑的冥界四大門面，也是四大柱石；完全毋須去分個高下。何況林將軍還在等著眾位鬼差前去接應，若是去晚了，依照林將軍的脾氣，應該會有點生氣。」招弟看不下去了，便囑咐眾鬼差道。

黑白無常和牛頭馬面臉色一變，想著不能耽誤了，林將軍生氣，後果不堪設想。

牛頭對著黑白無常施了個眼色，黑白無常立刻明白，在半空開出一條陰陽路，眾鬼將向空中之路前進，馬面則跟在隊伍最後。

「都是黑白無常，淨在打岔。」馬面氣哼哼地道，接著心裡想著若是林冉冉發脾氣了，先將黑白無常推出去頂罪，先讓他倆挨一頓打，誰讓上一次自己為黑無常挨了一劍，他們兄弟可是還沒找到機會報呢。這個啞巴虧，黑白無常他們兄弟倆吃定了。

看著眾鬼將和黑白無常牛頭馬面的身影消失後，留守冥界的招弟無奈搖搖頭，低頭輕笑，嘴裡喃喃道：「呵呵，這麼些年，真是鬥嘴鬥習慣了，出征前還不忘鬥上幾嘴。看若是聽不到他們鬥嘴了，好像也覺得日子索然無味了，這人和鬼都是這般性情。」

按著林冉冉傳來的消息，孟婆和林冉冉先入陣，然後勘探一番，最後等天黑後動手，若山中邪靈的統帥被打敗，眾邪靈群龍無首，定然四處逃散，此時鬼將在半空中設伏，再將邪靈一網打盡。

黑白無常和牛頭馬面已經在黑夜之前來到空中，在漫漫天際設下陣法，只等待天黑，孟婆傳來消息。

三林道長帶領龍虎山道長在巧山村落設下陣法，保衛山間村民不受到亂竄的邪靈侵擾。

成染先前是策馬狂奔，此刻已經棄了馬匹，禦劍空中。林中不便騎馬，成染只能棄了馬，而禦劍之術也是近期才學會，尤其還未到出關期，此間身體還有些虛弱，不便於長時間禦劍。

成染因吞食靈蛇內丹，可保長壽，遂他如今身體依舊健壯。但除了武力增加等優勢之外，也有後遺症。譬如他需要像蛇一樣經歷一段時間的虛弱時期，而這虛弱期若是處理不好，或是受到什麼侵害，便會散去他這一身的修為。畢竟此法有違天道，非自然之法，有好處自然也有壞處。

這段時間對於蛇來說是冬眠，對於成染來說就是閉關修行，以保持周身修行不會被散去。之前被迫閉關，是因為放不下執念，非要找到桑黛的轉世，還要修練尋靈的玉配，所以一點修為都不能輕易散去。如今成染找到了桑黛轉世，也得到了原諒，更放下了自己的執念，所以對於想好要去投胎的成染來說，散不散去修為已經不重要了。

因為此刻他更想保證孟婆安全，最後再保護她一次，即使這次，只是以朋友的身分保護她而已。

巧山的林間黑霧彌漫，伸手不見五指，此刻，除了流水擊打石頭的叮噹響聲，便是孟婆和林冉冉的對話聲。

「你可是冥界鬼差孟婆。你並非凡人，你的身軀怎可輕易被凡物傷到？除非此劍有帝王之氣，其氣陽剛霸道且被高人加持，有了一定的靈力，或者更有可能此劍修靈，已經修出了劍靈。但是你的血可通陰陽兩界，腐蝕邪物，消滅邪靈，此劍可以割破你的手指，難道割破你的手之後，它沒有化為灰燼嗎？」林冉冉問。

「此劍完整無損。」孟婆道。

「如此看來，此劍應該不是邪物，若是邪物早就化成灰燼了。」林冉冉鬆了口氣。

林冉冉放了心，但是孟婆的心卻提起來了。

　　黑霧色裡，誰也看不清誰的臉色，唯有聲音的微妙變化。

　　過了不久後，孟婆開口：「那把劍是我外祖父之物，此劍更是由我家族之血所鑄，出於親緣，能夠割破我的手不足為奇。可正因為如此，才讓我放鬆了警惕。正如你所說，若此劍修得了劍靈那當如何？」孟婆幽幽問道。

　　「若修得劍靈，此劍便可能以血緣為掩護，將孟婆之血用於自身修行之中。孟婆之血不僅僅可以消滅邪物，同時也可以滋養邪物！」林冉冉恍然大悟。

　　「若是此劍不凡，真的修成了劍靈，那真的可能會是個麻煩。你我二人，會多一個難對付的對手。」

　　「若此劍為陣眼呢？」孟婆一字一句說道。

　　此話若晴天霹靂。

　　「何以見得？」林冉冉顫聲問。

　　「我不知道，只是覺得有種強烈的預感。」孟婆有些糾結。

　　「只是預感而已，你先別太在意。」林冉冉接著道，「那你曾如何處理了那把劍？」

　　「當時我心憂別處，又想到此劍為外祖父所佩戴，便想著也是祖父留下唯一的遺物，便施了個咒將其鎮壓到了水低。」孟婆道。

　　「你既然施了咒，先不要擔心了，我們還是先找邪靈的統帥吧。可能是你最近經歷的太多，壓力有些大。我們處理完邪靈之事，我定然在冥界為你設宴，讓你好好放鬆一下。還讓牛頭馬面給你捶腿，他們捶腿倒是挺舒服的。」林冉冉半是安慰半是調侃。

　　孟婆笑著說了聲：「好，到時候我要好好享受一下。」

　　林間看不清來路去處，二人前行時，僅靠一條紅繩來牽引彼此。

　　林中傳來颯颯聲響，一個身影忽閃忽滅，林冉冉輕輕拽了一下紅繩，示意孟婆跟上她的步伐，便拿著紅纓槍向著那個影子刺去，結果一個影子散成無數個怨靈，這些怨靈一擁而上，撕咬著林冉冉。林冉冉舞動紅纓槍

劈砍，這槍被她舞得虎虎生風，發出一聲聲槍吼聲，這些怨靈不敢上前，只能暫且避其鋒芒。

林冉冉鏖戰怨靈，漸漸陷入了次怨靈之陣中。再一低頭時，見手腕上的紅線已經斷開，她立刻意識到自己中了怨靈的調虎離山之計，對方的目標應該從一開始就是孟婆！

她有些無奈，這些怨靈一直在躲閃，從不肯迎戰。林冉冉劈向前方，前方怨靈便後退，而後方的怨靈隨即便跟上來。身側怨靈的包圍圈不擴大也不縮小，讓林冉冉很憤怒。怨靈配合默契，似乎要以逸待勞，準備將林冉冉的體力消耗完畢，等待給她致命一擊的機會。

想到孟婆不能隨意使用法術，林冉冉十分擔憂孟婆的狀況，因此更加心煩意亂。

林冉冉還是第一次被怨靈折騰得如此狼狽。

另一處，原本黑霧彌漫的林間，卻透露出一絲光亮。

孟婆摸著手腕間斷裂的紅線，輕描淡寫道：「你做這個局，不就是為了單獨見我嗎，怎麼又不出來了？別這麼畏手畏腳，反倒令人輕視。」

「哈哈哈，好一個伶牙俐齒的孟婆，此刻我不就在你面前了嗎？」一個有些嘶啞的聲音，帶著些許魅惑的意味，次第傳入孟婆耳中。

聽到這個聲音的孟婆，有些不寒而慄。

「你不會說那道光就是你吧。」孟婆嗤笑一聲，「你還真把自己當作暗夜明光了？別做夢了，你不過是一個劍靈罷了。」

「真不愧是孟婆，這麼快就猜到我的身分了，好好……」又是一連串的聲音傳來，只是那聲音由原來的魅惑變得十分狂放。

「我不光猜到了你是一個劍靈，我還猜到了你當年在凡間之時的姓名，你叫姜棋，應該是皇室中人。」孟婆接著說道。

「你怎麼知道？」那個聲音有些疑惑，又有些憤怒，不一會兒便轉而笑道，「你可是孟婆，看過冥界陰陽譜，知道人界的事並不奇怪。」

「別裝了，看陰陽譜很正常。我是孟婆，但是陰陽譜上有千千萬萬個人，為何我能找到你，難道你不覺得奇怪嗎？」孟婆一下子說穿了劍靈

的偽裝。

「出來相見吧，不用跟我裝神弄鬼了，大家都是鬼，別再做這些虛把式了。」孟婆道。

孟婆說完此話，那一縷光稍微抖動一下，接著孟婆覺得身後有一人在拍打自己的肩膀。

霜華劍向著身後劈過去，快狠準。

彎刀相接，兩把絕世兵刃在碰撞中發出清脆的撞擊聲，白色的光芒猶如雪花飄落，聲音卻如寒冰綻裂……

最後，彎刀架在孟婆的脖子上，刀刃寒光凌冽，來自彎刀的溫度切實地傳到她的脖子上。

「放手吧。」孟婆冷冷開口。

「為什麼放手，明明是你敗了。」彎刀離著孟婆雪白的脖頸又近了一些。

「因為你不會殺你的救命恩人。」孟婆道。

「又被你猜到了，這麼聰明，不愧是我王室中人，更不愧是我那聰慧的侄女和音的女兒。」那聲音帶著些許戲謔道，「還真是要感謝你的孟婆血，不然還真不會這麼快恢復靈識。」

孟婆眸色一變，這人知道自己是孟婆這不算奇怪，畢竟孟婆的血天上地下獨一無二，且彎刀飲了孟婆血，他知曉自己的身分也是自然。可奇怪的是，為何此人還能猜到自己的前世身分？

姜棋好似能看到孟婆的神色變化一般，譏諷道：「是不是很奇怪，我為何知道你前世的身分？因為我還飲了我那好哥哥的血！對了，他就是你的外祖父，和音父親。」姜棋呵呵一串笑聲迴蕩在孟婆耳畔。

彎刀離開了孟婆的脖子，孟婆這才看清面前之人的相貌。

那人看著不過三十左右，鼻梁高挺，稜角分明，劍眉星目。只是此刻他呈桃花狀的眼眸卻帶著妖冶的紅色，雖是如此，仍能看出他眉宇間的貴氣。

「你也不用再試探我了。」原本聲音裡還帶著笑意的姜棋，此刻屬

聲警告孟婆。

「我聽不懂。」孟婆裝傻道。

「你這些小把戲我看不上眼。你之前的每一句話都在挑釁我，更在試探我。實際上，你是在惹怒我，想跟我交手，想從我的招式裡找到破綻。即使敗了，你也不會怕，因為我不會殺了你。但這都不是你最根本的目的，你真正想要的是拖延時間，你想給跟你一起來的女孩提供足夠多的時間，好讓她找到你，然後一起對付我，我說得對嗎？」那叫姜棋的圍著孟婆轉了一圈。

此時孟婆才憑藉微弱的光線看清，姜棋原來穿了一身大紅色的衣服。

「既然看穿了我的計畫，為何還要如此成全我？」孟婆問。

「因為我給那個小姑娘準備了一份『大禮』，她應該會喜歡，而且，我相信她不會輕易掙脫的。」姜棋哈哈大笑兩聲，眼中妖冶的紅色令人不寒而慄。

「你要說什麼？」孟婆聽到此處，已經不想再跟姜棋多說廢話。

「原本想要先說說我的故事，不過我現在對你如何知道我的身分更感興趣，要不我說一個，你說一個，咱們交換。」姜棋帶著笑說道。

「誰先說？」孟婆問。

「剛才我贏了，你輸了，所以你先說吧。」姜棋思考片刻後說道。

孟婆輕笑一聲，說道：「好，那我先說。」

「又要說故事了，可惜沒有好茶。」孟婆感歎兩聲，接著道，「正如你可以憑藉彎刀猜到我前世的身分一樣，我也能憑藉彎刀猜到你的身分。彎刀可以割破我的手指，卻沒有化為灰燼，說明此物定非凡品。但即使它不是凡品，能如此這般也不外乎兩種可能：第一，此劍沾了帝王之氣，並且有高人加持；第二，此劍修出了劍靈。即使符合以上兩種情況，那也只是可以割破我的手，卻無法將我的血為己所用，雖然孟婆血有滋養邪物的功效，所以我想能符合以上條件的，那便只有一種，便是只有外祖父的佩劍，而你姜棋就是那殉劍之人。」

「你可知道姜棋為何要殉劍？」姜棋的聲音帶著些威脅，更帶著些

淒厲。

「願聞其詳。」孟婆道。

「姜棋，本是你外祖父的弟弟。只不過，我們是同父異母罷了。他的母親只是個舞女，身分低微，君王飲酒作樂巡遊民間時，一夜風流有了他，之後便杳無音訊。舞女即使為君王生下兒子，終究還是逃不過卑賤的命運。她的兒子即使成了皇子，也擺脫不了各種侮辱和指摘。比如，從小被人指著鼻子說他是個野種，是沒爹的孩子。為此，他跟人打過無數架。一日，他被其他孩子打得鼻青臉腫，回到家中時，母親看見他的模樣，心疼得大哭了一場，深夜思慮後，修了一封血書，托人帶給了那位一夜風流的君王。

「後來，他終於有了父親。在十二歲時，他被不負責任的爹接回皇宮，但這件事也不是沒有代價的──有父親的代價就是，他要因此失去了母親，因為他的母親不配入宮。早知如此，他寧願一輩子沒有父親，也不想和母親分離。

「進宮之後，父王將他扔在了一個宮殿裡，再也不願去見他一面，而他同父異母的兄弟，也就是未來的君王，當時的太子殿下，你的外祖父，以他的出現為恥辱。那是一個以血統純正而驕傲的人，太子的眼睛裡容不下一點瑕疵和異樣。何況，是他這樣一個身體裡流淌著低賤血液的兄弟。

「這位太子殿下經常欺負他，甚至不讓那些侍衛給他飯吃。為了吃一口熱飯，他對著自己的兄弟學過貓叫、學過狗爬。無論太子怎麼碾壓他、嘲弄他，他都默默的忍著，只是想著能苟且的活下來，將來還能有機會出宮見母親一面。

「後來他的兄弟繼位，成了君王，而他也成了王爺，人人都覺得他應該感恩，應該覺得很幸福，因為他有了自己的王府和僕人們。可是他一點都不快樂，一個有名無實的王爺，一個走狗般的王爺，一個還是被人處處指摘的王爺。他一直生活在黑暗裡，碌碌無為地活著，因為只有他夠窩囊，他的兄弟才不會找他的麻煩。」

姜棋赤紅色的眼眸盯著孟婆問：「你知道那種暗無天日，看不到一

縷光明的感覺嗎？冰冷刺骨。」

「後來，他覺得上天開始眷顧他了。他終於得到皇帝的特赦，允許他將曾為舞女、飽經風霜和世人閒言碎語的母親接來王府養老。同年，他遇到了一個姑娘，那個姑娘叫東籬。東籬笑靨如花，嘴角總是帶著笑，雙眼裡有星辰大海，東籬像一道光散落他的世界，讓他感覺道了溫暖，讓他覺得世間還有希望。他覺得以往所有受的苦難，都因為這兩個女人的出現而被抹平了。好像所有的苦都不再苦了，那段日子，他的世界裡只有甜。」說到這裡，姜棋終於的聲音裡終於有了一絲幸福感。

「他的母親也很喜歡那個愛笑的姑娘，後來他娶了東籬，他們過得很快樂。不久以後，東籬懷了他的孩子，據說是雙胞胎的脈象。姜棋臉上帶笑，他和東籬都很開心，他們約定半月後的良辰吉日裡，一家人一起去拜神。」

「可是……」似乎是提到自己的傷心往事，姜棋的臉色變得猙獰，眼眸變得赤紅，彷彿有團火在眼眸裡燃燒。

「可是他的兄弟來找他，讓他去殉劍，他還是輕而易舉地毀掉了他的幸福，只為了一把象徵權力和地位的寶劍！因為他的兄弟找到了一本失落的祕笈，又命人不惜耗費重金鍛造了此刀，更是讓當時的國師給這刀注入了劍靈。而有了靈氣的刀，需要注入魂魄方可與人合一，魂魄和鮮血是少不了的必備條件，取用鮮血和魂魄最好是與持劍人有親緣關係的人。皇上看看四周，毫無疑問，合適的人選只有他，只有這個在他兄弟眼中一直視為瑕疵的人。後來他才明白，為什麼會給他母親特赦，為什麼他過了一年與母親、妻子相伴的幸福時光。這一切，早就是別人安排下的。

「他也如對方一早預料的那樣，就算明知道去殉劍，也不能說不，因為他的母親、妻子和未出世的孩子都在他兄弟手裡。他死之後，東籬因為傷心過度，失去了孩子，不久也離開了人世。他的母親白髮人送黑髮人，沒了兒子、沒了兒媳、日夜思念成疾，在他妻子去世三個月後也走了。

「他早就心如死灰，一心求死之後，又得知親人至愛皆已逝去，本想也隨他們一起去冥府再團聚，但是，最可悲的事情就是，原來人的魂魄

獻祭給了寶劍，三魂七魄就不再完整了，也就是說，連去黃泉路的一家團聚的卑微願望，全都成了奢望。若不是特殊的機緣，只怕要與這寶劍一起，永世長存於天地之間，這大概就是永生永世的拘禁和暗無天日的囚牢吧！」

「孟婆，如果是你，你會恨嗎？原來皇室的血緣帶給他一家的不是榮華富貴，也不是一世長安，甚至不如最低賤的乞丐那樣可以自由自在。他人生的一切都在別人的一念之間，或榮或辱、或生或死，這和豬狗有何區別？狗在被人殺死之前，還能奮力掙扎、咆哮、撕咬，而他的一家人只能默默的接受所有的安排，哪怕淚都流乾了也無濟於事。」姜棋咆哮道。

孟婆雖然早就知道姜棋有極大的怨氣才會如此，但聽到這個故事，還是忍不住一顫，如此的遭遇，放在任何人身上都是天大的悲劇。但是，此刻不是同情他的時刻，她收起心思，淡然回覆道：「你講的整個故事，都在用『他』，而不用『我』。或者，連你自己也不知道，你此刻心中已經不再把自己當作姜棋了，而我有為何讓自己回答一個你自己都不願意承認之人的假設呢？」

「呵呵……是呀，我不願意承認，因為太苦了。這份苦若換做其他人，他們會願意記起嗎？他們是會問你要一碗孟婆湯，自欺欺人的不再回憶往事，還是化作厲鬼久久徘徊在人間不肯離去呢？可我，連向你討一碗孟婆湯都變成了一種奢望。」姜棋冷冷地笑著。

第二十二節

　　深林漆黑，被包圍在眾怨靈之間的林冉冉單膝跪地，一隻手撐在紅纓槍上，汗水一滴接連一滴從額間流下來，滴落進枯敗的落葉中。

　　怨靈的包圍圈越來越小，如今已經在林冉冉的頭頂上圍成了一個直徑兩米的小圈。

　　紅纓槍的槍頭還在發出劃破空氣的吡吡聲，彷彿意識到危險的怨靈，總是先試探靠近一步半隨後又退後一步。

　　林冉冉的左手從半懸於空中，到此刻徹底掉落到地上，唯有右手死死握著紅纓槍。

　　怨靈離林冉冉越來越近，一隻怨靈率先撲上林冉冉，撕咬林冉冉受傷的左側手臂，慘叫聲貫穿寂靜的林間。

　　又有幾隻怨靈忍不住了，一擁而上，對著林冉冉的腰部和腿部撕咬。

　　鮮血從衣服裡冒出來，原本紅色的鎧甲看不出染了血，但血腥的味道卻充斥在怨靈之間。剩下的怨靈再也受不了血腥味道的誘惑，蜂擁而上，準備將林冉冉分食。

　　嘎吱之聲彌漫開來，滿是邪惡與殘忍，讓人毛骨悚然。

　　黑暗無比的林間忽然閃現一道黃色的光芒，光芒穿越林間，散落大地，其衝擊力使得周圍落葉紛紛。

　　一聲龍吟，隨後數萬條黃光芒直沖雲霄，聚集成百米金龍，盤旋在林冉冉周圍。林冉冉穿著紅色戰甲，赤紅色的披風在空中颯颯飛舞，滿頭的青絲脫離髮帶的束縛，盤旋鋪展在空中。

　　林冉冉看了一眼還在滲血的左側手臂，取出孟婆之前給的傷藥天南角，又施了個咒止住血。

　　林冉冉出身名門，兒時其祖父時常擺下棋局讓她破解，怎麼還看不

懂小小怨靈的計謀，假裝不敵不過是林冉冉的謀劃罷了。

林冉冉看透了這些怨靈先消耗她的體力然後奮力一擊的計謀，但她也知道怨靈數量眾多，而且怨靈避而不戰，圍困才是主要戰術，自己很難逃出這個包圍圈。如此消耗下去，自己耗不起，所以想要對付這些怨靈，唯有與之以利，而後取之。

林冉冉先是偽裝成被怨靈埋伏而惱怒的樣子，用右手揮動紅纓槍攻擊怨靈，其實是為了掩蓋另一個目的，就是讓自己適應右手用槍，讓身體形成記憶，熟練用槍，更是為了掌握好各種力道好使用「龍吟槍法」。

之後，林冉冉裝作筋疲力竭，給怨靈一個攻擊自己的機會，讓他們更靠近，自己也好將其一舉殲滅。可怨靈們竟然先派幾個怨靈試探林冉冉是否真的沒了戰鬥力。可是她咬牙讓怨靈見了血，禍福相倚，怨靈們見了血竟失去了理智，皆被血吸引住，跳進了她的攻擊範圍，成全了林冉冉的計畫。

此刻怨靈都被定在半空，林冉冉紅纓槍一掃，眾怨靈呆住，突然皆化成了塵埃，與黃土為伴。

右手再次輕輕旋轉紅纓槍，龍魂消失。

林冉冉收斂了神色，一步一步踏上尋找孟婆的旅程，右手握著紅纓槍，神態無比自然，彷彿什麼都沒有發生過。

不過加快的腳步驗證了林冉冉此刻心中焦急，畢竟破了用來困住自己的陣法，那故意設計此聲東擊西之計謀的人可能已經知道了，對方很可能會全力攻擊孟婆，這樣一來孟婆的危險就會加大。

不見月亮的空中有幾顆殘星閃耀，黑壓壓的雲層籠罩整個巧山。

「牛頭，是林將軍的『龍吟槍法』嗎？」看著遠處升騰的金龍，馬面怯怯地問。

「龍吟、金光，應該是了。」牛頭強裝鎮定地道。

他們兩個人都想到了一處，畢竟龍吟槍法消耗極大，非常用之術法。

「那林將軍的敵人得有多厲害啊！竟然讓她用了這套的槍法。」馬面吃驚地說道。

「瞎說什麼呢，再厲害的對手又能怎麼樣，能在林將軍的槍下過幾招呀，還不是得失敗。」牛頭嫌棄馬面動搖軍心，咬牙切齒地說道。

「對對，林將軍最厲害了，『龍吟槍法』不過是前菜罷了，我們林將軍還有更厲害的絕招呢。」馬面急忙補充。

牛頭白了馬面一眼，說道：「行了，你快閉嘴吧，好好看好你守的地方，到時候別放走一個怨靈，不然咱倆回去會被黑白無常笑話一千年的。」

「好吧。」馬面說道，臉上露出笑容，然後大搖大擺地跑去自己的陣眼處，嚴陣以待。

牛頭收回神色，黝黑的眼眸盯著剛才發出金光的地方默默祈禱：「希望林將軍無事。」

禦劍而來的成染看到了金光在黑暗的林間顯現，更聽到了龍吟之聲。

「桑黛或許在那裡。」成染似乎看到了希望，禦劍而下，朝著漸漸消失光芒的那處林間加速趕去。

此刻離著林冉冉不算太遙遠的孟婆和姜棋自然知道發生了什麼事。

「看來她的功夫不錯呀。」姜棋原本充滿痛苦的雙眸，此刻滿是戲謔。

「收起你的把戲。」孟婆恨恨地對著姜棋說道。

「噢，你知道我接下來要幹什麼嗎？」姜棋笑意越濃，臉就越是猙獰。

「你要找的人不是我嗎，為什麼要對付我朋友？」孟婆有些擔心林冉冉出事。

「這就著急了？原來你的弱點在這裡。」姜棋大笑兩聲：「我還以為你們冥界皆是無情鬼物呢。」

孟婆靜立無語，眼眸深邃地盯著姜棋。

「不過，冥界鬼差雖被世人忌憚，但是若真正比起來，人心甚至比所見到的鬼差更惡毒。」姜棋自嘲兩聲，自言自語道。

「其實我也不想對付你朋友，你也知道我的目標是你，我只是不想

讓她太快找到你罷了。」

「若你只是想要將她困起來，那剛才的她用得著使用『龍吟槍法』嗎？不用再花言巧語了。」孟婆眼眸帶著些許殺意：「冉冉，要是你出事，我一定會讓他連鬼都做不成。」

在孟婆與姜棋之間有一道微弱的光線，孟婆猜測，那應該是彎刀劍靈的劍魄。劍魄閃著冷光，冰冷了整顆心。

每當姜棋情緒發生變動之時，那道微弱的光線就會微微顫動，若非刻意留心是無法發現的。

「我想你的朋友應該陷入我另一個陣中了，要不我再給你講一個故事？」姜棋忽然開口道。

林冉冉此刻正站在一個泥沼的中央，裡面伸出無數隻鬼手。

沒入泥沼的雙腳有什麼東西抓住她往下沉，此刻唯下一隻靈活右手的林冉冉憑藉直覺用紅縷槍的箭頭亂劃去。

深陷泥沼之中，雙腳無處借力，即使再厲害的槍法都難以發揮最好的效力。

剛擺脫了一個陷阱，又入了另一個陷阱，對方到底想要對孟姐姐做什麼，林冉冉更加擔心孟婆的安危了。

孟婆見姜棋的模樣，知道多說無益，持劍面對姜棋，嘲諷道：「是不是想給我講講你是如何修成劍靈，又是如何成這般模樣的？」

「猜得沒錯，我越來越喜歡你這個聰明丫頭了，是個聰穎的後輩。」

原來還眼帶笑意的姜棋，忽然收斂了笑意，眸色清冷地道：「還是從此山間說起吧。我那好兄弟最終還是沒有守好父親留下來的江山，遭人起兵，他便在此設下埋伏，想要將對方一舉殲滅，沒想到對手厲害，即使中了他的陷阱卻還是反攻回去，將我那好兄弟打得一敗塗地了，兵敗此處。一生都在人上的他，受不了亡國的恥辱，就在此，用彎刀自刎了，哈哈哈……」

姜棋的笑聲淒厲，面容跟著有些扭曲。

「真好呀，他終於被困有我靈魂的劍殺了，我終於報仇了。我的一生

就是被他所毀，靈魂都被捆縛在這把彎刀裡，不能輪迴，不能解脫。兩百多年了，我哪兒也不能去，什麼都不能做，可他呢，卻能夠以死來解脫。原本是亡國的懦夫，殘害兄弟的魔鬼，可是死後卻被稱讚君王死社稷，甚至還能流傳百世。我不甘心，憑什麼命運如此不公，為什麼，這是為什麼？這寶劍能保他一個人安危，卻保不了十萬將士的性命，既然如此又何必當初鍛造這樣一把寶劍呢？白白毀了我一家五口性命來陪葬。」姜棋淒厲地大喊。

「上天雖然不公，但似乎聽到了我的怨恨，給了我一個機會。」對天淒厲長嘯的姜棋突然安靜下來，姜棋對著孟婆一笑。

孟婆看著瘋子一樣的姜棋，什麼也不說。

「那人自刎以後，我飲了他的血，那滾燙濃稠的血液，吞入之時渾身如火燒一般，之後卻又是徹骨的清涼，更沒想到的是一直以來束縛我靈魂的枷鎖竟然沒有了，我解脫了。我開心極了，覺得終於有機會去投胎了，或許東籬還在奈何橋頭等著我，我還能跟上她的步伐……畢竟我們曾相約到白頭，若誰先走，那人必在奈何橋頭等待，為期百年。但是……

「但是那昏君死都要死了，竟然將彎刀扔進了血河之中。」姜棋對著孟婆咆哮道：「那河水裡全是血，成千上萬的血，裡面全是各種噁心的邪念，他們的血流過我的身軀，逐漸浸透我的靈魂。那血腥的味道讓我現在還在噁心，讓我厭惡，可是卻如魔鬼般跟隨著我，浸泡著我，讓我無法解脫。我剛剛有了希望，卻又立即跌入無盡的黑暗。各種邪念的浸泡，讓我的靈魂很虛弱，看著輪迴通道就在三尺外，卻無力爬過去，眼睜睜看著它關閉。」

「這個昏君，這個魔鬼！再次將我推入了另一個深淵！」姜棋大喊，流下兩條血淚。

「後來那些屍體開始發臭，腐化成水，帶著惡臭流經我的身體。不知道過了多久，流水裡終於沒了血腥，但是我的靈魂已經浸泡了太多的汙穢，再也洗不乾淨。我想跟東籬去輪迴，我不想成為惡靈，可是我已經控制不住自己了，我必須擺脫那些惡靈的限制。」

姜棋惡狠狠地說：「這些惡靈侵蝕我的身體，想要控制我，這種邪惡之氣太過陰狠，所以我只能想辦法壓制，於是我又吸收了士兵們兵器的靈，讓那股剛強猛烈之力壓制這些陰狠之氣。兩股力量在我體內互相攻伐，它們每天都在打架，我花了六十年才讓它們擰成一股力量。」

　　「離著百年之約還有十年，你還可以去找東籬。」孟婆忽然開口。

　　孟婆說出來後，忽然想起那個時間節點正好是錢婆婆所說的巧山發生靈異之事，魯道長前來鎮壓之事。

　　「對呀，我終於可以衝破這些束縛去找尋東籬了。」姜棋笑起來。

　　「可是，你們再次阻止了我，讓我耽誤了。」姜棋再次變得平靜，可這反而讓孟婆覺得更加可怕。

　　被耽誤了最後赴約的時間，才是讓姜棋真正陷入黑暗的原因吧？

　　「我也想去投胎了，但是卻被著巧山愚昧的村民耽誤了。我吸收了兵器的靈，導致所有的兵器都從泥土中掙脫出來，裸露到了地面，有些甚至掉落在士兵身上。

　　「巧山那些貪婪的村民將這些兵器拿走，換成錢財或者做成農具。他們踐踏士兵的屍體四處找尋兵器，甚至還拿了士兵身上的錢財。拿死人的錢財，去滋養自己，他們還真做得出來！

　　「有些士兵沒有轉世，他們變成了邪靈，他們以命相搏換來的那一點微薄的錢財，本就是希望帶給自己家人的，哪怕後來戰死他鄉，看著那些錢財，讓他們依舊有個念想，有個盼頭。

　　「僅存的念想和盼頭都沒了，既然牽掛沒了，它們開始燥動，讓我一定要為它們報仇，一定要殺了巧山所有的村民，否則他們絕不放我去投胎，會繼續在我身體裡作祟。」

　　姜棋慘澹一笑，反問孟婆：「我能怎麼辦？我只有去幫它們。」

　　「我只殺了幾個村民，準備接著出手的時候，來了個道士。其實我不怕他，誰想他竟然設了個陣法，引我進去，將我困在了陣法裡，並將彎刀封印了。」

　　「我失約了，你說東籬會不會怪我？」姜棋問孟婆：「她一定在奈

何橋頭看過一個個靈魂，等待之後又是失望，一次一次，永無止盡。我知道失望才是最可怕的。」

「不過我在被封印得這些年裡也沒有閒著，我將那些依附我的惡靈一個個剔除出來，改造它們，讓它們都聽命於我，讓它們都臣服於我，哈哈哈……」姜棋雖然在笑，可以眼裡卻沒有半點開心。

「我不知道該怎麼安慰你。」孟婆道，「雖然巧山人民確實有錯，但是濫殺無辜確實不對，何況是他們毫無過錯的後人。」

「我的故事還沒有說完呢，別打斷我。」姜棋嘶吼道，心裡彷彿絲毫不在乎村民的死活。

孟婆已經適應了姜棋突如其來的情緒變化。

「我在這河底待著度日如年，我甚至都不覺得還會被放出來，但是你卻做到了，因為你是孟婆。」

「你的血讓我嘗到了我那好哥哥血液的味道，更讓我受到了滋養，讓我力量增長，還讓那道長將我封印的法咒鬆動了。誰的血會這樣了不起，算來也只有孟婆那可以通陰陽的血了。我嘗了嘗你的血，有我那哥哥的味道，你或許還跟我有血緣的。」姜棋輕笑幾聲。

「你知道我是孟婆，守在奈何橋畔給人遞孟婆湯，難道就沒有什麼想要問我的？」孟婆半笑半問，提醒道。

姜棋眸色一變，一把閃著寒光的彎刀之刃，再次架在孟婆的脖子上：「你什麼意思？你是說你見過東籬？你們有沒有為難她？」姜棋的聲線有些顫抖。

「東籬很愛笑，有一對小虎牙，眉眼之處還有一顆美人痣，對嗎？」孟婆含笑道。

「你見過她？她還……還……」姜棋不知道該說什麼，難道要問東籬是否還在等著自己？前世已經對不起東籬，成了劍靈後又殺害了一些無辜的人。

「東籬還在等你，不過是以另一種方式等著你。」孟婆一字一句道。

「以另一種方式是什麼意思？」姜棋有些激動。

「另一種方式就是，她入了忘川，在忘川河中等著你，守候著你。你知道在忘川河中等待是何意義嗎？」孟婆盯著姜棋血紅色的眼眸搖頭道。

「入了冥府，要麼入河，要麼輪迴。忘川河惡鬼凶靈彌漫，跳入忘川會被這些惡靈撕咬，但是與我定立盟約，則不會受到惡靈的撕咬。盟約是讓我為她實現心願，但她說自己沒有什麼心願，惟願守護這一個與你的約定。她之所以不願選擇輪迴，還因為選擇這條路會讓她忘記關於你的一切，我感動於她的故事，冥界規矩不能廢除，於是讓她留了下來。不過，輪迴前的滯留期限不得超過一百年，她等待了一百年，不能再等下去了，要麼入輪迴，要麼跳入忘川，她不願失去記憶，又想守護與你的約定，於是帶著與你的約定跳下了忘川，即使惡靈撕咬也無畏，所幸她活下來了。」孟婆道。

姜棋聽到這裡，眸色裡全是心疼。

看著姜棋的神色，孟婆繼續說道：「入了忘川，河底的魂只能終日抬頭從橋下觀看來到橋上的鬼魂，是否有心上的人，但即使看到了自己等待的人，若那人不低頭向忘川看去，也不會知道河底正有鬼魂在等待自己；又或者所等待的人經過無數的輪迴，早已將河底的那魂與自己的某一世忘記，惟留下不願忘記的執拗靈魂，在忘川河底守著僅存的記憶，艱難度日；再或者，那些河底的靈魂等著等著自己都忘記等誰了。」孟婆一字一句道來，而每個字都像一把劍刺在姜棋心裡。

「我要去找她，我要去找她。」姜棋有些歇斯底里地嘶吼。

「你要去那裡找她？」孟婆問。

「我要去忘川。」姜棋似乎下定了決心，不帶絲毫猶豫。

「你是劍靈，不老不死不滅，你如何進得了黃泉？」孟婆譏笑。

姜棋紅色的眸子忽然對準了孟婆，接著將目光移到了架在孟婆脖頸的彎刀上。

「這就是你單獨見我的目的吧，原來你早就不想活了。」孟婆說道。

談話間，孟婆已經掙脫了姜棋的束縛，亮出了手裡的霜華劍。

「孟婆的血可以通陰陽，少量的血可以養邪靈，但大量的血卻可以

滅掉邪靈，所以我只能如此了。」姜棋眼眸中盡是狠戾，此時的他才是一個真正的惡靈統帥。

「看來我猜想的不錯。」孟婆道：「若我不說東籬之事，你是不是還要給我多講幾個故事？」孟婆有些戲謔地問。

「故事都講完了，所以一切也都該結束了，父債子還，欠下債的是你的外祖父，你替他償還也是天經地義。」

第二十三節

濃霧彌漫的寂靜深林裡，有一種窒息的壓迫感。

成染踩在落滿殘枝敗葉的大地上，發出破碎的聲響。暗啞夾雜著清脆，充滿未知的邪惡與恐懼。

他聽到不遠處傳來神兵利器的嘶吼聲，那聲音如同困獸在做最後的掙扎。他只能順著聲音的方向走去，在這暗無天日的密林之中，看不到任何光亮。他距離聲音越來越近，但他卻停下來了。狩獵者的本能讓他察覺到前方或許有陷阱，而那發出打鬥之聲的人，已然落入了陷阱中。

「前方是何人？」成染淡淡開口。

他猜的沒錯，陷入陷阱之中的人，正是林冉冉。但此刻的林冉冉半身已經陷入泥沼中，且四周的怨靈之手仍在撕扯著她的衣服。雖然這些怨靈一時殺不死林冉冉，但是困住她卻綽綽有餘，尤其是她還陷在這無處著力的沼澤泥潭。

一個男人的聲音傳來，林冉冉忽然想到了那個人，再一細想，又覺得是自己的幻覺，畢竟那人此刻應該正在遠處。

「在下冥府鬼將軍林冉冉。」林冉冉不再隱瞞自己的身分，大聲報上了姓名。

此人既然能尋到此處，見自己困在陷阱之中，還能先詢問自己身分，定然不會是怨靈同夥。若是敵人，根本就沒有詢問自己的必要。畢竟如今自己已經被困住，是砧板上的魚肉，只能任人宰割。此人不是怨靈同夥，也不可能是冥府中人，畢竟大家都按照計畫守好了自己的崗位，所以只有可能是修行之人，見此有異樣便來查看。此人能夠衝破上層怨靈所設的陣法，來到這深林之中，定然不是常人。或許，他能夠幫助自己，林冉冉心想。

「林將軍可是與孟婆一起來的？」成染問道。

「對，閣下如何知道？」林冉冉有些警覺。

誰想此刻她剛一分心，便被怨靈的凶爪子狠狠抓了一道，流下幾滴鮮血。

「我先救將軍出來，之後的事情可以慢慢說。」成染聽到陷阱之中有異樣，判斷林冉冉可能受了傷，或許已經撐不住了。

「我一時還死不了，你既然知道孟婆與我一起前來，定然就是讓孟婆留信之人了。既然你明知危險還能找來這裡，定然是在乎她且武藝高強之人。我與孟婆中了聲東擊西之計，我們現在分開了，但看對付我的這些怨靈，它們沒有立即殺死我而是先選擇困住我，說明它們要對付的是孟婆。所以你先去找孟婆，這裡我還能應付。」林冉冉說完這番話，已經有些喘息了。她在強撐。

「林將軍，兩個人一起找總比一個人快，而且兩個人的力量加在一起也總比一個人強，我想將軍應該明白這個道理。我只是一介凡夫，雖有些修為，但畢竟有限，所以還望將軍幫助。」成染道。

成染看著忽明忽滅，受到眾怨靈影響已經無法確定孟婆方位的尋靈玉配，有些傷懷與無力。

「你如何救我？」林冉冉覺得成染說得對，便不再扭捏。

「你先說說你周圍的情況。」成染道。

「我深陷泥潭之中，而且還在不斷下陷，但按照聲音判斷，我與你距離你應該不遠。」林冉冉快速給出了答案。

「能確定你的方位最好。」成染思考片刻，「從你的位置扔些東西過來，我好確定你的方位。」

「我左手已經動彈不得了，唯有右手一杆紅纓槍。」林冉冉若將紅纓槍扔出去，那便是真的破釜沉舟，將身家性命都賭在了成染身上。

不過，林冉冉沒有猶豫，電光火石之間，一杆紅纓槍已然飛出，向著成染聲音傳來的方位刺去。

紅纓槍飛出，林冉冉再沒有什麼可以防身，怨靈的惡爪彷彿意識到林

冉冉沒了武器，所有惡爪統統從泥潭中冒了出來，向著林冉冉撕扯而去。

意識到紅纓槍向自己飛來的成染側身一躲，一把抓住紅纓槍的槍柄，也立刻斷定了林冉冉的方位，馭劍而起。

說時遲、那時快，成染藉著接紅纓槍的瞬間，飛身掠過，一把將泥潭裡得林冉冉提了出來。「多謝將軍信任。」成染帶著笑意道。

惡靈的魔爪還在亂抓，不過卻什麼都抓不到了。

兩人馭劍而行，出了沼澤，穩穩落地。

「快走。」兩人一同說出此話，接著快步在林間奔走。

林冉冉紅衣烈烈，纓槍飛旋。成染白衣不染纖塵，雪霽之劍，光輝熠熠。

而在另一邊，孟婆此刻也已經意識道了姜棋的目的。

「姜棋，我可是孟婆，你也別太不自量力。」孟婆嗤笑道。

「我們大可試試。」姜棋血紅色的眼眸泛著一絲笑意。

孟婆忽然意識到姜棋如此自信的原因了。

自己不能被姜棋的彎刀傷到，若是真如此，那自己的血便會被彎刀吸收，進而增強它的力量。如此一來，姜棋的力量一直上升，而自己的力量一直下降，直到兩者之間的力量形成差距，對方的力量達到頂峰，彼時自己再也無力與他對抗。這時候便是彎刀刺入自己胸膛，來個了結的時候。孟婆頓時覺得後背發涼。

受到盟約的限制，孟婆的能力有限，所以如果要脫身，唯有破釜沉舟了。

孟婆默念咒語，將之前所存福報珠的靈力盡數吸收，頓時覺得恢復了全部的力量。

只不過，所有的福報珠子都毀了，一切又都需要從頭開始了。

孟婆卻無半分可惜，畢竟心結已經解開，來世投胎又是新的開始，何必拘泥於此後會有如何結局，畢竟一生福報還是靠自己來世成人之後的修行。

她的霜華劍與姜棋彎刀相接，兩股巨大的威力，使得周圍樹木受到

波及，枯折無數。

在不遠處的林冉冉和成染看到這番場景，自然意識到了孟婆所在的位置，便向著此處奔來。

此時姜棋和孟婆兩人的力量在伯仲之間，正打得如火如荼。

霜華劍結出來的霜雪形成一條冰凌狀的長鞭子，孟婆一手持劍，一手拿著鞭子，劍為主攻，鞭為輔助和抵擋姜棋帶來的傷害。

不想面對孟婆的攻守有度，姜棋則是節節敗退，直到被長鞭束身，動彈不得。

孟婆持劍飛向姜棋，劍鋒凌列，帶著點點寒光，冷氣滲入人心。

姜棋反而淡淡一笑，畢竟他是靈，此彎刀不斷，自己便不老不死不滅。

孟婆的劍已將刺來到姜棋的胸口，而孟婆卻被一道忽然出現的寒光閃了眼睛。

那光接著藏入彎刀之中。

更不可思議的是，彎刀竟然伸長成了劍，正被姜棋拿在手裡，直直刺向孟婆的胸口。

劍魄歸刀，彎刀成劍，這是姜棋修成的，即使是打造這把彎刀與加持此刀的人，都不知道這個祕密。

彎刀成劍，孟婆因被劍魄閃了眼睛，有些失神。

但孟婆想到了那道閃了自己眼睛的光，就是姜棋的魄，也猜此刻姜棋的彎刀可能已經架在自己的胸口了，但是她卻不知道彎刀成了劍，伸長了好幾寸。

姜棋算到彎刀已然成劍，即使自己被捆縛著手臂，仍能將劍插入孟婆的胸口，但是他沒算到，成染會突然出現。

猜想到可能被姜棋偷襲的孟婆，出於自保的本能，及時將霜華劍收回，橫掃向前。誰知她一抽之下，卻當真聽到了兵器刺穿身體的聲音，之後便是一聲脆響，應當是兵器斷裂的聲音。

睜開眼睛的孟婆看到成染站在自己的面前，正對著自己笑眼盈盈。

成染的嘴角彎起一個好看的弧度，接著便是喉結上下劇烈震動。

孟婆感覺到異樣，看到成染的胸口被一把劍貫穿，而貫穿成染胸口的那把劍伸出的部分，此刻已經被自己橫掃的一劍斬斷。

胸口的血已經染紅了潔白的衣袍，顫動的喉結是成染將口中泛出的鮮血吞咽下去。

孟婆呆在原地，拿著手裡的霜華劍不知所措。

成染身後的姜棋也呆住了，他感覺自己的靈魂正在變化，似是得到了救贖一般，他已經慢慢不再是劍靈，而轉化成靈魂了。姜棋大驚，顫抖地問道：「你是何人？為何你的鮮血有此等功效？竟然可以釋放靈魂？你竟然成全了我，救出了我的靈魂！」

成染流了許多血，他再也撐不住，忍不住單膝跪地。孟婆這才回過神來，急忙將靈力輸送給成染。

成染見到孟婆的動作，輕輕笑了笑。他吃力地抬起右手，抹去孟婆臉上的眼淚，嘴裡喃喃道：「我說過要保護你。」

「你別說話。」孟婆有些歇斯底里，從來都沒跟人紅過臉的孟婆，這時真的急了，眼淚撲簌地下落。

成染是禦劍而來，速度比林冉冉要快一些，加上林冉冉本就受了傷，此刻新傷加舊傷，速度也較她慢了許多。

趕來的林冉冉聽到孟婆不顧形象的嘶吼，又見她淚流滿面的模樣，心裡一陣發酸，原來孟婆也還是個小姑娘，也有自己的小性子，只不過平時她掩藏得太好了。

孟婆毫不吝嗇地將自己體內的靈力傳給成染，成染反而推開了孟婆的手，有些費力地說道：「別浪費你的靈力了。」

「不浪費，一點都不浪費，我要救你。」孟婆搖搖頭，連忙說。

「你先聽我說，我暫時死不了的。」成染帶著笑安慰道。

「什麼意思？」孟婆臉上的淚稍微有些止住，微紅的眼角和真摯的眼神暴露了她的關心。

「別忘了我身體裡有蛇丹，它為我擋了一劫。再說，我也想去投胎

了，還在乎什麼死活？我們不是約好了，要親自向你討要一碗孟婆湯的嗎？」

成染擦去孟婆的眼淚，接著說道：「誰說自己是孟婆，什麼事情都看開了，這怎麼又哭起來了。還以為你活了近百年，該長大了，沒想到，你還是沒有變，還是當初那個愛掉眼淚的女孩。再說我本就逆天而活，這麼多年，也厭倦了。如今上天以這種方法收取我的性命，我很感恩，因為我終於好好保護了你一次，這也算求仁得仁。」

孟婆聽完這番話，撤回向成染身體輸送靈力的雙手，半喜半悲地抹去眼角的淚水。她也明白，此刻輸送再多的靈力都沒有用，一個人大限來到，是救不了的。這點孟婆比誰都清楚，可是，此情此景下，她無論如何也控制不住此心。

「你還能活多久？」孟婆問。

「按照成染的壽命而活，不過每日時光就是一年壽命。」成染道。

若成染能活到八十歲，那對於四十歲就服下蛇丹的他來說，好有四十天的壽命。

孟婆不哭反笑，嘴裡喃喃道：「也好。」

姜棋的劍雖然還插在成染的身體裡，但姜棋卻已經伏倒在地，靈魄皆已半出體外，呈現透明之狀。

之前林冉冉一直嚴陣以待，時刻注意姜棋的狀況，怕他還有反撲的力氣，見姜棋如此，林冉冉也不再覺得姜棋可以構成威脅了。

「孟婆，你們沒事吧。」林冉冉在一旁觀看完這一幕，覺得孟婆也已經冷靜下來了。

「看在我剛才救了你一命的份上，幫我將劍拔出來吧。」成染對著林冉冉說道。

林冉冉看了孟婆一眼，孟婆別過頭。林冉冉心下明瞭，但還是點下了頭。

劍被拔出，開始慢慢化成灰燼。

林冉冉盯著手裡殘存的劍柄，看向孟婆。

忽然，兩個人同時看向姜棋，卻見姜棋此刻已經身軀化成了塵埃，靈魂飄在空中，發著淡藍色的光。

「孟婆，送我一程，我有話要告訴你。」姜棋的靈費盡最後的力氣對孟婆說。

孟婆也知道姜棋還有些心事，更知道自己與姜棋之間的糾葛和恩怨關係，便拿出收靈袋，將姜棋的靈魂收入其中。

姜棋被收服，眾邪靈群龍無首，向著天地的各個方向四散開來。

已經布好了天羅地網的冥府鬼將們，終於到了出手的時候了。

霎時間，各種淒厲的呼喊和兵器碰撞之聲夾雜著嘶吼之聲傳來，林間各種光色忽明忽滅，黑白紅三色輪轉交替。

孟婆看向成染，成染淡淡一笑：「你去吧，我等你回來。」

孟婆又看向林冉冉，眼神中帶著些許懇求：「幫我照顧他一下。」

林冉冉輕輕一笑，說道：「放心吧，說來他還是我的救命恩人。」

孟婆點頭，便帶著收靈囊來了冥界。

奈何橋頭，唯有孟婆與姜棋。

姜棋的靈魂十分虛弱，無法自己來到黃泉，幸好孟婆願意幫忙。

被放出來的姜棋，極力撐起自己的身子，卻發現自己站不起來，便爬著向奈何橋的圍欄處。再扶著圍欄跪起來時，用已經恢復原色的黑眼睛向忘川河水中望去。

「哈哈哈……東籬還在，我看到她了！」姜棋很激動地叫道。

「東籬，東籬，我來了，我來找你了，我沒有失約的……東籬，你抬頭看看我呀！東籬，你抬頭呀……」

叫了好久之後，東籬都沒有抬頭，坐在那裡彷彿木偶一般。剛剛還滿臉笑容的姜棋，此刻又皺起了眉頭，轉身看向孟婆，問道：「她為什麼不抬頭看我。」

「我不知道，或許是她等你等夠了，想坐在那裡等著你來找她了。」孟婆低聲道。

姜棋又轉頭對著忘川，嘴裡說道：「我去找你。」

「姜棋。」孟婆叫了姜棋一聲。

姜棋也從激動中清醒過來，知道目前還有一些事情沒有做。

「你說吧，我聽著，我的錯我會承擔的。」姜棋眸色淡淡地說道，「只希望我的罪罰可以在東籬千年後輪迴的時候結束。」

「你也是可憐人，但是你也犯了錯，你原來的懲罰是永入畜生道。但是現在還有一條路，就是入忘川，為期千年，為洗清罪孽，一年受一次雷電之刑，你可願意？」孟婆道。

「我願意。」姜棋眼眸中帶笑。

「你還有什麼要說的嗎？」孟婆又問姜棋，「既然你讓我送你一程，定然還有什麼事想要告訴我吧。」

「孟婆，你的女兒我見過。」姜棋一字一句極為真誠地說道。

「什麼意思？」孟婆覺得有些不可思議。

「你那未出生的女兒我見過，不過它那時只是個未出生的嬰靈。你還想聽下去嗎？」姜棋問。畢竟孟婆此刻的身分，知不知道自己前世的女兒已經不重要了。

「你繼續說。」孟婆道。

「我當時還在讓體內的兩股不同之氣化為一股，整日與它們搏鬥，但有一日卻來了兩個靈魂，無意之間入了我們的地盤內。那兩個靈與怨靈不同，它們很純潔，所以它們會被怨靈欺負。我聽見嬰兒哭鬧之聲，想起我那未出生的孩子，便去查看了一下，結果發現了故人。雖然我死去之時和音不過十歲，但是唯有她與我那皇帝哥哥最為相似，尤其是那高高在上的眼神，睥睨眾生的神態。即使她被怨靈欺負的狼狽不堪，但和音的眼神還是那般桀驁不屈。我認出了她，她也認出了我，但是我尋找到她時，我已經無能為力了，因為她的靈魂已經被怨靈撕扯得難以拼合起來。雖然如此，她還是將懷裡的嬰靈護在懷裡。」姜棋將目光轉向孟婆。

見孟婆還沒有失態，接著說道：「我其實不恨和音，因為害我的並不是她。她也看出來這些怨靈對我有所忌憚，所以她將懷裡的嬰靈交給了我，並告訴我這是她女兒桑黛的孩子。她請求我照顧好這個孩子，還給我

磕了頭，我知道對她這樣驕傲的人來說，請求別人的幫助已經是很難的事情，更何況給我下跪磕頭。她跪在地上抬起頭看著我時，是我記憶中見過最真誠最懇切的眼神。」

孟婆聽到這裡，眼眶默默紅了，淚花在眼角打轉，卻始終沒有留下來。

「因為她的靈魂是被怨靈所殘害，所以才會被鎮壓在巧山，直到巧山怨靈被清理乾淨，才能有機會投胎轉世。而即使可以投胎轉世，卻也會因為靈魂是被撕爛的，所以會失去記憶。我將這一切告訴了她，讓她有什麼心願盡早說出來，若然有機緣我還可轉達。而她只是淡淡的笑了，告訴我一句話：『此生，惟對不起桑黛，辜負了母女之情』。」

孟婆喃喃道：「原來……原來……如此。」

眼角的眼淚終於掉下來，落在奈何橋上碎成冰珠。

這滴淚水包含著思念，更又些許遺憾，不過這些過後就是釋然和瀟灑。

「因為我知道和音的氣息，又飲過你外祖父的鮮血，憑藉血緣和氣息若有若無的牽引，所以我才知道你是桑黛。」姜棋補充道。

「後來呢？」孟婆用手掌抹了抹臉，紅著眼睛問。

「後來這些年裡我一直將你女兒留在我身邊，因為她讓我想到了我未出生的孩子。她每日趴在我的腿上睡覺，經常抱著我的大腿哭鬧，讓我無限寂寞的生活煥發了一點生機。後來有一個投胎的機會，我便想帶著她一起去。可是卻因為不得已的原因，又被道長封印，所以在最後的時刻，我拚勁氣力將孩子扔出了陣外。我在陣裡看到那道長保住了嬰靈，眼中滿是憐惜。畢竟這個嬰靈並非邪靈。」

姜棋看向孟婆：「你要知道，這樣的嬰靈也是可以再度活下去的。」

「對，我的孩子可能還活著。」孟婆有些興奮。

「若那魯道長肯花費修為，將嬰靈養個十幾二十年，再輔以凡人的鮮血，這個孩子還有重生的機會。」孟婆道。

「對。」姜棋看著孟婆露出笑容，也跟著露出了笑容。

「不過我一直有一個疑問。」姜棋開口道。

「你是否想問，為何不用孟婆之血，你依舊可以像普通人那樣死去，而且還能得到靈魂的救贖？」孟婆不計前嫌地說道。

「我想殺了你這件事，無論從哪方面來說，都是我的錯⋯⋯畢竟上一輩的錯不應該波及到你的身上，但是⋯⋯」姜棋面色有些難堪。

「若是換作別人，不一定比你做的更好。」孟婆道，「既然事情已經完美解決了，而且你告訴了我一些關於⋯⋯關於我親人的事情，我已經很感謝你了。」

「多謝。」姜棋道，「我曾聽說過一句話，無論你曾經如何執迷不悟，若有一天你懸崖勒馬，那些願意原諒你的人還是願意回頭。或許你就是那個不斷回頭的人。」

「是嗎？」孟婆輕笑。

兩個人相對而笑。他們都在笑命運對自己的捉弄。

「其實，救你的人是成染，我曾經的丈夫，也是外祖父的對手，那個讓他兵敗的人，那個讓他自刎於戰場的人。」孟婆道。

姜棋有些吃驚。

孟婆淡淡一笑，接著說：「成染是真正的帝王，且服用過千年巨蟒的蛇丹，所以其帝王的純剛之氣正好壓制了武器的邪惡血腥之氣，而蛇丹的靈氣正好壓制了怨靈的邪惡之氣。而我⋯⋯而我那無意的霜華劍正好斬斷你的劍身，也就是束縛你的枷鎖。」

「原來如此，真是因緣造化。」姜棋恍然大悟。

其實孟婆想到這些，也是從林冉冉拔下成染身上的劍以後猜想出來的，畢竟唯有這種解釋最為合理。

「那成染將如何？」姜棋又問。

「他自有他的去處。」孟婆淡淡地道。

「請替我謝謝他，救命之恩，無以為報。」姜棋道。

「你已經報了，是你說出我和成染的女兒還活著。」孟婆含笑道。

姜棋點點頭。

「我要走了，謝謝你們救贖了我，替我向你的朋友道歉，畢竟是我設下了兩道阻攔她的陣法，還令她負傷。」姜棋道。

「你的謝意和歉意，我一定帶到。」孟婆含笑說道。

姜棋也對著孟婆一笑，所有的感激在此之中。

望著川流不息的忘川，望著坐在忘川河底的東籬，姜棋朝著那裡一躍而下。

忘川河水裡的惡靈瞬間湧向姜棋，生怕跑慢了撕扯不到姜棋的靈魂，分不到這一塊美味，畢竟對忘川河水裡的怨靈而言，姜棋這個靈魂也是僧多粥少。

孟婆望著熱鬧起來的忘川河底，默默佇立。

剛剛鬧騰起來的忘川河底，不久就恢復了安靜，這是由熱鬧到安靜，孟婆所見到的最快一次。

眾惡靈像是害怕一般紛紛散開，剛才一擁而上的氣勢已經成了此刻的落荒而逃。

孟婆輕笑，想那姜棋原本就是劍靈，更經歷過與無數怨靈惡戰，而忘川的怨靈雖然可怕，但是姜棋自然不會畏懼，且入了忘川，各個惡靈便是鄰居，多一個朋友遠比多一個敵人更好，所以忘川的惡靈雖惡，卻也不是非要爭個你死我活的。

待眾惡靈散去，忘川水又恢復了寂靜和清澈。孟婆看到河底的姜棋正牽著東籬的手跟自己打招呼。姜棋笑得那樣幸福，東籬笑得那樣美麗……

「你們轉世之後會很幸福的。」孟婆默默祝願幾句。

姜棋的事情處理好了，孟婆便去了巧山收拾殘局，便見黑白無常和牛頭馬面等人已經收拾完了戰場，正坐在雲層八卦。

「你說那個替孟婆擋劍的是誰呀？」馬面問。

「還能是誰呀，一定是孟婆在凡間惹下的風流債唄！你看咱們冥界的孟婆這麼漂亮，走到哪裡不是一道風景，揮揮手就有排滿黃泉的追求者。我看這個一定也是被我們孟婆的美貌迷惑住了的癡情男子。」黑無常彷彿很懂一般在一旁說道。

「孟婆這麼冷，還會有人追求她？」白無常問道。

「孟婆是冷美人，雖然冷，但是美呀！」牛頭道。

「你們吃慣了紅縷槍，要不我用霜華劍給你們調調味道，省得你們清閒得慌。」孟婆語調聽著戲謔，卻還是帶著幾分冷冽。

「孟婆大人幫我們處理惡靈真是辛苦了，等回到冥府，一定為你大擺筵席，再讓冥帝為你記上一份大大的功德。」牛頭急忙轉移話題，黑白無常在一旁附和。凡是遇到這種事，一般都是牛頭和黑無常反應最快。

「我不吃這一套。」孟婆冷冷地道。

這一下，這四個傢伙都傻了，一個個低著頭，像霜打的茄子。

「只此一次，下不為例。」孟婆知道它們沒有壞的心思，平時也很維護自己，就是有時候管不住自己的嘴，喜歡八卦罷了。

這四個傢伙聽到後，連忙抬起頭來，向著孟婆邊笑邊道：「再也不會有了，孟婆大人放心吧。」

「快天亮了，你們回去吧。」孟婆吩咐道。

「孟婆大人，林將軍也受了傷？」馬面問。

「你們放心吧，林將軍沒有大礙的，你們先回冥府，後面的事情我來處理吧。」孟婆道。

其實馬面看到林冉冉從林間出來，也發覺到林冉冉受了傷，還扶著一個受傷的男子。從林冉冉那裡得知，原來是這個男子為孟婆擋了劍。

馬面平時雖然被林冉冉欺負最多，但也是最受到林冉冉照顧的，馬面想去幫忙，但是林冉冉拒絕了，而是讓馬面先去對付惡靈。

「孟婆，林將軍說她去約定的地點等你了」。馬面對孟婆說。

馬面有問過林冉冉的去向，而林冉冉只是給馬面留了這麼一句話。

「好，我知道了。你們收拾完以後就回冥界吧。」孟婆吩咐道。

「你們知道清理完邪靈之後，有看到那些被邪靈撕碎靈魂而鎮壓在此地的靈魂嗎？」孟婆想到了自己的母親，便問道。

「看到了，我請點過了，已經都去投胎了。」黑無常道。

「好吧，反正已經忘記了，或許更好吧。」孟婆喃喃道。

孟婆轉身飛下雲層，朝著巧山的山村飛去。

　　黑白無常和牛頭馬面帶著眾鬼將撤離，黑雲散盡，旭日東昇，又是一個好天氣。

第二十四節

巧山的村子在龍虎山八位道長的鎮守下安然無恙，在清晨淡黃色光線的籠罩下，風平浪靜的巧山帶著些許神祕與浪漫，劫後餘生的眾人，有的還在下意識的往周圍看，有的已經恢復過來，在門口自在地曬太陽。

孟婆來到錢婆婆家。

錢婆婆的家在小石村的東南角，比較僻靜，小石村人皆知錢婆婆去了洛城尋女，此刻還未歸來，再加上他們現在想起怨靈來都心悸，也就不敢來這偏僻之處，所以沒有人來錢婆婆家。

錢婆婆的居所雖然是石頭和石板砌成的石屋，簡陋得很，但地理位置卻極好，孟婆站在這裡，能夠俯視整個山村，當太陽升起的時候，能見到第一縷陽光。

孟婆再次來到這個熟悉的地方，推開柴門進入。

屋子裡泛著血腥的味道，孟婆看向林冉冉和成染兩人正閉目養神，他們已經包紮好了傷口。孟婆看向成染，發現成染鬍子已經長長了，鬢髮也微微發白。

睜眼看孟婆來了，成染對著孟婆輕笑，招手示意孟婆坐在他身邊。

林冉冉見這對前世夫妻似是有話要說，便退了出去。

出來後，太陽已經出來，天已大亮，黑雲已經散去。林冉冉想了想，牛頭馬面等此刻應該已經撤回冥府，自己還得去巧山的深林中查看一遍，確保怨靈都清除乾淨了，不會逃脫一隻。

經過休整之後，林冉冉已經恢復到可以舞動長槍不痛的程度。

屋子裡的孟婆走到成染身邊，輕輕拾起成染的右手，像八十多年前握著，一雙靈動的眼睛直視對方。

「有什麼話想跟我說嗎？」成染接著說道：「你還跟以前一樣，有

什麼心事都掛在臉上。不用擔心我，生老病死，常事而已。」

「何況，我真的很知足了。」成染含笑道。

孟婆聽出了成染的安慰，不過此時她的心裡有一件更讓她忐忑的事。

「成染，我們的孩子，他可能沒死。」孟婆一字一句說道。

原本嘴角還浮著笑意的成染，此刻也僵住了，問道：「什麼意思？」

「剛剛在奈何橋頭，姜棋跟我說了些事情，他說……」孟婆將姜棋所說的全部告訴了告訴成染。

成染聽著，捏得雙手發白，從不可思議變到狂喜，再到急切：「我們現在就出發，去找他。」說著起身。

「你的傷口可以嗎？」孟婆有些擔憂。

「沒事的，不礙事了，我們去找他吧。」成染攥緊了孟婆的手。

孟婆抬頭看向成染，微微點了一下頭。

「姜棋說是魯道長將孩子帶走了，有龍虎山的道長現在就在這裡，我們去問一下。」

「好，那我們現在這就去吧！」

「好。」

兩人雙手緊握，並肩而行，在清晨的日光裡走下山去，來到了村子中西偏北的族長家。

即使立即趕來，還是慢了一步。村長家裡的道長都走了，不過村長告訴二人，三林道長此刻正在巧山查看是否有漏網的邪靈。聽到這個消息後，孟婆與成染又連忙趕去深林尋找三林道長。

急忙趕去深林，發現林子太大，找一個人很難，孟婆便飛身山林上空俯瞰尋找。

成染受傷嚴重，已經不能飛行，更禁不起飛行的波折。孟婆怕成染的傷口裂開，便讓他待在一處僻靜之所，孤身前去尋找三林道長。

過了四、五個小時，孟婆還是沒有出現。成染心焦，便想著是不是林間還有什麼殘留的陣法，孟婆找人心切，不小心陷進去了，這一想，便等不住了，起身前去尋找。

走出去不久，就聽到沙沙的聲音從背後響起。

沙沙的聲音離著成染越來越近，卻不曾發出任何言語。若是孟婆，此刻是不會跟自己開玩笑，所以應該是漏網的邪靈。成染受了傷，靈力外漏，且身上還有傷口，血腥的味道對怨靈的誘惑最為致命。

成染暗中握緊雪霽之劍，想等邪靈上來攻擊的時候，用盡最後的靈力給邪靈致命一擊，生死一線，只能賭一把。

沙沙的聲音越來越近，那怨靈以為成染沒有防備，一步一步地接近成染，成染默默數著：「五步，三步，一步，死。」

成染轉身，雪霽之劍劈到了怨靈身上，那怨靈立即化成了塵埃。

可讓成染沒想到的是，後面又出現來了一頭怨靈。

成染收起劍，時刻防禦，氣勢凌然，威風凜凜，氣勢上不能輸，這是成染征戰多年後的感悟。

裂開的傷口已經染紅了周圍的衣衫，成染強撐著不露出弱勢的姿態。

怨靈受不了鮮血的憂惑，不顧對手是何程度的武藝，一下子想撲上去撕碎目標。

怨靈的利爪向著成染撲來，黑黝黝的牙齒發出咯吱咯吱的聲音。成染以雪霽劍阻擋，眼眸深邃。

原本就帶著傷的成染，自然是見到血就瘋狂攻擊的怨靈的對手，所以雪霽之劍一擊就被打落，成染再也沒有防身的武器。

成染站在原地，死亡之際，帝王的威嚴與霸氣絲毫不減。

破釜沉舟，成染絕不是任人宰割之輩，赤手空拳亦可一戰。

當怨靈的利爪即將伸到成染胸口，成染想要抓住它的爪子，與其搏鬥的時候，一把青霜劍帶著閃亮的光芒，一下子將怨靈釘在地上。

被釘在地上的怨靈吱吱作響，扭來扭去。赤紅色的眼睛裡滿是不甘，嘴裡發出淒厲的吼叫聲，四肢奮力撐地，只是撲騰起滿地落葉。胸口被劍插住，釘在地上起不來。

成染鬆了口氣，向青霜劍飛來的方向看去，只見一個鶴髮童顏的道長，仙風道骨帶著笑意看他。

「多謝道長相救。」成染稍微整理了一下衣服，向著對面的道長施了一禮。

「相逢即是有緣。」道長摸了摸鬍子笑道。

「相逢即是有緣，道長所言不虛，敢問可是三林道長？」成染含笑道。

仙風道骨，又能一劍將怨靈釘在地上的人，在這林子裡，除了冥界之人，就只有三林道長了。

「先生說得對，正是貧道。」

「此次入林間，便是聽說道長未走，所以前來尋找的。」成染恭敬道。

「這可真是緣分了，敢問先生所謂何事？」三林道長摸了一把鬍子。

「此事說來話長，可否請道長於今夜在小石村一敘？」成染提議道。

「看來先生與孟婆是有一樣的問題了。」三林道長搖搖頭。

「你們見過了？」成染問。

「見過了，她約貧道今夜子時，錢婆婆小屋一敘。」三林道長笑呵呵地摸了摸自己的鬍鬚道。

「敢問道長，孟婆她去哪裡了？她……」忽然想到了什麼，成染自嘲一笑，喃喃道：「我幫不上忙了。」

三林道長平靜地道：「她也發現這林子裡有漏網的怨靈，林子極大，她怕我忙不過來，便主動幫我，想來此刻應該在山陰之處了。」

成染笑了笑，說道：「她還是這麼善良，一點都沒變。」

三林道長也不是世俗的人，只是輕笑，覺得感情之事要看緣分。他拿出符咒遞給成染，解釋道：「此符咒可以防止邪靈近你的身，你帶著先回去，還有，是她讓我來找你的。」

成染聽聞此言，剛剛還在看手中符咒的成染，抬頭看向三林道長。

道長輕輕一笑，說道：「她看這山林只見還有怨靈，便要去幫我，可又有些擔憂你見她久久不歸會擔憂，便囑咐我來找你，讓你先放心回去等待。」

　　談笑之間，三林道長已經將被釘在地上的怨靈淨化成光了，跟成染打了個招呼，而後匆匆搜尋剩下的區域。

　　剛走了幾步的三林道長，忽然回過頭看了著成染一眼，說道：「我看孟婆不僅僅是擔心你會遇到怨靈，才請我來此吧。」說完便離開了。

　　成染站在原地，心裡暖暖的：「你是想讓我減輕負罪感，讓我親自為尋找孩子做些事情，而不是坐享其成。桑黛，謝謝你。」

　　成染仰頭一笑，收拾好心情，再將殘枝落葉裡的雪霽劍撿起來，向著村落的方向前去。

　　另一旁的孟婆也遇到了林冉冉。

　　「冉冉，我在人間還有些事情，暫時回不去，你先回去吧，好好養傷，牛頭馬面他們都很擔心你，回去看看他們，也好讓大家都放心。」孟婆對林冉冉道。

　　「我可是冥府的將軍，這些傷都是小事，沒事的。」林冉冉很是霸氣地說道。

　　「林將軍確實厲害，『龍吟槍法』真的是讓冥府鬼差大開眼界，更讓他們臣服於將軍了。」孟婆含笑道。

　　「他們都知道了？」林冉冉面色有些扭曲。

　　「龍吟之聲貫穿雲霄，埋伏在各處的鬼差們當然都聽到了，它們還不知道如何誇讚林將軍的厲害呢。特別是馬面那張嘴，勝過人間無數說書先生，一定給你演繹的神乎其神。」孟婆想到這裡，又是抿嘴一笑，好像很期待馬面的故事。

　　「這些碎嘴的傢伙們，我要剪了他們的舌頭。」林冉冉有些惱怒，她曾經誇下海口，說任何怨靈在她的槍下都過不了百招，更沒有哪個怨靈能逼她使出「龍吟槍法」。

　　這個海口，冥府上下皆知。

　　「你先回去吧，山陰之地我來搜查，一定會將漏網的怨靈全部消滅，一個不剩。」

　　「多謝孟姐姐，那我先回去了。回去冥府看看，我怕其他鬼境有惡

靈趁大夥都不在當值，趁此機會興風作浪。」林冉冉大義凜然地說道。

看著林冉冉不等孟婆回覆，已經急不可耐的飛上了空中，孟婆看著空中的背影，輕笑道：「總是這麼毛毛躁躁還嘴硬。」

飛回冥府的林冉冉急忙去找馬面，卻聽說馬面此刻正在處理被收來的怨靈。

林冉冉瞬間頓悟，孟婆是故意讓她回來的。她看不懂為何孟婆要多此一舉。無意間旋轉紅纓槍，卻發現槍頭上掛了一個荷包，林冉冉將荷包打開，裡面是孟婆湯的藥引子，治傷聖藥。

林冉冉明白了，孟婆是打發自己回來療傷的。看著荷包裡的藥，林冉冉嘴角彎起了一個好看的弧度。

夕陽將落，山林陽面遍布金黃色的光，三林道長背著青霜劍，一手拿著拂塵，一手撚著鬍子，走在淡淡金黃色的小路上，面帶淺笑。

成染已經回到錢婆婆家，等待孟婆和三林道長的到來。

小時候在密林中生活過，成染想到錢婆婆家久不住人，家裡沒有什麼可以招待三林道長，便在這林中採摘了野菜，之前在深冬無食物的深林裡，成染就靠著這些東西過冬罷了。這些野菜長在落葉層下，嘗起來帶著淡淡的清香和甜味。

成染曾經用它們來泡過茶，倒是頗為可口，錢婆婆家沒有飲茶用的茶杯，唯有幾個四方大碗，所以成染又砍了一顆竹子，削了幾個竹筒做杯子。許久不做這些手工活，內心有一種久違的平靜之情。

成染剛剛泡好了茶，想要自斟一杯試試味道，便聽到了敲門的聲音。

「貧道三林，成染先生可在？」三林道長帶著笑意的聲音從柴門外傳來。

成染連忙放下手中的竹杯，將柴門打開，做了一個「請進」的手勢：「道長請進。」

「貧道在門口就聞道茶香了。」三林道長笑呵呵地說道。

「道長請坐。」成染引三林道長坐下，給三林道長斟了一杯茶。

「孟婆還沒回來？」三林道長問。

「應該快了。」成染從窗子望向屋外。

「雖然上元節已經過了，但是春分還沒到，先生要注意才是。」三林道長語重心長地說道。三林道長的話雖然很隱晦，但成染也明白了，三林道長知道自己吞食蛇丹過。

「道長勸戒得對，巧奪而來的東西終有一天是要還回去的。不過對於此時的我來說，這些都不重要了。」

「冒昧問一句，道長曾見過在下？」成染又問。

「當初有幸見到先生時，我不過是一個十幾歲的童子，跟在師叔身後罷了，先生或許沒有注意到貧道，此後先生一連多年都會去一趟霧山居，而我也為先生獻了幾次的茶。」三林道長呵呵一笑，端起桌子上的竹杯，慢飲杯中之茶，而後說了一聲：「好茶。」

「這茶熔鑄了天地精華，更有經歷一年四季和風霜雨雪之後的淡淡清香，豁達而從容，烹飪為茶，更有水的溫潤之氣，養人，靜心。」三林道長輕笑說道。

還有些吃驚的成染恢復了神色，心想這一切都是緣分，命中註定，嘴角不由泛起笑意。

「我等俗人只是品茶，沒想到道長境界更高，品的是人生呀。」成染道。其實成染也能聽出三林道長一番話中委婉的勸勉之意。

當初去霧山居找尋六如道長，是因為聽說道長道術高強，更有尋魂之術，所以為了尋得桑黛之魂，成染便幾次三番上了霧山居，屢求求六如道長，更是在山門外跪了五天五夜，發下毒誓絕對不將此術法外傳，更不會做出有違人間正道之事，道長才願意教給成染。

雖然自己沒有向道長說過自己是吞食了蛇丹，但是自己不變的容顏和春分出關的規矩，還是讓六如道長隱隱已經猜到了自己不老的祕密，而作為常跟在六如道長身側學道的三林道長，應該也是知道的。

而有成染這般經歷的人，心中定有放不下的執念。

「人生大道呀！」三林道長長歎一聲。

此時柴門再次發出了響聲，孟婆從門外探出頭來。

　　「三林道長有禮了。」孟婆小心翼翼的跟三林道長打了個招呼。

　　「孟婆有禮。」三林道長從座位上站起來，眼神裡帶著讚許之色。孟婆先不顧私人恩義，幫自己解決怨靈，善良和識大體。

　　跟三林道長打過招呼之後，孟婆看著成染流血的傷口，心疼不已：「傷口怎麼又裂開了？感覺怎麼樣？上藥了嗎？就是我給你的那藥。」

　　成染輕笑一聲，知道孟婆還是關心自己的，但想到孩子的事情，便安慰孟婆說：「我沒事，藥了上過了，你不用擔心。三林道長都來了，先問正事吧。」

　　孟婆意識到自己的失態，有些羞紅了耳根，反而更加可愛，更加鮮活，不再如之前那般的古板。

　　成染看到了孟婆的窘迫，急忙說道：「你先坐下來，我給你倒杯茶暖暖身子。三林道長說此茶不錯，你也試試看。」

　　孟婆拿起竹杯：「道長都說好了，那定然不錯，我嘗嘗。」

　　「哈哈哈，你們也別吹捧我了，這一唱一和的，哈哈哈。有什麼事就問吧。」三林道長摸著鬍鬚，看著這對夫妻，笑意盈盈。

　　「聽說道長來自龍虎山，所以想問一下道長可否認識魯道長？大約四十年前，道長在巧山布置陣法來壓制邪靈，但也在陣中得一嬰靈，那孩子便是我未出世的孩兒，想問魯道長是如何處理那嬰靈的？」旁邊的成染握緊了手，眼睛一動不動地望著林道長，滿是期許。

　　「魯道長願意帶走他，讓他不用沾染更多的邪氣，我們只是想確定那孩子如何了，現在是死是活。要是魯道長把孩子超度了，讓孩子今早投胎轉世，我們會感念道長的情誼；要是道長救了孩子，那我們想補償這個無辜而受到父母連累的孩子。」成染在一側補充道。

　　「魯道長讓孩子解脫苦海之情，無以為報。所以希望三林道長看在我們思念孩子心切的份上，能告知相關資訊，我二人感激不盡。」孟婆誠懇地說道。

　　「原來如此。」三林道長摸著鬍子似是在思考什麼。

孟婆和成染也不打擾，靜靜等待。

「說起來，魯道長是我的恩師，六如道長是我的師叔，之前師父經常閉關，所以我才會跟在六如師叔身邊學習道法，後來師父飛升有望，便開始培養，於是我從此跟著師父在龍虎山修行。

「直到二十年前，師父離開了龍虎山前往崑崙山。臨走之前給了我一封信，告訴我此信遇到有緣人才能打開，我問師父何為有緣人？師父說那有緣人是前世的夫妻，他們自會找到我。

「師父還說，若終究等不到有緣人，就將信封燒毀。原來如此，師父預見之術如此高深。」三林道長說道。

「道長的意思是說我們就是有緣人？」孟婆放在膝蓋上的手指捏得緊緊的。

「對，二位便是那有緣人了。」三林道長輕笑著，端起方桌上的竹杯子，輕輕喝了口茶水。

「道長何以見得我們就是有緣人？」成染問。

「哈哈哈，二位一男一女、問題相同、時間相同，這樣身分的人來找貧道，不就是一種緣分嗎？那時貧道還不解師父之意，何來的前世夫妻，直到今日才明白師父所指。」

孟婆和成染對視一眼，了然之色頓現：「若命中註定，相隔再遠的人都會走到一起，是成染見識短淺，難窺天機。」

三林道長笑著從懷裡掏出一個符咒，放在桌子上。

成染接過符咒，放在自己面前。

符咒發出淡淡的金色光芒，孟婆和成染對視一眼，分別將手放在符咒上，默默閉上眼睛，嘴唇輕啟，念了幾句咒語。金色的光芒遂即消散，符咒之下呈現出一封信。

成染看了一眼孟婆，出於對孟婆的保護，想拿出信先看。

孟婆阻止了成染，微微搖頭，用手揭下符咒，只見信的封面寫著「孟成親啟。」

三林道長看了看信封上的字，微微點頭，果然這二人便是師父說的

有緣之人了。

　　孟婆盯著信封上這四個字，心想魯道長真是得道高人，早就得知天機，她會與成染同來找尋，而且更知道自己成了孟婆，取兩人現在的姓氏作為開頭稱呼。

　　孟婆拆開信封，看信中之言，成染也湊了過來。

　　「貧道於二十年前在巧山之地封印怨靈，偶然尋得一個被扔出陣外的嬰靈，這嬰靈純淨無垢，人性十足。觀其形態，死之時不過五個月大，貧道於心不忍，便將此嬰靈養育，想再給其一次投胎的機會。貧道因在巧山受了傷，且嬰靈與眾怨靈待在一起多時，一絲邪性流轉周身，貧道用時二十年才剔除，讓他能有機會投生。我和他多年相處，有了情分，便用自己的血為其灌上精血，再放於重生桃花裡為其塑造出肉身，從此他化出了人身。嬰兒化身之後是個女胎，便將其交給山下一農戶撫養成人。

　　救此嬰靈後，貧道身上善功大漲，百思不解，掐指一算，才知道這個嬰兒的父親為她建了廟宇，終日香火供奉。

　　由於貧道救了她，她便將這些功業便轉移到了貧道身上，以此報貧道對她的再生之恩。但是功業的轉移也使得這個孩子沒了庇護，功德殆盡，命途自然會有些許坎坷。

　　她化生時額間便帶了一塊斑駁的紅色胎記，而這正是怨靈邪性侵蝕所帶來的痕跡。貧道便用法術將其化為一朵桃花，更在此中下了咒印，將其邪靈之根拔出，又給她取名桃蹊，原意是「桃李不言，下自成蹊。」，但她命裡火過旺，急需調候，又五行缺水，便取「蹊」的同音「汐」，以桃汐為之名。

　　貧道曾為桃汐這孩子算了一卦，發現她命運曲折，幾番沉淪，最後確實大福大紫，圓滿之態，而一切的轉捩點，都來自於最開始尋得她的地方──巧山。所以我告訴她的養父母，以後若出了什麼事，便讓孩子去巧山。

　　貧道無意追究桃汐父母究竟為何人，但是卻在桃汐的化生陣法中偶聞龍吼之聲，更見冥界彼岸花，便得知其來處，若有緣定來尋之，故留下

此信予以憑證。」

　　孟婆和成染眼裡都噙著淚花，成染有些嘶啞的聲音說道：「原來她一直都是我的女兒。」

第二十五節

　　夜色已深，三林道長辭別而去，寂靜的屋子裡只剩下相對而坐的孟婆和成染。

　　兩個人久久不語，他們想認自己的孩子，想好好補償她，想到孩子因為大人的恩怨，才連來這世上看一眼的機會都沒有，兩人心中便升起濃濃的愧疚之意。況且，孟婆與錢婆婆的一年之期將至，此刻她也放下心中執念，決定要去投胎。成染在人間壽命也不過月餘，孩子剛知道雙親是誰，而後倆人就要離開，這太殘忍了，對桃汐實在太不公平。

　　四周一片寂靜，唯有燭火跳動，不時發出嘶嘶燈芯燃燒之聲。

　　洛城王府的桃汐因擔憂孟婆，有些心神不定，不想被錢婆婆看到了眼裡。

　　「桃汐，你孟姐姐這大冷天出門幹什麼，女兒家也不怕著了涼？」錢婆婆關心地說道。

　　「孟姐姐會注意的，婆婆放心吧。」桃汐略有心事地說道。

　　「你孟姐姐去了巧山？」錢婆婆忽然問道。

　　一句話將桃汐打得措手不及，桃汐呆愣在原地。

　　「別以為我老婆子啥都不知道，你這幾天不時望著北方出神，我便想著可能跟你孟姐姐脫不了干係，而洛城的北方就是巧山，也唯有這巧山出了什麼事，才會讓你們一起瞞著我。我老婆子年紀雖然大，但還是很清醒的。」錢婆婆雲淡清風地道來，沒有絲毫阻礙。

　　「婆婆，你別急，孟姐姐不久就會回來，巧山也不會出事的，家裡人更不會有事，婆婆你要相信孟姐姐。」桃汐生怕錢婆婆會被此事打擊到。

　　「傻孩子，婆婆都這麼大年紀了，什麼事情還沒有看透，人生不過白駒過隙，而一切都是輪迴，禍福由命，生死在天。何況孟姑娘的能力我

還是信得過的，也不曾懷疑過她，她已經幫我太多了。」錢婆婆語重心長地說。

「桃汐，你不用瞞著我的。只是若我知道孟姑娘去一趟巧山的話，定然讓她將那罈子女兒紅帶來。」錢婆婆對著桃汐輕笑道。

「婆婆說那女兒紅是嫁人之時才能打開的，桃汐現在還不想嫁人。」桃汐羞紅了臉。

「我們桃汐長大了，需要成全自己的人生了，嫁人才能讓你享受到更多的歡樂，看到你有個家，婆婆才能放心。」錢婆婆知道自己大限將至，所以看到桃汐有個依靠能讓她放心，何況韞玉確實是個不錯的年輕人。

「桃汐還想多陪婆婆。」桃汐將頭靠在錢婆婆肩膀上，抓著錢婆婆的胳膊，略帶撒嬌道。

錢婆婆摸摸桃汐的頭，露出和藹的笑。

巧山又是新的一天。

「錢婆婆曾說桃汐來巧山之時，帶了一塊帶有母親朝代的玉佩，而魯道長信中並未說過此玉佩，所以我有些疑惑，這塊玉佩究竟是何來歷，是何時落在桃汐身上的。」孟婆略帶憂色地說道。

成染點點頭，表示贊同。作為桃汐的親人，成染和孟婆自然不想讓桃汐身上還存有看不透的疑點，畢竟在這些在乎桃汐的親人看來，都有可能是潛在的威脅，尤其是知道桃汐經歷過那麼多的坎坷之後，更想讓桃汐在之後的日子裡安然無恙。何況那玉佩還是前朝之物，且價值連城，實是一件寶物。

成染和孟婆雖然知道，不經過錢婆婆的允許挖出那罈子盛放玉佩的女兒紅不好，但是出於關心而為也無可厚非。

孟婆開啟神通，透視四周土地，在老屋子裡的一個陰暗角落發現了埋的酒罈子。

兩個人挖出酒罈子，立刻聞到了陣陣酒香。酒香濃烈，顏色純潔毫無雜質，像極了即將出嫁的女兒的欣喜，似乎身著大紅嫁衣，心中所願不過與所愛之人共白頭。

用藥匙攪拌，聽到了玉撞擊酒罈的清脆之聲。

孟婆將玉佩撈出來，發現玉色純正，帶著溫潤光澤，即使常年不見天日，依舊青翠欲滴，可見確實是塊寶玉。

孟婆擦乾玉佩上殘留的酒漬，認真辨認，發現已經雕琢好的玉佩上又被人添加了幾筆，無意之間正好構成「草木」二字。

「草木，何意？」成染也發現了上面的字，有些不解。

「草木……」孟婆念叨幾句，向著遠方望去，看到了遠方一望無際的深林時，忽然明白過來。

「『草木』，『草』指的是東籬，『木』指的是姜棋。籬字帶『草』，棋字為『木』，這是兩個人的名字，更是姜棋對兩個人感情的寄託。草木冬季敗落，但到了春季便會煥發生機，歲歲年年，永不停息，而姜棋對東籬的感情，即使被重重困難所阻礙，亦或隔著山海，哪怕是生死，皆不懼。野火寒冬摧不毀，春風吹又生。」孟婆道。

成染靜靜聽著孟婆講起關於姜棋和東籬的故事，不免有些唏噓，更有些惶恐，更覺得與姜棋相比，自己實在做得不夠好。

孟婆講完姜棋和東籬的故事，目光再次轉移到手中的玉佩上，眼眶微紅。她有些動容地說道：「姜棋不想桃汐被怨靈侵蝕，也不想自己純潔的感情被玷汙，所以才將桃汐與寄託自己感情的玉佩一起扔出了結界。」

「姜棋也是桃汐的恩人，也是我的恩人。」成染輕拍孟婆的肩膀安慰道。

「他日奈何橋頭定要親自謝過。」成染誠心說道。

「該回去了。」孟婆收斂了神色，對成染道。

兩人邁上了歸程，他們要去見女兒了。

成染用了孟婆給的藥，傷口好了大半，已經可以隨孟婆禦劍而行了。

孟婆禦劍載著成染，當日夜裡，便回到了洛城。返回城後，二人先去見了錢婆婆。

錢婆婆剛想吹燈休息，便聽見敲門之聲，起初以為是桃汐，打開門之後，看到孟婆已經歸來，身後還站著一個男子，那男子年紀看上去並不

很大，但身上威嚴剛毅的氣質和通身的貴氣，似乎已經沉澱多年。

「孟姑娘回來了，外面冷，快請進！」錢婆婆很興奮地拉著孟婆。

孟婆隨著錢婆婆進了屋，成染也隨後進入。

錢婆婆急忙斟茶，遞給孟婆，喝口水歇歇。錢婆婆又給成染倒了一杯，說道：「這位先生也來一杯。」

「多謝錢婆婆。」成染很禮貌的說道。

「敢問先生如何稱呼？」錢婆婆對這個跟隨孟婆深夜來訪的人很好奇。

「錢婆婆叫我成染便可。」成染略微頷首，一派尊敬錢婆婆的模樣。

成染未曾多說，看樣子是在看孟婆的態度，錢婆婆也便不再多問。

「孟姑娘一切可還順利？」錢婆婆問孟婆。

「都處理好了，巧山如今一切正常，錢婆婆的家人都很平安。」孟婆道。

「老身在此謝過孟姑娘。」錢婆婆含笑謝道。

「這都是我分內之事，錢婆婆不用謝我，倒是我要謝謝錢婆婆才是。」孟婆含笑，輕撫錢婆婆的胳膊說道。

錢婆婆有些吃驚，便問：「此話怎講？一直以來都是孟姑娘你在幫助老身我，我何曾做過什麼，不過是終日在這喝喝茶，做做針線活罷了。」

「錢婆婆幫助過桃汐，便是幫助成染和孟婆了。」一旁的成染補充道。

錢婆婆此時才注意到，孟婆和成染進屋的時候身上帶著寒氣，明顯就是趕路剛剛回來，不曾休整便來到自己這裡，或許二人連桃汐或韞玉都沒有見到過。錢婆婆不曾見過成染，孟婆深夜帶一個陌生人來見自己，錢婆婆便知道這兩個人定是有事要說，可是不曾想此事竟然還牽扯到桃汐。成染所說的話也有些讓錢婆婆摸不著頭緒。

「桃汐是我的家人，成染先生此言生分了，不過什麼叫便是幫了你和孟姑娘？老身有點聽不懂。」錢婆婆道。

「錢婆婆，是這樣的，桃汐是我前世和成染的女兒。」孟婆道。

錢婆婆更是驚訝，差點坐不住。

　　「錢婆婆聽我說，事情是這樣的，前世我與成染結為夫妻，不過有緣無分，腹中孩兒也無緣出世便隨我而去，不想孩子太小無力入黃泉，便被家母保護，不想一起流落到了巧山，被漫山惡靈欺辱。後來魯道長設陣法鎮壓惡靈，我的孩兒被道長所救，經過數十年後修得人身，重新入世為人。道長將其交給山下農戶撫養，後來那兩夫妻早逝，孩子便來到巧山，幸蒙錢婆婆相助，孩子才有一個落腳之地。」孟婆道。

　　「作為父母，我們給孩子帶來的都是傷害，錢婆婆與桃汐非親非故卻能將其當自己孩子照顧，所以成染要對錢婆婆說一聲謝謝，錢婆婆大恩大德，銘感五內。」成染附和道。

　　錢婆婆一臉茫然，於是又仔細詢問其中緣由，孟婆不慌不忙地將來龍去脈都細細說了一遍，錢婆婆這才終於理清楚思路，釋然輕笑道：「原來如此，兜兜轉轉都是緣分呀。孟姑娘陪我來找乾女兒，沒想到找的是自己的親女兒。這桃汐也真是好福氣，有這樣的貴人爹娘，我就覺得，那孩子不是普通人。」

　　「是呀，都是緣分，在雪地裡救桃汐於危難的就是成染，之後桃汐還認成染做了爹爹，原來一切都是緣分。」孟婆也感慨這奇妙的因緣際會。

　　錢婆婆看向成染，露出真誠的笑容。

　　「婆婆給你們找個好日子，讓你們母女相認，家人團聚吧。」錢婆婆道。

　　孟婆和成染對看一眼，並沒說話，臉上帶著些許憂色。

　　錢婆婆看出來二人的遲疑，便道：「你們不想嗎？」

　　成染開口說道：「我們前世有很多糾葛，若將桃汐身分告訴她，必將牽扯出很多恩怨，這對孩子來說太沉重了。桃汐現在的生活已經很開心了，我們何必再來打擾呢，我不想讓陳年舊事擾了孩子的心緒，更不想讓她知道自己的父母曾經的糾葛和恩怨。」

　　「這都不是理由，孩子有權利知道真相，更有權利知道自己的父母是誰。」錢婆婆道。

「錢婆婆，成染不過幾個月的壽命，而我終有一天要離去，我不想剛給了孩子希望，又讓她承受失去親人的痛苦，愛其子，便為之計深遠。」孟婆道。

錢婆婆雖然不知道成染為何大限將至，但想孟婆此話確實有理，便不再多說。

「以後我們這些人都走了，桃汐定然孤單，我看桃汐和韁玉兩人是情意相投，只是沒個人在裡面牽線落定的，我就想著讓這事情早些定下來，她嫁給韁玉也算是完成人生大事，自己也有了個真正的家。」錢婆婆向孟婆道。

孟婆微微點了點頭。

孟婆想韁玉並非是成染的直系血脈，而是堂兄一脈，且桃汐精血來自魯道長，且說桃花養育，與韁玉並無血親上的聯繫，而且韁玉待桃汐很好，又是兩情相悅，所以孟婆也沒什麼要反對的理由。

自己和成染的事情已經過去，孩子們過得好才是真的好，莫讓前世之恩怨殃及子孫後代。

半月之後，桃汐嫁給了韁玉，終於抱得美人歸的韁玉笑得燦爛。

孟婆拿著梳子給桃汐梳頭，嘴裡念叨著：「一梳梳到尾，二梳齊白眉，三梳子孫滿堂……」

成染已經白了頭，扶著拐杖在一旁看孟婆給桃汐梳頭，滿臉笑意。

看到滿頭白髮的成染，桃汐是有些傷心的，畢竟這個爹爹待她是真的好。

也不知道成染是如何做到的，當朝君王竟然突然下令將武陵王府舊址──就是而今的皇家園林賜給了桃汐，還封了她做郡主，世代得配爵位。退一步說，成染給了桃汐嫁給韁玉的身分，也給了她滿滿的安全感。

桃汐看著成染滿頭的白髮，眼淚不自覺地在眼眶之中打轉。

成染告訴桃汐自己大限將至，而他心結已開，並無遺憾。如今看著唯一的女兒出嫁更是開心，更是告誡桃汐莫要傷懷，生命不過是流轉，人生一世便要享受過程，天下無不散的筵席，要看開分離，珍惜相聚。但話

雖如此，看到滿頭銀絲的成染，桃汐還是有些傷懷。

「傻孩子，今天是你大喜的日子，不能哭的。」成染略帶蒼老的聲音說道。

眼角帶著笑意，目光深邃，成染心中很是安慰，這麼好的桃汐是自己的女兒。

「爹爹，我早已把你當做親爹爹看待。」桃汐噙著淚水笑著說。

成染一下子愣在原地，接著笑得更加開懷。他想，自己再沒有什麼遺憾了。

孟婆看到這一幕，莫名有些心酸，隨即又很是欣慰。自己失去的，竟然以這種方式回來。她一時間不知道該說什麼，待再看向桃汐時，桃汐已經輕笑著被隨侍的丫鬟蒙上蓋頭。

孟婆與成染對視一眼，心中洋溢著滿足。

此次錢婆婆沒有出現，彷彿刻意給這一家人留單獨的空間。

另一間屋子裡，三林道長樂呵呵地拿出身後地禮物輕輕推到韞玉面前。

「師父能來就是給徒兒最好的祝福了。」韞玉看著道長推過來的禮物道。

三林道長捋著鬍子樂呵呵地說道：「收下吧。」

三林道長眸色一轉，說道：「伸出手來，為師看看你的舊疾如何了。」

韞玉帶著笑將手伸向三林道長，道長一手撚著鬍子一手診脈，片刻之後帶著笑容說道：「你小子大難不死，將來會有福報的。」

「多謝師父多年掛懷，韞玉感激。」韞玉向著三林道長施了個大禮。

「你看來是早就有預謀，是不是早就知道病好了。」三林道長含笑說道，「也是，要是身體舊疾沒好，你怎麼會娶人家姑娘，依照你以前的性格，應該離著人家遠遠的，生怕拖累才是。既然你做出這個要娶人家的決定，定然要好好對待人家，承擔起一個男人的責任。」

三林道長待韞玉如師如友，此番教導皆是掏心窩子的話。

「韁玉謹記師父教誨。」韁玉正色道。

「師父，韁玉有一事不解，可否請師父賜教？」韁玉問道。

「你說吧。」三林道長端起杯中之茶，細品了一口，心中頓時覺得此茶不若成染那山間之茶。

「為何我的緣劫是桃汐？還有我身上的咒究竟因為什麼？師父曾說過待我他日恢復之日，您會告訴我的。」韁玉不解。

三林道長歎道：「這一切都是緣分呀。當年你小子太頑皮，小小年紀非要去遠遊，眾人勸說無果，還是被你偷溜了出去，十歲的你帶著十個近衛溜著去山林之中玩樂，誰料竟然去了那古戰場。你們來到了一處小溪流水處，你還發現了水裡有一把彎刀。正好奇心重的你將彎刀拿出來觀賞，卻不想此彎刀異常鋒利，將你的手割傷了。」

「師父在說什麼呀，韁玉怎麼毫無印象。」韁玉不記得有這麼一回事兒，他記憶很好，若是發生了就一定記得。

三林道長也沒管韁玉，自顧自的接著說下去：「那彎刀是我師父封印怨靈的陣眼，見到血的怨靈蠢蠢欲動。師父閉關崑崙山之前留下一怨鈴，此鈴鐺搖動之時，便是陣法怨靈開始動盪之時，不過此鈴鐺只能維繫一次，之後便會被怨靈察覺，無法再用。那日忽聞鈴音大響，我急忙趕去陣法察看，只見你已經被怨靈團團圍住，他們正在侵蝕你的血肉和靈魂，而同去的其他近衛竟然已經死亡殆盡。雖我立即出手將它們壓制，但由於受到怨靈的侵蝕，你失去了記憶。而且怨靈侵蝕已深，已經纏繞你的心臟。

「之後我將彎刀置於水下陣眼之位，再將你帶回山下休養。一日之後，你父皇派兵將昏迷不醒的你和那十位近衛殘缺不全的遺骸帶回了洛城。此後，你便記不起林中之事。你父皇也與我談過，希望在你成年之前不要將那段經歷告知於你，畢竟同去的十個近衛都為了保護你而命喪巧山。

「而我給你鎖住的體中怨靈之氣，也在過了三年之後就爆發出來，所以我再次回到洛城，帶你去龍虎山修行，不想還是不能救治好你。我又求助於師父，專門前去崑崙山尋找師父，總算皇天不負有心人，讓我找到

了獨自修行的師父。

「師父聽後只是交待我，能解除你體內怨靈作祟的，是一個姑娘，一個身額間有桃花胎記的姑娘。至於能不能遇到找到她，也就是全看你自己的造化了。且不可以大張旗鼓的由皇家去找尋，只能靠你自己的機緣。」三林道長歎了口，搖搖頭說道。

「只是沒想到你小子命這麼好，才從龍虎山回來這洛城沒多久，就遇到了這姑娘，現在還能娶了人家，真是人算不如天算啊。」三林道長笑瞇瞇的看著韞玉說。

「師父，您又拿徒兒說笑了。只是想問師父，為何見到桃汐之後，我的舊疾也就是你說的邪靈之氣，就突然不見了？比之前的那些名貴藥材皆有效力？」韞玉有些臉紅的問。

「桃汐身上留著封印眾怨靈之人的血，此血正是怨靈們所畏懼的，所以凡是與帶此血脈的人接近，怨靈們就不敢作惡了，在你體內的邪靈便不敢作亂。」三林道長笑著說道。

「原來如此。」韞玉恍然大悟。

「不過此時你不必擔憂了，你體內怨靈徹底消除了，前幾日巧山怨靈作亂，被統統收拾了，就連當日割傷你的那把彎刀也被毀了，所以那些受其牽連之人，也都算是解脫了。」三林道長欣慰地說道。

「是上元節的第二天夜裡吧。」韞玉道。

「你知道？」三林道長有些疑惑。

「那夜我忽然腹中一陣翻江倒海，忍不住去屋外吐了許多汙血，此後身心舒暢，像是壓在身上多年的枷鎖被消除一般。後來孟婆歸來，我便去找她問我舊疾之事，孟婆說已無大礙，今日又聽師父所言，才將這些事情串聯起來。」

「不錯，你說你小子命好吧。」三林道長呵呵一笑，拍了拍韞玉的肩膀

「師父，孟婆與成染先祖還有桃汐究竟是何關係？」韞玉問。

「這個是上一輩的恩怨了，都過去了，不管你們的事，你以後好好

珍惜桃汐便是了。」三林道長正色道。

「韞玉看的是桃汐這個人，而不是她的身分她的過去，所以對於她的身世來歷，韞玉其實不在乎。」韞玉正色說道。

「好，徒兒長大了。」三林道長很是欣慰。

韞玉和桃汐的婚禮沒有十里紅妝，也沒有八抬大轎，有的是所有親人的祝福。在乎的人都在身邊，足矣。

此時中元節未到，錢婆婆與自己的盟約還未結束之時，便聽說桃汐懷了身孕。孟婆和錢婆婆很是開心，想著要給孩子多一些衣服，夠孩子穿到成年才好。

可是孩子究竟是男是女？小孩子的衣服倒還好說，但是長大以後的衣服……

孟婆便去冥界找冥帝想要討個口風，她剛走進和墨的書房，就見和墨在那淡然的喝著茶，好像原本就在等著她一般。

孟婆做了個揖，微笑道：「冥帝大人，我的任務也將結束了。不日之後也將投胎，這近百年來承蒙您的照顧，無以為報，只盼自己做的還算盡職盡責。」

和墨朝著她笑了一笑，平和道：「孟婆放下就好，來世也定可喜樂。我聽孟婆這來意不是向我辭行的，可是有什麼要問？」

孟婆有些不好意思的笑了笑，接著說：「什麼都瞞不過冥帝的眼睛，這近百年來我都沒有求過您什麼，今日我只想請問冥帝兩件事情：其一，桃汐腹中的孩兒是男是女？我想做幾件衣裳送給那孩子。其二，我知道鷺川已經投胎，想知道她這一世過得可好？能有機會再見一面嗎？」

和墨看了她一眼，又喝了口茶，慢幽幽的說：「冥界有冥界的規矩，不能隨意透露生死簿上的記載，你做了近百年的孟婆，自然是知道這規矩的，我是肯定不能為了你而壞了規矩。你的問題我聽完都覺得不是大事，其一，你的手巧，做什麼衣服都是好看的，何須在意男女之別。只是人間現在還是寒涼之日，做些暖色的衣服總是看著喜慶的，你說呢？其二，我上次逛洛城之時，看見這純然巷有個陳記綢緞莊，裡面的布料都是上好

的材料，不如你去看看，說不定還會遇上故人。」

孟婆聞言，嘴角緩緩微微彎起一道弧度，福了福身子便告辭了。

回到人間的孟婆徑直就去了純然巷，走到了陳記綢緞莊前，說也巧，原來這綢緞莊就在梨落樓的正對面。孟婆也顧不上想其他的，就進了店鋪，一抬眼看見一個熟悉的身影正在店中挑選布料，而那人正是梨落樓的柳十娘，此刻的柳十娘正仔細地挑選著一塊青色做底、繡有一行白鷺上青天的布料……

聽聞有腳步傳來，柳十娘不由自主的側身。一抬眼，看見呆呆站在原地的孟婆。

「孟姑娘，好巧呀。你也來買布料啊，你來幫我看看，這布料上一行白鷺上青天的繡工好不好啊？」柳十娘笑著說道。

孟婆一時之間呆住了，眼中莫名泛起淚花。難怪自己總是覺得這柳十娘親切熟悉，她的琵琶彈得也如鷺川那般好。但她一直未曾想過，她的前世竟然是鷺川。無論是前世還是今生，鷺川都在保護自己，前世捨命保住了母親和自己，今生又救護了自己的女兒桃汐。這究竟是天性使然，還是因緣糾葛，怕是誰都說不清楚了，只是，這份真心永遠會令人動容。

柳十娘看孟婆失神的模樣，轉而上前安慰：「孟姑娘怎麼了？」

「沒事，只是覺得姑娘有些眼熟，像一個去了遠處的姐姐。」孟婆強笑著說道。

「要是姑娘不嫌棄我這出身，就認我做姐姐。」柳十娘說道。

「姐姐。」孟婆認真地叫出來。

柳十娘先是一愣，然後露出真摯的笑容說道：「既然是姐姐，當該請妹妹吃一頓好的。」

說完拉著孟婆的手便離開，入了一家酒樓。

塵緣已了。錢婆婆踏上黃泉路，入了忘川河，一點都沒有遺憾與不捨。

雖然錢婆婆的福報珠並不夠大夠亮，但是冥帝和墨卻親至此間，幫孟婆完成了最後的儀式。

望著錢婆婆離去的背影，冥帝輕歎一聲，對孟婆道：「此事的因果，至此也差不多快要了結了。你可知道，她是誰的後代？」

孟婆淡淡一笑：「應該是姜棋的後代吧，我遇到錢婆婆的時候，她曾告訴我，她姓姜，又正好住在巧山附近，想來應該是有什麼淵源。」

和墨道：「你很聰明，不愧是我挑中的孟婆。當日姜棋雖傷害了你的先祖，但是他與他後人也救了你的後人。可見世間的種種因果報應，天道迴圈，冥冥之中自有定數。」

孟婆此時對和墨早已心悅誠服，點頭稱是。

和墨道：「快要了結，並非已經瞭解，你還需再親自送走一個人，方能投胎轉世。」

幾日後，成染步上了奈何橋。

孟婆親手為成染遞上一碗孟婆湯，兩人都沒有多言。

喝完孟婆湯，站在橋中央的成染轉身向著橋的另一邊走去，孟婆也向著另一側走去。兩人的步伐出奇的一致，都到了橋的盡頭。

「成染。」孟婆的聲音從橋的另一頭傳來。

成染似乎也在等待這最後一聲呼喚。

他轉過頭，看到孟婆笑意闌珊，頓時覺得孟婆眼眸深處是星辰大海，溫柔深邃。

「來世，各自長安。」孟婆一字一句說道。

成染聽完，露出笑意，回了孟婆一句：「來世，各自長安。」

成染投胎轉世之時，林冉冉忍不住偷偷看了一眼成染的來世，又偷偷跑去告訴孟婆，原來，成染又回到了自己最嚮往的草原。

孟婆聽後，朝著漫天繁星笑著點了點頭，希望成染此生可以策馬草原，縱情做一回自己。

送完成染，下一個便是孟婆了。

「孟婆桑黛，你想投胎去哪裡？」冥帝坐於堂上問。

「我可以自己選擇嗎？」孟婆有些吃驚。

「原本的孟婆是有罪之人，而你是因為執念太深，不願放過自己，

因而成了孟婆。雖然你的福報珠子都折損了，但是你生前並無大過錯，加上平定怨靈有功，在冥界多年擔任孟婆也很辛苦，所以這次你可以自由選擇一個出身，當然不能選擇皇室、商賈貴冑之家，這些都是令旁人豔羨不已，但卻是你，似乎並不在意自己出生的家境。」冥帝淡淡地說著。

一旁的林冉冉、招弟、牛頭馬面和黑白無常都很高興，向著孟婆擠眉弄眼。他們早就料到這冥帝和墨總能想出法子給孟婆謀點福利，之前每任孟婆投胎之時，冥帝皆是一副絕不徇私之態，但總是能找點福利暗自送給她們。

孟婆尚未答話，冥帝和墨似乎想起了什麼一般，對孟婆道：「你尚未就任孟婆之前，這裡曾經來過一位故人，她執念甚深，但最終還是決定投胎轉世，臨行前，她留下了一顆福報珠，可以轉贈給你。所以，這也不算是我徇私枉法了。」

孟婆一愣，她心中已經知道，此人是誰了。

她輕輕道：「其實，我早就理解她了。這個世界上，善緣惡緣皆有其定數，重要的是，我們都能理解對方處於什麼樣的立場，當初經受過什麼，為何會做出這樣的抉擇。當我懂了這一切之後，就徹底原諒了她的愛和恨。看到桃汐之後，我才明白，一切皆有因果，愛不是執念，愛是一種傳承。」

冥帝和墨點頭微笑，接道：「不想知道她交還了什麼願望嗎？」

孟婆立了幾秒，隨即堅定地搖了搖頭：「我該有新的傳承了。」

和墨對她的表現甚是滿意，接道：「現在可以告訴我你轉世後的願望了。」

孟婆想了一下，回答道：「冥帝，我想做一個俠女，一生可以戎馬逍遙，仗劍天涯。」

冥帝和墨有些意想不到，說道：「不想不這樣端莊的姑娘竟然有一顆江湖心。」

孟婆一笑，說道：「前世羈絆太多，來世我想瀟灑一點。來世我做江湖客，遊遍萬水千山，走過雪山河流、荒漠草原，能將前世未能做的事

情多嘗試一番。」

　　林冉冉一聽，在一旁竟然忍不住鼓起掌來，想這桑黛終於和自己一樣喜歡行走天地之間，過著笑意人生，那般的自由自在沒有束縛，真好！

　　冥帝和墨淺笑，此事落定。

　　七日之後清晨，陽光明媚，襯得四下格外安靜，於是女人生孩子的叫聲顯得格外嘹亮。

　　「產婆，我夫人都生了一天了，怎麼還沒生下來！」一個身材高大劍眉星目的中年男子拉著產婆問道。

　　這個從來都不失風度的男子，此刻唯一在乎的就是屋裡妻子的安危。

　　「大哥，你先別擔心，我已經派人去找華神醫了。」一個長相與中年男子有六分相似的青年人說道。

　　「這是我和大嫂成親十幾年來的第一個孩子，我怎麼能不擔心。若是知道生孩子這麼費勁，還不如和夫人領養幾個孤兒便可，唉…….」中年男子毫不掩飾自己的擔憂。

　　「哇……」嘹亮的稚子哭聲從屋子裡傳來，屋外的人眉宇舒了三分。

　　「盟主，夫人生了，母女平安，生的是個女孩，您看看小姐長得多漂亮啊。」另一個產婆樂呵呵的將孩子抱出來，想要遞給中年男子看。

　　男子臉看都沒看，轉而說道：「夫人如何？好在是個丫頭，我就不計較了。要是生的是個小子，我就定要給他幾巴掌，把自己親娘折騰了這麼久才出來，那肯定是個混小子。」

　　「我先去看看夫人如何。」中年男子留下一句話，邁著大步轉身離去。

　　一旁的青年男子無奈地看了一眼自己大哥的身影，搖搖頭，從產婆手裡抱過孩子。

　　孩子的濃眉大眼，劍眉星目，有幾分剛才那中年男子的英氣，但小巧的嘴巴和玲瓏的鼻子更帶著女兒家的柔美。膚色白裡透紅，長長的睫毛像飛舞的蝴蝶。

　　「多漂亮女娃娃，可惜你父親眼裡只有你母親，以後要找個像你父

親這樣疼愛妻子的人做丈夫才好。」青年男子笑嘻嘻地說道。

「城主說什麼呢，小姐還是個奶娃娃呢，怎麼就談到出嫁之事了。」產婆有些無奈地望著這個碎嘴的主子。

「思想的灌輸要從娃娃抓起。」青年男子開懷一笑。

那被包在襁褓之中的女娃娃，也不知道大人們笑什麼，只顧自己哇哇大哭，像在向這天地努力宣告自己的到來一般。

番外篇—林冉冉

一、雨夜愁雲

近日以來，蘭江城中一直都是陰雨綿綿，天空中堆積著厚厚的烏雲，那纏綿不斷的雨絲，彷彿永遠落不完似的，好好的陽春三月，凍得人們像是回到了冬日。百姓們紛紛拿出冬衣層層疊疊的往身上裹，富貴些的人家，便是在屋中圍爐燒炭，喝上幾口黃酒，以緩解這透骨的寒冷。

城中的草木生靈，在陰冷濕潤天氣的摧殘下，亦顯得枯黃衰弱，一派凋零落敗之像。即使正午時分，太陽照著，身上也感覺不到半分暖意，整個城市的氛圍亦顯得陰沉凝澀，一副怨氣蒸騰的森然模樣。

牛頭馬面與黑白無常兄弟四個，已經滯留在這城中多日了。東街薛家大娘子過世，馬面來此等候那魂魄勾往地府，不料這薛氏死後怨氣深重，化為厲鬼，竟不是他一人本事可以網羅得住。

原本各司其職的他們，尋常時難以聚到一處，也只有中元節的時候可以四個人湊搭子打上幾圈，鬼差不比仙官，並未剔除七情六欲。只是看的人情冷暖生離死別過多，表面上涼薄，更深厚的情誼都藏著在心底深處。

可這一次，真不比年節上的歡快相聚，那些中元節的百姓們祭祀先人，同鬼差判官之間總有些人情往來，他們的荷包鼓脹，所以出去喝酒打牌，也叫樂得自在。

這回是牛頭馬面吃了虧，找來黑白無常做救兵。黑白無常想也沒想就答應下來，這一起共事幾百年了，誰沒遇到幾個棘手貨色，想來以四人之力一定可以將其制伏。

誰知到了現場一較量，四人合力竟然也不能制伏這厲鬼，反而將其越挫越勇，接連損傷數件法器，還折了牛頭、白無常兩員大將。這就有些

非同尋常了，若是尋常魑魅小鬼拿犯受挫還可以容忍，可他四人是鬼界的門面，難道鬼界權威就這樣被打破了？

四大鬼差驚異羞憤之餘，卻也只能躲在土地廟中休養生息，因為他們竟然被結界給困在了城中，這地方香火重，多少能抵擋住那邪祟。報信已經通過冥府特有的方式發給孟婆大人，就等待她前來搭救。薛氏的怨氣深入到城中的每一個角落，擾亂這人間秩序，「四門面」蹲在那土地廟的方寸之地中蜷縮一團，身上傷口陣陣發疼。

牛頭是個酸民，倒不是說他心眼不好，而是他嘴上慣常不饒人。

他自顧著嘀咕：「這現任的孟婆是桑黛姑娘啊，我知曉她擅用法器、琴棋書畫一流。可是就她那斯文客氣的模樣，打架真不在行。你們還記得以前的渥丹姑娘嗎？那才叫氣勢了得！這渥丹姑娘，一個人可以橫掃一排鬼眾，若是她與這薛家屬鬼相逢，兩個都是女人家，都是將門虎女，還都耍弄那紅纓槍，應該可以打上個幾百回合，趁對方力乏之時，我們四個再一撲而上，定能制伏。可惜了現的桑黛姑娘，總不能和那屬鬼推心置腹的聊天開解吧，我看我們這回肯定是要栽了……」

馬面拍了他膝蓋一下，示意莫要再說，小廟裡又安靜下來，只是呼吸裡總帶著幾分嚴峻之勢。卻說這新上任的孟婆桑黛姑娘，確實是個冷傲孤清的主兒，凡事不愛動手也不愛動嘴，自她上任還沒有做出過一兩件特別的功績。若是沒被攔住，下一句牛頭就要往在其位不謀其政那邊說了。

又挨到了一個夜裡，日間連綿的愁雨不但不曾退去，還越發的大了，最終醞釀成一場傾盆大雨。

孟婆桑黛就是在此時應那四鬼差的召喚來到人間。

只見她手執一把白色油紙傘，從四寂的雨幕中現身緩緩走來，那雨滴滴落在傘面上，漾出無窮無盡的血色彼岸花漣漪，又霎時間化為煙氣蒸發，而在她身側一丈以內，不見半點濕氣。

桑黛姑娘今日穿的是一身白衫，外面配了一件紅妝緞的半透褂子，腰間束著長穗雪色如意條，青絲紮起來長度仍及腿彎，在風中翻飛不止，更顯風流婀娜，那張小玉臉卻為她增添幾分嬌氣，給人感覺十分嬌弱可

憐。孟婆仰頭感受著這厲鬼化出的結界中濃郁的不甘與怨氣，絕世琉璃般透美的杏眼中隱含憂慮色調，她已預見，今日一戰，怕是不易。

牛頭馬面等人看到孟婆現身，都極為高興，魚貫從那憋悶的土地廟中跑了出去。「真美！」方才還滿口吐槽的牛頭，癡癡看著桑黛身影，冒出這麼一句。不管怎麼說，這是他們的上司，本事總比他們大些。幾個鬼單單只是近身站在傘外，那滿含怨氣的濕雨，已經侵蝕不得他們的身，有了靠山的他們瞬間雄心百倍，再也不怕帶不回這鬧心薛氏。

「厲鬼在何處？」果然清冷的桑黛一開口就是直奔主題，幸好方才他們沒有上去寒喧兩句，否則一定是自找沒趣。

「一直在那枯園中徘徊不去，我們四人難近其身。」馬面撓撓腦袋背後的鬃毛，神色頗有些慚愧，他們這回可是給門面蒙了塵，若這厲鬼真沒什麼特別來歷，回去可不就要任眾人隨意嘲笑了。

「可查了她生前受過什麼冤屈，從何處生來那麼大的怨氣與執念？」知己知彼，百戰不殆，先前傳信中也描述過薛氏的情形，但是孟婆不信僅止於此，她還需要知道更多。

馬面一一看過其他三人，才發現他們都盯著自己，恍然大悟自己才是那個接了薛氏任務的人。可他從和墨手裡接過來的時候，冥帝就沒說什麼前世今生的緣由，那張已知時間、地點的調令，並不曾細列薛氏生前何人、因何而死，此刻面對眾人詢問的眼光，便也是一問三不知了。

就目前他們所看到的薛氏，雖然死得年輕，卻鬼身潔淨穿著體面，可想她死時也是被裡裡外外丫鬟婆子奔忙照料，換衣裝殮伺候得好好的，不像是遭受了什麼極大的苦難才死去。誰曾想，會在死後的一瞬之間被怨氣裹挾，在這人間幻化成厲鬼，禍亂百姓呢？

無論如何，他們還是打算陪著孟婆先去探探這厲鬼的路數，預備好好估量敵人實力之後再做打算。

一路上，黑白無常絮絮叨叨的向孟婆講述了這薛氏是如何人不可貌相，雖是生前病弱體態，純純的一副婦道人家打扮，打起架來卻是如此厲害，就算牛頭馬面同他們四人一起哄上，各攻其不備，亦能被這薛氏一

絲不亂的逐個擊破，反把他們四人打得落花流水。

可待到他們來到那厲鬼徘徊的枯園中時，卻發現原來穿著絲裙祭服、盤墮馬髮髻的薛氏，此刻竟換了一身玄色鎧甲，原本有些散亂的頭髮亦像男性一般結成小辮，紅絲束帶高攢至頂中，紅色斗篷披肩迎風飄動，手裡持一杆筆直的紅纓槍。看她這英武不凡的模樣，倒像個真將軍一般了。

只是從她身上散發出的團團黑色，才叫人得知這實為厲鬼，而非什麼征戰沙場的女將軍。

她看見白衣女子打著素傘，帶幾個人款款而來，眼中露出迷茫神色。原來她也是被結界困在此處，平常能以神通看到世間百態卻難以靠近，所以有人能走到數十米之內是非常奇怪的。待其走近些，窺見了孟婆身後曾與她幾番交戰的奇奇怪怪的四人，畜生臉孔，身材也不太好。他們曾跟她打過兩次，雖然沒贏，但總歸是來者不善，便立馬捏起長槍，嚴陣以待。周身的黑氣彷彿意隨心動，在她身上不安的翻湧跳動。

果然，這些人來到她的對面便停了下來，她們全都看得到她，不像是白天她走在大街上，熙來攘往的行人，卻無一個發現她、看到她，那白衣姑娘與四位醜男人於她來說是真實存在，看得見也摸得著。

白無常躲在孟婆身後，只露出半張粉墨塗白的慘兮兮、白瑩瑩的長臉，用那尖細嘶啞的聲音對著她大喊：「薛氏，你且莫要再做掙扎，看我們孟婆大人到此，你還不乖乖受降，隨了我們回去！要是不聽勸告還要為害百姓，那就是咎由自取了。」

這人為何喊她薛氏，她明明姓林名冉冉，乃是定遠侯府家的二小姐，可是要上陣殺敵、保家衛國的好兒郎，怎生就站在這裡，讓這些人叫得像誰家夫人一般，況且她何時成了危害百姓的毒瘤，要他們充正義來擒她。

「什麼咎由自取，我可不是被嚇大的！」林冉冉大喊一聲，便提著紅纓槍飛身上前，拉開戰鬥。

黑白無常等四個與孟婆不是第一次配合執法，對彼此的招式套路還算有些默契，他們四散開來，站成東南西北四角，將著薛氏團團圍住，飛出鐵索扯住其四肢，只待孟婆臨其面門一腳，用她獨家的法寶震散其魂魄，

再用那攝魂傘將其收入傘中。

孟婆一如他們所想，運轉靈氣瞬移至前，那薛氏亦在一線之間窺破了孟婆的動向，並且放棄與四個鬼差們的角力，任由他們用鐵索把自己向四面拉扯仰平，輕輕巧巧躲過孟婆的全力一擊，使她目標落空，一下子被自己使出的力氣扯飛，向前踉蹌幾步。

而這薛氏趁著空檔，將右手握著的紅纓槍往地上一杵，憑藉它又生生的扭轉過四邊蠻力，身子向下立了起來，人如陀螺般在空中舞旋幾圈，牛頭馬面、黑白無常全都被拽過來，四鬼差被拉得撞在一起，黑無常的粉都蹭到了老牛臉上，他們皆是眼冒金星，原本束住薛氏的鐵索也一併落了下來。

都多少次了，還是這點老套路，除了這鎖鍊，難道他們都不會什麼其他的招式嗎？林冉冉有些嗤之以鼻。無論她手中有沒有武器，他們都別想為難到她，只是如今這紅纓槍又回到了她手中，打起來就會更順手一些。

乾淨俐落地解決四人，還兼之解決了孟婆又一次從後面飛身上前的偷襲。

薛氏退出三尺開外，在陰雨之中挑眉向那白衣美人挑釁。孟婆念著咒訣，打著素傘在雨中與她糾纏起來，她用的是術法，想要破她的招式！雖是不至於落入下風，為其所傷，亦不能傷到林冉冉分毫，將其制伏。

孟婆知道再纏鬥下去就沒有意義了，在一波佯攻後，便飛身退了出來，與那薛氏站在兩座屋頂之上四目而對，由著那女鬼對著她又是警惕又是好奇的打量。孟婆自掌心幻化出一隻陰靈蝶，幽藍與金黃交織的光暈，預示著它不屬於人間。陰靈蝶走的是冥界的路，向冥帝和墨傳遞消息請求派兵或者助陣。這對薛氏來說也是件新鮮事，於是在怔忡注視下不慎放走了孟婆，任她帶著四個鬼差遠遠避開逃走。

林冉冉站在屋頂上，心神還是沉浸在那隻美麗的靈蝶身上，它對鬼魂有一種莫名的吸引力，說起來也是桑黛使出的一點障眼法，陰靈蝶本體不過是一張白紙罷了。

「不見了也好，走了就沒人來強迫我去做我不願意的事情了。」她

猛地搖搖頭把思緒強拉回來。「我還要去，去何處來著？是誰強迫著不讓我走？」林冉冉抱著頭一陣發暈，記憶斷斷續續，她要去做什麼，竟然半點也想不起來了。

求知與不知在靈魂深處纏鬥引發劇烈的疼痛，她一個重心不穩，踩空屋梁跌滾下來，作為鬼身，輕盈無根，自然不會摔出什麼毛病。況且那黑氣一直縈繞在她周圍將她裹住，既是一種保護，又是一種束縛。在這雨夜之中，備受折磨的不只是城中的百姓，還有這個困在自己苦難大雨中的無知遊魂。

牛頭馬面四人看著臨陣脫逃的孟婆，心中都有些犯了嘀咕，卻又礙著她的顏面，不好直接說出來。

桑黛不往後看，都知道他們腦子裡在想什麼，只是她一向對輸贏不屑解釋，但也為了安撫他們內心，連忙安排了下一個任務：「打不過就不打，贏不了就搬救兵。我已通知冥帝，相信他很快就會派來援兵，我們先去薛家查清薛氏死因，或許可以找到她的弱點。」

從不善交際的桑黛，嘴裡能說出這樣的話已經算很難得，至少讓他們知道冥王會派救兵前來，折去面子裡子的也不僅僅是鬼差四人，心裡便舒坦多些。待來日被嘲，也好把桑黛拉著一塊兒，順便培養同僚之情。

牛頭又想起渥丹，當初勾她的魂也是被打得哭爹喊娘，搬來冥帝大人才把人帶回，冥帝親自撫慰招安，才讓她在孟婆之位發光發熱了那麼多年。後來渥丹投胎去了京城的酒樓人家，做了千金大小姐，那一世還真沒有舞刀弄槍，但牛頭馬面趁中元節偷偷去探望故人之時，只見那渥丹投生之後，眉眼盈盈顧盼生輝，作為名震京城的酒樓家大小姐，竟然專精廚藝，耍菜刀的功夫是爐火純青，可見天賦這事還真的存在。不愧上輩子是當將軍的，做個大廚都不一般，豆腐給它切得細如髮絲，雙刀在空中各自飛舞，一眨眼的功夫，砧板上的正塊豆腐已經如白色細絲般飛入油鍋之中，瞬間炸裂聲起，油光四濺開來。

那時候她正在京城女眷間聲名鵲起，被求著做好飯款待她們。牛頭馬面隱在暗處，偷看她在自己酒樓的廚房裡忙碌著，只見渥丹手中拎著一

塊肥瘦相間的好肉，放在砧板之上，換了一雙菜刀，雙手揮舞起來，也不怎麼著力，肉便化為了泥漿一般。再見其虎口借巧勁輕輕一擠，一個肉丸子刻立呈現，飽滿而鮮活，隨手一甩那沸水之中，毋須片刻就滾熟了。

乾碟調料往盤子裡一撒，再用金黃色菊花般的豆腐絲襯底，擺好肉丸，淋上些上好熬製的湯汁，這道「金甲銀盔」就做好了，連菜名都取得這麼霸氣十足，那菜真是色香味俱全，稱為京城一絕。

觀看完全過程的兩人張著嘴才知道什麼叫歎為觀止，牛頭對馬面感歎道：「渥丹姐姐還是喜歡上刀山下油鍋的路數啊！這刀功一點沒退步。真是惹不得，將來姐姐陽壽盡了赴黃泉之時，千萬要拿些她往常愛吃的糕點，和顏悅色的與她敘敘舊。不然咱們肯定就如那肉團一般，想想心裡都是冷冷的……」

「對對對，回去還要告訴黑白無常兩兄弟，萬一他們接了這任務，也是要吃大虧的。走走走，趕緊走，哎呀！我怎麼都覺得身上有冷汗了，這天氣不應該啊。咱們趕緊化了人形，在店前打包一些點心小吃給冥帝送去。「自從渥丹投胎了這戶人家，每年的中元節，冥帝都讓他們來打包些點心給鬼差們祭祭牙，過過癮。其實大家都知道冥帝念舊，說白了不過就是想幫襯人家生意嘛，這花出去的都是真金白銀，不是冥府的通用元寶。」兩人邊說邊走了出去，一旁的渥丹正眉花眼笑地欣賞著自己的出品，好不得意，突覺一陣涼風掃過，心中大喜，真是好啊，這般天氣還有如此涼爽之風。

「不過也不知道她給自己熬的那一碗孟婆湯厲不厲害，若是完全忘了我們，也就什麼都沒有了……」馬面附和的同時，又想起這一件事。當初渥丹即將投胎，可是豪氣干雲的把孟婆湯裡的材料多加了三、四倍，說是苦澀無比，恐怕她是想將前塵往事全都煙消雲散。

說者無心，聽者有意，這句話就燙在了牛頭心裡，變成一道烙印，旁人只知他嘴裡話多，卻不知他真正傷心處，以及他根本就沒說過渥丹一句不好。

馬面一想到冥帝接到陰靈蝶報信的模樣，心裡不由一緊，唉，自己

的差事弄得牛頭、黑白無常兩兄弟和孟婆都來出手相助了，但是還是沒搞定，只能求助與冥帝。真是丟臉丟大了，冥帝肯定一聲歎息，無可奈何的聽完陰靈蝶的彙報，再不慌不忙地喝一壺茶，才會出發來搭救他們。趁這時間的空隙，趕緊帶大家去看看那薛府的情況，隨著這樣的想法，這馬面便在前引著孟婆他們一行人往薛府去了。

少夫人新喪，從廳堂到正屋都掛滿了白幡，靈堂中升著棺槨，四下點白蠟燭與油燈，在雨聲中，那燈花燒得劈啪作響，都說爆燈花是吉兆，於是在這略顯恐怖的氛圍中，又多出一份俗世的安定。是啊，甭管屬鬼如何鬧事，正氣之人自巋然。

待到孟婆等五人進來，那燈花搖曳顫抖幾下便滅了，徒留下一縷白煙幽幽而上。

守夜的丫鬟正坐在一旁打瞌睡，調皮的白無常還拿著自己的浮塵去蹭她鼻子，惹得那丫鬟打了一陣噴嚏。她清醒過來，沒發現白無常，見到那靈前油燈寂滅，趕忙揉揉眼睛去旁邊拿了燃著的白蠟燭，借火又給點上。

因為半夜這靈堂冷清，沒有什麼線索可尋，獨有孟婆留了下來，牛頭馬面、黑白無常各自去這府中別處找尋線索。

馬面帶著牛頭尋至屋中摸清狀況，在夜裡，不管半點忌諱的就跑到人家裡屋，也真聽到了些有用的訊息。只見其中紅燭高照，主人薛良抱著一個嬌妾，正在耳鬢廝磨說著悄悄話：「待過了喪期，我便把你扶正，讓你做我的大夫人如何？」

「妾身可記下了，官人到時候可要說話算話，不許騙人家。」女子聲音嬌滴滴的，如黃鸝夜鶯，婉轉暖軟。

「你如此溫柔可意，不像她那邊冷淡無趣，其實我一直盼著你成為我的正妻……」薛良呼吸漸重。牛頭馬面相視一眼，都明白對方的意思，嗯……死於宅鬥，這個路數見得多了。

黑白無常在府中曲折的長廊上漂遊，見到了大宅之內打更的人，變作薛氏死相很難看的樣子來嚇他，更夫被嚇得縮在牆角瑟瑟發抖，哭道：「夫人，求求您放過小的吧，小的為您多燒些紙錢，向神仙祈禱您來世的

榮華富貴、子嗣綿延、和和美美，您老就別……別……別嚇唬小奴了。」反正語無倫次來來回回就這麼個意思，黑無常顯出真身來，想問問更多情況，誰知人家捂著眼，根本都不抬頭來看他，只能從他的隻言片語中推測出一些東西，這位薛夫人與夫君感情不好、沒有孩子，抑鬱而終。

孟婆在這靈堂之中，來來回回看過薛家前代祖宗的靈位，只知薛公子是一個世代襲爵的官宦之後，到他這一代已經是完全在吃祖上的老本了，其他並無甚特別之處。

正當一無所獲之時，卻見到那靈位前的小几子上放了一本描金小冊，上面著筆悼詞二字，端的是風雅清雋。

風緩緩的吹入靈堂，輕揚起堂前的白幡，不知是有意還是無意，將悼詞翻得嘩啦啦作響，正好停到這一頁，桑黛看見書頁中寫道：

「薛林氏，原名林冉冉，為周朝定遠侯府林家二小姐，於壬戌二八年華嫁入薛家，為薛氏五代支系薛良之妻，性情賢淑，深明禮義。三年來無所出，病弱離世，令人歎兮、憐兮……」

和墨來得很快，喝完那茉莉小仙的茶品，便不慌不忙的隨著陰靈蝶一路而至，那漫天的黑雨竟遠遠地躲過冥帝四散，他來時雨勢亦漸漸的小了一些，看著在泥濘的地上痛苦掙扎的厲鬼，和墨輕輕皺起了眉頭。

黑白無常眼睛看到的是冥帝不慌不忙的身影，實際上這人同陰靈蝶都是一步從城門跨到枯園來的，縮地成寸的功夫，他們誰也沒辦法像他這樣好。

雖說鬼界乃陰邪之地，但和墨周身的霸氣，又是令所有鬼都避之不及的。他蹲身去看掙扎著的厲鬼薛氏，她周身的黑霧便自動都躲避到地下去了。

二、浮生若夢

「冉冉，冉冉……」

誰在呼喚她？林冉冉從支離破碎的夢境中醒來，仍是漫天的雨幕，她被刺骨的孤寂與寒冷包圍著，意識慢慢的回到腦海。這嘈雜的雨聲，口腔和鼻孔中充斥著泥土的噁心味道，令人壓抑的氛圍提醒了她，這才是她的現實。夢中有一些太過美好的東西，鮮衣怒馬、敢愛敢恨的她，過著另一種人生的她，醒來才知那些都只是一場美夢罷了。

而此刻的她，在雨中如此可笑、狼狽。她有些恍惚，真的記不起來了，到底是怎麼落到今日這般田地的。

「林冉冉！」

真的有人喚她，這一回，不是她幻聽，那聲音清朗又富有磁性，從紛亂雨滴中傳來，冷冷的三個音節撞進了耳朵，發出令人心顫的迴響。

這明明是她的名字，但卻好久沒聽到有人這樣喚過，他們都叫她薛夫人。到底誰在呼喚？

冉冉循聲望去，只見一丈開外，站了一個陌生的男子，滿天的怨氣竟都侵不了他的身體，反要繞著走。此人一身玄裝，比暗夜還要濃重。那隻方才由孟婆掌控，散發單單光暈的小小陰靈蝶徘徊在他耳後，稀薄的光，映照出他雕刻般的五官側影，一雙星目，隱隱露出憐惜的情緒。

呵！憐惜？林冉冉覺得自己都瘋魔了，何嘗需要人憐惜，竟然會幻想別人能憐惜她，世人早就將她遺棄了。但又不知為何，她用右手摸到心房位置，還是會有一瞬間的委屈和失神。

護著她的一層黑氣聚散不由自己，這會兒冥帝靠近更是稀薄到肉眼不可見的程度，雨水隨即迷蒙了雙眼，她努力擦乾睫毛上沾惹的雨珠。追尋陰靈蝶蹦躂的身影，以明晰他的模樣，只是靈蝶光芒實在微弱，比凡間的螢火蟲也好不到哪裡去，怎麼看都看不真切。這時她才忽而記起，形貌奇異的蝴蝶，是打了一半就跑了的白衣女子所持，由她放飛出去。那麼，他是她的救兵了？

　　冉冉頓時明白過來，這個悄無聲息出現在雨夜裡的男子是何來歷。怕亦是像那白衣女子一樣，是四個蠢物一塊兒搬來的救兵，這些怪物，是學不會死心的嗎？

　　她還記得，最初見到的是一個長著馬臉的怪物，堪堪擋住她的去路，凶巴巴的要壓她去什麼應去之處，什麼叫應去之處、應做之事？問了又不給解釋，還罵她裝傻，她都聽得膩煩了。

　　可笑的是那馬臉怪物，裝得兇神惡煞，但實際上就只會些花拳繡腿而已，猛然呲出一口白牙的時候像個傻子。她還只是略活動一下手腕，就已經壓住他動彈不得了，再叫來幾個長得鼻歪眼斜還不如他的怪物，都是如此。

　　就這樣，一個又一個的幫手都被喊來了。

　　她真想問問那個馬臉怪物有什麼意思，就不能試試一次到位？而這些人為何又要幾次三番不依不饒糾纏於她，想要達到什麼目的？想到此處，林冉冉怨恨的看了那玄衣男子一眼，於是強大的黑氣又重新活躍在她的周圍，將她從泥中拉起，向後遠遠退去。

　　和墨一雙眼睛極為通透清澈，彷若夜幕之下的玄色海水，在黑暗中亦可將一切事物看得分明。這林冉冉長得也極出挑，與凡俗的尋常女子有很大差別。一雙杏核眼吊在眉下，本應是柔美勾人的樣貌，卻因為其上一雙男子般的劍眉，生生削去了她兩分柔和，多了三分英氣，實在是令人過目不忘的長相。

　　他就站在一旁，眼看著這鬼物在痛苦而又迷茫的神色中掙扎，最後堆積融合，漸漸的化為了黑色怨氣，看著那黑氣濃烈不化彷彿實質，侵染著城中所有的生靈。如浮游般脆弱的，沾上就立刻失去性命。

　　和墨漸漸明白過來，為何孟婆會那樣言辭委婉的求著他來幫忙，桑黛對付這厲鬼確實拿捏不住，若是渥丹在，那更是天翻地覆，兩個旗鼓相當，不得上打幾天幾夜，於百姓恐怕是一場災難。想到這裡，和墨鬆了口氣，幸好今日當值的是桑黛，若是渥丹還在任，他肯定要收拾個更大的爛攤子，孟婆們的性格，也都是極為鮮明的。

不過此女鬼，實為厲鬼一隻，但這滔天的怨氣，於他而言還不是什麼難題，怨氣比她深重的也不少見，只是這件事彷彿還有隱情，非得她自己化解才能免去苦痛。

　　「林冉冉，你今生命數已盡，還有什麼不甘的呢？」和墨從這怨氣中讀出了化不開的不甘之心，輕聲和色地問了一句。說完便騰空而起，向著女鬼方向逼近。

　　林冉冉看他身法，才知來者實為是勁敵，面容不由得嚴肅起來，四根手指緊扣紅纓槍杆，閃身向後，又是突的往前一擊，化守為攻，往這玄衣男子攻了過去，果然有些女中豪傑的意思。

　　和墨勾起嘴角，又是紅纓槍，還真如當年渥丹一般。難道凡間變了天地，女子皆如此凌厲？這林冉冉也有些意思，風格竟然這樣剛猛霸道，真是出乎他的意料。不過她應該也未曾知曉他的能力，不然就應該立刻拔起腳來扭頭就跑，這樣的話也許還能再多一刻自由。

　　和墨連招打出幾個法訣，連環印在林冉冉的身上，一層層如抽絲剝繭又十分霸道的壓制林冉冉周身的怨氣。

　　林冉冉退後兩步，有些迷茫，只覺原本該流竄於她經脈之間的一股真氣，霎時間就被壓入了丹田深處，想提氣竟然半點也使不出來，不過這樣不礙著她什麼，她的武學可是祖父一步一步教導出來的，單靠招式也能制敵，她並不覺得自己就落了下乘，只要纓槍還在手中，林冉冉就不覺得自己可以被什麼人制住。

　　不覺間，兩人的較量真的轉到了武鬥上來，林冉冉憑著手中纓槍變化萬千，對林家槍熟稔的套路，還真與和墨戰了一會兒，自然得賴他謙讓，原意是想用咒訣直接制伏這厲鬼，卻被這女孩精深的槍法、不滅的執念所吸引，便摒棄掉法術，一點一點引導著林冉冉不停來往再多幾番交峰。

　　和墨一邊避過纓槍的鋒芒，一邊氣息平緩的問道：「你莫要心急，你留這世間到底還有何執念？若是真過不去，待隨了我們回去，你可問問孟婆叫她幫你還願。」

　　林冉冉不知他口中所言何物，不過心中卻是驚懼起來，怎麼一套招式

快要用完，這人還沒有絲毫要落敗的情形。雖然招招躲避，卻不緊不慢。他口口聲聲說這世間為何，難道還有其他世間不成，難道她不該待在這世間嗎？

為什麼每個人都說她有執念，什麼執念？想起便頭疼，她長臂一震，那紅縷槍竟然拐彎朝和墨腰腹纏去：「你休要胡言亂語，我堂堂定遠侯府的二小姐，何須跟著你們去什麼所在，要是還敢饒舌，看我不用長槍將你刺個對穿！」

林冉冉說完，卻看到這男人眼中竟流露出笑意與憐憫，實在讓人羞憤難當，心煩意亂之下，就出了些岔子。

和墨悠悠地避開這些看似強勢的鋒芒，幻身在一瞬之間閃到女子身前，握住她的槍桿，就在那一瞬間，林冉冉便再也無法動彈，冷汗還來不及覆滿脊背，就被人橫轉槍身朝著她胸前震來。她只覺得自己被一股強大的靈力推出去，砸落在地，若不是鬼魂之身，定然要吐出一口淤血才能穩住呼吸。

和墨立在一旁，看著地上的林冉冉若有所思道：「也不奇怪，生老病死，皆是凡人大事，加之執念深重，一時間忘了前身的也不在少數，只是這樣精妙的武學，若為執念跟孟婆交易去，倒是頗為可惜了。不知薛夫人師承何處？」

冉冉癱坐在地，但一聽「薛夫人」三個字，本能的反抗起來，大聲吼道：「休喚我薛夫人。」

只是這一聲色屬內荏的呼叫，顛覆了她所有的外在偽裝和修養，可見她的確深恨這個稱呼。不過說完她立刻就後悔了，能將她打敗的人都會受到她的敬佩。林冉冉看了和墨一眼，雖是身體乏力，但還是禮數周全的抱拳，回和墨：「定遠侯府，林冉冉。」

和墨先是一愣，隨即又輕聲笑了幾句，還給她回了一個抱拳說道：「酆都府，和墨。」

林冉冉聽完和墨自報家門，支起自己的身體，震驚得要命。她只是忘卻前塵，並不是成為一個傻子，生人的本能還在體內。酆都，她曉得是

神話裡冥界的都城。這男人幾個來回就奪了她的武器，令她敗落，口中還幽幽說著些她聽不懂的話。

他是說她已經死了嗎？還喚她為薛夫人，她曾立誓要守衛邊關，保衛家國，沒有興趣進入深宅大院，一輩子繞著一個男人打轉，怎麼何時還許配了人家？為什麼她自己都不記得，林冉冉現在到底多少歲了？

她越想越害怕，她在自己身體上找出一些變化，比如說幾道詭異的疤痕，根本不知道是什麼時候被傷到。林冉冉憂愁的看向那個叫和墨的男子，真是世間少有的容貌，還有桑黛，她還沒見過哪個女子有這般空靈的氣質。那四個長相醜陋的蠢物，舉止怪異，竟能找來形容舉止皆是不凡的幫手，等等！牛頭馬臉，一黑一百舌頭伸長的兩個吊死鬼！這不就是傳說中的牛頭馬面、黑白無常？

再次望去是為確認，便從和墨璀璨的眸子看出認真，難道這一切竟然真是她錯了？她已經死了嗎？

種種疑問湧入腦海，但任由她如何回想記憶，關於他們所說的嫁人、薛氏、死亡這些經歷，皆是一片空白，林冉冉痛苦的抱住腦袋，迷茫的淚珠從眼中滾落，她殷切看向和墨，渴望從他這裡得到答案。

看她這副模樣，但凡有點感情的人都會忍不住憐惜，和墨自然心軟下來，看著拚命抑制自身怨氣的林冉冉，又打出一道符咒，不曾傷害她分毫，卻又說明她把怨氣全部抑制住。

做完這些，和墨蹲下來與她平視，拍拍她肩頭柔聲道：「莫急，你慢慢想，要是想不到就讓他們去調查，有些蛛絲馬跡或許能幫到你。須知這怨氣我能幫你壓制住，那麼你的記憶也可能被自己的執念壓抑了，這背後或許有滔天的傷痛，但是不要去抗拒回憶，因為他們都過去了，只要你不願意，它就不可能會再傷害到你的。」

和墨的聲音，對於此刻脆弱的林冉冉來說，帶著一種撫慰人心的蠱惑力量。這聲音令她的心軟化下來，令她想要依靠、看著這男人好看的褐色瞳仁，緩緩用他所說的方式靜心呼吸，一點點去把忘記的東西從腦海中翻找出來。

　　在那長久的凝視中，堅硬的河堤一點點潰散，往昔回憶像洪水一般朝她襲來，漫過她的腳踝手腕，漫過心房腦海，他說得沒錯，真的是滔天的傷痛，更叫她窒息。

　　「哪有女子長大了不嫁人的，你要把我們定遠侯府的面子丟盡？以你庶出的身分，難不成還想攀高枝？能嫁入薛家為正，已經是你難得的福氣了，為娘的辛辛苦苦給你謀福分，你不但不懂得惜福，還終日裡去想些雲山霧罩的東西，壞了心性。咳！真是要把我氣死才算完……」這樣說過，母親便摔門而去，留下滿屋子琳琅滿目的冰冷首飾，還有那鮮紅晃人眼睛的嫁衣。

　　為什麼呢？因為方才林冉冉又為了她的夢想據理力爭了。剛提起她的紅纓槍和她的軟甲，母親就歇斯底里的對她吼起來。這些都是她的爺爺，定遠侯府真正的主人送給她的，此刻卻叫母親的丫鬟奪去，手中被塞進這紅火的嫁衣。

　　繡娘已經快完工了，母親特意拿來要讓她親手繡上最後一朵並蒂蓮，以求的夫妻和順，討個吉利的彩頭。這是規矩，誰也不能壞，否則就亂了大事了，什麼大事不曉得，總之老人都是這樣說的。

　　她將歎息吞下，一邊穿針引線，一邊思念這因為邊關戰事吃緊而離開的爺爺，她多麼想和他一起去那邊疆放馬馳騁。她多有天賦，在所有兄弟姐妹中，武學唯她達到造詣，被那救國的老將不住稱讚。

　　只是作為一個女孩子，心中自然也懷有對婚嫁之事的憧憬，絕不是薛公子那模樣的，在婚前他們隔著屏風會面，隱隱約約看見過。他不高大，也沒有威懾三軍的氣勢，甚至可以說是有些猥瑣，這就是嫡母給她尋得的好姻緣，真是叫人心也不甘、情也不願。

　　因為失神一時不察，針尖穿過嫁衣直戳進她的指腹，鮮血立刻湧出來，洇浸了粉色的並蒂蓮花，她彷似未覺把指尖放入口中吮吸止血，心中卻又不由難受，可惜在這針黹之事上，她向來不是十分擅長的，那樣資質平庸的男子，又能不能弄懂她的心思。

有些事，越不想讓它來，卻來得越快。

終於到了出嫁日，門外張燈結綵，鞭炮聲不絕於耳，蓋頭遮住的卻是她的眼、她的心，今日裡被抬過了門，那隻虛扶著她的手，幫她跨過火盆的男人，是她一點也不屬意的夫君。

春宵夜中，紅燭高照，他將她攬過抱在懷中，粗魯的灌她交杯，迷戀的蹭著她的鬢髮，這一切讓她感到厭惡和反感，她不由得僵直了背。他的觸摸，像被一隻不知名的蟲卵掉到了皮膚上，讓人說不出的噁心，但她不能推開他。到了第二天早上，林冉冉都沒去看分明這位夫君長成什麼模樣，因為，她根本就不在意。

邊關告急，他們薛家在朝堂上多有威信。母親告訴她，別想著自己跑到西戎去逞什麼英雄，服侍好夫君，求夫君多為西戎戰事多言幾句，求得糧草與援軍，是她唯一能為爺爺做的。

「你那爺爺，用兵失誤造成了極大的損失，你們林家能屹立不倒，還不是靠著我在一邊出了多少力，除了西戎那幾位，家中一個沒受到牽連，算是你們的福氣。還有那新晉潘將軍家的小外甥女兒，父親已經為我求娶了來做小，我委實不願，但父母之命難違，你亦要為我多多籌備，今後她過門來，你們要和睦相處。」如此冠冕堂皇的說著違心話語，就是不往正題上引，近日陛下正毛躁，誰敢前去又要糧草又增兵，萬一被申斥兩句，實在是難以自持！

薛公子看著她漸漸變得難看的臉色，他亦是不敢多留，甩甩衣袖交代了下午要去打馬球就離開了。

她這夫君，不過三月，她已將他的懦弱看透徹。床下的錦盒中是邊關寄來的一封封泣血之信，寫盡邊關將士被自己人背後捅刀的不甘。她憑藉自己這精湛的輕功，曾在薛府與街市間來去自如，目之所見，耳聽所得，與他今日這番說辭兩個樣貌。她一邊聽著他口吐蓮花的欺騙她，汙蔑她林家軍，一邊抑制不住的任由自己瀉出冷笑，那潘家女子來了也好，她再也不用費心應付，求人不如求己，自己也能查出真相，還爺爺公道。

她飲下避子湯，將少女時代不切實際的夢斬斷，一年多來事事忙碌

在為林家昭雪之事上，當將收集來的證據都一一傳給父親，到頭來父親卻嫌她多事，忙碌於從定遠侯府搬出騰挪到城郊的小院之中。

「我知道你心比天高，但如今事情都已成定局，我們都未被怪罪，你還要如何？不說你這些證據是否是你自己杜撰，就算是真的，定遠侯府也已經大勢已去，你又非男兒，能挽回幾分。你爺爺那麼老了，陛下不可能要他性命，落個平安歸隱，咱們就已經足夠，可別惹了當今不該惹的人，搬起石頭砸了大家的腳才是正經的，人，要學會順勢而為！」

父親歎息搖頭，覺得女兒實在單純，他活到這把年紀，才懂得什麼叫見好就收。離去時分外坦然和瀟灑，全然忘記少年時父親也曾為自己的過錯承擔責任。獨留她一人看那院中枯草瘋長，蓋過曾經林家子弟練武的土場。

潘媛兒很快被接進門，她好色閒逸的夫君，沒太大猶豫就靠向更溫柔的所在。不過她從來都不在乎，甚至腔子裡偷偷鬆口氣，不必再夜夜同他虛與委蛇。連坊間都流傳薛家好福氣，正妻賢慧、家室和睦，從無拈酸吃醋的現象，當真是好家規好教養。男子們也都回去數落自己的妻妾，該好好學學薛家夫人那般心懷寬廣、有禮有態。

可誰人知曉這薛家冰冷的圍牆，就這樣將她的心血滴滴耗盡，白天也睡不著，夜裡也睡不著，精緻妝容下是被掏空了的內心和身體，人的一生就那幾年好光景，都被無辜消磨，對比下，原本被嫡母排擠隨意揉捏的童年，竟然顯得幸福。

那時候總盼望想著只要長大就好了，只要能謀得好夫君就好了。

不知從什麼時候起，她的膳食中多了一些東西。她察覺到了，習武之人對自己的身體內情瞭解比大夫還要清晰。卻也淡淡一笑，當作無事一般，大口大口吃下去，每一口吃下去的，彷彿都是自己的委屈與無奈，似乎只有每次將那添了東西的餐食吃完殆盡，才能離心中自由的目標更近一些。

每日望著窗外被春風吹落的白梨，漸漸地無法起身，就幻想自己這一世已經到了白頭，足夠了，也再無半點求生的欲望。

大夫言明她是憂思過度，卻不敢對那狠毒之物說上一句，來看望的人絡繹不絕，口中盡是勸導之言，她微蹙著眉頭，這些聲音都像蚊蟲飛舞一般令人煩厭。

　　梨花即將開敗，若是就這樣落，那恐怕還不會引起後來的全城冰封，偏偏他們對她命運的掌控，就像一隻狠厲的手，死死掐住，讓她在生命的最後一秒都是難過。

　　終是隨著那梨花落了，這惱人的聲音也就消失了，她回到這枯園之中，找到被母親藏起的軟甲和櫻槍，她一生所望，不過是可以堂堂正正的隨心的活著。

▌三、新的開始

忘川河水川流不息的逆流奔去，不知會流往何處。而林冉冉內心充斥了滿滿的堅定與不渝，雖然江水不知流向何方，但是她已然知道今後自己將會走向何處去了。

她已經死了，自從那日在雨夜中遇到了冥帝，他讓她回憶起前世種種，她才明白自己為何徘徊於那枯園，又為何去拾找了這軟甲和紅纓槍傍身。而此刻她回頭望去才驚覺發現，也是從那一天起，她一生晦暗的命運，從遇見他的那一刻起，開始出現了轉折。

和墨，她想她可以在心裡偷偷的念這個名字。

她將一切回憶起來了以後，跌坐在那水潭中昏昏沉沉，是和墨伸手將她拉起，對著她寬慰的笑，她終於清晰的看清了他，他生著一雙墨色深沉的眼眸，一雙劍眉飛入鬢角，顯得俊美無雙，他看向她，墨色的眼中透出溫柔的光，讓她不由地為之觸動。

和墨帶著她回到薛家，那裡有著她前世的丈夫，有著困了她一生的深宅高牆，還有那五個在薛家探查了她一整夜的鬼差們。他們渴望知道她曾經的故事，他們圍在扶著她的和墨和她之外，感謝他前來解圍，恭維他英武不凡。

他帶著她到各處收回她的足跡，她還記得，那一天旭日冉冉，被她怨氣所束的古城，終於迎來了新的曙光。而他用蓬衣為她擋去日光，讓她不受那日光所攝。

最後，她立在窗前的梨樹之下，看著地上早被雨打風吹的殘瓣，而被狂風折斷的枯枝，掛在樹杈之中搖搖欲墜。他卻指給她看，那最高處還好好生長的樹枝枝頭，冒出了嫩綠的新芽。

可能是自知敵他不過，亦是因為怨氣這一輪釋放後沉重的疲勞與困倦，讓她不想再多做是什麼掙扎，她不反抗了，記憶都回來了，她反而又不知道自己應去哪裡了。

她只得乖乖地做了他的階下囚。

她被和墨交給牛頭馬面、黑白無常四個鬼差押解，他們又把之前攻擊她的鎖鏈拿出來，雙手雙腳給她綁了上去，奪了她的櫻槍，四個人牢牢的握著那鎖鏈的另一端。和墨見了搖搖頭，親自解開了鎖鏈，拍了拍她的肩頭，輕聲說道：「你且跟著他們走便是，毋須擔心，我先和孟婆去處理點事情，一會兒回府上我們會再見面。我知你心中淒苦悲涼，但那都是前世的事情了，都過去了，將來在這冥府大家都在一起，我亦在旁。」

　　「我亦在旁。」聽完這四個字，她滾燙的眼淚，忽然止不住的往下落，面色雖無異常，但心中不知為何如斯感動，也不知為何而暖了心房。那白衣女子看她，亦帶著她讀不懂的憐惜。只見她同那四個鬼差稍微交代了些什麼，後來他們四人帶她走了一道黃泉，亦是溫言以對，和顏悅色、有問必答。

　　這白衣女子原來那就是奈何橋邊熬湯，使人忘卻前情，重新投胎的孟婆。

　　未和他們一起，和墨則陪著孟婆一起先行離開了。

　　她從沒想過，，地府的鬼差也會有這樣好看的一雙人，後來每一次看見他們站在一起，她都很歎息的想到，他們並肩而行的身影，倒是很像一對璧人。

　　四個鬼差帶著她也要往那冥界去了，她轉身離開，對那個靈堂中還升著她殘軀的薛家，不曾有半分留念，人死如燈滅，這一世也就這樣了。

　　不知是如何昏昏沉沉的就從人間路變換成了黃泉之路。當一進入到這飛沙走石黃泉路上，整個天色便立馬昏暗了下來。

　　那時她四肢雖未上鐵索，但每走一步都在都覺得疲憊異常，好似千斤重擔壓在身上。她被押解下來的那日，漫漫長路上只得她一個孤魂，也因著這環境，那種心灰意冷的感覺亦是隨著她走了一路，使得心中不時默念起一些淒切的詩文。

　　上窮碧落下黃泉，她曾以為這只是詩人們奇思異采般瑰麗的幻想，兩處茫茫皆不見，誇張都到了天上地下還遍尋見，足見其哀痛。

　　結髮同枕席，黃泉共為友。《孔雀東南飛》的長詩中，劉蘭芝與焦

仲卿許下忠貞的誓言，最後卻也只是卿當日勝貴，吾獨向黃泉。

　　這樣在心中默品著詩中意味，心下更是鬱結，一路上默默無語，任由那風沙刮過她的臉頰，一如一具行屍走肉般令人宰割。

　　走了很久很久，一片片血紅的花海，把她從毫無焦點的掃視中吸引過去。她看到了傳說中的曼珠沙華，一簇簇紅色的花長在黃泉兩邊，紅色的枝幹，支撐著開得像煙火一樣絢爛的花朵，在狂沙風中搖曳生姿，但是舉目望去一片血紅，不見半片花葉。

　　她這才又與那牛頭馬面說了話，原來這曼珠沙華也叫彼岸花。這種花確實一如傳說中的花葉不相見，他們告訴她，她來得正是時候，這時候正是彼岸花最絢爛的時期，再過三五個月，這花就該凋零了，那要如此一想，這是她的幸運，只是她那時還不知道，她的幸運還在後頭呢。

　　那時她被牛頭馬面帶到地府之中，與大批蓬頭垢面的鬼魂排在一處，她看著這些鬼物嫌棄異常，但後來等到她也被評判成了鬼差完畢出來，在那孟婆姐姐房中欲待穿衣打扮時，才好笑的意識到自己亦是同他們一般不成樣子。

　　當時那隊伍邊上亦有更多的鬼差，拿著鞭子在一旁怒目虎視，以防有惡鬼尋仇滋事，不服判決或逃脫判決。

　　長龍似的隊伍，因此得以整整齊齊的排列到前面那座高大雄偉的府邸之前，遠遠的望去，只見那門上的匾額用燙金字體飛龍舞鳳的寫著「冥府」兩個大字。

　　隊伍漫長而且移動緩慢，林冉冉只能隨意聽著各鬼在那裡閒談，並從那談話之中聽出了那麼一點點門道出來。

　　原來每個人死後都要到這民間所說的判官大殿上走一遭，判官在因由簿中觀覽你的一生，給你評定其中的功過是非，從而決定了你可以再下一輩子投胎成個什麼東西。若為人，又決定你是輪迴到怎麼樣的家庭中去享福，或者受苦。

　　眾鬼你一言我一語的說著，隊伍前後聽到此話的各個鬼物，自己也打起了自己心中的小算盤，這一生自己做了多少好事，幹了多少壞事，心

中都跟個明鏡似的。所以有的面露愁苦，有的面含期待，都對著這個冥府中的判官又是敬又是怕，對將要到來的審判不減期待，卻又十分膽怯著。

林冉冉自忖自己雖沒什麼功績，卻也沒有做過什麼壞事。思慮至此，她心底倒是平靜坦然，對接下來的一切，不曾有什麼恐懼期待，只慢慢的等著命運安排。她自己決定不了，所以只能讓無能為力的自己不再在乎任何東西。

只是她那時候還不知道，這裡就是那個將會給她真正想要的、渴望已久了，卻早已不敢想的東西的冥府。

也不知過了多久，當隊伍一點點排到盡頭，看著自己前面進去的鬼一個接一個的進去，又一個接一個或悲或喜的出來，由那鬼差各自領到別的地方，林冉冉終於聽到了其內傳出了對她的叫喊。

「蘭江城，薛氏！」

那邊頓了一下，又重複喚道：「蘭江城，薛氏，林冉冉進冥帝殿！」

林冉冉在一班鬼眾羨慕的目光下，被一個看門的鬼差引著向裡走去，與一般的鬼眾前去的路線不同。她還沒明白怎麼回事，就進了門內，與所想像之中的景物完全不同，入眼的竟是一片蘇州園林般的好景致，在這院中行到深處，便見到一塊厚厚的大理石掉上上水花色的屏風。那鬼差不急不徐的帶著她繞過屏風，便看到階臺重重顯現出來，她仰頭看著這撞入眼中一片片令人驚訝讚歎的歸置，心中感歎不想這地府之中還有如此雅致卻又神祕肅穆的地方，而且這裡還是冥帝的府邸，卻不知道這冥帝是個何許人也。

當她雙手攬著腰間落下櫻穗拾階而上，傳過列隊站在兩側的鬼差，一點點向那大殿之中走近時，她才一步步看清近而肯定，這大殿之中，主位之上坐著的冥帝，就是那天夜裡最後制伏了她的男子。

她立在堂下，那雨夜中紛亂的記憶便飄然而至，亂得她神思恍惚，一時間竟不知要作何感觸。

又一次聽他用清朗溫和的聲線說出她的生卒，簡敘過她的平生，她的心中像被溫潤的溪流緩緩拂過。又見他從因由簿中快速觀覽起她的平生，

從牙牙學語，到舞槍弄棒，到穿著嫁衣過門，再到望著梨花死去，她覺得自己在他面前就這樣被一覽無餘。

過去很久很久，她還能記起自己因此在那大殿之中，彷彿要宣洩流出的心跳和慌亂，最後聽到一旁判官裁定，她才從這些微密的情緒中走了出來。

「林冉冉一生雖無功過，而死後卻化為厲鬼，降責難於百姓，但念起事出有因，心中鬱鬱，為人所害，難免不平，只需在火石上走過，亦能抵去此番惡事。不過其身上怨氣未盡，時有反覆，只恐這樣去了，在人間亦怕受其影響。戾氣深重，便只能讓她待在這冥界，待她怨氣化盡之後，方可重新投胎轉世。」冥帝在一旁總結道。

那判官聽了此話，亦覺著十分有理，便微微點頭算是認可了。

「不過，林冉冉你武功高強，又有這怨氣護體，在這冥界，就可讓各鬼畏懼三分，冥界近來事物繁雜，一些惡鬼亦是作亂不休，你在這冥界之時，若能代理鬼差一職，懲惡揚善，我就可免去你受這火刑之苦，你看如何？」

冥帝一時間把話題引到她身上來，還問她願不願意成為鬼差，又為她免去火刑，只需要她在這冥界之時成為鬼差，懲惡揚善。她只怔了一會兒，就回答他好。

她從來求而不得，又怎麼會把這突然而降的禮遇給拒絕掉呢。

曾經的她亦有些恨啊、歎啊的心思，恨自己為什麼在武學功力上天賦異稟，卻又讓她身為女兒身，只能在閨閣中繡花；恨自己滿腔熱血，卻無奈只能提著衣裙跨過火盆成為誰的女人，原這一生，她都以為是她錯了。

而這冥帝，他端坐在大殿之上，欣賞她的武學能力，憐惜她的雙足受苦，請她為這陰間懲惡揚善，她真不知該用如何言語來描述這份幸運。

她只記得自己單膝跪了下去，放下手中櫻槍，向他鄭重其事的答道：「願為驅使。」

從此，這冥界就成為了她的歸宿，就算怨氣洗淨，她亦不想再離開去入什麼輪迴了。

她久跪不起，心神恍惚。和墨走下殿前，親自俯身扶起她，那雙手溫潤有力，頓時她像抓住了救命稻草一般，緊緊的抓著不肯鬆開。和墨輕輕一笑，她就聽到他俯身在她耳邊對她說道：「以後這冥界還多得依仗你幫助，那凡間說起來亦是沒有什麼好去的，你說是不是？如是哪日你改變了主意，便告知於我，我會按照你在冥府的功績，給你安排個好去處。」

　　她低頭斂目，遮著神色，沒有回答。只是她自己卻是聽到了，被她藏在她心中的那個林冉冉，不停的在高聲回答，好，我願意。

　　她就那麼成為了鬼差，她的紅縷槍，不知什麼時候被冥帝拿在手中，卻在此時還給了她，看著她難言的摩挲著櫻槍，他拍了拍她的肩膀，似是安慰。

　　那婉轉風流的孟婆將她引入閨中，為她梳洗打扮，姐姐妹妹的喊著，只叫她覺得溫暖親切，她被這忘川水清理乾淨，又被孟姐姐穿戴了戰袍，高束了鬢髮，瞧著鏡中終於映出那個英姿颯爽的自己，她便激動的連拿在手中的紅縷槍都微微顫抖。自己生前竟然沒有一位閨閣密友，不想在這地府，卻暖了人心，這任叫桑黛的孟婆，雖然平日裡對旁人寵辱不驚，但是對自己是真心實意的好，就如兩個少女結識一般，彼此惺惺相惜，有友如此真是知己一人。

　　她與牛頭馬面、黑白無常又一一重新見過，面對她的新身分，之前就被打怕了的他們無不恭維討好，想來好笑，卻又叫人滿足。慢慢的她也發現，雖然這四人長得醜怪到不行，但是其實也有可愛的一面，若相處久了，還真不覺得他們的面目奇怪了，真是日日夜夜對著看，看什麼都順眼了許多。

　　而當她終於以新的面貌出現在和墨面前時，她又從他的眼中捕捉到了欣賞和認可和溫情，她多麼開心，又多麼難過。

　　她一次次按捺下去的心，又一次次在見到他時浮將起來。陪他出去任務，聽他差遣調配，得他嘉獎鼓勵，對於她來說，這一切是如此甜蜜又如此憂傷，以至於她無數次在這河邊的安靜沉立之時，都會想起這些事情的所以然。她終於是對自己承認了自己的心，而承認之後，又由不得令人

歎息感傷。

要是，能早點遇到你就好了。

彼時，還沒有孤身將風景走遍，可以把淚藏在你的掌心，而不是只能化為胸中無言的詩句。

要是，能早點遇到你就好了，心裡的火焰還沒有在風中熄滅，可以帶著溫柔凝視你，而不是惆悵。

「冉冉，莫要在此處發呆了。冥帝調令，那酆都地域中惡鬼聚眾作亂，要制伏他們不可缺了你來，快隨我去吧。」

那無常鬼差奔向她來，跑得氣喘吁吁，地府生事，冥帝遣她，多思無益，她就要陪著他一同去懲惡揚善去了，哪管什麼來世今生，這都與她無關。

只要能在他身後，看著他挺拔的背影；只要與惡鬼纏鬥之時，能瞥見他鼓勵的眼神；只要每逢月圓和其他鬼差在冥邸小聚，看他泡上一壺好茶，含著笑意聽著大家的七嘴八舌，就足夠了。這是她一個人的祕密，一念及此，她的心中都倍感溫暖和滿足。

這，或許就是她所求的吧………

（全書完）

孟婆傳奇：桑黛篇

作　　　者／李莎
封 面 書 法／季風
封 面 設 計／董紹華
插 畫 創 作／董紹華
美 術 編 輯／孤獨船長工作室
責 任 編 輯／許典春
企畫選書人／賈俊國

總　編　輯／賈俊國
副 總 編 輯／蘇士尹
編　　　輯／高懿萩
行 銷 企 畫／張莉滎‧廖可筠‧蕭羽猜

發　行　人／何飛鵬
法 律 顧 問／元禾法律事務所王子文律師
出　　　版／布克文化出版事業部
　　　　　　臺北市中山區民生東路二段 141 號 8 樓
　　　　　　電話：(02)2500-7008 傳真：(02)2502-7676
　　　　　　Email：sbooker.service@cite.com.tw
發　　　行／英屬蓋曼群島商家庭傳媒股份有限公司城邦分公司
　　　　　　臺北市中山區民生東路二段 141 號 2 樓
　　　　　　書虫客服服務專線：(02)2500-7718；2500-7719
　　　　　　24 小時傳真專線：(02)2500-1990；2500-1991
　　　　　　劃撥帳號：19863813；戶名：書虫股份有限公司
　　　　　　讀者服務信箱：service@readingclub.com.tw
香港發行所／城邦（香港）出版集團有限公司
　　　　　　香港灣仔駱克道 193 號東超商業中心 1 樓
　　　　　　電話：+852-2508-6231 傳真：+852-2578-9337
　　　　　　Email：hkcite@biznetvigator.com
馬新發行所／城邦（馬新）出版集團 Cité (M) Sdn.Bhd.
　　　　　　41，Jalan Radin Anum，Bandar Baru Sri Petaling，
　　　　　　57000 Kuala Lumpur，Malaysia
　　　　　　電話：+603-9057-8822 傳真：+603-9057-6622
　　　　　　Email：cite@cite.com.my

印　　　刷／韋懋實業有限公司
初　　　版／2020 年 6 月
售　　　價／399 元
ISBN／978-986-5405-81-6

城邦讀書花園　布克文化
www.cite.com.tw　www.sbooker.com.tw